순백의
신부

Charming the Prince

by Teresa Medeiros

Teresa Medeiros

순백의 신부

Charming The Prince

테레사 메디로우즈

장은영 옮김

현대문화센타

1347년 영국

　베들링튼의 레이디 윌로우는 일생 동안 이 순간을 기다렸다. 꼬맹이 숙녀는 아버지의 손을 꼭 붙들고 제자리걸음을 하듯이 양발을 번갈아 구르면서 흥분을 감추지 못했다. 마음 한편으로 이러다가 '쉬'를 해버리면 어쩌나 걱정하면서.

　장장 6년이란 세월을 간절히 바라고 기도를 한 끝에, 자신에게도 엄마라고 부를 수 있는 사람이 생겼다. 윌로우는 슬쩍 아버지의 얼굴을 훔쳐봤다. 언더튜닉(Undertunic, 튜닉 속에 받쳐입는 옷) 위에 허리띠가 달린 진홍색 써코트(Surcoat, 코트 위에 입었던 겉옷. 13~14세기에는 소매 없고 옆트임이 있는 sideless surcoat가 유행. 십자군들이 갑옷 위에 걸쳤던 소매가 없고 십자가가 새겨진 얇은 옷을 상기할 것)를 낙낙하게 걸치고 성 안뜰에 우뚝 버티고 서 있는 아버지는 에드워드 국왕 폐하 못지않게 잘생겨 보였다. 비록 써코트는 낡았고 검집도 닳아서 빛이 바랬을지언정, 조금 전까지 윌로우는 아버지 무릎에 기어올라가서 적황색 수염을 만지작거리고 놀았다. 하지만 몇 초 지나지 않아 레이디 블랜치의 마차를 발견한 보초의 나팔소리가 성에 울려 퍼졌기 때문에 두 사람은 새 식구를 맞으러 뜰로 나왔다.

「아빠?」

마차와 수행기사들이 언덕 위에 나타나기를 기다리면서 윌로우가 입가만 살짝 움직여서 속삭였다.

「응, 우리 공주님?」

고개를 숙이면서 아버지가 대답했다.

「저기, 아빠. 블랜치 아줌마도 우리 엄마만큼 좋아할 거예요?」

「아니. 죽은 네 엄마를 대신할 만한 여자는 없을 게다.」

감미롭지만, 가슴 아픈 열망과 그리움이 절절하게 배인 표정. 갑자기 마음이 불편해진 윌로우는 아버지의 손을 힘껏 쥐었다.

아버지는 마지못해서 윌로우에게 윙크를 했다.

「내가 블랜치처럼 신분이 높은 미망인과 혼인을 하면 국왕 폐하께서 기꺼워하실 게야. 블랜치의 전남편은 전사했단다. 그래서 그녀에게는 작위가 있는 남편이, 내게는 폐하께서 하사하실 지참금이 필요한 게지.」

아버지는 윌로우의 손을 앞뒤로 흔들었다.

「폐하의 은덕을 다시 입는다고 생각해보렴, 윌로우! 얼마나 멋진 일이냐. 이제 우리 공주님 뱃속에서 꼬르륵 소리를 듣지 못하겠구나. 사냥터에서 갓 잡아온 꿩이며 사슴, 맛난 고기가 날마다 저녁 식탁에 올라올 테니 말이다. 다시는 네 엄마의 보석들을 팔지 않아도 되겠지. 두고보렴. 블랜치가 소유한 숲에 있는 나무들만 팔아도 앞으로 몇 년 동안 금화가 쌓이다 못해 돈궤가 넘쳐날 게다.」

윌로우는 애써 신이 나는 척했지만, 블랜치 아줌마네 숲에 자라는 나무들이나 금화가 가득 담긴 돈궤에 대해서는 아무 관심이 없었다. 그저 자신이 엄마를 바라듯이 블랜치 아줌마도 어린 딸이 있었으면 좋겠다고 생각하길 바랄 뿐이었다. 새엄마에게 구애하기 위해서 아버지는 근 몇 달간 성을 비웠는데, 다른 연유에서였다면 도저히 견뎌내지 못했으리라.

엄마가 있었으면 하는 열망은 평상시에 숨기는 일이 하나도 없는 아버지에게조차 내보이지 않았다. 아버지의 사랑스러운 딸로서 살아가는 게 더할 나위 없이 만족스러웠지만, 그렇지 않을 때도 가끔, 아주 가끔 있었다. 아버지의 닳아빠진 바지를 기우거나 눈 내리는 겨울날 외투도 입지 않고 밖으로 나간 아버지에게 잔소리를 하면서 꽁꽁 얼어붙은 수염을 뽀뽀로 녹이고, 아버지가 검은 고수머리를 쓰다듬으면서 '우리 공주님'이라고 부르면 좋아서 깔깔 웃는, 그런 생활이 만족스러웠다. 말이 좋아서 빈즈 엔 포타주(beans and pottage, 콩으로 만든 진한 야채 수프)지, 콩 건더기가 별로 없는 멀건 수프를 먹으면서도 불만스러워 한 적이 한 번도 없었다. 엄마가 유품으로 남기신 성경 필사본에 나오는 재미있는 이야기를 듣다가 아버지 품에서 잠이 들 수만 있다면. 아버지가 내다 팔지 않은 책은 엄마의 유품인 성경 필사본이 전부였다.

하지만 사냥개들과 엉켜서 벽난로 앞에 깔아놓은 짚요에 누워 있노라면, 불현듯 잠이 들 때까지 자장가를 불러줄 엄마가 있으면 얼마나 좋을까 하는 생각이 떠오르곤 했다.

윌로우는 아버지의 손을 다시 잡아당겼다.

「블랜치 아줌마가 날 좋아해줄까요?」

「그렇고말고. 우리 귀여운 아가씨. 이 세상에 우리 공주님을 사랑하지 않을 사람이 어디 있겠니?」

하지만 이번엔 아버지는 윌로우를 내려다보지 않았다. 대신 아플 정도로 힘껏 윌로우의 손을 쥐었다.

윌로우는 의혹에 시달리면서 모직 커틀(Kirtle, 13세기 이후, 여자들이 입던 드레스로 수수한 느낌을 준다)의 치맛자락을 매만졌다. 촛불을 벗삼아, 돌아가신 엄마의 가운을 손질해서 직접 커틀을 만드느라 눈이 벌겋게 충혈되었고 손가락은 어찌나 혹사를 당했는지 경련이 일어나면서 갈라지고 피가 났다.

윌로우는 새엄마에게 바느질 솜씨를 뽐내볼 요량으로, 사각형으로 파인 커튼의 목둘레에 장미넝쿨을 수놓기까지 했다. 눈가루 냄새가 섞인 매서운 북풍을 맞고 덜덜 떨지언정, 기껏 손재주를 부려서 만들어놓은 작품을 빛 바랜 코트 밑에 가려지게 할 순 없다.

갑자기 밀려드는 자신감에 힘을 얻은 윌로우는 턱을 치켜 올렸다. 아빠 말이 맞아. 이 세상에 날 사랑하지 않을 사람이 어디 있겠어?

하지만 깃발을 든 열 두 기사들의 호위를 받으며 눈처럼 하얀 마차가 도개교를 지나서 성안으로 들어오자, 공포심이 윌로우의 가슴을 짓눌렀다. 나름대로 열심히 준비하긴 했지만, 새엄마가 맘에 안 들어 하시면 어떻게 하지? 새엄마가 날 부족한 아이라고 생각하시면 어떻게 해?

얼음판 위를 미끄러지듯 소리 없이 달려오던 마차가 멈춰 섰다. 자수가 놓인 장밋빛 휘장에 포옥 감싸인 이륜 마차, 금박을 입힌 크림색 바퀴. 눈앞에 펼쳐진 화려한 정경에 압도된 윌로우는 숨을 멈췄다. 눈처럼 하얀 여섯 필의 백마들이 발을 구르는가 싶더니 머리를 쳐들고 곱게 땋아놓은 갈기를 뽐냈다. 고삐에 달린 작은 방울들이 경쾌한 음색을 내면서 딸랑거린다.

아버지가 몸을 숙이고 귀엣말을 했다.

「블랜치 아줌마가 널 위해서 '깜짝 선물'을 준비했단다.」

그때 마차 문이 활짝 열렸다. 치맛자락 아래로 보일 듯 말 듯 하는 우아한 발목, 검은 담비털이 달린 나팔꽃 모양의 소매, 은제 크리스피넷 (Crispinette, 13세기 이후 유행했던 망사와 흡사한 머리 장식. 은제를 비롯해서 견사로 만든 망사도 있었음)으로 감싼 은빛 머리카락. 윌로우는 숨을 멈췄다.

레이디 블랜치가 누에고치 같은 마차에서 쏘옥 빠져 나오자, 윌로우의 가슴은 고동쳤다. 새엄마는 상상했던 것보다 훨씬 더 아름다웠다.

새엄마와 둘이서 함께 할 수 있는 일들이 머릿속에 그려졌다 - 돌림노래 부르기, 눈 오는 겨울밤에 아버지 앞에서 시 낭송하기, 엄마가 돌아가신 이후로 방에 모셔두고만 있었던 물레를 돌려 아마포 짜기, 보드라운 녹색 안개가 살며시 대지에 스며드는 봄이 오면, 앵초와 패랭이꽃을 따서 치마 앞자락에 모으기 등등.

새엄마가 고개를 숙이고 아버지에게 여왕처럼 기품이 넘치는 미소를 보냈다. 달콤한 냄새가 나는 새엄마의 가슴에 '꼬옥' 끌어안길 생각을 하니, 윌로우는 기대감 때문에 가슴이 벅차서 기절할 것만 같았다.

윌로우는 저도 모르게 한 발 나섰지만 마차에서 무언가 튀어나오는 바람에 몸이 돌처럼 굳어졌다. 처음에는 개라고 생각했다 - 지체 높은 여인네들은 털이 많고, 코가 사자처럼 생긴 짐승이라면 사족을 못 썼는데, 개도 그 중 하나였다. 하지만 그 무언가가 몸을 똑바로 펴고 머리를 흔들어서 눈에 흘러내린 은빛 머리카락을 치우고 도전적인 시선을 보내자, 윌로우는 상대는 개가 아니라 어린아이라는 사실을 깨달았다.

윌로우는 진저리를 쳤다. 블랜치 아줌마에겐 벌써 어린 딸이 있었다! 계집아이의 뒤를 이어 토실토실하고 자그마한 몸뚱이가 마차 밖으로 튀어나오자 윌로우의 눈이 쟁반 만해졌다 - 이번엔 남자애였는데, 볼이 장밋빛이었고, 통통하게 살이 오른 다리는 올록볼록한 소시지를 떠올리게 했다.

사내아이의 뒤를 이어 다른 아이가 나왔고, 다시 또 다른 아이가 마차에서 튀어나오면서 윌로우는 점점 더 혼란스러워졌다. 윌로우는 애써 아이들의 머릿수를 세었다. 셋. 넷. 다섯. 모두 블랜치 아줌마처럼 은빛이 감도는 금발인데다 몸이 실해 보였지만, 어머니의 우아함이나 기품은 조금도 물려받지 못한 듯했다. 아이들은 늑대 새끼들처럼 찡얼대고, 울부짖고, 치맛자락을 밟고 넘어지면서 엄마 주위를 뛰어다녔다.

「목말라 죽겠쪄, 엄마!」

「난 졸려!」

「오줌 누고 시퍼!」

「왜 이런 거지같은 곳까지 온 거야? 난 집에 가고 싶어!」

그때 누군가 내지른 소리가 찡얼대는 아이들의 입을 잠재웠고 동시에 윌로우의 가슴도 덜컥 내려앉았다.

「루퍼스 아빠!」

꼭 쥐고 있던 엄마의 치맛자락을 놓고, 개중 몸집이 제일 커다란 사내아이가 아버지에게 돌진했다. 선전포고와 같은 아이의 외침을 신호로 아이들이 모두 아버지를 향해서 돌격하기 시작했다.

윌로우는 다리에 힘을 주고 서 있었지만, 단박에 옆으로 떠밀렸다. 아이들은 아버지를 둘러싸고, 방방 뛰면서 고함을 질러댔다.

「우퍼스 아빠! 우퍼스 아빠!」

아버지는 아이들을 품에 안느냐, 아니면 짓밟히느냐 둘 중 하나를 선택해야 하는 기로에 서 있었다. 윌로우 또래로 보이는 제일 큰 사내애와 여자애가 아버지 목을 붙잡고 늘어졌고, 다른 아이들은 팔과 다리에 매달렸다.

그 광경을 지켜보고 있던 레이디 블랜치가 가죽으로 감싼 꾸러미를 안고 사뿐사뿐 걸어오더니 아이들 주위에 자애로운 미소를 뿌렸다.

「애들이 당신을 보고 싶어했어요, 루퍼스 당신이 제게 구애하는 동안, 정이 많이 들었나봐요. 물론 저도 애들과 같은 심정이지만.」

레이디 블랜치의 목소리는 뒤섞지 않은 크림처럼 부드러웠으며, 진한 초콜릿과도 같이 성량이 풍부했다. 새엄마를 향한 열망으로 인해 윌로우의 심장이 오그라들었다. 윌로우는 새 엄마가 품에 안은 꾸러미를 훔쳐보려고 발돋움을 했다. 어쩌면 저게 아빠가 말씀하신 '깜짝 선물'일지도 몰라.

아버지는 몸을 숙이고 블랜치 아줌마의 뺨에 입을 맞췄다.

「기나긴 여행길이 지루하지는 않았소?」

「아뇨. 앞날에 대한 기대감 때문에 가슴이 벅차서 지루할 틈이 없었답니다.」

윌로우는 새엄마가 자신을 쳐다봐주길 기다렸지만, 레이디 블랜치의 눈길은 아버지에게만 못 박혀 있었다. 새엄마 대신 아버지가 윌로우를 향해 씁쓸한 미소를 던졌다.

「윌로우, 새엄마가 널 위해서 '깜짝 선물'을 준비했다고 했었지? 앞으로는 네가 상상 속에서 만든 친구들과 수다떨지 않아도 된단다. 이젠 너랑 같이 놀아줄 형제들이 생겼으니.」

재잘대던 아이들이 돌연 쌜쭉해서 입을 다물자, 젖먹이가 엄지손가락을 쪽쪽 빠는 소리만 유난히 크게 들렸다.

다섯 쌍의 싸늘한 청색 눈동자가 윌로우를 샅샅이 훑어보았다. 레이디 블랜치의 아이들은 윌로우처럼 아동용 커틀을 입고 있지 않았다. 모두 어른들처럼 금실로 수놓은 천을 가장자리에 붙인 크림색 모직 옷을 입고 있었다. 심지어 나이가 제일 많은 사내아이는 자그마한 검을 차고 있었는데, 검집에는 루비와 에메랄드가 박혀 있었다. 아이들의 머리카락은, 윌로우에겐 늘 골칫거리나 다름없는 고수머리 하나 없이 완벽하게 일자로 쭉 뻗어 있었다.

재는 듯한 아이들의 시선이 자신을 바라보는 순간, 윌로우의 가슴이 덜컥 내려앉았다 - 죽은 여자의 누더기를 입고 있는 얼빠진 여자아이. 장미넝쿨보다는 쐐기풀처럼 보이는 정체불명의 매듭들로 목둘레를 장식한 커틀.

제일 나이를 먹은 계집아이는 아버지의 가슴에 머리를 기대고 백금색의 속눈썹을 깜빡거렸다.

「저렇게 시꺼먼 머리는 처음 봤어, 엄마. 심심하면 잿더미 위에서 뒹구나봐.」

계집아이의 오빠가 코웃음을 쳤다.

「내가 보기엔 말똥 위에서 굴러다닌 것 같은데. 그러니까 저렇게 피부가 거칠고 시커멓지.」

아버지가 품에 안긴 사내아이를 내려다보면서 눈살을 찌푸렸다.

「얘야, 그런 소리를 하면…….」

「스티븐, 우리 아가. 불쌍한 아이를 약올리면 안 된단다. 저 애라고 저렇게 태어나고 싶었겠니?」

블랜치가 매끄러운 목소리로 끼어들었다.

「윌로우라니, 세례명(전통적으로 서양에서는 세례명과 이름이 동일한 경우가 대부분) 같지가 않은 걸. 재, 혹시 이교도야?」

계집아이가 수상쩍다는 듯이 윌로우를 쳐다보면서 말했다.

어린 시절, 윌로우는 늘어진 버드나무 가지 밑에 잠이 든 적이 있었는데, 아버지와 농노들은 윌로우가 없어진 줄 알고 다음 날 아침까지 정신없이 성 안팎을 샅샅이 뒤졌다. 그 이후로 줄곧 아버지는 윌러미나라는 이름 대신 윌로우라는 애칭을 썼다.

윌로우가 '윌러미나'라는 이름을 밝힐 사이도 없이, 레이디 블랜치가 나지막하면서도 쉰 목소리로 웃음을 터트렸다.

「이교도라니, 당치 않아. 리애너, 저 아이의 엄마는 프랑스인이었단다.」

블랜치 아줌마의 입가에 어린 미소는 변함이 없었지만, 가늘어진 눈매에서 악의가 느껴졌다. 윌로우의 마음 깊은 곳에서 무엇인가가 얼어붙기 시작했다.

「프랑스 놈들이 전장에서 우리 아빠를 죽였어.」

스티븐이 오동통한 손으로 검집을 어루만지면서 차갑게 말했다.

윌로우는 아버지의 다리에 달라붙어서 손을 붙잡으려고 했다.

「지금은 안 된다, 윌로우.」

이가 나기 시작한 아이에게 귓불을 깨물린 아버지가 아파 움찔하면서 날카롭게 말했다. 그는 스티븐을 떨어뜨리지 않으려고 신경을 쓰는 한편, 갓난아이의 입에서 귓불을 빼내려고 안간힘을 썼다.

낭패감 때문에 새빨개진 얼굴로 윌로우는 손을 획 뒤로 잡아 뺐다. 그도 그럴 것이 지금까지 아버지는 한번도 그런 식으로 야단을 친 적이 없었다.

새엄마가 고양이처럼 목구멍을 울리는 소리를 냈다.

「쌜쭉하지 마라, 애야. 그것처럼 꼴사나운 짓은 없으니까. 이거나 받으렴.」

블랜치는 윌로우의 팔에 꾸러미를 넘겼다. 하지만 윌로우는 꾸러미는 쳐다보지도 않고, 블랜치가 아버지의 팔짱을 끼고 성으로 잡아끄는 모습을 지켜보았다. 아이들이 아장아장 두 사람의 뒤를 따라가는 사이, 리애너는 아버지의 어깨 위에서 몸을 숙이고 윌로우를 향해 혀를 쏙 내밀었다. 아버지는 윌로우에게 힐끔 무력한 시선을 던졌을 뿐, 일행은 모두 홀(Hall)안으로 사라졌다.

뜨듯한 기운이 커틀 아래쪽으로 퍼지고 있다는 사실을 깨닫지 못했다면, 그대로 멍하니 넋놓고 서 있었을지도 모른다. 새엄마가 맡긴 꾸러미가 갑자기 꿈틀거렸다. 모피의 틈새로 백금색 머리카락이 한 가닥 모습을 나타내자, 윌로우는 겁에 질려서 눈을 똥그랗게 떴다. 모피에 쌓여 있던 자그마한 악마는 고개를 젖히더니 얼굴이 새빨개지도록 고막이 터져라 울부짖었다.

그제야 윌로우는 새 엄마가 낳은 아기를 안고 있다는 사실을 깨달았다. 그제야 윌로우는 팔꿈치로 서로를 찔러대면서 자신에게 손가락질을 하는 기사들이 낄낄대는 소리를 들었다. 그제야 윌로우는 소중한 커틀을 적시고, 신발 속에 줄줄 흘러 들어가는 액체가 무엇인지 깨달았다.

울부짖고 싶은 심정을 꾹 참으면서, 윌로우는 고개를 똑바로 쳐들고 낄낄대느라 정신이 없는 기사들을 무섭게 째려보았다.

「바보같이 쳐다보긴 뭘 쳐다봐요? 숙녀가 오줌 세례 당하는 거, 첨 봤어요?」

윌로우는 젖은 치맛자락을 앞으로 획 잡아당기면서 성을 향해 걸어갔다. 목이 터져라 울어대는 묵직한 짐 꾸러미 때문에 비틀대지 않으려고 끙끙대면서.

자식은 야훼의 선물이요,
태중의 소생은 그가 주신 상급이다.
젊어서 낳은 자식은
용사가 손에 든 화살과 같으니,
복되어라, 전동에 그런 화살을 채워 가진 자.

시편 127장

1

1360년, 영국

뭇사람들에게 '용맹한 기사'라고 일컬어지는 배너 경은 식은땀을 흘리면서 어둑어둑한 성의 통로를 계속 질주하고 있었다. 전투를 알리는 북소리처럼 심장이 거세게 고동쳤다. 재빨리 모퉁이를 돌은 배너는 밖으로 돌출이 된 창의 우묵한 곳에 몸을 쑥 밀어 넣은 다음, 추격자들의 발자국 소리가 들리는지 알아보려고 애써 거친 숨소리를 가다듬었다.

다행히 한동안 침묵만이 되돌아왔다. 하지만 곧이어 발자국 소리와, 사나운 함성이 울려 퍼지면서 다가올 운명을 예고했다.

배너는 본능적으로 떨리는 손을 검집에 댔지만, 저들에게는 무기가 아무 짝에도 쓸모가 없으리라는 것을 모르는 바가 아니었다. 한마디로 그는 무방비 상태였다.

지난 14년간 배너의 곁에서 프랑스군을 상대로 전투를 벌였던 병사들이, 지금 이 순간 두려움에 떨고 있는 자신의 모습을 본다면 분명히 눈을 의심했으리라. 병사들은 배너가 지옥의 유황불처럼 쏟아지는 뜨거운 기름을 요리조리 피해 성벽을 맨손으로 기어오르는 모습을 지켜보았다. 병사들은 배너가 말에서 뛰어내려 비처럼 쏟아지는 화살을 뚫고 쓰러진 병사를 부축해서 안전한 곳까지 데려가는 모습을 지켜보았다. 병사들은 배너가 눈 하나 깜짝하지 않고 허벅지에 박힌 검을 뽑아서, 자신을 공격했던 적군을 해치우는 광경을 목격했다. 전장에서 누군가 그의 이름만 속삭여도 적군이 두 손 두 발 모두 들고, 백기까지 든다는 얘기를 듣고 에드워드 국왕이 얼마나 기뻐했던가.

하지만 지금까지 배너는 이렇게 무시무시하고, 무자비하며 동정심이 눈곱만치도 없는 적은 상대해본 적이 없었다.

떼거지로 우르르 몰려온 적들이 배너가 숨은 장소를 쿵쾅대며 지나치자, 그는 벽에 몸을 찰싹 붙이고 입술만 달싹거려서 지금까지 언제나 자신 편에 서주었던 신에게 '자신을 구해달라고' 간절히 기도했다.

하지만 프랑스와 조약이 체결된 이래 달포 동안, 신마저도 그를 버린 듯했다. 승리감에 들떠 고막이 터져라 악을 써대는 저 소리야말로, 어쩌면 악마의 입에서 흘러나오는 것일지도 모른다.

결국 들키고 말았다! 겁에 질린 나머지, 앞뒤 생각 없이 숨어 있던 곳에서 잽싸게 튀어나온 배너는 왔던 길로 쏜살같이 달음박질쳤다. 당장이라도 그를 덮칠 기세로 따라붙은 악마들이 더블릿(Doublet, 14세기부터 17세기에 남자들이 입던 몸에 붙는 스타일의 상의)에 뿜어대는 숨결이 뜨겁게 느껴진다.

미쳐 날뛰는 잡종개들에게 갈가리 찢기기 전에 북쪽 탑에 있는 피신처로 몸을 피할 수 있기를 바라면서, 배너는 뱅글뱅글 도는 모양의 나선 계단을 허겁지겁 기어 올라갔다. 바로 앞에 나무로 만든 문이 모습을 드러냈다. 쇠 빗장을 향해 돌진한 배너는 땀에 젖은 손에 미끄러지지 않기를 간구하면서 힘껏 위로 젖혔다. 무언가가 배너의 발목을 더듬거렸다. 피가 마를 것 같은 한 순간, 이젠 끝이라는 생각이 머리를 스쳤다. 그때 문이 벌컥 열렸다.

그는 발목을 잡은 무언가를 뿌리치면서 문지방을 비틀비틀 넘은 다음 문을 쾅 닫았다. 빗장을 힘껏 쇠고리에 내리 꽂은 후에야, 간신히 마음의 여유가 생긴 배너는 문에 기대서 떨리는 숨결을 크게 들이마셨다. 분노에 차서 악을 써대는 소리며, 어서 항복하라고 다그치는 소리가 점점 커지는가 싶더니, 이내 불길한 침묵이 주위를 짓눌렀다.

「제발, 주여. 다른 시련은 얼마든지 달게 받겠습니다. 하지만 이것만은……」

과거에 줄곧 자신의 편이었던 든든한 지주에 대한 희망을 아직 버리지 못하고, 배너가 중얼거렸다.

쇠사슬에 팔다리를 묶여 축축한 벽에 매달린 채로 쥐와 이만 들끓는 깔레(Calais, Dover 해협과 맞닿은 북 프랑스의 항구)의 지하감옥에서 넉 달을 버틴 적도 있었다. 그를 포로로 잡은 자들이 구역질나는 돼지죽을 억지로 먹일 때도, 아무렇지도 않게 바닥까지 싹싹 핥아먹고 천연덕스럽게 한 그릇 더 달라고 너스레를 떨었다. 고문대에 누워 사지를 최대한 잡아 늘리는 고문을 당하면서도 달게 낮잠을 잤으며, 벌겋게 달군 쇠꼬챙이로 살을 지질 때도 비명 소리 한번 없이 적들의 얼굴에 비웃음을 날리질 않았던가. 지금까지 상대했던 가장 사악한 적도 이렇게 인간의 의지를 짓밟고, 살려달라고 애걸복걸하게 만드는 잔인한 고문을 고안해내지 못했…….

「아빠?」

배너는 단말마의 고통에 허덕이는 사람처럼 신음했다.

그 소리가 다시 들렸다 – 아직 어려서 혀 짧은소리를 내는 아기 천사의 감미로운 목소리가.

「아빠. 우리랑 가치 노아요」

배너는 나지막하게 욕설을 퍼부었다. 짓궂기 짝이 없는 데즈먼드 녀석이 휴전협정을 제의하려고 여섯 살배기 여동생을 보낸 것 같았다. 배너의 아이들 중에서 자그마한 메리 마거릿처럼 공정하고 마음씨가 고운 아이는 없었다.

아니, 마거릿 메리였나? 배너는 딸이 어떻게 생겼는지 기억하려고 안간힘을 썼지만, 하늘빛 눈동자와 황금색 고수머리만 희미하게 머릿속에 떠오를 뿐이었다. 험프리스 신부는 딸아이가 어머니를 쏙 빼 닮았다고 했지만, 부끄럽게도 배너는 재혼을 한 이후로 성을 오랫동안 비웠기 때문에 아내의 용모조차 확실하게 기억할 수가 없었다.

「그만 가봐라, 꼬맹아. 아빠는 이제 놀고 싶지가 않으니까.」

애걸하는 목소리를 내는 자신이 혐오스러웠지만, 그래도 어쩔 도리가 없었다.

「아빠 그냥 우리 망아지가 되면 돼. 다신 안 묶는다고 약속할게.」

「아니면 앞으로 투구에 후추를 붓지 않을 게요.」

어디선가 기대에 부푼 목소리가 하나 더 튀어나왔다.

「아님, 아빠 수염에 불을 안 붙이던가요.」

누군가가 노래하듯이 말했다.

배너가 불에 그을린 턱수염을 쓰다듬는 동안, 입을 모아 졸라대는 아이들의 합창소리가 메리 마거릿의 '제발, 아빠!'와 화음을 이루면서 점점 거세졌다.

「어서들 물러가라. 아빠는 지금 중대한 일을 처리해야 하니까.」

마음을 단단히 먹고, 배너가 고함을 쳤다.

「필시 우리들보다 더 중요한 일이겠지. 재수 없는 인간은 콱 무시해 버리자.」

맏아들의 부루퉁한 목소리를 알아들은 배너가 입술을 꾹 다물었다. 열 세 살인 데즈먼드는 말버릇이 고약한 녀석이었다. 당장이라도 때가 덕지덕지 달라붙은 녀석의 목을 움켜잡고 건방지게 굴지 말라고 야단을 치고 싶어서 죽을 지경이었다. 하지만 그러려면 먼저 문을 열어야 한다.

그때 갑자기 데즈먼드가 한층 밝은 목소리로 떠들어댔다.

「좋은 생각이 떠올랐다! 풀무를 이용해서 소시지의 겉껍질 속에 램프 기름을 집어넣는 거야!」

풀죽은 아이들이 구시렁거리는 소리가 돌연 탄성으로 변하더니, 데즈먼드와 그의 추종자들은 쿵쾅대면서 계단을 우르르 내려갔다.

아이들의 발자국 소리가 멀어지자, 굴욕감 때문에 기분이 상한 배너는 문에 털썩 몸을 기댔다. 만인에게 '용맹한 기사'라고 칭송 받는 엘서노르의 영주이며, '영국의 자존심이자 프랑스의 공포'라고 일컬어지는 자가, 꼬마 녀석들에게 붙들려서 자신의 성에 갇히는 죄수 신세가 되다니.

더구나 녀석들은 모두 그의 자식이 아니었던가!

배너는 고개를 흔들었지만, 머리카락 위에 쏟아진 후춧가루만 우수수 날렸을 뿐이다. 정신없이 터져나오는 재채기가 잦아들자, 배너는 몸을 완전히 일으켜 세운 다음, 검집에 손을 올려놓았다. 적들이 지금 배너의 꾹 다문 입술과 경직된 턱 근육을 보면, 필시 등골이 오싹해졌으리라. 싸우지도 않고 항복하는 건 체질상 배너에게 맞지 않았다. 배은망덕한 자식들에게 본때를 보여줄 방법을 찾아내리라 결심한 배너는 창가로 뚜벅뚜벅 걸어가서 나무 창문을 벌컥 열어젖히고 집사를 고함쳐 불렀다.

한편, 자신을 부르는 주인의 천둥 같은 고함소리를 듣고 숨을 헐떡대며 계단 꼭대기까지 올라간 홀리스 경은 문이 잠긴 것을 알고 놀랐다.

문 반대편에서 아무 인기척이 없자 불안해진 홀리스가 문에 입술을 바싹 붙였다.

「영주님?」

「자네 혼자인가?」

홀리스는 고개를 슬며시 돌리고 어깨 너머로 주위를 훔쳐본 뒤에, 다시 반대쪽 어깨 너머를 살폈다.

「그런 것 같습니다만.」

문이 끼익 소리를 내면서 열렸다. 근육이 잘 발달한 팔이 문틈으로 불쑥 튀어나오더니, 홀리스를 안으로 획 잡아끈 다음 문을 쾅 닫고 빗장을 단단히 질렀다.

미처 숨을 고를 사이도 없이 영주의 끔찍한 몰골과 마주친 홀리스는 혼비백산했다.·양 주먹을 불끈 쥐고 다리를 벌리고 서 있는 배너의 가슴이 숨가쁘게 오르락내리락했다. 잔뜩 헝클어진 검은 머리카락이 얼굴에 달라붙어서 벌개진 눈 주위와 흉포하게 빛나는 눈동자를 둘러싸고 있었다. 하지만 무엇보다 놀라운 것은 배너의 수염, 얼마 전까지만 해도 탐스럽기 그지없던 수염의 상태였다. 아니, 정확하게 말해서 얼굴에 남아있는 수염이라는 표현이 적당하리라. 홀리스는 배너의 턱에 고개를 들이대고 코를 킁킁댔다. 배너의 얼굴에서 매캐한 냄새가 올라왔다.

「세상에, 영주님! 자객이 성안에 스며들어왔습니까? 그래서 그자에게 습격을 받으신 겝니까?」

홀리스가 정신없이 주위를 둘러보았다.

「말 한번 잘했네. 정확하게 말해서 자객의 숫자는 열이었지. 무기라고는 장난치고 우는 재주밖에 없는 것들 말일세.」

배너가 험악하게 대꾸했다.

「열이라니요?」

한동안 의아해하던 홀리스가 말뜻을 알아듣고 고개를 끄덕였다.

「아하, 애기씨들과 도련님들 말씀이십니까?」

「애기씨와 도련님?」

배너가 코웃음을 쳤다.

「저 악마 같은 녀석들에겐 가당치 않은 호칭이지. 데즈먼드 녀석이 갓난아기였을 때 손수 발가락을 세어보지 않았던들, 녀석에게 끝이 갈라진 꼬리가 달려 있는지, 발이 있어야 할 곳에 갈라진 발굽이 붙어 있지는 않은지 자네를 시켜 살펴보라고 했을 게야.」

현명하게도 집사는 입가에 스며 나오는 미소를 꾹꾹 눌렀다.

「물론 다소…… 과격한 성향이 있긴 합니다만…… 그 나이 때는 혈기가 왕성한 것이 자연스러운 일이 아닌지요」

「혈기가 왕성하다고? 사악한 기운이 넘친다그 하는 게 낫겠네.」

의자에 털썩 주저앉은 배너는 팔로 테이블 위를 휙 쓸었고 그 바람에 양피지 몇 개가 흩어지면서 먼지가 자욱하게 피어올랐다.

「망할! 이렇게 비참하게 사는 판국에 평화 좋아하시네. 차라리 프랑스 놈들과 백년 동안 싸우는 게 낫지!」

홀리스는 배너와 같은 심정을 느끼면서 지난날에 대한 그리움으로 한숨을 내쉬었다. 에드워드 국왕이 브레띠니(Bretigny, 프랑스 Chartres 근방의 마을)조약을 승인하지 않았다면, 지금쯤 두 사람은 이곳에서 멀리 떨어진 어느 전장의 막사 안에 느긋하게 앉아 최근에 거둔 승전(勝戰)을 음미하면서 축배를 들고 있었을지도 모른다. 몇 년 동안을 동료로 지냈건만, 종전(終戰) 후 두 사람에게 각각 영주와 가신이라는 어색한 역할이 떠맡겨졌다. 홀리스는 올망졸망한 아이들의 아버지 역할이 배너에게 어울리지 않듯이, 엘서노르처럼 거대한 영지를 관리하는 집사의 직분이 자신에게 부적합한 건 아닌지 내심 걱정스러웠다.

그는 술잔에 쌓인 먼지를 훅 불어서 털어낸 다음, 배너의 마음을 진정시켜볼 요량으로 테이블 위에 놓여 있던 질그릇에서 술을 따랐다. 실패할 경우를 대비해서, 자신이 마실 술도 미리 따라놓았다.

「영주님은 어린 시절부터 지금까지 줄곧 전장을 전전하시지 않았습니까? 애기씨와 도련님들에게 약간의 지도만 해주신다면 앞으로 별 문제가 없을 겝니다.」

「모르는 소리 말게.」

배너는 테이블에 몸을 바짝 숙이고 끔찍한 죄를 고백하는 사람처럼 목소리를 최대한 낮추었다.

「녀석들은 날 무서워하지 않아.」

홀리스는 벽난로 앞에 앉아서 술을 한 모금 목구멍에 털어 넣었다. 13년이 넘도록 배너의 곁에서 싸웠지만, 배너가 그 커다란 몸집을 똑바로 일으켜 세우거나, 속삭이는 것보다 조금 더 큰 목소리로 말했을 때 움츠러들지 않는 사람은 아직까지 목격한 일이 없었다. 오늘 아침만 해도, 심기가 불편한 얼굴로 '잘 잤느냐'는 인사를 했다는 이유 하나로 혼이 난 시동(侍童)이 눈물을 찔끔 흘리면서 홀을 뛰쳐나가질 않았던가.

「음. 그렇다고 이 탑에 갇혀서 여생을 보낼 수는 없는 노릇이 아니랍니까? 애기씨들과 도련님들이 영주님을 무서워하게 만들 필요가 있을지도 모르지요.」

생각 끝에 홀리스가 말했다.

「그럼, 나더러 어쩌란 말인가? 녀석들을 지하·감옥에 가둘까? 아니면 그 가냘픈 목을 치겠노라 위협이라도 할까?」

자리에서 벌떡 일어난 배너는 창가로 뚜벅뚜벅 걸어갔다. 어찌나 험악한 기세였는지 걸음을 뗄 때마다 손에 들고 있던 잔에서 술이 왈칵 넘쳤다. 흥에 겨워 날카롭게 내지르는 목소리가 바람에 실려오자, 홀리스는 호기심을 못 이기고 배너 옆에 섰다.

창가에서 내려다보니, 안뜰은 혼란 그 자체였다. 아기 천사를 닮은 메리 마거릿은 속을 넣지 않은 소시지의 겉껍질 안에 펌프질하듯 풀무로 램프 기름을 주입하는 중이었고, 다른 여자 형제 둘은 인형을 조각조각 분해하고 있었다. 아직 어린아이에 불과한 시동이 데즈먼드와 소년의 남동생들 셋에게 발목을 붙들려 시커멓게 입을 벌린 우물 위에 거꾸로 대롱대롱 매달려 있었다.

「데즈먼드! 당장 그 손을 놓지 못하겠냐!」

창 밖으로 몸을 내밀고 배너가 고함을 쳤다.

아차 하는 순간, 첨벙하는 소리와 함께 우물 벽에 부딪혀서 메아리치는 비명 소리가 귀를 파고들었다.

보다 못한 기사 하나가 시종을 건져주려 우둘로 급히 걸어갔고, 데즈먼드는 배너를 향해 천연덕스럽게 절을 하며 돈청껏 소리를 높였다.

「아버님의 분부라면 언제든 기꺼이 따르겠나이다.」

배너가 이를 악물고 나지막하게 으르렁댔다.

「엘서노르는 저주를 받은 게 틀림없어. 무정한 인간이었던 우리 아버지도 정실의 배를 빌어 열 일곱이나 되는 아이를 생산했고 사생아는 서른 여섯이나 낳질 않았나. 그 중 두 아이는 임종하기 바로 직전에 태어났지. 우리 집안에 어울리는 가훈은 '정복하지 않으면 죽으리라'가 아니라, '자손을 많이 낳아서 번창해라'일 게야.」

배너가 서른 여섯이나 되는 사생아 중의 하나라는 사실은 홀리스도 익히 알고 있었다. 열 일곱이라는 어린 나이에도 불구하고 전장에서 세운 탁월한 공로와, 녹슬지 않는 충성심을 국왕에게 인정받지 못했다면, 아직도 배너는 초라한 용병 신세를 면하지 못했을지도 모른다. 엘서노르는 국왕의 동의하에 적출이었던 맏형에게 뺏은 영지였다. 맏형과 나머지 이복형제들은, 에드워드 국왕이 총애해 마지않는, '용맹한 기사' 배너가 군대를 이끌고 엘서노르에 진격해올 거라는 소문이 돌자마자 남쪽에 있는 아버지의 성으로 걸음아 나 살려라 하고 도망쳤다.

배너는 자포자기하는 심정으로 홀리스를 바라보았다.

「신께서 육욕을 주체하지 못하는 나를 단죄하시는 게 틀림없어. 자네도 알다시피, 내 유일한 단점이 그거 아닌가. 난 지금까지 만취해본 역사가 없고, 화를 주체하지 못한 일도 없고, 신의 이름을 헛되이 불러본 적이 없네.」

「슬하에 자식이 많은 것이 어찌 영주님만의 책임이겠습니까? 돌아가신 두 분 아씨께서 영주님을 어지간히 좋아하셨어야지요. 영주님이 기껏 생각해서 편히 쉴 기회를 드려도, 두 분은 한밤중에 슬며시 영주님 침상에 올라가서 '아내로서의 의무'를 다하게 해달라고 고집을 피우시질 않았습니까?」

홀리스는 배너에게 동정심과, 약간의 부러움이 깃든 눈빛을 던졌다.

「범상치 않은 용모를 타고 나셨으니, 여자들이 주체를 못할 수밖에 없지요.」

배너가 고개를 흔들면서 한숨을 내쉬었다.

「내가 자네처럼 못생기기만 했어도…….」

뻣뻣한 콧수염과 숱이 많은 갈색머리를 무기로, 스스로를 미남 축에 든다고 자부하던 홀리스는 기분 나쁜 표정을 지었지만 이내 배너의 눈빛에 장난기가 철철 넘쳐흐르고 있다는 사실을 깨달았다.

홀리스도 지지 않고 음흉스럽게 웃으면서 슬쩍 맞받아쳤다.

「영주님의 범상치 않은 용모를 생각해보면, 아이들이 얼마나 많이 생길지 모르지요. 고작 서른 두 살이시니, 지금 슬하에 있는 자식들은 약과일지도 모릅니다. 제가 듣기론 남자들은 일흔 다섯의 나이가 되어도 아이를 생산할 수 있다고 하더이다.」

배너가 몸서리를 쳤다.

「그럴 바엔 차라리 내 손으로 거세를 하고 말지.」

그때 누군가 문을 두드리는 소리가 들렸다. 일순, 배너의 얼굴에 공포심이 스쳤다.

「문을 열기 전에 누군지 확인을 하게. 데즈먼드 녀석은 흑태자 전하보다 더 영악한 녀석이니, 조심해야 돼.」

뛰어난 기질로 프랑스 국왕을 쁘와띠에(Poitiers. 프랑스 서부에 있는 도시)에 묶어두었던, 에드워드 국왕의 아들인 흑태자를 언급하면서 배너가 말했다.

홀리스는 배너의 명령대로 누군지 먼저 확인하는 절차를 거쳤다.

「피오나입니다, 영주님.」

배너가 고개를 끄덕이자 홀리스는 문을 열었고, 피부가 쭈글쭈글한 아일랜드 출신의 유모가 옴죽대는 꾸러미를 품에 안은 채 계단 꼭대기에 서 있었다.

배너는 남은 술을 꿀꺽 목구멍에 넘긴 다음 얼굴을 양손에 파묻고 중얼거렸다.

「제발, 더 이상은 안 돼.」

「죄송하지만 어쩔 도리가 없습니다요. 성문 밖에 광주리가 놓여 있길래 들여다봤더니 이 아이가 누워 있지 뭡니까요.」

「쪽지를 남겼던가?」

「아뇨. 강보 하나만 달랑 있었습니다요.」

배너가 바로 코앞에 있었지만, 홀리스는 호기심을 억누르지 못하고 얇은 담요를 치우고 아기를 살짝 훔쳐봤다. 계집아이의 얼굴은 피오나보다 훨씬 더 쭈글쭈글했다.

당황한 홀리스는 얼굴을 찌푸렸다.

「태어난 지 기껏해야 1~2주밖에 안 된 갓난아기가 아닙니까? 영주님은 이 아이가 생겼을 때 분명히 국왕 폐하를 모시고 가스꼬뉴(Gascony, 프랑스 남서부의 도시)에……..」

배너는 들은 척도 안 하고 홀리스의 말을 가로막았다.

「피오나 할멈, 마을에 사람을 보내서 유모를 구해보게. 그리고 신부님께 말씀드려서 아이에게 세례를 주고, 적당한 이름을 지어달라고 해. 어린것에게 무슨 죄가 있겠나. 최소한 남들이 부를 이름 하나 정도는 있어야겠지.」

그는 경고하듯이 얼굴이 단박에 환해진 유모를 손가락으로 똑바로 가리켰다.

「하지만 마거릿은 안 돼. 메리도 마찬가지고. 마거릿은 벌써 셋이나 되고, 메리, 그리고 메리 마거릿까지 있지 않은가. 안 그래도 누가 누군지 구분하기 힘들어서 죽을 지경인데, 그러면 쓰겠나?」

「분부대로 합지요, 영주님.」

한쪽 무릎을 굽히고 어색하기 짝이 없는 자세로 절을 하면서 피오나가 대답했다.

몸을 돌리고 피오나가 문가로 걸어가는데, 갑자기 젖먹이가 옴죽대면서 칭얼대기 시작했다. 유모는 아이를 어깨에 올려놓고 나지막한 목소리로 자장가를 불러주었다. 거짓말처럼 울음을 딱 그친 아이는 기분이 좋아졌는지 침으로 방울방울 거품을 만들면서 신나게 옹알거렸다.

두 사람이 멀어지는 모습을 물끄러미 보고 있던 배너의 얼굴에 기묘한 표정이 떠올랐다.

「우리 아이들에게 필요한 건 엄한 아버지가 아니라, 여자의 부드러운 손길일지도 몰라.」

「피오나 할멈도 여자가 아니랍니까.」

홀리스가 꼬집어서 말했다.

「맞는 말이야. 그래도 할멈 나이를 생각해야지. 더구나 엄마의 손길처럼 따사롭고 부드러운 것이 이 세상에 또 어디 있겠는가.」

강렬한 시선으로 홀리스를 바라보는 배너의 얼굴에선 '부드러움'이 모두 사라지고 없었다. 전장에서 전술을 구상하거나, 기습을 시도할 때마다 언제나 얼굴에 자리잡았던 거칠고 무자비한 기색이 떠올라 있었다. 겁이 덜컥 난 홀리스는 저도 모르게 한 발자국 뒤로 물러섰다.

홀리스가 아무 이유 없이 공포심을 느낀 게 아니라는 사실을 증명이라도 하듯이, 배너는 입가에 야수처럼 잔인한 미소를 흘리면서 위협적으로 성큼성큼 다가왔다.

「홀리스, 아무리 생각해도 우리 아이들에게 엄마를 찾아줄 만한 사람은 자네 말고는 없어.」

「저 말입니까?」

뒤로 물러나던 홀리스가 테이블에 부딪히면서 술병이 왈그락 달그락 소리를 내면서 흔들렸다.

「하지만 영주님, 저보다는 영주님께서 직접 신부가 되실 분을 고르시는 편이 낫지 않을런지요.」

배너가 손을 내저었다.

「여자와 관련된 일이라면, 나는 아둔하기 짝이 없는 인사일세. 내가 직접 신부를 찾아 나선다면, 필시 죽은 메리나 마거릿처럼 풍만하고 몸에서 달콤한 향내가 나는 여자를 고를 게야. 결국 그 여자에게서 밴 향기가 머리카락에서 사라질 사이도 없이, 애들이 줄줄이 태어나겠지.」

테이블 반대편으로 성큼성큼 걸어간 배너는 사방에 흩어진 두루마리들을 뒤적거려서 검은색 양피지를 찾아냈다. 그는 깃털이 달린 펜을 잉크병에 담근 다음, 양피지에 대고 정신없이 무언가를 휘갈겨 쓰기 시작했다.

「폐하는 지금 궁전의 보수공사를 몸소 감독하실 요량으로 윈저 궁에 머물고 계시네. 폐하께서 청원을 받아주신다면, 내 대신 신부를 고르고, 그 여자의 가족과 약혼식을 준비하고, 그 여자와 함께 사제 앞에 서서 혼인서약을 할 권한은 모두 자네가 갖는 게야.」

홀리스의 공포심이 수직으로 상승을 했다.

「저더러 지금 영주님의 신부와 혼인을 하라는 말씀입니까?」

배너는 손을 멈추고 홀리스에게 성난 표정을 지었다.

「그걸 말이라고 하나? 내 말은, 사제가 축복을 할 때 내 대신 그 여자 옆에 서달라는 얘기였어.」

그는 국왕에게 전할 청원서를 녹은 밀랍으로 봉한 다음, 홀리스의 손을 철썩 갈겼다.

「자네가 신부와 함께 엘서노르에 돌아오면, 그걸로 임무는 모두 수행한 거야. 그리만 되면, 나는 조물주와 국왕 폐하가 인정하는 합법적인 아내를 맞게 되는 셈이지.」

배너가 어깨를 철썩 갈기자, 홀리스는 비틀대지 않으려고 용을 썼다.

「내 미래를 모두 자네에게 맡기네. 내가 바라는 신부감은 모성애가 넘치고, 황소처럼 억센 여자. 다시 말해서 나로 하여금 음욕을 조금치도 일어나지 않게 하는 그런 여자일세.」

홀리스는 한숨을 내쉬면서 양피지를 허리띠 안에 끼워 넣었다. 배너가 일단 마음을 먹으면, 끝까지 고집대로 밀고 나간다는 사실을 누구보다도 잘 알지 않았던가.

「영주님께서 국왕 폐하의 총애를 받고 있다는 소문이 널리 퍼졌으니, 신부감을 구하는 일도 그다지 어렵지 않겠지요」

그 말을 듣고 배너가 회의적이라는 듯이 한쪽 눈썹을 치켜 올렸다.

「그렇게 생각처럼 쉽지는 않을 걸. 나는 혼인한 여자를 둘이나 죽이질 않았나.」

「영주님 책임이 아니질 않습니까?」

창가로 돌아간 배너는 양손을 등뒤에서 깍지끼고 안뜰을 내려다보았다. 달콤하고 순진한 어린아이의 웃음소리가 바람을 타고 방안으로 실려 들어왔다.

배너의 표정이 어느새 부드러워지면서, 거친 태도에 가려져 있던 절박한 심정이 은연중에 드러났다.

「우리 아이들을 친 혈육처럼 아끼고 사랑해줄 여자를 꼭 찾아주게,

홀리스」

　이 세상 누구보다도 아끼는 친구이자 주군인 배너의 심란한 얼굴을
대하고 있자니, 마음속에서 저도 모르게 충성심이 솟구쳤다.

「꼭 찾아내겠습니다, 영주님.」

　홀리스는 한쪽 무릎을 꿇고 한 손을 검집에 올려놓았다.

「제 목숨을 걸고 맹세합니다.」

2

'난 이제 영주님 손에 죽었어.'

홀리스는 지친 말을 끌고 이끼가 뒤덮인 숲을 터벅터벅 걸어가면서, 음울한 심정으로 자신이 얼마나 끔찍한 최후를 맞게 될지 심각하게 생각해보았다. 배너의 검을 맞고 죽는다면 천만다행이나 다름없는 일이리라. 펄펄 끓는 기름 속에 천천히 밀어 넣는 형벌을 받거나, 아니면 지하 감옥에 우글대는 쥐들의 일 년 치 식량이 되거나, 한 손에 도끼를 들고 두건을 뒤집어쓴 남자와 한밤중에 오붓하게 만나서 시퍼런 도끼 날에 목을 들이대는 신세가 되어도 아무 할말이 없었다. 운이 좋으면 '이런 무의미하고, 불가능한 임무'를 맡는 것이 얼마나 미련한 짓인지 젊은 기사들에게 경고하는 뜻으로, 자신의 머리를 창에 꽂아서 망루에 전시해 달라고 간청할 수 있는 기회가 주어질지도 모른다.

「집사님?」

홀리스를 따라 터벅터벅 걷고 있던 병사 하나가 대범하기 짝이 없는 말을 했다.

「저기 저 떡갈나무는 벌써 네 번이나 지나치질 않았습니까?」

「아무래도 길을 잃은 것 같습니다.」

다른 병사가 말했다.

「그래, 이젠 끝장이야. 빠져 나갈 길이 없어.」

계속 처량한 상념에 젖어 있던 홀리스가 웅얼거렸다.

한 발자국 앞으로 디딜 때마다 몸에서 마지막 남은 힘이 스르륵 빠져 나가는 느낌이었다. 지난 두 달 간 홀리스는 병사들을 이끌고 영국 전역을 이 잡듯이 뒤지고 다녔다. 윈저에서 시작해서 웨일스(영국 남서부의 지방. 수도는 Gardiff)에 이르기까지, 과년한 딸들을 둔 귀족 집안을 모두 방문했지만, 아직도 배너의 입에 맞는 신부감을 구하지 못한 상태였다.

배너의 예상을 깨고, 아비들은 모두 자기 딸들을 배너에게 시집보내고 싶어서 안달이었다. 하지만 첫째 딸이 지나치게 예쁘다 싶으면, 둘째와 막내는 성격이 고약하거나 쳐다보기가 두려울 정도로 추악한 경우가 다반사였고 모성애는커녕 아이들에게 전혀 관심이 없어 보이는 처녀가 있는가 하면, 배를 문지르면서 아들을 다섯 이상은 낳아드리겠노라고 큰소리를 치는 처녀도 있었다.

몸통 둘레가 족히 두 아름은 되고, 코밑 수염이 남자인 홀리스보다 까맣고 숱이 많은 백작 슬하의 처녀를 신부감으로 점찍은 홀리스는 잠시 동안 어깨에서 무거운 짐을 덜은 듯한 안도감을 느꼈지만, 저녁식사를 하는 동안 문제의 그 처녀가 탁자 밑으로 손을 뻗어 그의 허벅지를 붙잡고 속눈썹을 깜빡거리면서 두꺼비처럼 쉰 목소리로 '이녁처럼 실해 보이는 남자가 신부감을 구하지 않는 게 한'이라며 수작을 걸었다. 일순, 백년 묵은 아름드리 나무처럼 튼튼해 보이는 처녀의 거대한 허벅지에 깔려서 욕을 당하는 배너의 처참한 모습이 머리를 스쳤고, 결국 홀리스는 병사들을 이끌고 한밤중에 몰래 백작의 성을 빠져 나와 꽁지가 빠지게 도망쳤다.

절망적인 한숨소리가 폐부에서 흘러나왔다. 이제 얼마 안 있으면 발밑에서 바스락거리는 낙엽들의 안식처를 첫눈이 포근하게 감쌀 테고,

그리되면 엘서노르에 돌아가서 '신부감을 구하지 못했노라고' 배너에게 털어놓는 수밖에 없다. '면목이 없어서' 댕강 자른 머리를 한 팔에 안아 들고 배너를 향해 걸어가는 자신의 모습을 떠올려봤다.

홀리스는 비틀대면서 걸음을 멈추고 주위를 둘러보다가 병사들이 하려던 말이 무엇인지 깨닫고 화들짝 놀랐다. 길을 잃고 방황한 지 꽤 오랜 시간이 지난 듯했다. 까마득한 옛날, 이 숲에 뿌리를 내린 고목(古木)들이 보는 이로 하여금 두려움을 느끼게 할 정도로 당당하게 아래를 내려다보고 있었고, 황금빛, 보랏빛으로 물든 잎새들이 햇살을 주위에 뿌리고 있었다.

바로 앞쪽에서 나뭇잎 사이로 무언가가 움직였다. 때를 맞춰 깔깔대고 웃는 소리가 희미하게 울려 퍼지지 않았다면, 아마 그림자에 눈이 현혹된 것이려니 치부했을지도 모른다.

병사들은 주춤대면서 불안한 시선을 주고받았다.

「마음의 준비를 단단히 해두시는 게 좋을 겝니다. 숲의 정령일지도 모르니까요.」

어떤 병사가 경고하듯이 말했다.

「어쩌면 요정일지도 모르지요.」

손가락 끝으로 가슴에 십자를 그으면서, 다른 병사가 말했다.

「계집의 형상을 한 요정들은, 지하에 있는 자기들의 소굴에 장정들을 끌고 가서 '씨'를 훔치길 좋아한다고 하더이다.」

홀리스가 코웃음을 쳤다.

「우리가 요정들 눈에 찰 것 같은가? 내가 요정이라면 우리처럼 쓸모없는 인간들은 뒤로 던져버리고, 영주님을 납치하겠네. 영주님의 도움만 받는다면 '요정들의 왕국' 하나쯤은 거뜬히 만들 수 있을 테니.」

한쪽 무릎을 꿇고 습기를 머금은 덤불을 들추었더니, 구름의 그림자와 햇살을 조각으로 이어 붙인 퀼트처럼 보이는 들판이 눈앞에 펼쳐졌다. 자그마한 무엇인가가 떼를 지어 길게 자란 갈색 풀들을 헤치면서 정신없이 달리고 있었다. 한동안 병사들의 말대로 요정의 왕국에 들어선 것은 아닐까 하는 생각이 머리를 스쳤다. 이윽고 정체 모를 생명체 하나가 나무 뿌리에 걸려 넘어졌으며, 녀석은 울분이 섞인 고함소리로 자신이 '인간'임을 증명했다.

홀리스가 아이를 구하러 달려갈 사이도 없이, 시골 처녀 하나가 깡총깡총 뛰어다니는 아이들 틈에서 빠져 나와 넘어진 '어린양'의 곁으로 달려갔다. 울부짖는 아이를 무릎에 앉히는 처녀를 보고 홀리스는 호기심이 생겼다. 따가운 햇살 때문에 눈을 가늘게 뜨고 애써 살펴봤지만, 처녀의 얼굴을 제대로 볼 수가 없었다. 민첩하고 맵시 있게 움직이는 것을 보면 젊은 듯했지만, 차림새만 봐서는 나이를 짐작할 수가 없었다. 위로 틀어 올린 머리는 적갈색 모자 속에 모두 들어가 있었고, 칙칙한 커틀 위에 풍성한 에이프런을 걸치고 있으니 그럴 만도 하다.

어린아이를 보호하듯이 가슴에 꼭 끌어안는 처녀의 모습에 홀리스는 가슴이 뛰었다. 너무 멀리 떨어져 있어서 목소리는 들을 수 없었지만, 아이를 달래는 부드러운 목소리가 귓가에 들리는 듯했다.

홀리스는 자리에 털썩 주저앉았다. 어쩌면 지금까지 엉뚱한 곳에서만 시간을 허비했는지도 모른다. 신부감이 꼭 귀족 출신이어야 한다는 의사를 배너는 한번도 내비친 적이 없었다. 피오나를 꼭 닮은 여자 - 수줍음이 많고, 튼튼한 농가집 처녀 - 라면 정신없이 날뛰는 아이들을 잘 돌보아줄 테고, 남편이자 주인인 배너에게 이거 해달라, 저거 해달라며 귀찮게 굴지도 않으리라.

홀리스가 히죽대면서 웃기 시작했다. 슬며시 다가온 병사들은 깜짝 놀라서 홀리스의 멍한 얼굴을 내려다보았다. 어떤 병사가 시험삼아 홀리스의 면상에 대고 손을 흔들어봤지만, 눈 하나 깜짝하지 않는다.

「어찌된 영문입니까? 헛것을 보신 겝니까?」

「그래, 저걸 보고 있었네. 내 기도에 대한 응답이라고 해야 할까?」

병사들이 의아한 시선을 교환하자, 홀리스의 웃음이 의미심장한 미소로 바뀌었다.

「성모 마리아 말일세.」

당장이라도 말에 올라 언덕 아래로 질주하고 싶은 마음이 굴뚝같았지만, 처녀와 아이들을 놀라게 할 순 없는 노릇이다. 인근에 있는 마을이나, 성을 찾아들기만 하면 해결될 일이었다. 필시 처녀가 누구이고, 어디 사는지 얘기해줄 만한 사람이 있으리라.

　　그는 떠나기 전에 처녀를 한 번만 더 보아야겠다는 유혹을 뿌리치지 못하고 덤불을 다시 한 번 들추었다. 넘어졌던 아이는 몸부림을 치면서 처녀의 품을 빠져 나오나 싶더니, 옹이투성이의 사과나무에 매달려 위로, 위로 기어 올라갔다. 처녀는 몸을 일으키고 나무 옆에 서서 아이의 손이 미끄러지거나, 자그마한 발이 비틀거리면 받아주려는 듯이 두 팔을 쭉 뻗었다. 적당하게 펑퍼짐한 엉덩이가 꼭 황소의 볼기짝과 비슷해 보인다.

　　홀리스는 몸을 일으키고 한숨을 내쉬었다. 아이를 달래는 처녀의 부드럽고 달콤한 목소리를 상상하면서.

「망할 놈의 자식 같으니. 당장 그 나무에서 내려오지 않으면, 내가 직접 올라가서 아래로 집어던질 줄 알아.」

「웃기시네.」

「하나도 안 웃기네.」

「웃기시네!」

　　반쯤 썩은 사과가 위에서 날아오더니 윌로우의 이마를 정확하게 맞췄다. 그 모습을 보고 다른 아이들이 윌로우를 손가락질하면서 거만하게 웃어댔다.

　　이를 뿌드득 갈면서, 윌로우는 방금 했던 위협을 몸으로 실천하기 위해서 나무에 한 발을 올려놓았다.

　　구석에 몰린 고양이 마냥 울부짖으면서, 열 살짜리 해럴드는 주르륵 나무 아래로 미끄러져 내려왔다. 하지만 바닥에 도달하기 일보 직전, 윌로우의 치마에 발이 걸려서 또다시 고꾸라지고 말았다.

　　아이의 입에서 고막이 찢어져라 울부짖는 소리가 터져나오자, 윌로우

는 진저리를 치면서 이를 갈았다. 아이를 일으켜 세우고 먼지를 털어줄
지, 아니면 목을 졸라버릴지 결정을 못하고 갈팡질팡하는 사이에, 아이
는 몸을 옆으로 굴리고 일어나 앉았다.

「윌로우가 발을 걸어서 넘어졌어!」

아이가 숨을 몰아쉬면서 말했다. 해럴드의 토실토실한 뺨이 에이프런
의 주머니 속에 모아둔 사과보다 한층 더 새빨개졌다.

「윌로우가 발을 걸었어! 아빠한테 이를 줄 알아!」

여덟 살 먹은 거타가 발을 동동 구르면서 해럴드를 옹호했다.

「나도 봤어! 윌로우는 못생긴 주제에 심보까지 고약한 할망구야. 나
도 아빠한테 일러줘야지!」

「엄마한테도 일러바치자! 그럼, 또 저녁식사를 하지 못하고 자야 될
거야!」

아홉 살짜리 쌍둥이들이 새된 목소리로 거의 동시에 말했다.

윌로우는 아무 동요 없이 가만히 나무에 기대서 팔짱을 끼고 눈을 가
늘게 떴다. 심술궂은 미소가 윌로우의 얼굴에 떠오르자, 아이들은 돌연
입을 다물었다. 코를 훌쩍거리던 해럴드마저 잠잠해졌다.

「너희들은 어쩌면 그렇게도 내 마음을 잘 아니? 저녁을 굶고 잠자리
에 들면, 필시 엄청나게 배가 고파지겠지? 그럼, 깜깜한 밤중에 침대에
서 빠져 나와 먹을 걸 찾으러 돌아다닐 거야.」

윌로우는 해럴드의 튜닉 자락 밑에 삐죽이 튀어나온 자그마하고 하얀
배를 내려다보면서 입맛을 다셨다.

「내 입맛에 맞을 만한 오동통하고 야들야들한 고기를 찾아서······.」

윌로우의 목소리가 점점 낮아지자, 혼비백산한 해럴드는 비명 소리를
지르면서 벌떡 일어났다. 아이들이 목이 터져라 소리를 지르면서 사방
팔방으로 흩어졌다.

배를 잡고 웃다가 기운이 빠진 윌로우는 나무에 털썩 쓰러졌다. 한참
만에 웃음이 잦아들자, 윌로우는 등을 아래쪽으로 미끄러뜨리고 나무
밑에 앉아서 사과를 한 입 베어 물었다. 자신이 아무리 구슬리고, 꼬시

고, 알아듣게 타이르고, 위협을 해봐도 응석을 받아주기만 하는 새어머니 때문에 아이들의 행동거지는 변함없었다.

월로우는 달콤한 사과를 아작아작 씹어먹으면서, 해럴드가 태어나기를 손꼽아 기다리던 자신의 모습을 마음속에 떠올려봤다. 3년 동안 의붓형제들의 뒤치다꺼리를 도맡아 하던 자신에게도 반쯤은 같은 피가 흐르는 형제가 생기게 되었으니, 기대감을 억누르기가 힘들었다. 하지만 월로우가 새로 태어난 남동생을 훔쳐보려고 침대에 다가가자, 블랜치는 아들을 낳아준 여자는 죽은 월로우의 엄마가 아니라 자신이라고 아버지에게 은근히 강조했다.

월로우는 사과를 한 입 더 베어 물었다. 해럴드는 본디 심성이 고운 아이였지만, 얼마 지나지 않아 월로우를 깔보는 형이나 누나들의 영향을 받게 되었고, 애초에 자연스럽게 형성되었던 끈끈한 애정도 자취를 감추고 말았다. 해럴드의 자그마한 팔이 감당하기에는 두 사람 사이에 파인 골이 너무 깊고 넓었다. 결국 뒤를 이어 태어난 세 아이들도 해럴드와 비슷한 과정을 거쳤다.

다른 형제들은 모두 오동통하게 살이 올랐지만, 월로우는 호리호리했다. 다른 형제들은 금발이었지만, 월로우의 머리카락은 까마귀처럼 새까맸다. 형제들은 눈동자가 초록색이었지만, 월로우는 회색이었다. 다른 형제들에게는 색슨족의 차가운 피가 흐르고 있었지만, 월로우의 몸에는 열정적이고 뜨거운 프랑스인의 핏줄이 흐르고 있었다. 다른 형제들은 사랑을 듬뿍 받고 있었지만 월로우는…….

갑자기 월로우는 식욕이 없어져서 반쯤 먹다만 사과를 집어던졌다. 아주 오래 전부터 월로우는 '아빠의 꼬마 공주님'이 아니었다. 베들링튼에 도착한 이래, '블랜치 여왕'은 자신의 아이들을 왕위에 오르게 만들겠다는 무자비한 야망 하나로 월로우를 공주의 자리에서 몰아내버렸다.

한동안 월로우는 너무 혼란스러워서 '패배'를 시인할 수가 없었다. 그래서 어떻게든 아버지의 무릎에 기어 올라가려고 하면, 찰싹 달라붙기 좋아하는 리애너 혹은 능글맞은 스티븐이 어느새 자리를 차지하고 있었다. 옛날 이야기를 듣고 싶어서, 윌로우는 아버지 무릎 주위에 모인 아이들 틈을 비집고 들어가려고 끙끙대곤 했다. 하지만 아버지가 팔을 뻗어서 윌로우를 가까이 끌어당기려고 하면, 먹이를 눈앞에 둔 '은색 거미'처럼 블랜치의 손이 가차없이 윌로우의 어깨를 움켜쥐었다.

「나이도 먹을 만큼 먹은 아이가 저런 허무맹랑한 얘기를 들어서야 되겠니?」

블랜치는 윌로우의 귓가에 대고 그렇게 속삭이곤 했다. 블랜치의 달콤하지만 독을 품은 목소리는, 눈물이 쏙 나올 정도로 어깨를 힘껏 움켜쥔 손보다 훨씬 더 효과적으로 공포 분위기를 조성했다.

「그러지 말고 위층에 가서 비어트릭스의 기저귀나 갈아주려무나.」

윌로우는 홀에서 어기적어기적 걸어나오면서 고개만 살짝 돌리고 정에 굶주린 눈망울로 아버지를 훔쳐보곤 했다. 분명히 몇 번인가, 아버지의 눈동자에도 '덫에 걸린 짐승이 느끼는 공포심'이 뚜렷하게 떠오른 적이 있었다. 하지만 아버지가 윌로우를 부르려고 입을 벌리기만 했다 하면 블랜치 소생의 아이들이 '딴 데 정신 팔지 말라'고 아우성을 치면서 개미떼처럼 달라붙었다. 결국, 아버지의 입에서 맴돌던 말은 점점 부피가 커져서 몸을 가누지 못할 정도로 무겁게 짓누르는 침묵으로 변형되었다.

문득문득 차라리 아버지의 사랑을 받았던 때를 기억하지 못했으면 좋겠다는 생각이 들었다. 그랬으면 누군가에게 사랑을 받는 자신의 모습을 상상하면서 시간을 허비하는 일은 없었으리라. 시간이 갈수록 혼자만의 시간을 애타게 바라는 마음보다 사랑을 받고 싶다는 욕구가 훨씬 더 강렬해졌다.

달콤하면서도 씁쓸한 백일몽의 유혹을 뿌리치지 못하고, 윌로우는 나무에 머리를 기댔다. 눈을 슬며시 감았을 때 윌로우의 머리에 떠오른 환영은 아버지가 아니라, 어떤 남자의 얼굴이었다.

상상 속의 세계를 현실과 혼동했던 어린 시절, 윌로우는 그에게 '왕자님'이라는 이름을 지어주었다. 흑단처럼 새까맣고 실크처럼 윤이 나는 머리카락. 강인해 보이는 턱, 따뜻한 표정. 오로지 자신만을 향한 눈빛 속에 사랑이 듬뿍 담겨 있는 한, 눈동자 색은 아무래도 상관없다.

바스락거리는 낙엽 소리에서 남자의 나지막한 속삭임을 듣고, 보드라운 산들바람에서 그의 손길을 느끼면서 얼마나 오랫동안 그렇게 앉아 있었는지. 입술에 떨어진 차가운 빗방울이 상상 속의 왕자를 몰아내버리기 전까지, 윌로우는 자신이 입술을 열심히 오므리면서 '키스하는 흉내'를 내고 있다는 사실을 깨닫지 못하고 있었다.

윌로우는 불안감을 느끼면서 몸을 일으켜 세웠다. 나이가 적지 않은 만큼 어린애들처럼 주린 배를 안고 잠자리에 드는 처벌을 받지 않을지도 모르지만, 새어머니라면 능히 다른 처벌을 고안해내고도 남을 사람이었다. 윌로우는 한 가락 흘러나온 머리카락을 모자 속에 밀어 넣었다. 요전에 윌로우가 반항을 했을 때, 블랜치는 지저분한 고수머리를 몽땅 밀어버리겠다고 위협을 했다.

주머니에 담은 사과들이 쏟아지지 않게 에이프런을 꼭 묶고, 윌로우는 목초지를 가로질러 한때 자신이 '집'이라고 부르던 성을 향해 달음박질했다.

곰팡이가 잔뜩 피어오른 부엌으로 뛰어들어가자마자, 소나기가 무서운 기세로 하늘에서 쏟아지기 시작했다. 금이 간 천장에서 줄줄 흘러내리는 빗줄기를 피하던 윌로우는 하녀가 부주의하게 불을 꺼뜨렸다는 사실을 깨닫고 몸을 떨었다. 온기가 없는 벽난로, 아무렇게나 집어던진 불쏘시개가 증거로 남은 이상, 주린 배를 안고 잠자리에 들어야 할 사람이 하나 더 늘어날지 모른다.

낭비벽이 심한 블랜치는 아버지의 등가죽을 벗겨내는 것만으로 부족해서, 흡혈귀처럼 끝도 없이 피를 빨고 있었다. 블랜치와 혼인하기 전에 아버지가 꿈꾸었던 '금화가 넘치는 돈궤'는 벌써 오래 전부터 바닥이 드러났고 이제 남은 돈도 별로 없었다. 보석과 모피를 온몸에 휘감고, 사랑스러운 아이들에게 새마이트(Samite, 금실과 은실을 섞어 짜서 만든 두툼한 견직물)와 양모로 만든 옷을 입히기만 하면 성을 방어하는 데 필요한 여러 가지 장비나 시설들이 어찌 되든, 좀더 나은 주인을 모시기 위해 병사들과 농노들이 아버지를 버리든 말든 블랜치는 아무 신경도 쓰지 않았다.

블랜치가 리애너와 에드위나를 부유한 제후에게 시집 보내지 않았다면, 베들링튼은 국왕 폐하의 눈 밖에 난 지 오래였으리라. 리애너와 애드위나의 남편은 사위 덕을 보려는 블랜치의 위협과 협박에 굴하지 않고 꿋꿋하게 버텼지만, 끝도 없이 이어지는 아내의 푸념을 계속 들었다가는 실성할 것 같았기에 결국 베들링튼에 부과된 세금을 대신 부담하기로 했다.

블랜치가 아버지와 혼인하기 전에는, 윌로우와 아버지는 가난했을 망정 행복했다. 하지만 이제 두 사람 사이에 남은 것은 '후회'와 '어색한 침묵'이 전부였다.

새어머니에게 들키지 않고, 홀 위쪽에 있는 발코니를 통과해서 동생들과 함께 사용하는 침실 안으로 무사히 들어갈 수 있기만을 바라면서, 윌로우는 계단을 올라갔다. 지금쯤 해럴드가 혀 짧은소리로 윌로우가 저지른 죄를 낱낱이 고하고 있을 거라는 예상을 했건만, 홀 안에서 난데없이 귀에 익지 않은 남자들의 굵은 목소리가 들려왔다.

윌로우는 발코니 난간을 향해 살금살금 뒤꿈치를 들고 걸어가다가, 여러 개의 골풀 양초에서 한꺼번에 피어오르는 연기를 사이에 두고 아래를 내려다보았다. 기이하게도, 열심히 눈을 씻고 찾아봤지만 아이들을 홀에서 찾을 수가 없었다! 그 대신 낯선 사람들 셋이 단상 앞에 서 있었는데, 전부터 블랜치는 아버지에게 성을 찾아온 손님은 모두 그곳에서 맞아야 한다고 고집을 부렸다. 아버지는 꾸부정한 자세로 의자에 앉아 있었다. 적황색이었던 머리칼은 어느새 칙칙한 희색으로 변했고, 강단이 있어 보이던 어깨는 블랜치가 진 빚들과 끊임없이 이어지는 요구사항을 감당하느라 잔뜩 굽어 있었다. 그에 비해 금박을 입힌 의자에 기대고 앉아서 '먼지투성이 홀'의 여주인 노릇을 하고 있는 블랜치의 모습은 신화

속에 등장하는 색슨족의 여왕처럼 당당했다.

「지참금을 당장 마련하지 못하신 대도 상관없습니다. 저희 영주님께서 '신부 몸값'(Bride-price, 신랑 될 자가 신부집에 주는 돈, 귀중품, 식량 따위)을 넉넉하게 내주실 게요.」

황금 박차(기사 작위를 받을 때 황금으로 만든 박차를 받는다)를 몸에 지닌 기사가 입을 열었다.

「돈을 치르고 신부를 사겠다니, 너무 야만적이질 않소! 더 이상 아무 말도 듣고 싶지 않소!」

의자의 팔걸이를 주먹으로 내리치면서 아버지가 고함을 쳤다.

「대체 얼마나 넉넉하게 내주실 작정인지?」

창백한 손을 아버지의 소매에 올려놓으면서, 블랜치가 탐색하듯이 물었다.

낯선 사람은 무엇이 우스운지 숱이 많은 수염을 씰룩대면서 윌로우의 새어머니를 뚫어져라 쳐다보았다.

「신부 몸값은 섭섭지 않게 내주실 터이니, 그 점에 대해서는 걱정하시지 않아도 됩니다. 저희 영주님께서는 벌써 국왕 폐하의 승인을 받으셨습니다. 혼사가 성사되기를 '더없이' 바라고 계시니까요」

「오, 그렇지만 윌로우도 저희들에겐 '더없이' 소중한 아이랍니다.」

아버지가 입을 열 기회도 없이, 블랜치가 먼저 말했다.

윌로우는 난간에 바짝 달라붙었다. 블랜치가 시집올 때 데리고 들어온 막내딸, 비어트릭스에 대한 이야기를 나누고 있는 듯했다. 하지만 비어트릭스는 아직 열 네 살도 채 되지 않은 어린애가 아닌가! 제일 비싸게 값을 부르는 자에게 비어트릭스를 넘길 작정이라면, 블랜치도 어지간히 절박한 심정인 게 틀림없다. 의붓여동생이 사라지면, 당연히 앓던 이가 빠진 것처럼 시원해지리라. 윌로우의 커틀을 적시고 신발 속에 오줌이 줄줄 흘러 들어가게 한 이래, 비어트릭스는 갖가지 방법을 동원해서 윌로우로 하여금 굴욕감이 들게 만들었다. 윌로우는 손으로 배를 쓰다듬었다. 가슴 한복판에 구멍이 뚫리기라도 한 듯이 허전하고, 마음이 쓰라린 것은 아마 비어트릭스에 대한 질투심 때문이리라. 그런 버릇없는 계집애를 다시 못 보게 된들, 보고 싶어질 리가 없다……

블랜치의 손을 뿌리치고, 아버지는 미심쩍은 듯이 기사를 노려보았다.

「그대의 영주님께서 우리 아이를 그토록 바라시는 이유가 뭐요?」

남자의 대답을 들으려고 한껏 몸을 앞으로 숙이는데, 무언가 축축한 것이 뒷덜미를 스르륵 기어갔다.

「으윽.」

축축한 것의 정체가 남자의 '혀'임을 깨닫고, 윌로우는 몸서리를 쳤다. 몸을 획 돌린 윌로우는 상대를 구석으로 밀어붙였다.

「내 말 잘 들어, 스티븐. 혓바닥은 입 속에 잘 간수하고 있는 게 좋을 거야. 계속 그렇게 뱀처럼 날름대면, 뿌리까지 뽑아버릴 줄 알아.」

윌로우의 의붓오빠는 낄낄대면서, 오만하게 한쪽 눈썹을 치켜 올렸다.

「네 혀가 훨씬 더 달콤한데, 내가 굳이 왜 내 것을 입 속에 간수하겠냐?」

스티븐의 숱 많고 반들반들한 금발머리와 근육질의 몸매만 봐도 기절하는 하녀들이 있을런지도 모르겠지만, 윌로우의 눈에는 성에 도착한 날부터 가차없이 자신을 조롱하고 못 살게 굴었던 심술 사나운 남자애에 불과했다. 물론 지금은 그때보다 훨씬 더 커다란 검을 허리에 차고 있었지만.

「아무리 달콤한 열매라도, 독이 있다는 것쯤은 아셔야지.」

허리춤에 손을 올려놓고 윌로우가 쏘아붙였다.

스티븐이 연한 바다 빛깔의 눈을 가늘게 떴다.

「내 눈앞에 있는 '열매'는 다소 건방지게 자란 것 같군.」

그는 턱으로 발코니를 가리켰다.

「계속 그렇게 주제파악도 못하고 자기 자신을 턱없이 부풀릴 것 같아 미리 해두는 말인데 말이다. 저기 저치들이 모시는 군주가 널 '몸 파는 계집'처럼 사겠다고 했다지?」

윌로우는 너무 놀라서 스티븐의 모욕적인 언사를 듣고도 아무 소리

없이 가만히 있었다.

「나를?」

그녀는 경이감을 숨기지 못하고 조심스럽게 손을 가슴에 올려놓았다.

「정말 '날' 신부로 맞고 싶다고 그랬단 말이야?」

능글맞게 웃고 있던 스티븐의 얼굴이 순식간에 험악해졌다.

「그렇게 소처럼 눈만 꿈뻑꿈뻑할 것 없어, 이 미련한 계집애야. 엄마가 널 보내실 것 같으냐?」

스티븐의 말이 쓰라린 현실로 다가오는 순간, '윌로우가 느꼈던 경이로움'은 물거품처럼 공중에 증발해버렸다.

「그렇겠지. 날 보내면 아이들 뒤치다꺼리 할 사람이 없어질 테고 어쩌면 '하녀를' 하나 더 구해야 할지도 모르니까.」

주군 대신 열심히 구혼하고 있는 기사를 아버지가 내치시는 광경을 차마 볼 수가 없어서, 윌로우는 침실로 몸을 돌렸다.

그 모습을 보고 스티븐이 윌로우 앞에 서서 길을 막았다.

「엄마는 절대로 널 다른 남자에게 주시지 않을 걸. 내가 널 갖고 싶어한다는 걸 아시니까.」

윌로우는 저도 모르게 움찔했다. 아직까지 스티븐이 이렇게까지 도가 지나친 행동을 한 일이 없었던 것이다. 윌로우는 마음을 다잡고 비웃음이 가득한 스티븐의 눈동자를 대담하게 응시했다.

「글쎄, 그게 네 맘대로 될까? 넌 절대 날 소유할 수 없어. 피는 한 방울도 섞이지 않았지만, 그래도 넌 내 형제야. 국왕 폐하가 혼인을 절대 승인하지 않을 걸.」

스티븐은 목소리를 나지막하게 깔면서 윌로우의 어깨를 있는 힘껏 쥐었다.

「우습군. 내가 언제 너하고 혼인한다는 말을 했지?」

육즙이 뚝뚝 떨어지는 고기를 보고 입맛을 다시듯, 두툼한 아랫입술을 핥는 스티븐을 보니 '해럴드를 약올리지 말 걸' 하고 후회하는 마음이 들려고 했다. 스티븐의 번들거리는 혀가 살짝 벌린 입술 바로 앞까지 다가왔을 때, 윌로우가 나지막하게 속삭였다.

「계속 그렇게 혀를 날름거리면 내가 어떻게 한다고 그랬지?」

윌로우는 어깨에 놓인 손을 뿌리친 다음, 스티븐의 사타구니를 감싼 살 주머니를 향해 무릎을 걷어 올렸다. 스티븐은 몸을 잔뜩 웅크리고 나지막하게 신음하면서 욕설을 내뱉었다.

윌로우는 도망쳐야 된다는 원초적인 본능에 따라 왼쪽, 그리고 오른쪽으로 방향을 바꾸면서 쏜살같이 달렸다. 별 생각 없이 홀과 이어진 계단 아래로 질주하던 윌로우는 균형을 못 잡고 비틀거리다가 아슬아슬하게 발을 멈췄다.

「엄청나게 많은 양이군요, 루퍼스 그 정도 되면 2년 동안 내야 할 세금을 모두 부담하고도 남겠어요」

블랜치의 눈동자에 꿈꾸는 듯한 기색이 어리면서 탐욕스럽게 빛나던 광채가 다소 희미해졌다.

「그만 하시오, 부인! 내가 딸아이를 팔아치울 것 같소!」

의붓오빠의 비웃음처럼 추악한 미래를 어떻게든 피하고 싶다는 욕구 하나로, 윌로우는 발코니 아래쪽에 드리워진 그늘에서 나와 쩌렁쩌렁 울리는 목소리로 말했다.

「새삼스럽게 안 될 게 무어 있겠어요, 아버지? 처음 있는 일도 아니잖아요」

전장에 나가는 전사처럼 어깨를 똑바로 펴고 홀 안으로 걸어 들어오는 '유순한 성처녀'를 보는 순간, 홀리스는 입을 떡 벌렸다. 심지를 제대로 손질하지 않은 골풀 양초에서 연기가 매캐하게 피어오르고 있어서, 홀리스는 하는 수 없이 실눈을 뜨고 어둑어둑한 홀 한구석에 서 있는 처녀를 뚫어져라 바라보았다. 흘러내린 모자가 처녀의 한쪽 눈을 가리면서 얼굴에 그림자를 드리우고 있었다.

이렇게 운이 좋으리라고는 미처 상상도 못했다. 베일 속에 쌓여 있던 정체불명의 천사는 알고 보니 여염집의 처녀가 아니라, 가난한 귀족의 딸, 그것도 노처녀였다! 죽을 때까지 가족들에게 폐를 끼치면서 살아가는 수밖에 없다고 이미 오래 전에 체념했을 법한 노처녀. 배녀처럼 세력이 높은 제후와 혼인하게 된다면, 필시 고분고분하게 남편의 뜻을 받들고, 남편을 기쁘게 해주려고 안간힘을 쓸 게 분명하다. 더구나 다른 남자들이 혐오해 마지않던 변변찮은 용모를, 배녀라면 쌍수를 들고 기꺼워하며 칭송을 아끼지 않을 터.

슬쩍 천장을 한번 훔쳐봤더니, 한때는 화려한 휘장으로 장식을 했음직한 서까래에 거미줄이 잔뜩 매달려 있었다. 이런 지저분한 소굴에서 계속 살아야 하는 신세에서 구제 받게 되었으니, 더욱 더 겸허하고 감사하는 마음을 가져야 하리라.

성에 가까이 다가가는 와중에, 홀리스와 병사들은 잡초가 무성한 해자(垓字)에서 풍기는 역한 냄새 때문에 대경실색을 했다. 갈라진 금을 통해서 천장으로 스며들어온 비는 산 위에서 쏟아져 내리는 물줄기처럼 성벽을 타고 줄줄 흘러 내렸으며, 바닥에 깔린 골풀에는 사냥개들이 갉아먹다 남은 뼈다귀들과, 배설물 – 말라붙은 것은 물론, 방금 전에 배설한 것까지 – 이 넘칠 정도로 그득했다.

처녀가 단상으로 다가오자, 홀리스는 기사도를 발휘해서 길을 내주었으며 병사들에게도 똑같이 하라고 귀띔을 해주었다.

처녀가 가까이 오면 아비 된 자가 목소리를 한층 더 높이리라고 기대했건만, 그는 딸의 눈길을 피하면서 좀먹은 써코트를 비비꼬았다.

「어른들 얘기하는 데 끼여들면 쓰겠니?」

「절 아이 취급하지 마세요, 아버지. 제가 어린애라면 이분들과 제 혼사 문제를 상의하실 이유가 없잖아요」

윌로우의 말을 듣고 아버지가 손을 내저었다.

「네가 관여할 일이 아니야.」

「아뇨. 어느 누구보다, 응당 제가 관여해야 할 일이에요. 아버지가 새어머니의 지참금과 국왕 폐하의 인정을 받는 대신, 전 지금껏 불평 한마디 못하고 하녀로 살아야 했어요. 그러니, 다음에 모실 주인을 선택할 권리는 제게 있다고 생각지 않으세요?」

홍분한 나머지 침을 튀기면서 뜻 모를 말을 떠들어대는 아버지에게 등을 돌리고, 윌로우는 홀리스에게 몇 발자국 다가가다가 머뭇거렸다.

「진심으로 하신 말씀인가요? 기사님의 주인께서 절 신부로 맞길 원하세요? 진실로, 거짓없이 저와 혼인하기를 바라시냐구요?」

아이들의 엄마를 찾아오라고 했을 때 배너가 얼마나 절박해 보였는지 기억해내면서, 홀리스가 부드럽게 대답했다.

「그렇습니다, 아가씨. 그분이 얼마나 아가씨와 혼인하고 싶어하시는지 상상도 못하실 게요」

윌로우가 턱을 높이 치켜 올렸다.

「그렇다면 청혼을 받아들이겠어요」

윌로우 부친의 신음 소리, 블랜치의 득의양양한 웃음소리, 마지막으로 발코니에서 들려오는 분노에 찬 절규를 의식하지 못한 채, 홀리스는 이를 드러내고 히죽 웃었다.

처녀는 에이프런의 끈을 풀려고 손을 등뒤로 돌렸다. 에이프런을 벗으려고 하는데, 주머니에 담겨져 있던 사과들이 우수수 바닥으로 떨어졌다. 탐스럽게 익은 사과 한 알이 때굴때굴 굴러와서 부츠 끝에 부딪혔지만, 홀리스는 아무것도 느끼지 못했다.

윌로우가 풍성한 에이프런을 벗어 던지는 순간, 희색이 만면했던 홀리스의 얼굴이 순식간에 굳어졌다. 놀라서 쟁반만 해진 홀리스의 눈이 서서히 윌로우의 늘씬한 몸매를 거쳐, 모자를 벗으려고 들어올린 우아한 손을 따라 움직였다. 윌로우가 고개를 흔들자 흑단처럼 까만 머리카락이 어깨로 흘러내렸고, 살포시 미소를 지으면서 진주 알처럼 하얗고 고른 치아가 드러났다.

홀리스는 끙 소리를 냈다.

난 이제 영주님 손에 죽었어.

3

「양고기 한쪽 드시겠습니까?」

창 밖을 내다보고 있던 윌로우는 홀리스의 손에 들린 거대한 '양다리 살'에 눈길을 돌렸다.

「아뇨」

윌로우가 중얼거렸다.

홀리스의 기대에 찬 표정이 순식간에 무너져버리자, 윌로우는 마음을 고쳐 먹어볼까 했지만 속이 울렁거리고, 손마저 마음대로 움직여주지 않는 상황에서 음식에 손을 댈 수가 없었다. 새로 장만한 예쁜 커틀에 기름 한 방울이라도 떨어뜨리면 큰일이었다.

먹어도, 먹어도 음식이 끊이지 않고 나오는 듯한 광주리에 홀리스가 관심을 돌리는 사이, 윌로우는 녹색의 벨벳 커틀에 진흙을 묻힌 고사리 같은 손바닥 자국이 하나도 찍히지 않았다는 사실을 생소하게 느끼면서 치맛자락의 주름을 똑바로 폈다. 리애너나 비어트릭스처럼 예쁘지는 않지만 그래도 이렇게 아름다운 옷을 입고 있으면 '예쁜 척'이라도 할 수 있을 것 같았다. 아버지와 혼인하려고 새어머니가 베들링튼에 도착한 이래, 이렇게 행복한 날은 처음이었다.

사람의 운명은 건 얼마나 얄궂은 것인지. 생각에 잠긴 윌로우의 입가에 미소가 떠올랐다. 오늘 여섯 마리의 아름다운 군마가 이끄는 화려한 이륜마차의 움직임에 맞춰 몸을 가볍게 흔들고 있는 사람은 바로 윌로우였다. 창끝에 나부끼고 있는 자그마한 삼각기들과 황금색 바탕에 붉은 사슴이 앞다리를 들고 힘껏 위로 도약하고 있는 주군의 깃발로 인해 한층 화려해 보이는 수행기사들의 호위를 받는 사람도 윌로우였다. 신랑이 될 남자의 품을 향해 달려가고 있는 사람도 윌로우였다. 가을 햇살을 품에 안으려고 창 밖에 몸을 내민 윌로우의 심장이 말발굽 소리가 땅에 울릴 때마다 고동쳤다.

북으로 가면서, 베들링튼 숲의 거대한 나무들이 점점 모습을 감추었고, 그 대신 구릉지와 노썸벌랜드(Northumberland. 잉글랜드 북동부의 주)의 험준한 바위산들이 모습을 나타냈다. 멀리 떨어진 산봉우리의 가장자리에 흰눈이 살짝 쌓여 있었다.

「설탕으로 절인 무화과는 어떻습니까?」

진한 향기로 유혹을 하려는 듯이, 홀리스가 윌로우의 코에 대고 무화과를 흔들었다.

윌로우는 너무 야멸치게 보이지 않으려고 예의바르게 미소를 지으면서 고개를 좌우로 저었다.

홀리스는 뜻 모를 말을 중얼거리면서 다시 음식 광주리를 뒤졌다. 아무래도 윌로우가 듣기엔 '내 머리를 박제해서 홀에 장식하려고 하시겠지?' 하고 말한 것 같았다.

마차가 가파른 언덕을 기어오르기 시작하면서, 세상이 기울어지기 시작했다. 윌로우는 푹신한 의자에 등을 붙이고 앉아서 가장자리를 모피로 장식한 외투의 모자를 쓰고 흥분 반, 두려움 반으로 몸을 떨었다.

신랑에 대해서 아는 것이라고는 인심이 후하다는 사실이 전부였다. 집사가 병사를 시켜 윌로우가 청혼을 승낙했다는 소식을 전하자, 이륜 마차와 수행기사들은 물론 짐마차를 보내주었는데, 그 안에는 벨벳, 하늘하늘한 쎈들(중세 때 쓰이던 얇은 견직물), 다마스크(능직으로 만든 모, 면 혹은 리넨 직물)로 만든 화려한 가운 여러 벌, 보드라운 암사슴 가죽을 마르고, 한땀 한땀 정성스럽게 바느질해서 만든 신발 여섯 켤레 그리고 값비싼 향수 몇 병으로 넘칠 것 같은 거대한 궤가 두 개나 실려 있었다.

홀을 그득 매운 진귀한 물건들을 보고 블랜치는 후회감으로, 스티븐은 질투심으로 그리고 비어트릭스는 시기심 때문에 속이 쓰려서 견딜 수가 없었다. 블랜치는 신부 몸값을 좀더 높게 부르지 못한 것을 탄식했고, 스티븐은 부루퉁해졌으며, 비어트릭스는 윌로우가 남의 신랑을 가로챘다면서 울부짖었다.

윌로우는 쓴웃음을 지으면서 커틀의 소매와 어깨를 감싼 모피의 보드라운 촉감을 음미했다. 신랑이 진상품을 내주지 않았다면, 아마 깃털처럼 가벼운 짐보자기를 나무 막대기 끝에 대롱대롱 매달고 성안으로 들어가는 신세가 되었으리라. 어쩌면 그는 윌로우를 보드랍게 살결에 감아 붙는 비단과 달콤한 향수의 향기에 마음을 여는 여자들과 한 부류라고 생각했을지도 모른다. 자신의 애정은 훨씬 더 수월하게 얻을 수 있다는 사실, 헌신적인 사랑만 있으면 아무것도 필요하지 않다는 사실을 알게 되면 신랑이 기꺼워할까? 그럼, 얼마나 좋을까?

「설탕 과자 한 개 드릴까요?」

「됐다니까요!」

무슨 연유에서인지 끊임없이 음식을 권하는 홀리스 때문에 낭패감을 느끼면서, 윌로우가 날카롭게 말했다.

「지금은 그다지 시장하지 않아요」

윌로우가 딱 잘라 거절하자, 홀리스의 숱 많은 수염이 축 처졌다. 그녀는 홀리스가 슬쩍 속눈썹을 내리까는 광경을 포착하고, 의아한 마음이 들어서 눈길을 아래쪽으로 움직였다. 홀리스는 윌로우의 커틀에 관심이 있는 듯했다. 체구가 훨씬 더 큰 여자를 위해 지어진 옷처럼, 커틀은 윌로우의 몸에 맞지 않고 밀가루 포대처럼 헐렁헐렁했다. 사실 지금까지 체격이 건장한 형제들 곁에 서 있으면, 자신은 어느 한군데가 모자란 것 같은 느낌이 들었다. 스티븐은 걸핏하면 윌로우가 버드나무 가지처럼 말라 비틀어졌다고 놀려대곤 했다. 배너 경도 엉덩이가 토실토실하고 젖가슴이 풍만한 여자를 더 좋아할지도 모른다. 아직 어리지만 비어트릭스만 해도 그런 여자가 될 조짐이 보였다.

'저 아이라고 저렇게 태어나고 싶었겠니?'

그때 그 목소리가 어찌나 생생하게 들리는지, 블랜치가 지금 심술 맞은 마귀할멈처럼 마차 위에 걸터앉아서 하는 말이라고 한들 이상할 게 전혀 없었다.

윌로우는 홀리스의 손에 들린 사탕을 한참 노려보다가, 냉큼 잡아채서 걸신들린 사람처럼 아그작 아그작 씹어먹었다 홀리스가 너무 안도하는 것처럼 보였기에, 윌로우는 그가 머뭇거리면서 권한 무화과 설탕절임도 거절하지 않고 먹어치웠다. 하지만 홀리스가 바구니 안을 뒤져서 집어 올린 양고기를 코앞에서 흔들어대자, 갑자기 거짓말처럼 식욕이 사라져버렸다.

불안해서 그럴까? 시간이 거꾸로 흘러, 아버지 손을 붙들고 초조하게 새엄마를 기다리던 계집아이로 돌아간 기분이었다.

'블랜치 아줌마가 날 좋아해줄까요?'

'그렇고말고, 우리 귀여운 아가씨. 이 세상에 우리 공주님을 사랑하지 않을 사람이 어디 있겠니?'

그때는 너무 순진해서 그 말을 곧이곧대로 믿었다. 이번에도 다시 그런 일이 생기면, 앞뒤 가리지 않고 무모하게 결정을 내린 것을 평생 동안 후회하리라.

「배너 경에 대해서 조금만 더 들려주세요. 그분이 전장에서 얼마나 용감하게 싸우셨는지, 국왕 폐하와 국가에 얼마나 헌신적인지 말씀해주시긴 했지만, 그래도 다른 사람의 손을 빌어 아내 될 사람을 선택하다니, 도대체 어떤 분인지 알고 싶어요.」

생각에 잠긴 홀리스 경이 양고기를 한 점 뜯어먹었다.

「신중한 분이지요」

갑자기 등골이 오싹해졌다. 어쩌면 흠이 있는 쪽은 윌로우가 아니라, 아직 얼굴을 보지도 못한 신랑일지도 모른다.

「혹시 그분은……」

의혹이 가득한 목소리를 차마 높일 수 없어서 윌로우는 몸을 숙였다.

「……얼굴이 추하게 생기셨나요?」

홀리스는 하마터면 양고기가 목에 걸릴 뻔했다.

「그렇다고는 할 수 없겠지요」

그 정도 대답으로 아직 안심하기는 일렀다.

「전장에서 부상을 입으셨나요? 혹여 다리나 눈을 잃으신 건 아닌가요?」

몸이 떨리는 걸 간신히 억누르면서 윌로우가 말을 이었다.

「아니면 코를……」

재채기를 억지로 참기라도 하는 듯이, 홀리스의 콧수염이 씰룩거렸다.

「걱정하지 마십시오 '중요한 부위'는 모두 있어야 할 곳에 제대로 붙어 있으니까요」

중요한 부위라니, 어디 어디를 말하는 거지? 윌로우가 의아해서 미간을 살짝 찌푸렸다.

「그분의 기질은 어떤가요? 마음이 넓으신 분인가요? 공정하신 분이에요? 아니면 성미가 불같으신 분인가요?」

당황한 홀리스는 눈을 깜빡 깜빡거렸다.

「영주님이 이 자리에 계신다면, 필시 '과음을 하거나 화를 주체하지 못거나, 불경스러운 말을 입에 담는 자가 아니라고' 단언하셨을 겝니다.」

윌로우는 의자에 등을 기대고 양손을 무릎에 올려놓았다.

「여자가 지아비에게 그 이상 바랄 게 뭐가 있겠어요」

그렇지만 얼마 전까지 윌로우는 더 많은 것을 바랐다. 훨씬 더 많은 것을. 윌로우가 상상 속에서 꿈꿔왔던 왕자님이 언뜻 머리를 스쳐 지나가면서, 달콤 쌉쌀한 열망을 불러일으켰다. 앞으로 두 번 다시 듣기 좋은 웃음소리를 들을 수도, 달콤한 키스를 음미할 수도 없으리라. 철없는 꿈은 이제 그만 접어두고, 그 대신 따뜻한 피가 도는 남자를 선택해야 할 때가 온 것이다. 그녀는 눈을 감고 한숨을 내쉬면서 꿈속의 왕자님에게 작별을 고했다.

그녀는 배너 경의 아내로서 최선을 다하기로 마음먹었다. 남편이 나이를 먹어서 노쇠하거나 언청이, 혹은 국가와 국왕을 위해 싸우다가 불구가 되었다고 해도 아무 상관이 없었다. 자신에게, 오직 자신에게만 성실하겠다고 맹세만 한다면 윌로우도 그렇게 못할 이유가 없었다.

마음을 다져먹으면서 윌로우는 눈을 떴다. 아니, 꿈속에서 눈을 떴다고 생각한 것일까? 창 밖에 펼쳐지는 정경을 보아하니 아직도 꿈속을 헤매고 있는 것이 분명하다.

햇빛을 받아 눈부시게 반짝이는 타인 강(Tyne, 잉글랜드 북동부에서 북해로 흐르는 강)이 내려다보이는 절벽 위에 거대한 성이 하나가 둥둥 떠다니는 것처럼 보였다. 같은 성채라고는 해도 허물어져 가는 베들링튼 성과는 비슷한 면모는 눈을 씻고 봐도 찾을 수가 없었다. 슬레이트로 만든 원추형 지붕들이 고아한 자태를 뽐내면서 하늘을 뚫을 듯이 솟아 있는 원형 탑들 위에 왕관처럼 씌워져 있었고, 톱니처럼 표면이 들쭉날쭉한 성벽이 사암으로 만든 베일처럼 거대한 '궁전'을 완전히 둘러싸고 있었다.

윌로우는 눈을 깜빡거렸다. 꿈을 꾸고 있는 게 분명했다. 왕자님이 아니면 누가 이렇게 멋진 궁전에서 살겠어?

홀리스가 입을 연 후에야, 윌로우는 자신이 그 말을 입 밖에 냈다는 사실을 깨달았다.

「그거야 당연히 부인이지요」

윌로우는 눈을 커다랗게 뜨고 홀리스에게 돌렸다.

홀리스의 경직된 미소에 눈길이 머무는 순간, 갑자기 불길한 예감이 등골을 스쳤다.

「저기 저 멋진 궁전은 '엘서노르'라고 합니다. 이젠 부인께서 저곳의 안주인이시지요」

「마차가 도착했다! 마차가 도착했다!」

보초의 목소리가 망루에서 메아리치고 뒤를 이어 나팔소리가 울려 퍼졌지만, 배너는 하품을 하면서 다리를 쭉 폈을 뿐 의자에서 꼼짝도 하지 않았다. 지난주에 벌써 두 번이나, 데즈먼드는 비슷한 책략을 써서 배너를 방에서 끌어냈다. 처음엔 무심코 밖으로 나왔다가 버터를 발라놓은 나무 판자와 계단 위에서 주르륵 미끄러지는 곤을 치러야 했다. 성벽이 완충작용을 해주지 않았다면 계단에서 굴러 떨어지다가 목이 부러졌을지도 모른다.

나팔 소리가 두 번째 울려 퍼지던 날, 배너는 조심조심 발끝으로 계단을 내려가서 주위를 구석구석 훔쳐보고 한동안 마음을 푹 놓았지만 결국 메리 마거릿이 도토리를 미끼로 홀 안으로 끌고 들어온 새끼돼지가 가랑이 사이를 뚫고 전력질주를 하는 바람에 뒤로 발라당 넘어지고 말았다.

홀리스가 떠난 이래, 배너는 탑에서 대부분의 일상을 보냈고 아이들이 잠들 때까지 기다렸다가 한밤중에 몰래 빠져 나오곤 했다.

어느 날 아침, 그는 토끼장처럼 서로 연결된 아이들 방에 들어갔다가, 거대한 사주식 침대에 강아지처럼 서로 엉켜 붙어서 잠든 아이들의 모습을 보았다. 메리 마거릿은 엄지손가락을 입에 물고, 데즈먼드의 가슴에 금색 머리카락을 펼쳐놓은 채 잠들어 있었다. 데즈먼드의 벌린 입으로 코 고는 소리가 흘러나왔다. 주근깨가 잔뜩 뿌려진 뺨과, 동글납작하고 끝이 살짝 위로 들린 코를 가만히 들여다보고 있노라니, 이렇게 천사처럼 생긴 아이가 어떻게 그런 고약한 장난을 칠 수 있는지 신기하기만 하다.

아이들을 대할 때 느끼는 무력감은 배너에게 있어서 너무나 생소한 감정이었다. 전사의 역할에 관한 한 모르는 것이 없었지만, 아버지라는 역할에 대해서는 아는 것이 전혀 없었다.

머리 수가 이백에 달하며, 거칠고 사납기 짝이 없는 국왕의 정예군을 지휘하는 일은 간단하게 해치우면서 어떻게 꼬마녀석 하나 제대로 다루지 못하고 쩔쩔 맬 수가 있는지.

데즈먼드의 헝클어진 다갈색 머리를 쓰다듬고 있는데, 메리 마거릿의 눈꺼풀이 떨리는가 싶더니 파란 눈동자가 그를 응시했다.

「음. 울 아빠랑 많이 닮았네. 귀신인가봐.」

메리가 속삭였다.

「아니다, 애야. 넌 지금 꿈을 꾸고 있는 게야.」

배너가 중얼거렸다.

메리 마거릿이 눈을 감고 만족스럽게 한숨을 쉬면서 잠드는 모습을 보고, 배너는 조용히 방을 빠져 나왔다.

보초의 목소리가 한 번에 그쳤다. 의자에 깊숙이 몸을 파묻으면서 배너는 잠깐 동안 눈을 붙여볼 요량으로 고개를 숙이고 턱을 가슴에 붙였다. 유령처럼 한밤중에 성을 배회하는 습관이 생겨서 그런지, 불면증이 불청객처럼 찾아들었다.

그때 문을 쾅쾅 두드리는 소리가 들렸다. 배너는 벌떡 일어나서 본능적으로 검을 힘껏 움켜쥐었다.

「영주님! 영주님!」

피오나 할멈이 급박하게 외치는 소리가 떡갈나무로 만든 육중한 문을 통과하면서 희미하게 들렸다.

「성에서 남쪽으로 3킬로미터도 안 되는 곳에 영주님의 깃발이 휘날리고 있답니다요 영주님의 부인께서 이곳으로 납시는 중이랍니다!」

부인이라. 배너는 멍한 얼굴로 천천히 검을 내렸다. 마거릿이 6년 전에 세상을 떠난 이래, 자신에겐 부인이라고 부를 만한 여자가 없었다.

문 앞을 가로막은 묵직한 의자를 치우고, 빗장을 들어올리는 데 건너편에서 피오나가 혀를 차는 소리가 들렸다. 문을 열었더니, 피오나 할멈이 마디가 굵은 손으로 앞치마를 신경질적으로 잡아뜯고 있었다.

「부인께서 조금 있으면 당도하신다니까요」

배너는 의자 등받이에 걸어놓은 포도주색 더블릿을 잡아챈 다음, 몸을 뒤틀면서 셔츠 위에 걸쳤다. 허리 부분이 병처럼 아래로 벌어지고, 몸에 딱 붙게 재단이 된 더블릿의 상아 단추를 허겁지겁 채우면서, 배너는 무기 하나 없이 맨몸으로 신부를 맞으러 나가는 대신 차라리 갑옷과 방패, 투구를 몸에 걸치고 전장에 나갈 준비를 하는 중이라면 얼마나 좋을까, 그런 생각을 했다. 습관적으로 허리에 차고 있었던 검이 없으면 얼마나 허전하고 무력하게 느껴질지 알고 있기에, 그는 못내 아쉬운 눈길로 검을 응시했다.

「아이들은 모두 집합했나?」

「여부가 있겠습니까요 모두 안뜰에 모였습지요」

앞으로 태어날 아기들을 생각하며 흥에 겨워 몸을 떨던 피오나는 배너를 보고 히죽거렸다.

배너는 사슬처럼 꼬아 만든 장식용 은줄을 허리에 두르고, 헝클어진 머리카락을 손으로 대강대강 정리했다.

「아무래도 마음이 안 놓여. 내가 먼저 녀석들을 점검해봐야겠어. 피오나 할멈, 원래 전사는 부하들을 전투에 내보내기 전에 먼저 중요한 전달 사항을 하달하고, 용기를 북돋아줘야 하는 법이지.」

「그렇구말구요. 애기씨와 도련님들은 모두 영주님의 말씀을 간절히 듣고 싶어하실 게요.」

내가 조심성이 다소 부족한 인사였다면, 피오나의 말을 곧이곧대로 믿었을지도 모르지. 배너는 성벽으로 둘러싸인 안뜰에 집합해 있는 아이들을 관찰하면서 속으로 생각했다. 놀랍게도 아이들은 거의 일직선 엇비슷한 형태를 이루면서 서 있었다. 피오나 할멈은 양팔을 차지한 갓난아기들을 고쳐 안으면서 맨 끄트머리에 자리를 잡았다. 제일 큰 녀석부터 작은 녀석에 이르기까지, 아이들은 칭얼대거나 히죽대지도 않고 앞만 똑바로 쳐다보고 있었다. 아이들의 순진 무구한 얼굴을 대하고 보니, 배너는 불안해졌다.

비록 데즈먼드는 형제들 못지않게 천사처럼 순수해 보였지만, 날개가 부러진 까마귀가 소년의 어깨에 앉아서 배너를 쏘아보고 있었으며, 튜닉의 목덜미 밖으로 불쑥 튀어나온 정체 모를 짐승의 복슬복슬한 꼬리가 신경질적으로 씰룩거렸다.

꼬리의 정체가 무엇인지 탐색하지 않는 편이 낫겠다고 결정을 내린 배너는, 뒷짐을 진 채 몸을 앞으로 숙이면서 체격이 호리호리한 사내아이의 지저분한 목덜미에 코를 들이대고 냄새를 맡았다.

「꼬마 해미쉬, 목욕은 대체 언제 한 게냐?」

아이는 손가락으로 숫자를 거슬러 올라가면서 셈을 했다.

「아직 2주도 안 된 걸요. 그리고 전 해미쉬가 아닌데요.」

아이가 팔꿈치로 옆구리를 찌르자, 바로 옆에 서 있던 자그마한 사내아이의 입에서 '윽' 소리가 흘러나왔다.

「해미쉬는 이 녀석이에요.」

배너는 분한 마음을 숨기려고 일부러 해미쉬에게 험상궂은 표정을 지었다. 팔 다리에 통통하게 살이 오른 아이는 숱이 많고 일자로 쭉 뻗은, 계피색 머리카락 때문에 꼭 머리에 질그릇을 뒤집어쓴 것처럼 보였다.

「그럼, 네가 해미쉬란 말이지?」

「네, 영주님.」

「날 영주라고 부르지 않아도 된다. '아빠'라고 부르려무나.」

「알았습니다, 영주님.」

배너는 한숨을 내쉬었다. 머리가 지끈거리기 시작했다. 아이들의 이름 하나 제대로 기억하지 못하면서, 어떻게 새엄마가 될 사람에게 소개를 하겠는가?

「내 휘하의 병사들은 전투에 나가기 전에 먼저 자신들의 이름을 외쳐야 한다. 너희들도 그렇게 한번 해보겠느냐?」

아이들은 일제히 목을 오른쪽으로 길게 잡아 빼고, 맨 앞에 서 있는 사내아이를 쳐다보았다. 아이는 마지못해서 어깨를 한번 으쓱하더니 고함을 질렀다.

「데즈먼드!」

아이들은 순서대로 목청을 높였다.

「에니스!」

「메리!」

「해미쉬!」

「에드워드!」

「퀠!」

「메리 마거릿!」

「멕(Mag, 마거릿의 애칭)!」

「마저리!」

「컬럼!」

젖먹이들도 질세라 신나게 옹알거렸다. 피오나 할멈은 젖먹이들처럼 이가 없는 맨 잇몸을 드러내면서 히죽 웃었다.

「여기 이 아기 천사들은 앞으로 펙과 매그즈라고 부르기로 했습지요, 영주님.」

배너는 콧등을 한번 꼬집었다. 머리가 지끈거리다 못해 쿵쿵거렸지만, 여전히 아이들의 이름과 얼굴을 연결할 수가 없었다. 아니, 난생 처음 보는 부랑아들을 대하는 기분이었다. 이런 망할 노릇이 있나! 생전 처음 보는 부랑아들이 떼거지로 몰려온 것 같군!

배너는 나오지도 않는 미소를 쥐어 짜냈다.

「모두들 잘 했다. 어디, 한번만 더 연습해보련?」

「돌대가리.」

데즈먼드가 투덜거렸다.

「방금 뭐라고 했지?」

배너가 눈을 가늘게 뜨고 데즈먼드를 노려보았다.

「'뜻대로 하시라고' 그랬어요.」

배너가 아들의 버릇을 고쳐줄 사이도 없이, 보초의 나팔소리가 울려 퍼지면서 안뜰은 삽시간에 흥분의 도가니에 휩싸였다. 사슬이 쩔렁대는 소리에 이어, 끼익 소리가 날카롭게 울려 퍼지면서 성을 막았던 격자 모양의 철문이 조금씩 위로 올라가기 시작했다. 경쾌하게 울리는 박차소리와 규칙적인 말발굽 소리가 점점 크게 들리면서, 조금 있으면 모습을 드러낼 마차의 출현을 예고했다.

자신의 병사들과 운명을 함께 하기로 마음먹은 배너는 해미쉬와 메리 사이를 비집고 들어갔다. 수행기사들이 흩어지고 마차바퀴가 멈추자 배너는 더블릿을 아래로 끌어내리는 한편, 있지도 않은 수염을 쓰다듬으려고 손을 뻗었다. 수염을 말끔히 밀어낸 턱이 아직까지 어색하게만 느껴졌지만, 아이들이 옆에 있기만 하면 수염이 홀라당 타버리곤 했기에, 되도록 빠른 시일 내에 익숙해져야겠다고 결심했다.

배너의 불안한 마음을 꿰뚫어본 피오나 할멈이 갓난아기를 그의 품에 안겨줬다. 사람의 목을 건넸던들, 이렇게 놀라진 않았으리라. 팔을 앞으로 펴고 젖먹이를 멀찌감치 들어 안으려고 했지만, 갑자기 녀석이 꿈틀거리는 바람에 하는 수 없이 종자들이 손으로 던지고, 발로 차고 노는 돼지 방광(당시, 말린 돼지방광에 물을 넣어서 풍선처럼 부풀린 다음, 공처럼 갖고 놀았음)을 다루듯이 겨드랑이 밑에 쑤셔 넣었다.

성이 난 피오나 할멈은 담요에 쌓인 꾸러미를 배너의 겨드랑이에서 조심스럽게 잡아 뺀 다음, 맵시 있게 품에 안겨주었다.

「자꾸 그렇게 뭐 마려운 강아지 마냥 안달하실 게요?」

피오나 할멈은 발끝으로 서서 배너의 뺨을 살짝 꼬집었다.

「내 평생 젖먹이를 품에 안은 남자에게 홀딱 넘어가지 않는 처자는 한번도 못 봤습니다요」

배너는 신부가 자신에게 홀딱 반하는 사태가 벌어지면 안 된다고 말하려고 했지만, 이미 때는 늦었다.

종자 녀석이 벌써 달려가서 마차 문을 벌컥 열었고, 이어 사슴가죽으로 감싸인 늘씬한 발이 모습을 드러냈다.

4

마차 문이 벌컥 열리자, 윌로우는 머뭇거리면서 불안한 눈으로 홀리스를 쳐다봤다.

「아무래도 양고기를 너무 많이 먹은 것 같습니다. 부인께서 먼저 내리시면 조금 뒤에 저도 따라나가지요」

홀리스가 주춤하면서 말했다.

윌로우는 심호흡을 한 번 하고 조심스럽게 다리를 마차 밖으로 내놓았다. 보릿자루 마냥 남편의 발 밑에 털썩 쓰러지기라도 하면 낭패가 아닌가. 두건을 깊게 눌러쓴 것을 다행으로 여기면서, 윌로우는 바닥에 굴러다니는 돌멩이에 눈길을 고정시킨 채, 남편의 용모가 아무리 추악해도 절대 내색하지 않으리라 맹세를 하고 마침내 마차 밖으로 나왔다.

똑바로 몸을 일으킨 윌로우는 간신히 용기를 쥐어짜서 눈길을 서서히 위로 끌어올렸다. 위로. 그리고 다시 위로.

어느 순간, 꿈에 그리던 왕자님의 얼굴이 눈에 들어왔다!

윌로우는 숨을 헉 들이마셨다. 꿈속을 헤매고 있는 것이 틀림없다는 생각을 다시 하면서. 하지만 이번 꿈은 전보다 훨씬 더 달콤하고 매혹적이었다.

그렇긴 해도 눈앞에 서 있는 남자는 생소하기만 했다. 양 입가에 보일 듯 말 듯 새겨진 주름, 거무스름한 수염자국이 남은 턱은 상상조차 해본 적이 없었다. 피부는 따사로운 햇살의 숨결을 머금어 진한 황금색을 띄고 있었고, 머리카락은 번쩍거리는 새마이트가 아니라 누에고치에서 방금 뽑아낸 생사(生絲)처럼 부드러우면서도 가공되지 않은 거친 느낌을 주었으며, 어깨 바로 위까지 흘러내렸다. 밤하늘을 연상시키는 어두운 청색 눈동자 속에서 재치와 유머감각이 빛을 발하고 있었고, 끝 부분이 살짝 갈라진 턱이 음울하면서도, 달콤해 보이는 입가를 강조해주었다.

체구는 윌로우가 상상했던 것처럼 호리호리하지 않았고, 떡 벌어진 근육질의 몸매였다. 도둑 키스를 하는 수줍은 사내아이가 아니라 여자에게 원하는 것을 모두 손에 넣기 전까지는 휴식을 취하지도, 잠을 청하지도 않을 그런 남자였다.

윌로우의 남자.

생각에 취한 윌로우는 눈을 살며시 아래로 깔았다. 그제야 그녀는 남편이 무엇인가 들고 있다는 사실을 깨달았다. 어쩌면 자신에게 줄 선물일지도 모른다. 변치 않는 애정을 맹세하면서 그 증표로 내어줄 선물.

윌로우는 두건을 벗고, 고개를 살짝 들면서 남편에게 미소를 지었다.

이젠 아내라고 해야 하는 아름다운 여자를 내려다보는 순간, 짙게 드리워진 욕정의 안개를 뚫고 지나간 생각은 단 하나.

홀리스 녀석, 죽여버리고 말 테다!

손에 아무것도 들고 있지 않았다면, 단박에 홀리스의 멱살을 잡고 마차 밖으로 끌어냈으리라. 하지만 상황이 상황이니 만큼, 공포에 질린 얼굴로 앞으로 아내라고 불러야 하는 여자를 내려다볼 수밖에 없었다.

단순하면서도 우아한 머리띠가 이마를 감싸고 있었지만, 여자의 구름처럼 풍성한 머리카락을 가라앉히기엔 역부족이었다. 입술은 전체적으로 자그마했다. 아랫입술이 윗입술보다 약간 살집이 있어서 키스하기 전에 살짝 깨물기에 더할 나위 없이 적당해 보였다. 속눈썹이 길고 검은, 커다란 회색 눈을 보고 마음에 동요를 일으킨 것은 생김새 때문이 아니라 바로 그 눈망울에 깃든 감정의 깊이 때문이었다. 자신을 숭배하듯이 바라보고, 애욕에 들떠 들릴 듯 말 듯 자신의 이름을 속삭이는 여자들은 익히 겪어봤지만 이렇게 자신을 '지금까지 빌어온 모든 소원에 대한 응답'인 양 바라보는 여자는 처음이었다. 저도 모르게 마음이 끌리면서도, 불안한 기분이 들었다.

「언니가 우리 엄마야?」

'엘서노르에 잘 왔노라고' 말을 하려다 말고, 배너는 입을 다물었다. 형제들 틈에서 이탈한 메리 마거릿이 눈을 깜빡이면서 새로 도착한 이방인을 올려다보고 있었다.

「언니가 우리 엄마냐구?」

자그마한 소녀가 윌로우의 소매를 잡아당기자, 동글동글하게 말린 황금빛 고수머리가 덩달아서 위 아래로 흔들렸다.

윌로우의 시선이 천천히 아이에게 머물렀다. 헛것을 본 사람처럼 눈을 쉴새없이 깜빡거리고 있는데, 갑자기 데즈먼드가 비웃듯이 말했다.

「저 여자가 왜 엄마가 되냐? 네 친엄마는 죽었어.」

메리 마거릿의 푸른 눈동자에 눈물이 샘솟았다.

다섯 살배기 멕이 위로한답시고 메리 마거릿의 어깨를 토닥거렸지만, 소녀의 통통한 아랫입술도 덜덜 떨리기 시작했다.

「울지 마, 언니. 그래도 언니한테는 엄마가 있었잖아. 나랑 마저리랑 컬럼은 엄마가 누군지도 모르는 걸.」

「사생아니까 그렇지. 펙이나 매그즈처럼.」

에드워드가 신이 나서 말했다.

켈은 작은 주먹을 불끈 쥐고, 에드워드를 쩨려보았다.

「여동생한테 사생아라고 하지 마!」

「사생아가 뭐가 어때서 그래?」

해미쉬가 배너의 손을 잡아당기면서 말을 이었다.

「영주님도 사생아잖아요. 제 말이 맞지요, 영주님?」

「그래, 아들아.」

새신부의 얼굴에 떠오른 감정이 '경악'에서 '의혹' 그리고 '공포'로 차례차례 변하는 광경을 지켜보면서, 배너가 중얼거렸다. 아이들이 와자지껄 말다툼하는 광경을 지켜보고 있던 윌로우는 서서히 상황을 파악하고, 방금 막 꿈에서 깨어난 사람처럼 고개를 흔들었다.

아니, 악몽 속에 빠져 들어간 사람처럼 고개를 흔들었다.

위안을 하려는 멕의 노력에도 불구하고, 코를 훌쩍대던 메리 마거릿이 흐느껴 울기 시작했다. 네 살배기 쌍둥이인 마저리와 컬럼은 동시에 울음을 터트려서, 엉망진창이 된 배너의 인생을 대변하는 우스꽝스러운 희극보다는, 그리스 비극에 어울릴 법한 구슬픈 이중창을 선사했다.

켈은 옆으로 빠져 나와서 에드워드를 떠밀었다.

「거봐! 형 때문에 다들 울잖아!」

「그게 왜 나 때문이야? 메리 마거릿이 질질 짜니까, 다들 따라서 우는 건데.」

에드워드가 지지 않고 켈을 떠밀면서 대꾸했다.

호리호리한 체구의 에니스가 형제들 사이로 돌진했고, 주먹이 오고 가면서 욕설과 신음 소리가 그 뒤를 따랐다. 데즈먼드의 어깨에 앉아 있던 까마귀가 부러진 날개를 펄럭이면서 까악까악 울어댔다. 작고 털이 달린 무언가가 데즈먼드의 바짓단 아래로 질주를 했고 멕의 커틀 위로 자리를 옮기는 바람에, 소녀는 날카롭게 비명 소리를 질렀다. 해미쉬는 우연히 한두 대 얻어맞고 비틀대긴 했지만, 다른 형제들과는 다르게 혼자서 자리를 지키고 있었다. 아이의 침착한 모습을 보고 있노라니 무시무시할 정도로 배너, 자신과 닮은 것처럼 느껴졌다. 이내 피오나 할멈의 품에 안겨 있던 아기가 자그마한 주먹을 허공에 흔들면서 목이 터져라 울부짖기 시작했다.

그나마 배너가 품에 안고 있는 아기만은 귀가 멍멍할 정도로 시끄럽게 떠들어대는 소음을 전혀 인식하지 못하고 있었다.
「다들 조용히 하지 못해!」
　배너가 고함을 쳤다.
　전장에서 귀환한 뒤 처음으로, 아이들이 배너의 명에 따라 일제히 입을 꾹 다물었고 그 덕에 까마귀가 날개를 퍼덕이는 소리와 새신부의 입에서 흘러나온 나지막한 속삭임을 들을 수가 있었다.
　배너는 새신부가 당장이라도 도망칠 기세라는 것을 감지하고, 피오나 할멈의 충고를 머릿속에 떠올렸다.
　'내 평생, 젖먹이를 품에 안은 남자에게 홀딱 넘어가지 않는 처자는 한번도 못 봤습니다요'
　새신부의 얼굴에 드리워진 그늘을 없애주고 싶어서, 배너는 팔에 들고 있던 '꾸러미'를 떠밀었다.
「엘서노르에 잘 오셨소. 우리 아이들은 물론 나도 부인을 환영하오.」
　윌로우는 담요를 젖히고 솜털이 보송보송한 갓난아기의 머리를 내려다보았다. 일순, 윌로우의 눈빛이 싸늘한 북풍처럼 차가워졌다.
「사양하겠어요.」
　갓난아기를 도로 건네주면서 윌로우가 말을 덧붙였다.
「오늘 잡아먹을 애는 벌써 다 먹어치웠으니까.」
　가장자리에 모피가 장식된 외투의 옷자락을 끌면서 윌로우는 몸을 획 돌리고 마차 안으로 들어간 다음, 배너의 코앞에서 문을 쾅 닫았다.
　배너는 어안이 벙벙해서 마차 문을 쳐다보았다. 아이들이 낄낄대고 웃는 소리를 듣고 난 연후에야 비로소 배너는, 사타구니 사이로 흐르는 따뜻한 기운이 새신부가 불러일으킨 욕정 때문에 생긴 것이 아니라 강보에 쌓여 방실대고 있는 갓난아기의 소행이라는 사실을 깨달았다.

5

윌로우는 힘껏 쥔 주먹을 무릎에 올려놓고 똑바로 앞을 응시했다. 한 동안 석고상 마냥 꼼짝도 안 하던 윌로우는 근육질의 팔이 마차 안으로 불쑥 들어와서 비겁한 홀리스의 튜닉을 움켜쥐고 밖으로 끌어낼 때도 가만히 있었다. 자신도 홀리스와 비슷한 방식으로 끌려나가지 않을까 어느 정도 예상을 했건만, 남편은 윌로우를 혼자만 있게 내버려두는 것이 편한 모양이었다.

난 언제나 이런 식이야. 여러 사람들에게 둘러싸여 있으면서도, 혼자 서 늘 고독하게 지내야 하는 운명. 생판 모르는 타인에게 거리낌없이, 그리고 부주의하게 마음을 내주려고 했던 자신을 비웃기라도 하듯이 심장박동 소리가 나지막하게 귀에 울려 퍼졌다. 새어머니가 그랬듯이, 윌로우의 마음을 조금도 원하지 않는 타인.

마차 밖에서 들려오던 소음이 나지막한 속삭임에서 침묵으로 변한 지 오래였지만, 아직도 아이들의 목소리가 귓가에 생생하게 들렸다.

'우리 엄마세요?'

'저 여자가 왜 엄마가 되냐? 네 친엄마는 죽었어.'

'넌 그래도 엄마가 있었잖아. 나랑 마저리랑 컬럼은 엄마가 누군지도 모르는 걸.'

'사생아니까 그렇지.'

윌로우는 마음속에서 들리는 소리를 듣지 않으려고 고개를 힘껏 흔들었다. 분명히 홀리스는 배너 경의 미덕을 소리 높여 칭송하면서도 '색을 즐기는 기질'이 있다는 사실은 언급하지 않았다.

도대체 얼마나 많은 아이를 생산한 것일까? 열? 열둘? 스물? 남편은 아기를 넘겨주면서 환하게 미소를 지었다. 그리하면 윌로우가 아기를 가슴에 꼭 끌어안고 솟구치는 모성애를 주체하지 못해서 기쁨의 눈물을 흘릴 거라는 기대를 한 것일까? 젖먹이의 옹알거리는 소리 때문이 아니라 남편의 환한 미소 때문에 다리에 힘이 빠졌다는 사실을, 당사자는 절대 모르리라. 희망을 불러일으킴과 동시에 산산조각 내버리는 미소.

'영주님도 사생아잖아요. 제 말이 맞지요, 영주님?'

'그래, 아들아.'

남편의 애처로운 고백을 예사롭게 받아들이지 않았어야 했다. 그는 변치 않는 애정을 맹세할 왕자가 아니라, 성질이 고약한 드워프(dwarf, 신화, 환타지에 등장하는 난쟁이) 군단을 이끄는 오거(Ogre, 신화, 환타지에 등장하는 사람을 잡아먹는 괴물. 덩치가 크고 힘이 세다)였다. 윌로우는 머리카락을 쓰다듬으면서, 두건을 벗은 모습을 보고 공포에 질린 남편의 얼굴을 떠올렸다. 지금 이 순간, 남편도 자신처럼 쓰디쓴 실망감을 맛보고 있을지도 모른다.

「아씨?」

윌로우는 흠칫했지만, 남자나 어린아이가 아닌 여자의 간절한 목소리였다.

「주무실 방을 준비했습니다요」

윌로우는 휘장을 들어올리고 밖을 내다보았다. 칠흑같이 어두운 밤을 배경으로 등이 굽은 형체가 희미하게 윤곽을 드러내고 있었다. 죽을 때까지 마차 안에 있을 순 없는 노릇이잖아. 윌로우가 자포자기하듯이 되뇌었다. 그렇다고 반겨줄 사람이 아무도 없는 집으로 돌아갈 수도 없는 노릇이다. 블랜치의 뜻을 거역하면 아버지가 가만히 있을 리가 없었다. 더구나 블랜치가 배너 경에게 '금'을 되돌려줄 리가 만무하다.

베들링튼으로 돌아가면, 블랜치는 분명히 윌로우의 사지를 꽁꽁 묶고 말에 실어서 남편의 품안에 되돌려 보내리라. 아직까지도 남편이라는 사람과 잠자리를 같이 해야 한다는 생각을 하면 기묘한 한기가 등골을 스쳐갔다.

「어서 나오시우, 아씨. 우리 영주님을 무서워할 것 없습니다요」

피오나 할멈이 나지막하게 달래듯이 말했다.

윌로우는 문을 열고 피난처에서 빠져 나왔다. 피오나 할멈의 말이 옳지 않다는 것을 알면서도

피오나 할멈은 판석이 깔린 넓은 통로를 앞장서서 걸어가다가, 고개를 돌리고 히죽 웃었다.

「쉰네도 리암, 아, 부디 저 세상에서 편히 쉬기를…… 그러니까 저희 영감과 혼인했을 때, 이틀 동안 신방에 들지 않았지요. 결국 술을 세 병이나 마신 다음 잔뜩 취해서 치마를 머리에 뒤집어쓰고 침대에 누워 있었수.」

피오나 할멈이 윌로우에게 장난스럽게 윙크를 했다.

「그래도 우리 영감은 싫은 눈치가 아니었다우.」

남편이 인사불성으로 누워 있는 자신의 몸을 범하는 끔찍한 광경을 머릿속에서 지우려고 애쓰면서, 윌로우는 피오나 할멈을 따라 벽의 돌출부에 올려놓은 밀랍 양초들로 불을 밝힌 나선형 계단을 올라갔다.

「남정네가 새신부의 몸을 탐내는 것을 어찌 나무랄 수만 있겠습니까요? 그래도 걱정할 것 없수. 영주님이 한 손으로 장정의 머리통을 통째로 뽑아낼 수 있다고들 하지만, 실은 양처럼 순한 분이니까요.」

윌로우는 침을 꿀꺽 삼키고, 남편이 인사불성 상태인, 그리고 '머리가

없는' 자신의 몸을 강간하는 모습을 상상했다.

「그렇구말구요. 우리 영주님처럼 여자를 즐겁게 해주는 재간을 가지고 있는 사람은 없을 게요.」

「그 동안 연습을 많이 했을 테지요.」

윌로우가 냉정하게 말했다.

피오나 할멈은 층계참에 서서 비쩍 마른 갈고리 같은 손으로 윌로우를 가까이 끌어당겼다.

「우리 영주님은 정력이 남다른 분이라, 한참 동안 뚫어져라 쳐다보기만 해도 아낙의 자궁에 씨를 심을 수 있다는 소문이 있다우.」

그 말을 듣고 윌로우는 몸을 떨었다.

「그분이 가까이 오시면 눈길이 마주치지 않도록 조심해야겠군요.」

피오나 할멈이 깔깔대고 웃어대자 말라비틀어진 사과 같은 얼굴에 주름이 잡혔다.

「저리 잘난 분이 아니었으면, 그 말을 곧이 들었을지도 모르겠수.」

윌로우는 아무 대꾸도 못했다. 두 번째 계단을 오르는 윌로우의 발걸음이 점점 더 무거워졌다. 탑 꼭대기에 윌로우가 지내야 할 감옥이 있는 듯했다. 어쩌면 베들링튼에서 그랬듯이 젖먹이들의 요람 밑에 깔아놓은 짚더미 위에서 잠을 청해야 할지도 모른다. 피오나 할멈이 계단 꼭대기에 있는 방문을 벌컥 열자, 윌로우의 입에서 헉 소리가 흘러나왔다.

베들링튼에 도착한 순간부터, 블랜치는 성에 남은 진귀한 물건이란 물건은 모두 손에 넣었다. 홀 안에 남아 있던 태피스트리들을 모두 걷어내서 자기 침대 위에 걸어놓았고, 성당에서 성찬식을 거행할 때 사용하던 성배에 꿀술을 따라 조금씩 입 안에서 음미했으며, 돌아가신 어머니의 물건이었던 진주가 박힌 거들을 입은 채 잠이 들었다. 그런 사치가 무엇인지 잊은 채 지금까지 몇 년의 세월을 보냈는지 모른다.

그녀는 눈을 동그랗게 뜨고 방안을 둘러보기 시작했다. 회반죽을 바른 벽에는 보라색 실크 휘장이 걸려 있었고, 최고급 노르웨이 산 전나무를 목재로 쓴 바닥에는 향긋한 회향열매와 박하가 흩뿌려져 있었다. 아치형 벽난로에서 불꽃이 경쾌한 소리를 내면서 타올랐다.

초라한 짚요는 안 보이고, 리넨 휘장이 드리워진 거대한 사주식 침대가 눈에 들어왔다. 하지만 무엇보다 놀라운 것은 두터운 성벽에 깊숙하게 박힌, 위가 뾰족하고 좁은 모양의 창이었는데, 투박한 나무 창문 대신 유리 – 일생 동안 볼 수 없으리라고 생각했던 고귀하고 값비싼 보물 – 가 끼워져 있었다!

월로우의 방은 응석받이 공주를 위해서 준비해놓은 침실처럼 보였다. 혹은 신랑에게 사랑 받고 있는 신부를 위한 침실.

유리창에 비친 자신의 멍한 표정이 눈에 들어오자, 월로우는 어린아이처럼 빙글빙글 돌고 싶은 충동을 느꼈다.

「마음에 드셨으면 좋겠습니다요, 아씨.」

피오나 할멈이 월로우를 올려다보고 환하게 웃었다.

「이곳은 메리 아씨와 마거릿 아씨가 쓰시던 방이었습지요.」

늙은 아낙은 십자가를 그었다.

「부디 저 세상에서 편히 쉬시기를…….」

어린아이처럼 들떠 있던 월로우의 기분이 순식간에 추락해버렸다.

「마거릿 아씨와 메리 아씨라니요?」

「우리 영주님과 혼인하셨던 분들입니다. 정말이지 천사처럼 마음씨가 곱고, 사랑스러운 분들이었습지요.」

피오나 할멈은 고개를 가로저으면서 쯧쯧 혀를 찼다.

「불쌍한 우리 영주님은 자기 탓이라고 생각한다우.」

「그래야 마땅하지요.」

월로우가 나지막하게 중얼거렸다. 필시 두 여자 모두 저 침대에 누워 남편의 아이들을 자궁 밖으로 토해내려고 애쓰다가 목숨을 잃었으리라.

늙은 아낙의 말이 수의처럼 방 전체를 음울하게 휘감았다. 출가한 의붓자매들과 비어트릭스는 가끔씩 남자다움이나 정력을 슬하에 둔 자식의 수와 결부시키는 남자들을 화제로 삼아 자기들끼리 속닥거리곤 했다. 아내를, 자신의 씨가 뿌리를 내릴 때까지 계속 쟁기질을 해야 하는 땅뙈기보다 조금 나은 존재로 바라보는 남자들. 어쩌면 배너 경도 그런 남자일지도 모른다. 어쩌면 윌로우를 아이들의 장난감이 아니라, 자신의 욕정을 해소시켜줄 육체의 노예로 삼으려고 데려왔는지도 모른다.

속마음이 훤히 들여다보였는지, 피오나 할멈이 윌로우의 어깨에 팔을 두르고 토닥거렸다.

「쉰네처럼 신방에서 겁이 나려고 하면, 아씨, 우리 영주님은 '술'의 힘을 빌지 않고서도 아씨의 마음을 움직일 수 있다는 걸 잊지 말아요. 영주님의 매력에 넘어가지 않는 처녀는 없다고들 한다우.」

「저도 그렇게 될까봐 걱정이에요.」

윌로우가 속삭였다.

하지만 피오나 할멈은 윌로우만 남겨두고 어디론가 사라진 뒤였다.

「내가 자네의 목을 조르지 말아야 할 이유가 있으면, 어디 한 번 말해보시지.」

구석에 몰린 쥐처럼 벽에 바짝 몸을 붙이고 북쪽 탑을 왔다갔다하던 배너가 홀리스를 다그쳤다. 이번이 벌써 열 두 번째였다.

「주위에 저만한 체스 상대가 없지 않습니까.」

홀리스가 희망을 품고 말하자 배너는 그를 무섭게 노려보았다.

「열 한 번이나 연속으로 나한테 패한 주제에.」

「오오, 그래도 한 게임당 다섯 수 이상을 두시지 않았습니까.」

「자네가 불쌍해서 내가 일부러 봐준 거야. 지금으로선 그런 나약한 심정에 굴복할 염려는 전혀 없지만.」

「애석한 일이로군요.」

홀리스가 의자에 깊숙이 몸을 파묻고 음울한 목소리로 말했다. 그런 식의 동정심을 자아내는 자세가, 화산처럼 타오르는 배너의 분노를 조금이라도 막아줄 방패막이가 되리라고 기대한 것처럼.

「우리 아이들의 엄마 노릇을 잘 해줄 여자, 모성애가 넘치고, 황소 같은 여자를 찾아오라고 했더니 어디서…….」

홍분해서 떠들어대던 배너가 갑자기 말을 멈췄다. 구름에 가려 있었던 해가 나오듯, 모피가 달린 두건 깊숙한 곳에서 고습을 드러낸 아름다운 생물을 어떻게 묘사해야 할지 알 수가 없었기 때문이었다. 여자의 매력적인 용모와 구름처럼 풍성하고 담비처럼 윤기가 흐르는 새까만 머리카락이 눈앞에 아른거리자, 배너의 목소리가 부드러우면서도 거칠게 변했다.

「여신이잖아!」

「여신이 아니라…… 성모 마리아겠지요」

홀리스가 이의를 제의했다.

「다른 형제들과 같이 있는 모습을 영주님도 보셔야 하는 건데 그랬습니다. 아씨의 태도는 성실과 다정 그 자체였습니다. 처음 뵈었을 때, 아씨라면 영주님 슬하의 아이들을 두 팔 벌려 환영해주실 것이라는 생각이 들었지요」

「그래, 그랬겠지.」

배너는 팔을 들더니 얇은 리넨 셔츠로 감싼 가슴을 손바닥으로 철썩 내리쳤다.

「그래서 내가 제일 아끼는 더블릿은 오줌 세례를 받아서 빨래터에 가 있고, 그 덕에 반바지와 셔츠 바람으로 방안을 활보하는 신세가 된 거 아닌가?」

홀리스가 좌절감을 느끼며 한숨을 내쉬었다.

「제가 처음 뵈었을 때, 아씨는 모자를 쓰고 있었습니다.」

배너는 몸을 획 돌리고 '정말로 집사가 실성한 것은 아닐까' 의심을 하면서 눈을 깜빡거렸다.

「아씨를 자세히 보게 되었을 때는, 벌써 일은 벌어지고 난 뒤였지요. 이미 계약이 성사된 상황이었으니까요. 아씨는 부친의 뜻을 거역하고 영주님과 혼인하겠노라고 맹세하셨습니다.」

「그래서 내 명을 거역하고 그 여자의 맹세를 받아주기로 했다, 이 말이지?」

질문이 아니라는 것을 알기에, 홀리스는 현명하게 입을 다물고 있었다. 결국은 참지 못하고 모기처럼 작은 소리로 '영주님도 제 입장이셨으면 그렇게 하셨을 겝니다'라고 중얼거렸지만.

배너가 홀리스를 노려보았다.

홀리스는 배짱 두둑하게 그 눈빛을 피하지 않고 똑바로 받았다.

「가족들이 아씨를 어떻게 취급하는지 보셨으면, 영주님도 차마 거절은 못하셨을 겝니다. 아비라는 자는 아씨를 무시하고, 피가 한 방울도 섞이지 않은 어미는 아씨를 경멸하고 있었습니다. 형제들은 아씨를 노예 부리듯이 천대했고, 아씨를 바라보는 의붓오라비의……」

홀리스는 입술을 꾹 다물면서 고개를 좌우로 흔들었다.

「눈길은 혐오스럽기 짝이 없었습니다.」

유리 세공처럼 섬세하고 보석처럼 진귀한 여자를 그렇게 박대하다니, 배너는 화가 나서 벽을 후려치고 싶었다. 베들링튼의 루퍼스를 치러 가서 영지를 쑥대밭으로 만들어버리고 싶었다. 그리고 그 색을 밝히는 의붓오라비라는 놈이 살려달라고 빌 때까지 흠씬 패주고 싶었다.

「손찌검을 하던가?」

「그런 것 같진 않았습니다. 가족들의 냉랭한 태도 때문에 육체가 아니라 마음에 상처를 받은 것 같았습니다. 하지만 그렇다고 기가 꺾인 흔적은 없었지요」

매그즈를 떠다 밀어놓고 코앞에서 마차 문을 '쾅' 닫아버렸을 때, 배너도 새신부의 기가 꺾이지 않고 살아 있음을 조금이나마 엿볼 수 있었다. 명령에 복종하는 사람들에게 익숙해진 탓인지, 신부의 반항적인 태도를 칭찬해주고 싶은 충동이 일어나서 얼마나 놀랐는지 모른다.

전사의 본능이 일러준 대로 신부의 꽃처럼 화사한 용모를 가려줄 투구와 심장을 보호해줄 갑옷을 입고 신부와 대면하지 않은 것이 한탄스러웠다.

배너는 갈퀴질하듯 머리카락을 손으로 쓸어 내렸다.

「육체적으로 끌리지 않을 여자를 구해오라고 했더니, 머릿속에 온통 그 생각만 들게 하는 여자를 데려온 셈이군. 도대체 얼마 후면 저 여자의 자궁에 내 씨가 자라기 시작할 것 같은가? 2주? 1주? 아니면 하루?」

홀리스의 얼굴이 단박에 밝아졌다.

「어쩌면 일생 동안 금욕을 지키겠다는 맹세를 하셔야 될지도 모르지요. 필시 조물주가 보시기에 너무나도 고귀한 희생이며, 생선장수처럼 입이 걸고, 콧수염이 난 뚱보와 부부의 인연을 맺는 것보다는 그 편이 훨씬 낫지 않을까 생각합니다만.」

배너는 양손으로 탁자를 탕 하고 내리쳤다.

「당장 그 입부터 조심하지 않으면, 내 앞에서 일생 동안 침묵을 지키겠다는 맹세를 해야 될 게야.」

홀리스는 입을 꾹 다물었다.

몸을 일으켜 세우면서 배너가 고개를 흔들었다.

「자네가 저지른 이 끔찍한 과오를 해결할 방법은 하나 외엔 없는 듯하군.」

「어디로 가십니까?」

「새신부에게 가서 착오가 있었다는 말을 해야 할 것 아닌가? 그리고 국왕 폐하께 청원서를 제출해서 혼인을 무효로 만들어야 한다는 얘기도 해야겠지.」

홀리스는 몸을 일으키더니, 6척(약 180센티미터)에 가까운 체구를 똑바로 폈다.

「아씨를 그런 지저분한 곳에 돌아가게 할 순 없습니다. 영주님께서 싫으시다면, 이 몸이 아씨를 아내로 맞으면 되는 일입니다.」

배너는 홀리스가 아내의 보드라운 살결을 어루만지고, 홀리스가 아내의 새까만 머리카락을 쓰다듬고, 홀리스가 아내의 도톰한 아랫입술을 수염으로 간지럽히는 모습을 상상하려고 애썼다. 그 순간, 자신이 어떤 표정을 지었는지 눈으로 확인할 수 없었지만, 당당하게 맞서던 집사가 겁에 질려 뒤로 한 발자국 물러서고 말았다.

「자네의 고결한 뜻은 알겠네만, 그런 끔찍한 희생을 치르게 할 수는 없지.」

갑자기 배너의 목소리에서 빈정거리는 기색이 빠져 나가고, 애석한 마음으로 인해 음울해졌다.

「혼인이 무효가 된 이후에도 레이디 윌로우가 집으로 돌아가지 않겠다면 웨이본 수녀원에 데려다줄 생각이야. 은신처로는 적격인 곳이지.」

윌로우처럼 매력적인 여자가 수녀로 살아야 한다니, 상상만 해도 괴로웠지만 윌로우의 몸에 다른 남자의 손이 닿는다는 생각처럼 끔찍하지는 않았다.

「제가 신부를 데리고 엘서노르에 돌아오면 어찌 될 거라고 하셨습니까? 조물주와 국왕 폐하의 축복을 받은 아내로 인정하겠다고 하시지 않았습니까?」

홀리스의 말이 날카로운 비수처럼 결의에 찬 마음을 관통했기에, 배너는 멈칫했다.

「그렇다면, 하느님께 내가 저지르려고 하는 죄를 사해달라고 청하는 수밖에 없겠지.」

윌로우는 해럴드의 투정과 비어트릭스의 오만 방자한 태도가 그리워질 것이라고는 상상도 못했다. 하지만 텅 빈 침실을 둘러보고 있노라니 쥐죽은듯이 고요한 분위기에 익숙지 않은 탓인지 기분이 가라앉았다. 전엔 단 몇 초라도 혼자서 생각을 하거나, 상상에 잠길 시간이 있었으면 하고 간절히 바랐건만, 정작 너무 조용하니까 두려운 마음이 들어서 두 가지 모두 엄두가 나지 않았다.

호기심을 못 이기고 침실 휘장 뒤를 살짝 훔쳐봤지만, 불안한 마음이 가시는 데 아무 도움이 되지 못했다. 곱게 개어놓은 담비 털가죽, 벨벳처럼 보드라운 장미 꽃잎들이 흩뿌려진 리넨 침대 시트 그것들을 보고 있노라니, 배너 경이 한시라도 빨리 자신의 배를 불룩하게 만들고 싶어서 안달하는 건 아닐까 하는 의혹이 전보다 더 짙어졌다.

외투를 벗은 윌로우는 리넨 냅킨을 탁자에서 집어들었다. 아직도 뜨끈끄끈한 민스미트(mincemeat, 다진 고기에 사과, 건포도, 설탕 등을 섞어 만든 요리)파이가 은쟁반 위에 놓여 있었다. 껍질이 바삭바삭한 파이를 오물거리면서 휘장이 드리워진 곳으로 들어갔더니, 침실용 변기 대신 사치스럽기 짝이 없는 개인용 화장실이 모습을 드러냈다. 밀짚으로 둘러싸인 나무 의자가 흡사 여왕의 권좌처럼 중앙에 버티고 있었다. 윌로우는 나무 의자 속에 얼굴을 대고 '거기 누구 없어요?'라고 소리를 지르고 싶은 충동을 억눌렀다.

화려하게 장식한 벽장이 침대 반대편에 자리를 잡고 있었다. 윌로우는 남은 파이를 마저 삼키고, 벽장에 다가갔다. 벽장문에 장식으로 새겨 놓은 수사슴이 심술궂게 이쪽을 노려보는 것 같다. 사슴의 정수리에 달린 거대한 뿔은 자신이 수호하는 공간을 침범하려고 하는 처녀는 누구라도 가만히 두지 않겠다고 위협하는 것처럼 도였다.

「교미하고 있는 수사슴을 문장(紋章)으로 택하지 않은 게 이상하지.」

윌로우가 음울하게 중얼거렸다.

벽장이 끼익 소리를 내면서 열리자, 최근에 죽은 배너 경의 아내가 남긴 유골이 튀어나올지도 모른다는 생각이 들어 윌로우는 저도 모르게 몸을 움츠렸다. 하지만 안을 실크로 덧댄 벽장은 은으로 만든 빗과 쎈들을 짜서 만든 속옷만 토해냈을 뿐이다. 하늘하늘한 쎈들이 어찌나 섬세하고 얇은지 두 겹으로 겹쳤는데도 윌로우의 손가락이 하나하나 투명하게 비쳐 보였다.

유혹을 이기지 못하고 윌로우는 속옷을 몸에 대보았다. 그 순간, 그녀의 눈에 매끄러운 속옷을 애무하는 자신의 손이 어떤 남자의 강인한 손과 겹쳐졌다.

지나친 상상력을 탓하면서, 윌로우는 속옷을 바닥에 떨어뜨리고 허둥지둥 뒤로 물러났다. 그 바람에 발뒤꿈치가 튀어나온 나무 판자에 걸리면서 침대 휘장에 철퍼덕 쓰러졌다. 푹신푹신한 깃털 매트리스가 윌로우의 몸을 꿀꺽 삼켰다. 덫에 걸려들었다는 사실을 배너 경에게 들키기 전에 빠져 나가야 한다는 생각 하나로, 윌로우는 필사적으로 몸부림을 쳤다. 침대도 덩달아 요란하게 삐걱대기 시작했다.

남쪽 탑으로 이어지는 돌계단에 다다를 때까지, 배너의 결의에 찬 걸음걸이는 속도가 줄어들지 않았다. 아이들을 대면할 때마다 느끼는 당혹감은 지금 마음속에서 회오리치고 있는 공포심에 비하면 아무것도 아니었다. 지금까지 수도 없이 사선을 넘나들며 죽음의 사신과 당당하게 맞서 싸웠지만 버드나무(Willow라는 이름은 버드나무라는 의미임)가지처럼 나긋나긋한 처녀와 대면해야 한다는 생각을 하니, 손바닥에서 식은땀이 나고 공포심 때문에 심장이 쿵쾅거렸다.

기실 새신부보다는 자기 자신이 더욱 더 두려웠다. 전장에서 잠시 말미를 받아 성으로 돌아오면, 바로 이 계단을 올라가서 세상을 떠난 아내들과 동침을 했고 정확하게 아홉 달 뒤에 아기가 태어났다. 인정하기는 싫었지만, 그런 점에 있어서는 아버지와 다를 바가 없었다. 기이하게도 엘서노르의 군주들은 여자에게 손을 대기만 하면 아이가 들어서게 하는 능력이 있었다. 그리고 홀리스가 데려온 여자에게 손을 대기 시작하면, 도저히 멈출 수 있을 것 같지가 않았다.

그는 레이디 윌로우에게 '집사가 선의에서 끔찍한 실수를 저질렀다'는 말을 하기로 단단히 결심하고 계단 위로 올라갔다. 마지막 계단에 발을 올려놓는데, 갑자기 문이 활짝 열리더니 새신부가 침실 밖으로 튀어나왔다.

그대로 있다가는 두 사람 모두 계단 아래로 굴러 떨어질지도 모르는 일이라, 배너는 본능적으로 윌로우를 붙들었다. 그 순간, 윌로우는 고개를 획 쳐들었고, 배너는 저도 모르게 속눈썹이 새까만 여자의 눈 속을 지긋이 들여다보고 말았다.

갑자기 자신과 부딪혔으니, 신부가 깜짝 놀랐을 것이라고 생각했다. 하지만 등골이 오싹할 정도로 비명을 지를 줄이야, 그래서 자신이 뒤로 비틀대면서 사내답지 못하게 외마디 비명 소리를 지를 줄이야 누가 상상이나 했겠는가.

6

윌로우는 타인이면서도 남편이기도 한, 거대한 몸집의 사내를 피해 뒤로 물러났다. 좁은 계단통(계단을 포함한 수직공간)을 따라 아래로, 아래로 윌로우의 비명 소리가 끊이지 않고 메아리치고 있었다.

시선을 재빨리 다른 곳에 두고 손바닥으로 복부를 감싸듯이 꾹 눌렀지만, 윌로우 자신도 우스꽝스러운 짓이라는 사실은 알고 있었다. 아버지 슬하의 자식들이 자신을 포함해서 열 하나였고, '한참 동안 뚫어져라 쳐다보기만 해도 아낙의 자궁에 씨를 심을 수 있다는 말'을 곧이곧대로 믿을 만큼 멍청하진 않았다. 그렇다고는 해도 두 사람의 눈길이 마주쳤을 때, 뱃속 깊은 곳에서 찌릿찌릿한 느낌이 들었던 이유는 어떻게 설명해야 할까?

윌로우는 슬쩍 곁눈질로 배너를 훔쳐보았다. 몸에 걸친 옷이라고는 리넨 셔츠, 검은색 바지 그리고 송아지 가죽으로 만든 부츠가 전부였다. 느슨하게 풀어놓은 셔츠의 옷깃 사이로 빼꼼히 모습을 드러낸 V자 모양의 검은 털과 양 허리춤에 손을 올려놓고 당당하게 서 있는 모습을 보고 있노라니, 그런 흑마법을 사용할 수 있을지도 모른다는 생각이 언뜻 머리를 스쳤다. 평소에 파란 눈동자를 보면 차갑고 속마음을 짐작하기 힘들다는 인상을 받았지만, 눈앞에 서 있는 남자의 눈동자에는 정열이 넘쳐흐르고 있었다.

「지금 제정신이오! 당신 목을 부러뜨릴 생각이오, 아니면 내 목을 부러뜨릴 작정이오?」

배너가 버럭 고함을 질렀다.

윌로우는 복부를 감쌌던 손을 가슴에 올려놓았지만, 여전히 배너의 눈길을 피했다.

「제 무례함을 용서하세요. 너무 놀라서 경황이 없었어요.」

배너는 갈퀴질하듯이 한 손으로 머리카락을 쓸었다.

「누가 할 소리. 당신 때문에 심장이 멎는 줄 알았소. 지금 어딜 가려는 거요? 탑에 불이라도 났소?」

배너가 눈을 가늘게 떴다.

「혹시 아들 녀석이 또 변기 안에 악취 단지(Stinkball, 황산 성분을 집어넣은 단지. 과거에 전장에서 쓰였으며 악취 단지를 던져서 깨지면 고약한 냄새가 풍겼음)를 집어넣은 거요?」

깃털 요와 장미 꽃잎 때문에 공포에 질렸다는 사실을 인정하기가 부끄러워서, 윌로우는 고개를 가로저었다.

「평소 습관대로 밤바람을 쐬고 싶어서 나왔을 뿐이에요.」

「외투도 걸치지 않고서?」

배너의 왼쪽 눈썹이 치켜 올라갔다.

「제가 생각이 모자랐군요. 외투를 가지러 가야겠어요.」

윌로우는 재빨리 침실 안으로 뛰어들어갔지만, 배너가 따라 들어왔다. 배너의 도전적인 눈길은, 낮에 그랬듯이 눈앞에서 바로 문을 쾅 닫으면 이번에는 가만히 있지 않겠다는 무언의 경고를 하고 있었다.

윌로우는 울며 겨자 먹기로 배너의 뜻에 따랐고, 두 사람은 바닥에 어수선하게 흩어진 담비털 가죽 하나를 밟지 않으려고 그 위를 살짝 뛰어넘었다. 침대에 드리워진 휘장의 반은 활짝 열린 상태였는데, 그 틈새를 통해서 구겨진 침대 시트와 아무렇게나 놓인 베개들이 보였다.

배너는 침대로 걸어가서 구멍이 뻥 뚫린 것처럼 보이는 요에서 거위 깃털을 하나 잡아 뽑았다.

「내가 조금 더 질투심이 강한 남자였으면, 어떤 배짱이 두둑한 녀석이 침대 밑에 웅크리고 숨어 있는 건 아닌지 확인해보려고 했을지도 모르지.」

「낮잠을 잤어요. 전 잠버릇이 고약하답니다.」

윌로우가 거짓말을 했다.

「보아하니, 그런 것 같군.」

배너는 바닥에 떨어진 장미 꽃잎을 주우려고 몸을 굽혔다.

「피오나 할멈의 짓이야. 할멈은 원래 어미 닭처럼 남을 돌봐주길 좋아하고, 주책없이 낭만적인 구석이 있거든.」

「당신에게는 그런 면이 없어요?」

배너가 몸을 펴면서 축 늘어진 장미 꽃잎이 손가락에서 떨어졌다.

「난 전사지, 감상에 빠진 노파가 아니오.」

배너의 강렬한 눈빛을 대하는 순간, 뱃속에서 다시 기묘한 파동이 일었다. 흡사 그 안에서 한떼의 나비들이 산들바람의 유혹을 이기지 못하고 날개를 퍼덕이고 있는 것처럼(Having butterflies in the stomach,영어로 뱃속에 나비가 있다는 표현은, 긴장감이나 흥분한 마음을 표현할 때 쓰임).

당황한 윌로우는 침구 밑을 더듬었다.

「분명히 외투를 여기 뒀는데······.」

배너는 얼굴을 찌푸렸다. 장님이 아닌 이상, 윌로우가 계속 눈을 피하고 있는 것을 알아채지 못할 리가 없다. 처음 대면했을 때는 그렇게까지 수줍어하는 빛이 없었다. 혹여 반항적인 태도를 후회하고, 자신이 보복을 할까봐 겁을 먹은 것일까?

윌로우가 다시 배너를 슬쩍 훔쳐보자, 그는 침대 기둥에 몸을 기대고 철없는 사내녀석처럼 순진하게 미소지었다. 아무리 소극적이고 내성적인 처녀라도 그 미소를 보면 두려움을 접어버리곤 했다.

하지만 윌로우에게는 정반대의 효과를 나타냈다. 배너에게 한 대 얻어맞기라도 한 것처럼 얼굴이 창백해져서는 바닥을 노려본다. 혼란스러워진 배너는 윌로우의 턱을 살짝 치켜 올렸다. 눈꺼풀이 희미하게 떨리면서 윌로우의 눈동자가 조금씩 모습을 감췄다. 배너는 저도 모르게 장미 꽃잎처럼 부드러운 아랫입술을 엄지손가락으로 쓰다듬었다.

「왜 그렇게 떠는 거요?」

배너가 나지막하게 속삭였다.

「내 얼굴이 너무 험악하게 생겨서 쳐다보기가 무서운가?」

윌로우가 갑자기 눈을 떴다. 두려움 대신 반항기가 다분한 눈빛이었기 때문에 배너는 만족스러웠다.

「얼굴을 마주보고 있으면 전설이나 다름없는 당신의 마력에 걸려들지도 모르니까요. 피오나 할멈은 당신이 습관적으로 장정들의 머리를 한 손으로 잡아 뽑는다는 얘기며, 당신이 뚫어져라 쳐다보기만 해도 아이가 들어설 거라는 경고도 해줬어요.」

배너가 한쪽 눈썹을 치켜 올렸다.

「그래서 피오나 할멈의 말을 믿었소?」

윌로우의 몸이 석고상처럼 굳어졌다.

「아뇨, 저도 그렇게 미련하진 않아요.」

「다행이군. 장정의 머리를 뽑으려면 양손을 모두 써야 하거든.」

윌로우가 좀처럼 미소를 짓지 않자, 배너는 계속 말을 이었다.

「그리고 쳐다보는 것만으로 아이가 들어서게 하는 능력은 없소. 윙크를 하거나……」

배너의 눈길이 저도 모르게 윌로우의 입술에 머물렀다.

「키스를 한다면 모를까…….」

「지금 절 농락하시는 건가요?」

「그럴 리가 있나.」

배너가 부드럽게 말했다.

이번엔 엄지손가락이 자석에 끌리듯이 윌로우의 입술을 향해 제멋대로 움직이려고 했기 때문에, 배너는 윌로우를 놓아주었다. 그는 바닥에 떨어진 장미 꽃잎들을 밟으면서 반대편으로 걸어갔다.

　자존심을 상하지 않게 하려면 어떻게 하는 것이 제일 좋을까? 배너가 속으로 중얼거렸다. 어떤 말을 해야 신랑이 되어야 할 자는 내가 아니라 '그리스도'라는 것을 납득시킬 수 있을라나?

　배너는 몸을 획 돌리고 윌로우를 마주보았다.

　「피오나가 너무 성급한 말을 한 것 같소. 난 당신에게 아이를 갖게 할 수가 없으니 말이오.」

　윌로우의 입술에 슬며시 미소가 스쳤다.

　「심각한 부상을 입으신 건 아닌지요? 집사님 말로는 사지 육신 멀쩡한 채로 귀환하셨다고 하던데요. 아니 '중요한 부위'가 모두 있어야 할 곳에 붙어 있다고 했던가요?」

　윌로우는 얼굴을 찡그렸지만 수줍게 하복부를 훔쳐보는 눈길을 배너에게 숨기지는 못했다. 일순, 사소한 눈짓 그 이상의 애무를 받은 사람처럼 배너의 하복부가 단단해졌다.

　「물론 집사님은 거기까지는…….」

　윌로우의 말이 계속 되면 집사를 처단해야 할 이유가 하나 더 늘어날 것 같아서, 배너는 손을 쳐들었다.

　「장담컨대 '중요한 부위'는 모두 있어야 할 곳에 붙어 있을 뿐 아니라, 원기 왕성하니 걱정할 것 없소.」

　사실 원기 왕성 정도가 아니지. 배너가 속으로 험악하게 중얼거렸다. 셔츠가 넉넉하게 늘어졌기에 망정이지 하마터면…….

　그 말을 듣고 윌로우의 얼굴에 실망감이 스쳐 지나갔다.

　배너는 가까이 다가가서 윌로우의 안색을 살폈다.

　「알다가도 모를 사람이로군. 내 자식을 갖기 싫어서 몸서리치는 여자는 지금까지 한번도 없었어.」

　「여부가 있겠어요.」

애처로운 미소를 지으면서 윌로우가 중얼거렸다.

「본시 여인네들은, 조물주의 신성한 뜻을 받들어 자손을 생산하기 위해서 혼인을 하는 게 아니었나?」

「그렇다면 필시 당신은 '신앙심이 아주 깊은 분'이시겠군요」

배너는 허를 찔린 기분이었다. 아름다운 얼굴만큼, 기지에 넘치는 말솜씨가 저항하기 힘들 정도로 매력적이었다.

「아이들은 신의 축복이라고 생각할 수도 있겠지만, 그래도 다른 이유에서 혼인하는 여자들도 있답니다. 안전, 지위, 부귀영화.」

윌로우는 고개를 들고 사랑스러운 눈길을 보냈다.

「사랑.」

그 말이 떨어지기가 무섭게 배너는 코웃음을 쳤다.

「미안하지만 난 사랑에 대해서는 아는 바가 없소 피비린내 나는 전장이라면 또 모를까.」

「그래도 레이디 메리와 레이디 마거릿은 사랑하셨을 것 아니에요?」

얼굴을 찌푸리는 배너의 이마에 고랑이 깊게 파였다.

「물론 두 사람에게 특별히 좋은 감정을 품고 있었던 건 사실이오 여자로서 갖추어야 할 덕목을 모두 지닌 사람들을 택했고, 나 역시 성실한 남편이 되기 위해서 노력했소. 하지만 사랑?」

배너가 고개를 가로저었다.

「사랑이라…… 바보천치, 그리고 철없는 어린애들이나 멋모르고 그런 가시밭길을 걸어가는 거요」

「하지만 당신에게도 철없던 시절이 있었겠지요」

「바보처럼 굴었던 시절도 있었고」

윌로우는 배너의 입가에 머문 냉소적인 미소를 외면하고 돌아섰다. 그녀는 벽난로를 향해 손을 쭉 뻗었지만, 기세 좋게 타오르는 불꽃이 서늘하게만 느껴졌다.

「그럼, 남자들은 어떤 연유에서 혼인을 하지요?」

윌로우는 몸을 돌리고 배너를 마주보았다.

「당신은 어떤가요?」

이번에는 배너가 윌로우의 눈을 피했다. 그는 창가로 걸어갔다가 다시 돌아와서 거뭇거뭇하게 수염 자국이 남은 턱을 쓰다듬었다.

「사실 난 아내감을 구하려고 했던 게 아니었소」

윌로우는 팔짱을 꼈다.

「혼인할 여자와 함께 신 앞에서 맹세를 나눠야 할 자리에 집사를 내세운 것을 보면, 그런 말이 나오는 게 이상한 일도 아니겠지요」

「내게는 아내보다 아이들의 어머니가 되어줄 사람이 더 절실하게 필요하오. 피오나 할멈이 그릇된 인상을 심어주었을지도 모르는 일이지만, 앞으로 태어날 아이가 아니라 지금 내가 슬하에 거느린 아이들을 보살펴줄 사람 말이오」

아무 내색도 하지 않으려고 애쓴 결과, 윌로우의 목소리에는 쓰디쓴 기색이 희미하게 아주 희미하게 남아 있었다.

「그렇다면 적당한 여자를 고른 셈이네요. 전 거의 열이나 되는 형제들을 길렀으니까요」

「그 얘기는 들었소. 하지만 솔직히 말해서 홀리스에게 신부감을 구해오라고 했을 때, 내가 바랐던 여자는 조금 덜…… 아니 더…….」

배너는 지금까지 한번도 부하들에게 명령을 내리면서 말을 더듬은 적이 없었지만, 윌로우의 당당한 눈길 앞에서는 말문이 막혔다.

「내가 바랐던 여자는 음…… 그렇게…….」

「내가 아니란 말인가요?」

윌로우가 넌지시 운을 뗐다.

「바로 그거야!」

배너가 함박 미소를 지으면서 소리를 질렀다.

「결국 우리 두 사람이 안 어울린다는 얘기로군요」

윌로우의 표정에는 비난하는 기색이 조금도 없었지만, 그 말을 듣고 배너는 흠칫했다. 자신의 서투른 말솜씨로 인해 상처받은 마음을 위로하려고 그는 윌로우의 양손을 붙잡았다.

하지만 입을 열기도 전에, 몸이 굳어졌다.

윌로우의 사랑스러운 얼굴을 똑바로 응시하고 있지 않았다면, 틀림없이 '농부'의 손이라고 생각했으리라. 거칠고 갈라터진 손에는 못이 잔뜩 박혀 있었다…… 저도 모르게 아래로 향한 눈길이 동정심 때문에 질겁한 마음을 드러내고 말았는지, 윌로우는 힘껏 손을 뿌리치고 당당하게 배너의 눈을 응시했다.

그제야 배너는 윌로우의 자존심에 치명적인 일격을 가하는 짓은 도저히 할 수 없다는 사실을 깨달았다. 윌로우를 집에 돌려보낼 수도, 수녀원의 높다란 벽 뒤에 가둬둘 수도 없다는 사실을. 한 순간 홀리스의 뜻대로 하면 되지 않겠느냐고 위안을 삼았지만, 윌로우가 집사의 품에 안겨 있는 광경은 머릿속에서 제대로 모습을 갖추기도 전에 산산조각이 나버렸다.

세간에서 근거 없이 배너를 전략과 체스의 명수라고 떠들어대는 건 아니었다. 어쩌면 윌로우로 하여금 자신의 운명은 자신이 결정한다고 믿게 할 방법이 있을지도 모른다. 어떻게든 윌로우가 자신을 퇴짜놓게 할 수만 있다면, 자존심과 처녀성을 잃지 않고 제 발로 엘서노르에서 걸어나가게 할 수도 있으리라.

겉으로는 짐짓 아무 생각도 안 하는 사람처럼 눈만 깜빡거렸지만, 실상은 계획을 세우기 위해서 재빨리 머리를 굴리고 있었다. 체스판에서 퀸(Queen)을 몰아내려면, 폰(Pawn, 군사. 장기로 치면 졸을 말함)을 한꺼번에 동원해서 공격하는 수밖에 없다.

더도 말고 덜도 말고 딱 2주 동안 아이들과 함께 지내면, 필시 자신이 기거하는 방으로 걸어들어 와서 혼인을 무효로 만들어달라고 요구하리라. 그럼, 그때 자신은 열정적으로 반대 의사를 내비치다가 마지못해서 동의하는, 불쌍한 남편 역할을 맡으면 되는 일이다.

다시 한 번 양손을 감싼 배너의 손길이 너무 부드러워서 윌로우는 차마 뿌리칠 수가 없었다.

「그럴 리가 있소? 난 그저 우리 아이들과 친해질 시간을 주겠다는 애기를 하려는 것뿐이오.」

「아이들과요?」

월로우가 힘없이 되물었다.

「물론 나도 포함해서.」

배너가 재빨리 덧붙여서 말했다. 거짓말을 입 밖에 내는 순간, 후회감이 물밀듯이 밀려들어왔다. 자신이 가장 간절하게 바라는 육체적인 친밀감을 기대하면 안 된다는 것을 잘 알기 때문이었다. 경솔하게 애무를 한다거나 밀어를 속삭여서 자신의 욕망을 스스로 폭로하는 일이 생기기 전에 어떻게든 빠져 나가야 한다는 생각에, 배너는 못이 박힌 월로우의 손바닥을 들어올리고 정중하게 입을 맞췄다.

「시간을 너무 많이 지체해서 미안하오. 늦은 시간이고 여독이 안 풀려서 고단할 게요. 좋은 꿈꾸는데 옆에서 방해하지 않을 테니, 걱정하지 말고 한잠 자요.」

문을 닫고 나오는데 월로우가 들릴 듯 말 듯 작은 소리로 대꾸했다.

「너무 늦었어요. 벌써 꿈에서 깨버리고 만 걸요.」

7

윌로우는 새벽이 오기 전에, 배고파서 보채는 젖먹이의 울음소리를 듣고 잠에서 깨게 될 것이라고 예상했다. 그런 후에 침대에서 기어나와 비틀비틀 부엌으로 가서 칭얼대는 아이들에게 미직지근한 죽을 한 숟가락씩 떠먹이고, 응석을 조금 아주 조금이라도 받아주지 않을 때마다 녀석들이 악쓰는 소리와 사정없이 내지르는 발길질을 요리조리 피해가며 하루를 보내야 될 거라고 생각했다.

줄곧 마음에 담아두었던 꿈이 물거품처럼 사라진 이상, 그날 밤은 아무 꿈도 꾸지 않으리라고 생각했건만, 왕자라고 하기보다는 환영처럼 보이는 정체불명의 타인이 나타나서 윌로우의 입술에 자신의 입술을 살짝 문지르고 이내 안개 속으로 사라졌다.

장미향기가 나는 구름 속을 파고들면서, 윌로우는 몸을 굴려 똑바로 누웠다. 따사로운 황금색 빛줄기가 살짝살짝 얼굴을 때리고 지나간다. 윌로우를 실은 구름이 필시 태양에 지나치게 가까운 곳까지 흘러간 듯하다. 그녀는 무거운 눈꺼풀을 들어올리고 눈을 떴다. 윌로우의 게으름을 나무라듯이, 눈부시게 밝은 아침 햇살이 유리창을 통해서 쏟아져 들어왔다. 언뜻 눈길을 돌려보니, 질그릇으로 만든 대야가 탁자 위에 놓여 있었다. 바로 옆에 놓인 물병에서 덩굴손처럼 피어오르는 수증기가 겹겹이 쌓인 리넨 타월 주위를 뱅글뱅글 맴돈다.

윌로우는 공이 튀듯이 벌떡 일어나서 거대한 침대의 중앙에 무릎을 꿇고 앉아 코끝에 달라붙은 장미 꽃잎을 쳐냈다. 혹시 배고프다고 보채는 아이의 울음소리가 아니라, '새신부라는 여자가 게을러터져도 유분수지, 소중한 아이들을 굶길 작정을 했다고' 격분한 배너 경의 고함소리에 잠이 깬 것은 아닐까?

그 순간, 침실 문이 벌컥 열리더니 종자 둘이 커다란 짐 상자를 양편에서 들고 안으로 들어왔다. 둘 중 나이를 더 먹은 사내 녀석이 들고 있던 상자를 갑자기 바닥에 쾅 하고 내려놓자 윌로우는 깜짝 놀라서 눈을 동그랗게 뜨고, 재빨리 시트를 턱밑까지 끌어올렸다.

「내 발을 좀 쳐다보고 내려놔. 발가락이라고 해봐야 열 개밖에 없는데…….」

다른 종자가 숨을 몰아쉬면서 푸념을 했다. ㄱ가 크고 호리호리한 종자는 그 말을 무시하고 땀에 젖은 앞머리를 잡아당겼다.

「주무시는 데 방해를 해서 백 번 천 번 사죄를 드립니다. 실은 베들링튼에서 마차가 도착했는데, 영주님께서 아씨가 의복을 입으시려고 할지도 모른다고 하셨거든요. 꾸물대지 마라, 랍.」

소년은 고개를 획 문가로 돌리고 고함을 쳤다.

「가져올 짐이 하나 더 남았어.」

랍은 신음을 하면서 등을 문질렀다.

「그걸 끌고 저 계단을 올라오려면, 조랑말을 동원해야 할 걸.」

두 사람이 사라지자, 윌로우는 침대에서 기어 내려와서 짐 상자가 놓인 곳으로 터벅터벅 걸어갔다. 어떤 연유에서 그렇게 무거운지 이해를 할 수가 없었다. 배너가 보낸 진귀한 물건들은 새어머니가 강탈할 만한 시간적인 여유가 충분하질 않았던가? 솔직히 실 몇 가닥과 먼지만 그득 쌓인 짐 상자가 엘서노르에 도착할 줄 알았다. 짐 상자를 열어보려고 가죽끈에 손을 뻗는데, 갑자기 희미하게 사각사각 하는 소리가 들렸다.

깜짝 놀란 윌로우는 고개를 들고 귀를 쫑긋 세웠지만, 자신의 숨소리만 들렸다. 그녀는 제멋대로 상상한 것이려니 생각하고 다시 궤에 손을 뻗었다.

하지만 이내 지나친 공상의 소산이라고 치부할 수 없을 정도로 벅벅 긁어대는 소리가 세차게 들렸다. 윌로우는 어떻게든 상자에서 멀어지려고 비틀비틀 뒤로 물러났다. 마차가 쥐들의 천국인 베들링튼의 해자(垓字)를 지나면서 커다랗고 살찐 쥐 한 마리가 짐짝 안에 숨어든 건 아닐까? 윌로우는 저도 모르게 몸을 떨었다.

그녀는 두리번두리번 무기가 될 만한 것을 찾다가 벽난로에서 새까맣게 탄 장작을 집어들었다.

윌로우는 가만가만 짐 상자 뒤로 걸어갔다. 그리고 조심스럽게 가죽으로 된 끈을 풀어냈다. 더 이상 긁는 소리가 안 들린다. 안도의 한숨을 내쉬는데, 갑자기 요란한 소리를 내면서 상자의 뚜껑이 열렸다. 윌로우는 날카롭게 비명 소리를 질렀지만, 그 자리에서 꼼짝도 하지 않고 임시방편으로 준비한 무기를 높이 쳐들었다.

까치집 마냥 잔뜩 헝클어진 은발 머리카락이 눈에 들어오자, 윌로우는 색다른 공포감으로 인해 진저리를 쳤다.

「비어트릭스!」

윌로우는 천천히 타다 남은 장작을 아래로 내려놓았다. '기회가 있었을 때 주저하지 말고 의붓여동생의 머리통을 후려갈기는 건데'라고 내심 아쉬워하면서.

비어트릭스는 재채기를 두 번 하고 한줌이나 되는 머리카락들을 입에서 모두 뱉어낸 다음, 늘씬한 한쪽 다리를 상자 밖으로 내놓았다.

「배너 경은 도대체 어디서 저런 약골들을 찾아낸 거래? 누가 들으면 꼭 불에 구워먹을 '멧돼지'를 운반하는 줄 알겠네.」

윌로우는 장작을 난로에 던지고 허리춤에 양손을 얹었다.

「대체 그 안엔 어떻게 들어간 거야? 물잔에 비친 네 얼굴이 너무 고와서 넋을 읽고 쳐다보다가, 엉겁결에 그 안에 들어가게 된 거니?」

비어트릭스가 균형을 못 잡고 비틀대면서 낄낄거렸다.

「멍청한 소리 좀 작작해. 스티븐 오빠가 날 이 안에 밀어 넣었다구.」

「스티븐이?」

윌로우의 마음속에서 의심의 씨앗이 무럭무럭 자라기 시작했다.

「그래. 그 멍청한 인간이 숨 쉴 구멍을 너무 작게 뚫어놔서 죽는 줄 알았잖아.」

「구멍을 더 작게 뚫어놨어야 하는 건데.」

비어트릭스가 백조처럼 새하얗고 긴 목을 위로 뽑아들고 침실을 둘러보자, 윌로우가 나지막하게 중얼거렸다.

순전히 반사적으로, 윌로우는 뒤에 있는 탁자에서 손거울을 집어들고 동생에게 건네주었다. 엉덩이까지 치렁치렁 내려오는 머리카락을 비어트릭스가 얼마나 뽐내고 다니는지 너무나 잘 알고 있었기에. 날마다 잠자리에 들기 전에 꼬박 오백 번씩 빗질을 하라는 명령을 받은 사람이 바로 윌로우가 아니었던가.

비어트릭스가 헝클어진 머리를 손으로 갈퀴질하면서 거울에 비친 사랑스러운 얼굴과 어울리는 모양으로 가다듬는 동안, 윌로우는 조바심이 나서 발로 바닥을 계속 쳤다.

「네가 없어진 걸 아시면 어머니가 놀라실 거란 생각도 못해봤니?」

비어트릭스는 거울을 아래로 내리고 목둘레선이 사각으로 파인 보디스(Bodice, 몸통이 꽉 끼는 여성용 조끼) 위로 볼록하게 솟은 젖가슴과 그 사이의 광대한 계곡을 황홀하게 응시했다.

「스티븐 오빠한테 우리 계획에 관해서 들으면, 엄마는 어쩌면 그리도 총명한 자식들을 두었는지 모르겠다고 감탄하고 또 감탄하느라 바빠서 날 그리워할 틈도 없을 걸.」

「나한테도 어떤 계획을 세웠는지 설명해주련? 얼마나 총명한 형제를 두었는지 나도 감탄을 좀 해보자꾸나.」

여동생이 얼마나 타인의 관심을 끄는 것을 즐기는지 알고 있었기에, 월로우가 넌지시 말했다.

「간단해. 언니의 부자 남편에게 내 모습을 보여주려고 여기까지 온 거야. 날 처음 보는 순간, 엉뚱한 여자와 혼인했다는 사실을 깨닫게 될 걸. 그럼, 언니는 스티븐 오빠에게 돌아갈 수 있고, 난 배너 경의 침대 옆자리를 차지하는 거지, 뭐.」

거울을 옆으로 치우고 비어트릭스는 나이에 걸맞지 않게 성숙한 표정으로 월로우의 안색을 살폈다.

「언니가 벌써 그 자리를 차지하지만 않았으면.」

장에서 발견한 얇은 속옷만 걸치고 있던 월로우는 여동생의 눈앞에서 발가벗겨진 기분이었다. 비어트릭스는 침대로 가서 담비털 가죽을 위로 젖히고 눈처럼 하얀 시트를 내려다보았다.

「정말 이상한 걸. 남편 품에 안겨서 초야를 보냈을 텐데, 처녀의 몸으로 피 한 방울도 흘리지 않았다니.」

비어트릭스는 어슬렁어슬렁 월로우에게 다가갔다. 여동생이 산호 빛깔의 손톱으로 뺨을 쓰다듬자, 월로우는 몸을 움찔했다.

「이게 뭐야? 눈물자국 아니야? 불쌍한 언니. 혹시 초야를 눈물로 지새우다가 잠이 든 거야?」

월로우는 비어트릭스의 손을 찰싹 갈기면서 옆으로 치웠다.

「어린애와 동침하길 바라는 남자가 있을 것 같니?」

「말라비틀어진 할멈보다야 어린애가 낫지 않겠어? 배너 경이 얼마나 부자인지 아셨으면, 엄마는 절대 언니 같이 형편없는 여자를 그분에게 내주지 않았을 걸.」

비어트릭스의 말에 일말의 진실이 담기지 않았다면, 그렇게까지 마음 아프지 않았으리라.

「그렇게 주제파악이 안 되니, 꼬맹아? 이곳의 여주인은 네 어머니가 아니란다.」

월로우는 짐 상자 안에서 커틀을 찾아낸 다음, 속옷 위에 걸치고 옆구리에 달린 끈들을 꽉 조였다. 그런 후에 그녀는 몸을 휙 돌리고 문가로 걸어갔다.

「갑자기 어딜 가는 거야?」

「남편에게 알현을 요청하러 가야지. 네가 집에서 도망쳤으니 한시라도 빨리 베들링튼에 돌려보내라고 말해야 되니까. 궤 속에 들어가서 돌아가든지 아니면 말을 타고 돌아가든지, 네 맘대로 하려무나.」

윌로우가 문을 열었다.

「잠깐만 기다려! 언니!」

떨리는 목소리를 듣고 어떤 일이 벌어질지 미키 짐작을 했건만, 돌아서서 눈물이 가득 고인 여동생의 커다란 눈망울을 눈으로 확인하는 순간, 목구멍에서 신음 소리가 절로 튀어나오려고 했다. 비어트릭스가 천사의 얼굴을 한 젖먹이였을 때도 그랬지만, 아직까지도 애원하듯 도톰한 아랫입술이 떨리는 광경을 보면 마음이 한없이 약해졌다.

비어트릭스는 짐 상자의 뚜껑을 완전히 젖혀서 바닥에 닿게 하더니 발로 꽉 밟고 섰다. 비어트릭스의 태도에서 허세가 조금씩 사라지는가 싶더니 처량한 한숨소리가 흘러나온다.

「다들 언니 자리에 나를 밀어 넣으려고 하는 속셈이라, 스티븐 오빠의 계획에 따른 거야. 다른 이유는 없어. 엄마는 자식들보다 새아버지하고 있는 걸 좋아하고, 언니가 없으니까 애들을 돌봐줄 사람은 나밖에 없는 걸.」

소녀의 눈길은 화강암 덩어리도 녹일 만큼 아처로웠다.

「언니야, 제발 돌려보내지 말아줘. 엄마가 낳은 애들의 뒤치다꺼리만 하느라 세월을 다 보내면, 어떤 남자가 날 데려가려고 하겠어?」

윌로우는 비어트릭스가 하는 말이 무슨 뜻인지 너무 잘 알고 있었다. 자신이 간신히 탈출한 불행의 늪에 비어트릭스를 떠다밀 수는 없는 노릇이었다. 그리고 사실 낯선 사람들에게 둘러싸여 지내는 것이 그다지 달갑지가 않았다. 최소한 비어트릭스의 얼굴은 가끔 꼴 보기 싫어져서 그렇지, 익숙할 대로 익숙한 얼굴이 아니었던가?

「좋아. 여기 있어도 돼.」

윌로우가 엄격하게 말을 덧붙였다.

「처신을 똑바로 하고 내 말에 복종하겠다고 약속하면.」

비어트릭스는 치마를 휘날리며 달려오더니 윌로우에게 달려들어 목을 얼싸안고 울었다, 웃었다 좋아서 어쩔 줄 몰라 했다.

「언니, 언니야. 난 언니가 너무 좋아! 언니가 하라는 대로 뭐든 할게. 심술 맞은 말을 해서 정말 미안해. 그냥 샘이 나서 심통을 부린 것뿐이야. 언닌…… 하도 돈을 쓸 데가 없어서 언니한테까지 마구 뿌려대는 늙은 영감을 낚았잖아. 운만 좋으면 영감이 금세 죽어버릴지도 몰라. 그럼, 그 돈은 모두 우리 게 되는 거라구!」

그때 문밖에서 인기척이 났다. 발자국 소리가 점점 가까이 들리자, 윌로우는 여동생의 도가 지나칠 정도로 열렬한 포옹에서 벗어나려고 몸부림을 쳤다.

「그래도 문제가 아직 남았잖아. 배너 경에게는 도대체 뭐라고 말해야 하지?」

다급해진 윌로우는 비어트릭스를 상자 속에 다시 밀어 넣은 다음, 뚜껑을 닫아야 한다는 생각에 여동생을 그쪽으로 밀어댔다.

「언니를 질투하다니, 내가 속이 좁았지 뭐야. 솔직히 끔찍한 추물이 아니고서야, 어떻게 한번도 못 본 여자랑 혼인하려고 하겠어? 여기 오기 전에 스티븐 오빠한테도 그렇게 말해줬지. 어젯밤에 동침하지 않았으니, 언닌 축복 받은 줄 알아야 돼.」

생각만 해도 끔찍한지 비어트릭스가 몸서리를 쳤다.

「그 영감이 언니 얼굴에 고약한 냄새가 나는 입김을 내뿜는다고 상상을 좀 해봐. 몇 개 남지도 않은 이빨은 누렇고 뾰족하겠지. 분명히 너무 늙고 쭈글쭈글해서…….」

비어트릭스가 배너 경의 끔찍한 단점들을 상세히 설명할 사이도 없이, 그는 무거운 짐 상자를 깃털처럼 가뿐히 어깨에 짊어진 채 고개를 숙이고 문지방을 넘었다.

8

「허락도 구하지 않고 들어와서 미안하오」

배너가 초콜릿처럼 향기가 진하고 윤기가 흐르는 남성적인 목소리로 말했다.

「뜰을 지나는데, 종자들 둘이서 이 상자를 당신에게 가져다줄 특권이 서로 자신에게 있다면서 실랑이를 벌이고 있지 뭐요」

그 순간, 윌로우가 마음만 먹었으면 쉽게 비어트릭스의 손아귀에서 벗어날 수 있었으리라. 배너를 바라보는 여동생의 다리가 흐늘흐늘해졌다. 비어트릭스의 눈길이 근육질의 종아리를 감싼 가죽 부츠와 투명한 남색 눈동자를 거쳐 실크처럼 부드러운 헝클어진 검은색 머리카락에 머물렀다.

「정말이지 기…… 기사도가 넘치는 분이시군요」

두려움에 떨면서 배너의 눈길이 비어트릭스에게 꽂히는 순간을 기다리던 윌로우의 입에서 말이 더듬더듬 나왔다. 이제 조금 있으면 배너의 턱이 아래로 툭 떨어지고 비어트릭스가 예견한 대로, 동생 대신 엉뚱하게 언니와 혼인을 했다는 사실을 깨닫게 되리라.

하지만 배너는 동생을 '바닥에 굴러다니는 돌멩이' 마냥 무시하고 지나쳐버렸다! 배너가 바닥에 짐 상자를 내려놓으면서 옥색 더블릿으로 감싸인 근육들이 잔물결을 일으켰다.

「저 아이는 누구랍니까?」

질문을 던진 사람은 윌로우의 예상과는 다르게, 배너가 아니라 꾸벅꾸벅 졸고 있는 젖먹이들을 꾸부정한 등에 업고 문가에 나타난 피오나 할멈이었다.

「저 아이는 내…… 내…….」

갑자기 장난기가 발동한 윌로우가 불쑥 말했다.

「내 하녀예요.」

비어트릭스가 입을 쩍 벌리는 것을 보고, 윌로우는 약속을 지키라는 뜻에서 살을 꽉 꼬집었다.

「이 아이의 이름은 '비이'랍니다.」

여동생이 '비이'라는 애칭을 얼마나 싫어하는지 알면서도, 짓궂게 윌로우가 덧붙였다.

피오나 할멈은 발을 질질 끌면서 걸어오더니, 짐 상자 하나를 풀기 시작했다.

「정말 이상하구먼. 어젯밤에는 저 아이를 못 봤으니 말이우.」

「비이는…….」

윌로우는 목을 가다듬었다.

「짐 상자 틈에 끼어서 여기까지 왔답니다. 정말 하녀로서는 나무랄 데가 없는 아이지요. 안 그러니, 애야?」

윌로우가 뒷목을 힘껏 조르자, 비어트릭스는 멍한 표정으로 고개만 끄덕거렸다.

배너는 무심한 눈길로 비어트릭스를 흘끔 쳐다보았다.

「어디 아파서 그러는 건가? 혹시 말을 못하는 건 아니오?」

여동생의 끊임없는 수다에 질려서 베개로 입을 틀어막고 싶은 충동을 수도 없이 느꼈던 과거의 기억을 되살리며, 윌로우는 웃음을 터트렸다.

「그렇다고 할 순 없겠지요」

지금까지 비어트릭스는 무시를 당한 일이 거의 없었다. 남자들은 비어트릭스가 은빛 속눈썹을 깜빡거리기만 해도 황홀한 나머지 기절 일보 직전까지 갔다. 윌로우가 손에 힘을 빼기가 무섭게 비어트릭스는 토실토실한 엉덩이를 살랑살랑 흔들면서 배너에게 다가가서 왼발을 뒤로 빼고 오른쪽 무릎을 굽히면서 정식으로 절을 했다. 몸을 지나치게 숙인 나머지 '심을 넣지 않아도 충분히 불룩한 샅 주머니'(Codpiece, 15~16세기경, 남자 바지의 사타구니 사이에 달아놓은 주머니)를 탐욕스럽게 응시하게 되었지만.

비어트릭스가 간드러진 목소리로 입을 열었다.

「이렇게 모시게 되어 영광입니다. 어찌하면 영주님을 즐겁게…… 즐겁게 해드릴 수 있는지 말씀만 해주시면 무슨 일이든 못하겠나이까?」

배너는 목을 가다듬고 당장이라도 밖으로 쏟아져 나올 것 같은 풍성한 가슴 계곡을 외면하면서, 윌로우에게 장난기 어린 시선을 던졌다.

「성심을 다하겠다는 마음이 기특하긴 하다만, 얘야, 날 기쁘게 해주고 싶으면 아씨를 잘 모시면 된다.」

윌로우는 비어트릭스의 팔꿈치를 붙들고 짐 상자 쪽으로 밀었다.

「배너 경의 말씀대로 착하게 굴어야지? 가만히 있지 말고 어서 가서 내 슬리퍼를 가져오려무나.」

몸을 비틀대다가 간신히 균형을 잡은 비어트릭스는 윌로우를 무섭게 째려보았다.

「손으로 들고 올까요? 아니면 입에 물고 올까요, 여왕 폐하?」

「바삐 놀려야 할 게 손인지 입인지 알아서 판단하면 될 것 아니냐?」

윌로우가 대꾸했다.

비어트릭스는 짐 상자 위로 몸을 구부리고 일부러 배너를 향해 토실토실한 엉덩이를 씰룩거렸다.

「오늘은 날씨가 유달리 화창한 탓에, 아이들이 성벽 너머에 있는 풀밭에서 아침을 들기로 한 모양이오. 당신이 가주면 분명히 애들이 좋아할 거요」

「당신도 같이 가실 건가요?」

윌로우가 물었다. 결국 애원하는 듯한 말이 입에서 떨어지기가 무섭게 후회했지만.

착각일지도 모르겠지만, 언뜻 배너의 얼굴에 애석해하는 표정이 스쳐 지나간 듯했다.

「집사하고 상담할 일이 있어서, 그렇게는 못할 것 같소」

그는 더 이상의 설명도 없이, 인사랍시고 고개만 한번 끄덕인 후 방을 나섰다.

비어트릭스는 윌로우의 슬리퍼를 가슴팍에 부여잡고 아무도 없는 문가를 황홀하게 응시했다.

「나라도 밤새도록 울었겠어. 저런 남자와 한 지붕 밑에 있으면서 혼자 잠자리에 들다니, 그게 말이나 되는 얘기야?」

피오나 할멈은 고개를 가로저으면서 뭐라고 중얼거렸다. 너무 지독한 사투리라서 윌로우가 알아들은 말이라고는 '뻔뻔스러운 계집애'와 '단단히 맛을 보여줘야겠군' 외에는 없었다.

윌로우는 비어트릭스의 손에서 슬리퍼를 잡아 뺐다.

「말 한번 잘 했어요, 피오나 할멈. 비이는 워낙 드센 아이라 옆에서 감시하는 사람이 없으면 무슨 짓을 저지를지 모르는 아이랍니다. 저 아이가 짐을 다 풀면……」

윌로우는 입술을 톡톡 건드리면서, 비어트릭스의 손톱을 눈여겨보았다. 며칠 전에 비어트릭스의 명을 받고, 산호 빛이 돌 때까지 계속 문지르고 또 문질렀던 바로 그 손톱을.

「……변기에 묵은 때를 깨끗이 문지르게 해요」

격분한 비어트릭스의 비명 소리를 반주 삼아 윌로우는 춤을 추듯이 경쾌하게 계단을 내려갔다.

배너는 북쪽 탑의 창문을 통해서 윌로우가 입가에 미소를 띄운 채, 고개를 똑바로 들고 뜰을 가로지르는 모습을 ズ켜보았다. 윌로우라는 이름이 어울리는 여자로군, 부드럽게 흔들리는 엉덩이를 넋놓고 바라보면서 배너가 절망적으로 되뇌었다. 몸이 너무 가냘퍼서 바람이 불면 날아가버릴 것처럼 보였다.

윌로우가 아치형의 성문을 지나쳐서 도개교를 내려가자, 자칫 잘못하면 목구멍에서 조심하라는 말이 터져 나올 것 같아서 이를 악무는 수밖에 없었다. 갑옷이나 무기도 주지 않고 아이들에게 보내다니, 이를 드러내고 짖고 있는 개들 틈에 새끼 고양이를 내던지는 것이나 다름없다.

굶주린 늑대보다는 이를 드러내고 짖는 개가 낫긴 하지. 어떻게든 양심을 달래보려고 배너가 속으로 중얼거렸다.

아침에 윌로우의 침실에 들어간 것도 후회 닥급이었다. 잠깐이라도 얼굴을 비추지 않으면 윌로우가 의심스럽게 생각하진 않을까 해서 저지른 일이었다. 하지만 무례하기 짝이 없는 어린 하녀와 못마땅한 표정을 짓고 있는 피오나 할멈이 옆에 있는데도 불구하고, 윌로우를 장미 꽃잎이 뒤덮인 침대에 던지고 싶어서 죽을 것만 같았다.

목구멍에서 흘러나오는 신음을 꿀꺽 삼키면서, 배너는 나무 창문을 쾅 닫아버렸다. 배너가 기거하는 방은 시간이 갈수록 깔레(Calais)의 지하감옥보다 훨씬 더 황량하고 음울한 분위기를 자아냈다. 윌로우가 자유를 달라고 요구하지 않는 이상, 배너 역시 자신의 자유를 박탈하는 수밖에 없었다. 이제는 아이들이 잠들 때까지 기다렸다가 한밤중에 어두컴컴한 성을 배회할 수도 없었다. 그 시간에 윌토우가 화려한 사주식 침대에 누워 있다는 생각만 해도 미칠 것 같았다. 베개에 펼쳐진 구름처럼 풍성한 머리카락. 사향 냄새가 나는 부드러운 살결. 아무리 신심이 깊은 수도사라고 해도 견디기 힘든 유혹이었다.

더구나 현재 어떤 생활을 하고 있던지 간에, 배너는 절대 수도사가 아니었다. 일곱 아이들이 모두 바로 그 침대에서 생겼으며 바로 그 침대에서 태어났다. 열 아홉의 나이에 혼인을 하고 초야를 치른 결과 데즈먼드가 생겼다. 초야를 치른 다음 날, 프랑스에 있는 군대에 합류했기 때문에 메리와 동침한 날은 고작 하루였다. 열 달 후 엘서노르에 돌아오니 어린 신부가 환한 미소를 지으면서 주근깨가 가득한 젖먹이를 품에 안고 안뜰에 서 있었다. 그 순간의 기분이란. 마음 한편으로 자부심이 들면서도, 어떻게 반응해야 할지 몰라서 당황했다. 결국 배너는 아들의 손가락과 발가락의 숫자를 세어볼 겨를도 없이, 피오나 할멈에게 젖먹이를 넘겨준 메리의 손에 이끌려 침실과 이어지는 계단을 올라가서 바로 그 침대에 몸을 눕혔다. 바로 다음 날 배너는 전장으로 돌아갔고, 그때 데즈먼드는 요람에 그리고 에니스는 메리의 자궁에 안착한 상태였다.

그는 의자에 몸을 파묻었다. 전 같았으면 전쟁이 끝난 것을 기꺼워했을지도 모른다. 그래서 윌로우 같은 여자의 남편으로 사는 것을 기꺼워했을지도 모른다. 하지만 5년 전에 아버지가 저지른 죄업이 아들에게도 이어지면서 모든 게 달라졌다.

배너는 몸을 똑바로 폈다. 윌로우가 엘서노르에 머무는 동안, 되도록 멀리 떨어져 있으리라 다짐하면서.

따사로운 햇살을 받으려고 하늘을 바라보면서 풀밭 위를 걸어가는데 산들바람이 머리카락을 헝클어뜨렸다. 어느새 윌로우의 마음속에서 아주 오랫동안 느끼지 못했던 감정이 꿈틀거렸다 - 희망.

물론, 배너가 비어트릭스를 '돌' 보듯 했기 때문에 이런 기분이 드는 건 아니야. 윌로우가 단호하게 속으로 되뇌었다. 변덕 많은 가을 날씨가 얼음처럼 차가운 겨울의 포옹을 받아들이기보다는, 따스한 여름날의 쾌락을 즐기기로 작정한 듯했다. 바스락거리는 나뭇잎을 차면서 걷는 속도가 점점 빨라졌고, 어느새 저도 모르게 치마를 높이 쳐들고 힘껏 달리기 시작했다. 요리조리 도망 다니는 동생들을 뒤쫓거나 '빨리빨리 움직이지 못하겠느냐'고 다그치는 새 어머니의 목소리가 들릴 때라면 모를까, 베들링튼에서는 달음박질이 금지되었다. 자유롭게 마음 내키는 대로 달리고 있노라니, 가슴 가득 희열감이 퍼졌다.

언덕 위를 질주하고 있는데, 갑자기 자그마한 열 개의 얼굴들이 사방에서 나타나더니 윌로우를 심술궂게 노려보면서 방금 만끽한 자유는 '착각'이라고 소리 없이 합창을 했다.

윌로우는 몸을 비틀대면서 간신히 발을 멈췄다. 배너의 아이들은 다른 곳보다 움푹 파인 자리를 중심으로 흩어져 있었다. 토실토실한 다리로 가부좌를 틀고 앉아 있는 아이들이 있는가 하면, 양손으로 턱을 받치고 풀밭에 엎드려 있는 아이들도 있었다. 나뭇가지를 엮어 만든 바구니가 중앙에 놓여 있었으며 파이, 호두, 대추야자, 사과들이 낙엽이 뒤덮인 대지에 흩어져 있었다. 아이들은 윌로우의 관심을 못 받아서 괴로워하는 눈치가 아니었다. 다들 잘 먹여서 투실투실 살이 오른 새끼돼지들처럼 보였다. 분홍색 살결의 주름들 사이에 낀 때를 보아하니, 아무리 힘껏 문질러도 한 번에 싹 밀어내진 못할 것 같다.

「어머머. 이게 뭐지?」

짐짓 쾌활한 목소리를 내려고 애쓰면서 윌로우가 탄성을 질렀다.

「아무래도 요정들처럼 보이는 걸.」

윌로우의 장난기 어린 말은 아이들의 뚱한 표정을 누그러뜨리지도, 어깨를 짓누르는 침묵을 깨지도 못했다. 아이들은 윌로우를 '썩은 사과에서 기어 나온 벌레' 마냥 혐오스럽게 바라보고 있었다. 개중 제일 냉정한 얼굴을 하고 있는 아이는 떡갈나무 가지에 몸을 기대고 있는 주근깨투성이 소년이었다. 소년의 어깨에는 한쪽 날개가 부러진 까마귀가, 무릎에는 몸집이 커다랗고 노란 외눈박이 수코양이가 축 늘어져 있었다. 한쪽 귀가 찢어진 고양이는 노란 눈동자로 윌로우를 심술 사납게 노려보았다.

「필시 이분이 요정들을 다스리는 임금님이실 거야. 맞아. 국왕 폐하의 안전에서는 언제나 예를 갖춰서 절을 해야 돼.」

윌로우는 과장된 몸짓으로 절을 했다.

소년과 팽이는 약속이라도 한 듯이 동시에 비웃음을 흘렸다. 이내 팽이가 꼬리가 씰룩거렸고, 까마귀는 말똥말똥한 눈으로 윌로우를 군침이

도는 '썩은 고기 덩어리'인 양 바라보았다.

윌로우는 아이들의 귀에 들릴 정도로만 목소리를 낮추었다.

「폐하께 예를 다하지 않으면, 나를 지하감옥에 집어넣거나, 아랫사람들에게 '저년의 목을 쳐라' 하고 명령을 내리실지도 몰라.」

윌로우의 말이 맘에 들었는지, 소년의 초록색 눈동자가 장난기로 반짝거렸다. 하지만 여전히 입술은 반항적으로 꾹 다문 채였다.

한숨을 내쉬면서 윌로우는 떡갈나무 근처에 책상다리를 하고 앉아 있는 계집아이에게 몸을 돌렸다. 아이의 눈동자 색은 초목처럼 푸른빛을 띠고 있었고, 머리카락은 황금색으로 반짝거렸다.

「저기 저 잘난 분이 '요정나라의 임금님'이시면, 여기 이분은 마땅히 공주님이시겠네. 그런데 날개는 어디에 빠뜨리셨지요?」

윌로우는 짐짓 당황한 척하면서 소녀의 어깨 너머에 눈길을 돌렸다.

「깜빡 잊고 침대 밑에 놔두고 오신 건가요?」

계집아이는 재빨리 손으로 입을 막았지만 이미 '까르르' 웃은 뒤였다.

「메리 마거릿!」

나뭇가지에 등을 기대고 앉아 있던 사내아이가 한마디 내뱉었다.

창피해진 메리 마거릿은 고개를 푹 수그리고 중얼거렸다.

「내가 잘못했어, 오빠.」

「아무래도 요정나라의 임금님은 폭군인가봐.」

윌로우가 투덜거렸다. 데즈먼드는 괭이와 까마귀를 옆으로 밀어내고 나뭇가지에서 주르륵 미끄러지더니 가볍게 바닥에 착지했다.

고개를 살짝 쳐들어야 윌로우의 눈을 똑바로 쳐다볼 수 있었기 때문에, 일순 아이의 얼굴에 '그대로 있을 걸' 하고 후회하는 기색이 감돌았다. 하지만 분한 마음은 잠시 뿐, 아이는 아버지의 거만한 걸음걸이를 무의식적으로 따라하면서 윌로우에게 다가갔다.

「폐하께서 기분이 상하신 모양인 걸.」

윌로우는 아이의 거만한 태도를 흉내내서 팔짱을 끼었다.

「조금만 기다려볼까? 내가 무슨 잘못을 했는지 폐하께서 친히 설명해주실지도 모르니까.」

「당신은 우리 아버지와 혼인을 했잖아.」

소년은 어깨를 똑바로 펴면서 가차없이 말했다.

「우린 오랫동안 엄마 없이도 잘 지냈어. 엄마 따윈 필요 없다구. 애들은 내가 돌봐주면 돼. 귀찮게 참견이나 해대는 엄마 같은 건 필요 없단 말이야.」

아이는 '엄마'라는 단어가 욕이라도 되는 것처럼 격렬하게 말했다.

「그래!」

「맞아!」

「우린 엄마 따윈 필요 없어!」

데즈먼드를 지지하려고 자리에서 벌떡 일어난 아이들이 입을 모았다. 작지만 체구가 단단해 보이는 빨강머리의 사내아이가 마지막으로 몸을 일으켰다. 아홉 살 정도 되어 보이는 아이의 갈색 눈동자는 부끄럼을 잘 타는 성격을 드러내고 있었다.

하지만 아이들이 협공을 한다고, 한풀 꺾일 순 없다.

「그래? 너희들 아버지는 엄마가 절실하게 필요하다고 하던 걸.」

데즈먼드가 코웃음을 쳤다.

「아버지가 우리한테 뭐가 필요한지 어떻게 알아? 우리 이름도 몰라서 헤매는 걸. 자식들과 같이 시간을 보낼 바엔 차라리 프랑스에 가서 사람들 머리통이나 잡아뜯고, 국왕의 신발이나 핥아대는 게 낫겠다고 생각하는 사람이란 말이야.」

사내아이의 건방진 말도 무시할 수 없었지만, 보일 듯 말 듯 떨리고 있는 입술만큼 마음에 걸리진 않았다.

「아버지한테 그런 식으로 말하면 되겠니?」

윌로우가 부드럽게 말했다.

「너희들을 그만큼 생각하지 않았으면, 애초에 나와 혼인하려고 하지 않았을 거야.」

마음이 아파서 차마 입에 담기 힘든 말이었지만, 그렇게 해서라도 아이의 상처받은 자존심을 위로해주고 싶었다.

데즈먼드의 입술에 심술궂은 미소가 떠올랐다.

「아버지가 당신을 돈으로 샀다는 얘기는 들었어. 병사들이 마을에 사는 네타와 침대에서 한 번 구르려고 몇 푼 던져주는 거랑 뭐가 달라?」

데즈먼드의 대담한 말을 듣고 수줍음을 타는 소년을 제외한 나머지 형제들이 낄낄대고 웃었다.

미소가 드리워진 입가에 경련이 일어났지만, 윌로우는 애써 분한 마음을 추슬렀다.

「친정 아버지가 지참금을 마련할 능력이 없었기 때문에 너희 아버지가 대신 신부 몸값을 치르신 거야. 신랑이 신부 몸값을 치르는 것은 조금 구식이긴 해도, 존중을 받을 만한 관습이란다.」

데즈먼드가 느긋하게 어깨를 으쓱거렸다.

「여자라면 마음 내키는 대로 쉽게 구할 수 있는데, 왜 돈까지 치를 생각을 했을까? 잠자리에서 아버지를 마다할 여자는 아무도 없어. 멕이랑 쌍둥이들이 산증인이라구.」

제일 몸집이 작은아이들에게 고개를 획 돌리면서 데즈먼드가 말했다.

치마만 두르면 누구라도 배너를 유혹할 수 있다는 사실을 알았다고 해서 자존심이 회복될 리가 없다. 결국 혼인한 여자를 제외하면 어떤 여자라도 배너의 마음을 녹일 수 있다는 얘기가 아닌가? 윌로우의 입술에서 미소가 사라지자, 아이들은 격분한 윌로우가 손톱을 세우고 달려들까 무서운지 자기들끼리 바짝 달라붙었다.

윌로우는 주근깨가 뿌려진 데즈먼드의 코끝에 바짝 얼굴을 들이대고 나지막하게 말했다.

「네 말이 맞을지도 모르겠구나. 예의범절을 배울 필요도 없고, 엄마 따위는 필요 없을지도 모르지.」

윌로우는 몸을 획 돌린 다음, 치마를 걷어올리고 언덕 위로 올라가기 시작했다.

꼭대기에 도착하기 일보 직전, 데즈먼드의 말이 뒤통수를 후려치면서 윌로우의 발을 묶었다.

「아버지가 얼마를 쓰셨는지 몰라도, 아무짝에도 쓸모 없는 여자에게 들인 돈이 아까울 따름이야.」

마음 한구석에 데즈먼드의 말이 옳지 않다는 신념만 있었으면 반박을 했을지도 모른다. 그저 고개를 빳빳이 쳐들고 겨속 걸어가는 수밖에 없었다. 귓가에 데즈먼드의 비웃음소리가 메아리치지 않을 때까지.

그날 저녁 침실 안으로 터벅터벅 걸어 들어갔더니, 비어트릭스가 향기가 나는 목욕물에 코부터 발끝까지 푹 담그고 있었다.

마음이 급한 나머지 이미 물 속에서 거품을 일으키며 알아듣기 힘든 소리를 내던 입술이 수면 위로 다급하게 떠올랐다.

「언니! 휴우. 언니라서 천만다행이야! 세상에. 그 심술사나운 할망구가 나더러 목욕물을 여기까지 나르라는 거 있지? 언니가 목욕한다는 말을 안 했으면 물도 안 내줬을 걸.」

「불쌍한 아이 같으니. 그리 고생했다니, 내 마음도 아프구나.」

비어트릭스의 명에 따라 물통을 들고 가파른 계단을 수도 없이 오르던 순간을 떠올리면서 윌로우가 심드렁하게 대꾸했다.

목욕을 미루고 싶은 마음이 간절했기 때문에 윌로우는 벽장으로 걸어 갔다. 침대 속으로 기어 들어가서 요를 뒤집어쓰고 그날 아침부터 한 발 자국도 침대에서 나온 일이 없는 것처럼 가장하고 싶었다.

「내 손톱들을 좀 보란 말이야!」

비어트릭스가 갈고리처럼 뾰족하고 흉측한 손톱을 내밀면서 강압적으로 말했다.

「양배추처럼 조각조각 부셔졌잖아! 언니가 그 못돼 먹은 할망구를 시켜서 내 손으로 지저분한 변기를 박박 문지르게 했으니까, 언니한테도 책임이 있어. 손톱이 부러질 때마다 그 할망구가 통쾌하다는 듯이 웃어대는 거 있지? 마귀할멈 같으니.」

비어트릭스가 입술을 삐죽거렸다.

「언니도 그렇지. 그렇게 좀스럽게 굴 건 또 뭐야? 하녀 역할을 충실히 실행하려면, 이 성의 주인 어른에게도 충성을 맹세해야 할 것 같았단 말이야.」

「그래? 내 눈에는 네가 그 사람 발 밑에 몸을 내던지는 모습이 꼭 '정부' 자리를 꿰어차려고 용을 쓰는 것처럼 보이더구나.」

깨끗한 속옷을 꺼내면서 윌로우가 대꾸했다.

비어트릭스는 멍한 얼굴로 한숨을 내쉬었다.

「그런 남자와 단 몇 분만이라도 같이 시간을 보낼 수만 있다면 얼마나 좋을까?」

「너는, 나도 아직 누려보지 못한 혜택을 바라고 있구나. 배너 경은 오늘 방안에 틀어박혀서 한 발자국도 안 나왔단다. 그 덕에 난 혼자 정원을 산책하고, 혼자 성당에서 기도하고, 홀에서 혼자 저녁식사를 하는 신세가 됐지.」

사실은 혼자 있는 것이 아니라는 기묘한 느낌 때문에 더더욱 당황했다. 풀밭에서의 끔찍했던 만남 이래, 배너의 아이들은 코빼기도 보이지 않았지만 지루한 하루를 보내면서 눈 옆으로 뭔가 휙휙 스쳐 지나갔고, 기괴한 분위기를 자아내며 성에 메아리치는 웃음소리를 몇 번이나 들었다. 흡사 성 전체가 마법에 걸려 있고, 가는 곳마다 보이지 않는 요정들이 쫓아다니는 기분이었다.

윌로우가 속옷을 머리에 끼우는 동안, 비어트릭스는 부끄러워하는 기색도 없이 바다에서 방금 솟아 나온 여신처럼 물을 줄줄 흘리면서 똑바로 섰다. 흠잡을 곳이 없는 발그레한 나신을 차마 똑바로 쳐다볼 수가 없어서 윌로우는 타월을 벽장에서 잡아 뺀 다음 여동생의 머리 위에 던졌다.

비어트릭스는 타월로 젖은 머리카락에서 물기를 빨아들였다.

「부엌에 서서 식은 수프와 쉰 냄새가 나는 귀리 비스킷을 먹은 내 처지를 생각해봐. 홀에서 혼자 저녁을 먹는 게 훨씬 낫지. 솔직히 부엌만큼 최근에 떠도는 소문을 수집하는 데 적당한 장소가 없긴 하지만.」

타월을 몸에 두르고 욕조에서 나온 비어트릭스는 윌로우에게 수줍은 눈길을 던졌다.

「배너 경에 대한 소문이 사실이야? 정말 열 둘이나 되는 아이들을 생산했느냐는 말이야?」

손을 이용해서 아이들의 숫자를 헤아리면서 윌로우는 얼굴을 찌푸렸다. 결국 열 손가락을 모두 펴고도 모자라서 처음부터 다시 시작해야만 했다.

「그런 것 같구나.」

「정말 재미있는 얘기를 들려줄까? 그 중에 사생아들이 끼어 있대. 레이디 마거릿이 세상을 떠난 뒤 얼마 지나지 않아서 바구니에 눕힌 젖먹이들이 성문 밖에 놓여 있었다는 거야. 배너 경이 마을에 사는 처녀들과 눈이 맞아서 그렇게 된 거래. 그런 애들이 벌써 다섯이라지.」

윌로우는 침착한 표정을 그대로 유지했다.

「배너 경은 자식들을 대할 때 적출, 서출 구분해서 차별을 하는 것 같지는 않더구나. 그 점은 존경할 만하다고 생각해. 대부분의 남자들이 사생아를 인정하지 않을 뿐더러, 자기 집에 들이는 일은 더더욱 기피하니까.」

「자기도 사생아인데, 아이들을 모른 척하면 쓰겠어?」

그 말을 마친 비어트릭스가 손으로 입술을 철썩 갈겼다.

「이걸 어쩐담. 언니도 배너 경에게 들은 얘기지? 그렇지?」

「그걸 말이라고 하니?」

여동생의 동정 어린 눈길을 참기가 힘들어서, 윌로우가 날카롭게 대꾸했다.

「자신을 '사생아'(Bastard라는 단어는 사생아 외에, 비열하거나 심성이 고약한 인간을 지칭하기도 함)라고 하길래, 서출이라는 얘기인 줄 모르고 성질이 고약해서 그런가보다 했지.」

윌로우는 터벅터벅 침대로 걸어갔다.

비어트릭스는 반대편으로 가서 타월을 떨어뜨리고 침대로 기어 올라갔다.

「얼마나 지나야 언니 배가 부르기 시작할지, 다들 내기를 하고 있다니까.」

여동생은 슬쩍 윌로우의 배를 훔쳐보았다.

「어젯밤에 배너 경이 신방에 들었으니, 벌써 임신했을 거라고 수군대는 사람들도 있던 걸.」

시트를 통해 비치는 작고 거무스름한 물체들에게 정신을 빼앗기지 않았으면, 쓰디쓴 웃음을 흘려야 했을지도 모른다.

「피오나 할멈 짓이겠지?」

윌로우가 고개를 흔들면서 중얼거렸다.

「얼마 안 있으면 미련할 정도로 감상적인 그 노파도 깨닫는 바가 있겠지. 고작 장미 꽃잎으로 배너 경을 유혹할 수 있을 거라고 생각하다니…….」

상처받은 마음을 숨기는 데 지쳐서 윌로우는 시트를 확 젖혔다. 장미 꽃잎들이 갑자기 소리를 내는 이유가 뭔지 알아내려고 하는 사이에, 첫 번째 귀뚜라미가 휙 날아올라서 비어트릭스의 코를 정통으로 후려쳤다.

높고, 높은 북쪽 탑 꼭대기에 자리잡은 '피신처'에서 홀리스 경이 여왕(체스 말의 하나. Queen)을 배너의 기사(체스 말의 하나. Knight)들에게 잡히지 않게 하려고 묘수를 궁리하고 있는데 갑자기 등골이 오싹할 정도로 무시무시한 비명 소리가 정적을 깨뜨렸다.

「이건 또 뭐야! 누가 죽기라도 했나!」

홀리스가 벌떡 일어나서 소리를 질렀다.

여자들 특유의 날카로운 비명 소리가 미처 여운을 남길 사이도 없이 신경질적으로 꺅꺅대는 소리, 발로 쿵쿵 무엇인가 짓밟는 소리가 성에 떠나갈 듯 울려 퍼졌기 때문에, 홀리스는 자신의 체스 상대가 검을 움켜잡고 밖으로 뛰쳐나갈 거라고 생각했다.

하지만 눈꺼풀이 살짝 떨렸을 뿐, 배너는 바깥에서 벌어지고 있는 소동에 무심한 것처럼 보였다.

「자네가 둘 차례야.」

홀리스는 천천히 의자에 몸을 파묻고, 떨리는 손으로 성장(城將, Rook. 체스 말의 하나. Castle이라고도 불림)을 더듬었다. 말을 바로 옆 칸에 밀어 넣은 홀리스는 배너가 '체크메이트'라고 중얼거리기 전에, 여왕을 탐욕스러운 백 기사에게 빼앗기고 왕(King, 체스 말의 하나)은 배너의 교활한 병졸(Pawn, 폰. 체스 말의 하나)의 공격을 받아 무력하게 쓰러졌다는 것을 깨달았다.

배너는 주저하지 않고 섬세하게 조각된 여왕을 엄지와 검지로 쓰다듬었지만, 평상시처럼 승리감을 느낄 수가 없었다.

홀리스와는 달리 '게임이 아직 끝나지 않았다는 사실'을 알고 있었기에.

게임은 이제 시작되었을 뿐이다.

9

배너는 자유로웠다.

눈을 찔러대는 따가운 가을 햇살을 받으며, 기사들과 마상(馬上) 창 시합과 씨름경기를 마음껏 할 자유. 새파란 하늘에 떠다니는 솜털 같은 구름들 밑에서 수비대 병사들을 마음껏 훈련시킬 자유. 거대한 백마를 타고 농작물을 모두 거둔 농토를 질주하면서 소작농들에게 '추수하느라 수고가 많았다, 올해는 풍작이다'라고 마음껏 치하해줄 자유. 그리고 매일 밤 천사 같은 아이들에게 둘러싸여서 식탁의 상석에 앉아 저녁을 먹는 자유를 누렸다.

하지만 이렇게까지 비참한 기분을 느낀 적이 있었던가?

윌로우가 대신 대가를 치르고 있지만 않았다면, 그도 마음껏 자유를 만끽했을지도 모른다. 배너보다 골려먹기 좋은 대상을 발견해서 그런지, 아이들 모두 성인을 연상시킬 정도의 겸허하고 순종적인 자세로 '네, 아빠' 아니면 '아뇨, 아빠', '뜻대로 하세요, 아빠'와 같은 말을 중얼거리면서 절대 복종하는 한편, 모세가 이집트 전역에 퍼트린 어떤 곤충, 짐승에 비해도 뒤질 것 없을 정도로 엄청나게 많은 벌레와 쥐, 파충류들을 월로우가 쓰는 벽장과 침대와 욕조에 풀어놓았다.

지금 갖은 고초를 겪으면 나중에 참다못해 자신을 버리고 떠나기로 작정한들, 월로우의 자존심이 상하는 일은 없으리라고 자위하면서 배너는 애써 아이들의 못된 짓거리를 방관하고 있었다.

아이들이 스튜에 후추를 잔뜩 퍼부어서 월로우가 재채기를 연거푸 열두 번 해대자, 배너는 향신료 때문에 강렬하고 자극적인 맛이 난다고 짤막하게 감상을 얘기하면서 눈물을 줄줄 흘리고 있는 월로우에게 손수건을 건네주었다. 아이들이 작당해서 메리 마거릿이 제일 아끼는 '꿀꿀이'를 침실에 풀어놓았을 때도 배너는 목이 터져라 날카롭게 내지르는 비명 소리를 못 들은 척 시치미를 떼고 있었으며, 심지어 월로우와 험상궂은 표정의 조그마한 하녀 아이가 돼지를 홀 안에 몰아넣는데도 울타리라도 되는 것처럼 무심코 녀석의 몸을 타넘었다.

아이들이 작당해서 '악취 단지'를 월로우의 침실과 연결된 굴뚝 아래로 집어던졌을 때도, 배너는 며칠 동안 월로우의 머리에 달라붙어서 떨어지지 않는 매캐한 화약 냄새를 무시했다.

그날 밤 이래 비명 소리는 다시 들리지 않았다. 부자연스러운 정적을 참을 길이 없어 배너는 그림자가 드리워진 안뜰에 서서 월로우가 나무 창문을 활짝 열어젖히고 맵시 있게 생긴 콧구멍을 엄지와 집게손가락으로 틀어잡은 채로, 배너의 장자(長子)가 신발이란 신발에 모두 쑤셔 박은 썩은 달걀들을 차분하게 쏟아내는 광경을 훔쳐보곤 했다. 한두 번인가 그의 존재를 알아채기라도 한 듯이, 어둑어둑한 안뜰을 유심하게 훑는 월로우의 비난에 찬 눈길을 온몸으로 의식한 일도 있었다.

2주가 거의 다 지나가는데도 불구하고 월로우의 입에서 한마디의 불평도 없었기 때문에 시간이 갈수록 절망감이 커져만 갔다. 얼마 안 있으면 눈이 소복하게 쌓일 테고 기나긴 겨울밤을 월로우와 함께 지낸다면, 필시 자식이 또 하나 생기리라.

어느 날 아침 나무랄 데 없이 행동하는 아이들 틈에 둘러싸여 배너가 식사를 하고 있는데 피오나 할멈이 홀 안으로 들어와서 바로 앞에 쟁반을 쾅 하고 내려놓았다.

「오늘 아침에 영주님이 자실 꿀은 없으니까, 마른 빵만 드슈.」

털이 수북한 눈썹 밑으로 피오나 할멈이 배너를 노려보았다.

「맛있게 자시다가 목구멍에 걸리지나 않았으면 좋겠수.」

피오나 할멈이 쿵쾅대면서 부엌으로 돌아가자 배너는 홀리스와 씁쓸한 시선을 교환했다. 사정상 집사는 믿는 수밖에 없었지만, 그 외에 성에 거주하는 자들은 모두 신부에게 무심하게 구는 배너의 모습을 보고 난색을 표했다. 전장에서는 감히 배너의 권위에 도전해본 역사가 없는 기사들과 병사들마저 심심하면 자기들끼리 쑥덕거리고 그에게 못마땅한 눈길을 던지곤 했다. 윌로우가 한시라도 빨리 자신을 차버리지 않는다면 대규모의 반란을 수습해야 하는 상황이 생긴들 아무 할말이 없다.

배너가 빵을 잔뜩 베어 무는 찰나, 홀과 이어지는 넓은 돌계단 위에 윌로우가 모습을 나타냈다. 일순, 배너는 정말 빵이 목구멍에 걸리는 줄 알았다. 홀에서 식사를 하고 있던 기사, 종자, 시동들의 눈길이 일제히 계단으로 향했고 배너가 간신히 빵을 꿀꺽 목구멍으로 넘기는 소리만 유달리 크게 들렸을 뿐, 주위는 삽시간에 고요해졌다.

마침내 사라진 꿀단지에 얽힌 수수께끼가 풀린 것처럼 보였다.

노란 꿀이 윌로우의 머리카락에서 주르륵 흐르고 있었을 뿐더러, 목과 어깨에 달라붙어서 반짝거리는 황금색 베일처럼 새하얀 살결을 휘감고 있었다. 그 순간, 우스꽝스럽게도 배너는 계단을 뛰어 올라가서 윌로우의 몸을 구석구석 핥고 싶었다.

한 발자국, 한 발자국 디딜 때마다 계단에 철썩 달라붙는 슬리퍼를 잡아끌고 윌로우가 힘겹게 계단을 내려오는 광경을 마침 그때 부엌에서 나오던 피오나가 목격했다. 충격을 받은 노파는 양손으로 얼굴을 감쌌고, 그 바람에 진흙으로 만든 쟁반이 바닥에 떨어져서 박살이 났다.

「아이고머니! 세상에! 아씨, 밴쉬(Banshee, 아일랜드, 스코틀랜드의 민화에 등장하는 여자 요정. 가족 중에 죽을 사람이 있으면 울어서 그 사실을 알려준다고 함. 아름다운 처녀, 중년의 여인, 백발을 늘어뜨린 노파에 이르기까지 다양한 모습을 하고 있다고 알려짐) 같이 괴기한 몰골로…… 그게 뭐랍니까!」

데즈먼드와 켈 그리고 에드워드가 서로 곁눈질을 했다. 득의양양하게 히죽거리는 데즈먼드의 얼굴을 보아 하니, 윌로우가 쓰는 침실의 문가에 꿀단지를 놓아둔 범인이 누군지 불을 보듯 훤하다. 죽이 담긴 사발에 아들의 머리를 처박고 싶은 충동을 누를 길이 없어, 배너는 탁자 가장자리를 힘껏 붙들었다.

윌로우가 천천히 상석과 마주보는 위치에 있는 식탁의 하단부로 걸어가서 가만히 서 있자, 홀 안이 전보다 더 고요해졌다.

건장한 체격의 기사부터 자그마한 시동에 이르기까지 홀 안에 있는 모든 사람들이 숨을 죽이고 자신이 어떤 식으로 반응을 할지 지켜보고 있다는 사실을 뚜렷하게 인식하면서도, 배너는 아무렇지도 않게 빵 한쪽을 입 안에 털어 넣었다.

「밤새 편히 주무셨소?」

윌로우는 배너의 말을 무시했다. 그저 가만히 식탁의 반대편에서 그를 노려보았을 뿐. 원한이 맺힌 회색 눈동자는 배너의 승리를 알리는 나팔소리와 다름없었다. 계획했던 대로 윌로우가 자신을 경멸하게 되질 않았던가. 고개를 빳빳하게 쳐든 윌로우가 등을 돌리고 터벅터벅 계단 위로 올라가는 모습을 보고 있노라니, 일말의 승리감은 느낄 수 없었고 오직 패배감만이 가슴 한가운데로 밀려들었다.

윌로우는 끈끈한 머리채를 톱질하듯이 단검으로 끊어낸 다음, 손에 쥐고 깃발처럼 힘껏 흔들어 털어내면서 침실의 이 끝과 저 끝을 왔다갔다 했다. 꿀만 뒤집어썼다면 머리를 감기만 해도 쉽게 끈기가 제거될 수 있으련만, 윌로우를 괴롭히는 데 혈안이 된 아이들은 극악무도하기 짝이 없게 꿀 안에 끈끈한 나무 수액을 첨가했던 것이다.

「용맹한 기사, 배너 좋아하시네! 저렇게 비겁하고, 겁이 많고, 비열하고, 심약한 남자는 처음 봤어. 게다가……」

「나약하기까지 하지.」

비어트릭스가 경쾌한 목소리로 한마디 거들었다.

「나약하고, 소심하고……」

윌로우가 침을 튀면서 열변을 토하는 것을 보고, 비어트릭스는 단검을 빼앗은 다음 그녀를 의자가 놓인 곳으로 살며시 밀었다.

「내가 대신 해줄게. 계속 그렇게 머리카락을 자르다가는 사람들이 배너 경을 용맹한 기사가 아니라 대머리, 레이디 윌로우의 남편이라고 부르겠어!」

윌로우는 의자에 털썩 앉아서 끈끈한 치맛단을 양손으로 움켜쥐었다.

「걱정할 것 없어. 배너가 이 세상에 마지막으로 남은 남자라고 한들, 그래서 그 인간의 징글징글한 애들과 똑같은 애를 낳지 않으면 사람의 씨가 말라버린다고 한들, 내가 그 철면피와 계속 부부로 지낼 것 같으니?」

「그 마음, 나도 알 것 같아.」

꿀과 수액이 잔뜩 달라붙은 머리카락을 잘라내면서 비어트릭스가 말했다.

「그래도 도대체 왜 이렇게 오랫동안 참고 있었는지 이해가 안 가네. 나 같으면 처음 녀석들이 검댕을 굴뚝 아래로 퍼부었을 때 곧바로 배너 경에게 달려가서 그 쪼끄맣고, 심보가 고약한 트롤(북구 신화에 처음 등장한 종족. 여기서는 장난을 잘 치는 dwarf - 난쟁이를 의미함)들을 지하감옥에 처넣어야 한다고 강력하게 주장했을 걸.」

「내가 미쳤니? 자기들 아버지에게 쪼르르 달려가서 고자질했다는 걸 알면, 녀석들이 얼마나 고소하게 생각하겠어. 그건 절대 안 돼! 게다가 나는 녀석들보다 훨씬 더 고약하게 굴었던 스티븐이나 리애너의 손에 놀아나면서도 끝까지 버틴 사람이야. 걔들이 내 신발을 마룻바닥에 못 박았을 때를 떠올려봐. 내가 신발을 신고 있는데 그런 짓을 했잖아.」

끈끈한 머리카락이 바닥에 점점 부피가 늘어나는 머리카락 더미 위에 떨어지자, 윌로우는 애처롭게 한숨을 내쉬었다.

「시간이 지나면 배너가 사악한 용을 처치하고 날 구해줄 거라고 믿었어. 기사처럼…… 아니면…….」

비어트릭스는 장난꾸러기 요정 같은 미소를 입가에 흘리면서 윌로우의 어깨 위로 몸을 숙였다.

「왕자님처럼?」

몸을 획 돌린 윌로우는 입을 벌리고 멍하니 여동생을 바라보았다.

「어떻게 알았느냐고? 내가 잠이 든 줄 알고 언니가 상상 속의 애인에게 중얼거리는 얘기를 심심치 않게 들었거든.」

비어트릭스가 솔직하게 털어놓았다.

「그 정도는 약과지. 언니가 자기 손에 입을 맞추면서 앙큼스레 '그이'에게 키스를 받은 척하는 것도 친히 목격했는 걸.」

「이 계집애가! 네가 뭔데 남의 일에 참견하는 거야!」

윌로우가 앞으로 달려들자, 비어트릭스는 단검을 멀찌감치 쥐고 뒤로 펄쩍 뛰었다. 그제야 윌로우는 이상할 정도로 머리가 가볍다는 사실을 깨달았다.

윌로우는 꿀에 달라붙은 머리카락들을 쳐낸 머리털을 조심스레 쓰다듬었다.

「기분이 너무 이상해. 지금까지 머리카락 때문에 얼마나 귀찮고 짜증이 났는지 몰라. 내가 이렇게까지 머리카락에 집착하고 있는 줄 누가 알았겠니.」

자랑스럽게 자신의 작품을 훑어보면서 비어트릭스는 윌로우의 손에 거울을 쥐어주었다. 그녀가 천천히 거울로 얼굴을 들여다보는 순간, 낯선 사람이 자신을 빤히 바라보고 있었다. 멧돼지 털처럼 빳빳하게 곤두선 머리카락. 베들링튼의 사정이 지금보다 좋았을 무렵, 재주를 넘어 홀의 이 끝과 저 끝을 오고가도록 훈련받은 족제비들처럼 엄청나게 커다란 눈망울.

비어트릭스는 기다랗고 아마 빛이 도는 머리칼을 꼬면서, 자기 얼굴을 한번 슬쩍 들여다보려고 윌로우의 어깨 위로 몸을 바짝 들이댔다.

「정말 매력적인 걸. 아주 예쁘게 생긴 남자애처럼 보여.」

윌로우의 눈이 점점 동그래지더니, 급기야 핼쑥한 얼굴에 검푸른 원을 두 개 그려놓은 것처럼 보였다. 격분한 윌로우가 거울을 탁 하고 내려놓고 일어서자, 비어트릭스는 껑충 뒤로 물러났다.

「어디 가는 거야?」

「내가 직접 못된 용을 처치하려고.」

윌로우는 창백하지만 단호한 얼굴로 씩씩하게 문가로 걸어갔다.

비어트릭스는 바닥에 아직도 흥건하게 고여 있는 꿀 웅덩이들을 피하려고 치마를 높이 쳐들고, 종종걸음으로 윌로우를 따라갔다.

「이젠 배너 경에 대한 미련을 모두 버린 거야? 언니 대신 내가 그 사람을 가져도 돼?」

윌로우는 문가에서 몸을 획 돌리고, 얼음처럼 차가운 미소가 머문 입술을 벌렸다.

「아낌없이 줄 테니까, 네 맘대로 해!」

윌로우의 성난 발자국 소리가 사라지기도 전에, 비어트릭스는 벽장으로 돌진했다. 그녀는 벽장문을 오목하게 새겨 만든 작은 수납 공간에서 양피지 한 장, 깃펜, 잉크병을 잡아 빼냈다.

스티븐 오빠에게.

비어트릭스는 깃펜을 들고 대충 휘갈겨 쓰기 시작했다.

윌로우 언니가 나더러 배너 경과 혼인해도 좋다고 축복해줬어. 오빠도 기쁘지? 머지 않아 엘서노르에 오빠를 부르는 날이 올 테니까, 기다리고 있어.

비어트릭스는 멋들어지게 서명을 했다. 이젠 자신을 깊이 연모하는 종자를 하나 꼬셔서 베들링튼까지 서신을 전달해달라고 부탁만 하면 되는 일이었다. 그녀는 가슴을 콕콕 찌르는 죄책감을 애써 무시하면서 서신을 봉인할 밀랍이 말랑말랑해질 때까지 촛불 우에 올려놓았다. 난 언니를 배반하는 게 아니라, 오빠에게 미움을 받지 않으려고 노력하는 것뿐이야.

비어트릭스가 손을 기울이자, 주홍색 밀랍이 주르륵 양피지 위에 쏟아지면서 은밀한 사연을 조금씩, 조금씩 그 안에 봉인했다.

검의 평평한 부분에 머리를 정통으로 얻어맞고 배너는 벌러덩 바닥에 나가 떨어졌다. 간신히 일어나 앉아서 투구를 위로 잡아 뺐더니, 홀리스가 믿어지지 않는다는 표정으로 그를 내려다보고 있었다. 귀에서 '웅' 소리가 들리지 않게 하려고 연거푸 고개를 흔들건서 배너는 마지못해 건틀릿(Gauntlet, 갑옷에 딸린 가죽이나 쇠로 만든 목이 긴 장갑)을 낀 홀리스의 손을 붙잡고 몸을 일으켰다.

훈련을 받기 위해서 모여 있던 기사와 병사 열 둘은 모두 경악한 나머지 입을 떡 벌리고 배너를 바라보고 있었다. 지금까지 배너와 힘 혹은 기술을 겨뤄서 승리한 자가 아무도 없었기에 홀리스에게 박수를 보내야 할지 아니면 검을 뽑아들고 공격을 해야 할지 갈피를 잡을 수가 없었다.

「아주 잘 했어.」

집사의 등을 후려치면서 배너가 귀에 거슬리는 목소리로 말했다.

「칭찬을 받을 만해.」

병사들은 서로 미심쩍은 눈길을 몇 번 주고받은 뒤에 마지못해서 미약하게 환호성을 올렸다.

「과…… 과찬이십니다, 영주님.」

홀리스가 말을 더듬었다. 그의 얼굴을 보아 하니, 차라리 성에 돌아가서 복잡한 세금 계산을 하는 편이 낫겠다고 생각하는 듯했다.

검을 뽑아든 전사 둘이 상대방을 견제하면서 빙글빙글 도는 동안, 배너는 훈련터 주위에 삥 둘러친 울타리에 등을 기댔다.

홀리스가 배너 옆에 자리를 잡았다.

「부디 너그럽게 용서해주시길 바랍니다.」

검이 날카롭게 부딪히는 소리와 응원의 함성소리가 들리는 가운데, 홀리스가 계면쩍은 얼굴로 말했다.

「영주님의 명예를 더럽힐 생각은 아니었습니다.」

「나는 내 명예 하나 지킬 줄 모르는 사람이야. 그건 오늘 아침에 증명해 보이질 않았나?」

배너는 팔뚝을 땀에 젖은 이마 위에 올려놓았다.

「자네의 검을 맞고 목이 떨어졌다고 한들, 내가 저지른 짓을 생각하면 당연한 일이야. 그랬으면 자네가 내 목에 꿀을 흠뻑 발라서 피오나 할멈에게 전해준 다음, 쟁반에 담아 윌로우에게 선물로 바치라고 지시를 내릴 수 있었겠지. 그럼, 윌로우는 달콤한 복수의 맛을 음미할 수 있었을 테고.」

홀리스는 손수건으로 이마를 훔쳤다.

「제가 아니라 스스로를 증오하신다니, 저로서는 천만다행입니다.」

홀을 나서면서 윌로우가 자신에게 던졌던 눈길을 떠올리면서, 배너가 중얼거렸다.

「내가 날 미워한다고 해봐야, 윌로우가 날 증오하는 것에 비하면 아무것도 아니지.」

「그래도 아씨는 영주님이 정말이지 순수한 동기 때문에 자신을 홀대하고 있다는 사실을 모르지 않습니까?」

「그 사실은 앞으로도 영영 모르겠지. 나라는 사람을 냉혹한 철면피, 아내가 버릇없는 아이들에게 당하는 데도 옆에서 보호해줄 생각도 안 하는 무정한 인사라고 생각하면서 엘서노르를 떠나게 될 테니까.」

2주 전이었으면 윌로우에게 경멸을 받아도 괴로워하지 않았을지도 모른다. 하지만 배너의 눈길이 훈련터를 죽 따라 아래쪽으로 움직여서 풀이 우거진 뜰을 무대 삼아 기사들의 마상 시합을 흉내내고 있는 아이들에게 머물자, 그의 표정이 어두워졌다.

메리 마거릿과 마저리를 각각 목말 태운 에니스와 켈은 상대방을 향해 전속력으로 질주했다. 여자아이들은 포동포동한 손으로 임시변통으로 만든 창을 움켜쥐고 있었다. 해미쉬는 어떤 위협 혹은 회유에도 굴하지 않고 서 있는 자리에서 한 발자국도 떼지 않았을 뿐더러 옆에서 아무리 꼬셔도 어기적어기적 걸어다니는 게 전부였기 때문에, 결국 사자(使者) 역할을 자청하고 여자아이가 목말에서 낙마할 때마다 상아로 만든 사냥용 나팔을 괴상한 음정으로 불었다. 누군가 실수로 헛발질을 해서 머리를 찼는데도 꿈쩍도 안 하는 아이. 배너는 내심 해미쉬의 꿋꿋한 모습에 감탄을 하면서 고개를 흔들었다. 다들 시합에 싫증을 낼 무렵, 데즈먼드는 배너가 쓰다버린 투구를 쓰고 동생들을 차례로 꺾기 시작했다. 개중 제일 큰 아이보다 힘이나 기술이 훨씬 좋았기 때문에 그리 대단한 일도 아니었다.

그 순간, 나지막하게 내지르는 탄성소리가 훈련 터 전체를 휩쓸고 지나가지 않았다면 건방진 아들 녀석에게 도전장을 내던지고 싶은 충동이 일어났을지도 모른다. 몸을 돌려서 굳이 눈으로 확인하지 않아도 '기다렸던 순간'이 왔다는 것을 알 수 있었다. 자신의 승리를 선언할 순간이.

하지만 윌로우가 성큼성큼 걸어오는 모습을 보니, 마음이 불안하기만 했다.

어떤 비난의 말을 들어도 감수하겠노라 마음을 먹었지만, 윌로우의 참혹하게 잘린 머리칼이 눈에 들어오는 순간, 그녀가 자신의 손에 들린 검을 빼앗아서 심장을 찌른다고 한들 아무 항변도 못하리라는 사실을 깨달았다.

꿀이 묻어서 지저분해진 치마, 싹둑싹둑 잘린 머리. 우스꽝스럽게 보여야 정상인데도 윌로우는 왕위는 빼앗겼으되, 위엄은 잃지 않은 여왕처럼 기품이 있고 당당해 보이기만 했다. 윌로우가 점점 가까이 다가오자, 배너는 눈동자가 차가운 회색 빛깔의 재를 연상시킨다는 평상시의 생각은 착각이며, 꺼지지 않는 불씨를 재 속에 묻어놓고 있었을 뿐, 지금은 분노의 부채질을 받아 활활 타오르고 있다는 것을 깨달았다.

울타리에서 물러난 배너가 허리춤에 양손을 얹고 긴장감 속에 윌로우를 기다리는 동안, 병사들은 본능적으로 두 사람 사이에 길을 터주었다.

하지만 월로우는 '경멸감이 깃든 시선'조차 던지지 않고 바로 옆을 지나쳐버렸다.

어안이 벙벙해진 배너는 몸을 휙 돌리고 아이들이 모여 있는 곳으로 씩씩하게 걸어 내려가는 월로우의 모습을 지켜보았다. 혼비백산한 아이들은 눈을 동그랗게 뜨고 사방으로 흩어졌다.

바로 직전에 두꺼운 나뭇가지로 에드워드의 다리를 후려갈겨서 균형을 잃고 엉덩방아를 찧게 만든 데즈먼드만은 예외였지만. 에드워드가 허둥지둥 안전한 곳으로 도망치자, 당나귀가 우는소리 마냥 시끄러운 데즈먼드의 웃음소리가 울려 퍼지면서 월로우가 지나간 자리를 파도처럼 휩쓸고 지나가는 불길한 침묵을 잠재웠다.

「다음은 누구야?」

데즈먼드가 외쳤다. 지나치게 큰 투구가 비뚤어진 모양으로 아이의 머리에 매달려서 양쪽 귀를 가리지도 못하고 한쪽 귀만 덮고 있었다.

「'불패(不敗)의 기사'인 데즈먼드 경에게 도전하겠다는 놈이 또 있나?」

「내가 한번 도전해보련?」

데즈먼드의 손에서 나뭇가지를 잡아 빼면서 월로우가 부드럽게 말했다.

투구의 눈구멍을 통해 새로운 도전자를 확인할 사이도 없이, 월로우의 손에 들린 나뭇가지가 요란한 소리를 내면서 다리를 내리쳤고, 데즈먼드는 비틀거리면서 무릎을 꿇었다.

「무슨 짓이야!」

데즈먼드가 아픔을 못 이기며 울부짖었다.

「내가 안 보는 틈을 타서 때리면 어떻게 해? 정정당당하게 덤벼야 할 것 아니야!」

소년은 투구를 벗었다. 아이의 눈길이 자신을 내려다보고 있는 복수의 천사에게 머물자, 얼굴에서 험악한 기운이 종적도 없이 사라졌다. 황금빛 햇살이 고슴도치처럼 삐죽삐죽하고, 유난히 숱이 없어 보이는 윌로우의 머리칼 주위를 후광처럼 환하게 비추고 있었다. 주위를 둘러보니, 형제들은 어디론가 사라지고 자신만 남아 있었다. 데즈먼드는 팔꿈치로 풀밭을 찍고, 발뒤꿈치로 힘껏 풀밭을 밀어 대면서 황급히 뒤로 기어가기 시작했다.

「정정당당?」

데즈먼드에게 위협적으로 다가서면서, 윌로우가 경멸감이 깃든 목소리로 말했다.

「정정당당? 너처럼 약자를 괴롭히길 좋아하는 녀석이 정정당당하다는 말이 무슨 뜻인지 알기나 해? 너 같은 녀석은 전에도 겪어봐서 알아. 자기보다 약한 사람들을 괴롭히면서 쾌감을 느끼는 족속들. 정작 정당하게 겨뤄야 하는 순간이 오면, 비겁하게 징징 울어대기나 하고!」

윌로우는 뜻 모를 말을 열심히 떠들어대고 있는 아이의 귀를 붙잡아서 억지로 일으켜 세웠다.

「메리 마거릿! 에니스! 켈! 날 좀 도와줘!」

윌로우에게 귀를 붙들린 채로 성으로 끌려가면서 데즈먼드가 울부짖었다.

산사나무 밑에 피신해 있던 데즈먼드의 형제들은 꿈쩍도 안 했다. 격분한 데즈먼드가 고래고래 고함을 지르는 소리를 듣고, 얼마 전에 다리에서 부목을 뗀 까마귀가 창공에 날아올라 까옥까악 울었다. 얼굴이 어찌나 시뻘개졌는지, 데즈먼드의 얼굴에서 주근깨를 찾아보기 힘들어졌다. 윌로우는 '귀를 하나 버리고 싶지 않으면 조용히 따라 오라'는 듯이 소년의 귀를 사정없이 잡아당기면서 성큼성큼 걸어갔다.

두 사람이 배너에게 다가가자, 목이 터져라 울부짖던 소년은 일부러 서럽게 흐느껴 울었다. 아무리 마음이 차가운 사람이라도 동정심을 느끼지 않고는 배기지 못할 정도로.

「아빠, 절 좀 살려주세요! 앞으로 착하게 굴게요 정말이에요! 맹세할 수 있어요!」

윌로우는 배너 앞에 멈춰 섰다. 굳은 얼굴, 꼭 다문 입술, 똑바로 자신을 응시하는 눈동자. 그 순간, 윌로우가 어떤 요구를 하든 배너는 도저히 거절할 수 없을 것 같았다.

「데즈먼드와 단 둘이 얘기를 나누고 싶은데, 괜찮을지요?」

데즈먼드는 배너가 갑옷 위에 걸친 갬버슨(Gambeson, 중세에 입었던 가죽이나 두터운 옷감으로 만든 상의. 소매 없는 짧은 사슬 갑옷 위에 입었음)의 앞자락을 붙들고 늘어졌다.

「가만히 계시면 안 돼요, 아버지! 이 여자는 미쳤단 말이에요!」

배너는 몸을 숙이고 아들의 귓가에 속삭였다.

「불패의 기사 데즈먼드 경. 충고하건대, 앞으로는 상대를 가려서 싸우도록.」

그는 성을 향해 한 손을 내밀면서 윌로우에게 말을 이었다.

「마음대로 하시오.」

윌로우는 데즈먼드를 잡아끌고 성으로 향했다. 데즈먼드의 고약한 장난에 가장 빈번하게 희생양이 되곤 했던 시동들이 맨 처음 정적을 깨뜨렸다. 시동들은 환호성을 내지르면서 두 사람의 뒤를 다급하게 쫓아갔다. 병사들도 질세라 귀가 멍멍할 정도로 시끄럽게 환성을 지르면서 따라갔다.

홀리스가 배너의 어깨를 붙들었다.

「대체 무슨 일을 하려는 걸까요?」

「내가 오래 전부터 하고 싶었던 일.」

배너가 중얼거렸다.

그는 어깨를 흔들어서 홀리스의 손을 뿌리친 다음 병사들의 뒤를 다급하게 따라갔다. 다른 사람들처럼, 윌로우가 아들에게 어떤 운명을 선고할지 궁금해서 죽을 지경이었다. 안뜰에 도착하자 하인들이 무슨 일인가 싶어서 밖으로 쏟아져 나왔다. 언젠가 데즈먼드가 벌통을 뒤집는 바람에 벌에게 쏘인 양봉업자는 고소하다는 듯이 박수를 쳤으며, 데즈먼드가 살금살금 등뒤에 다가와서 갑자기 '와' 하고 외치는 바람에 기름

통에 퐁당 빠진 일이 있는 양초 제조업자도 옆에서 거들었다. 깨끗이 빨아놓은 시트에 데즈먼드가 진흙 덩어리를 뚝뚝 떨어뜨리는 바람에 다시 빨래를 해야 했던 하녀들도 환호성을 올렸다.

월로우는 데즈먼드를 끌고 교수대와 차꼬대, 죄인을 채찍질하는 데 쓰이는 기둥을 차례로 지나서 주정꾼이나 좀도둑, 그리고 다루기 힘든 농노의 아이들을 처벌하는 데 주로 쓰이는 손가락 형틀 앞에 멈췄다.

데즈먼드의 무릎을 꿇리면서, 월로우는 소년의 손가락들을 나무 형틀의 아랫부분에 뚫어놓은 구멍 안으로 억지로 밀어 넣었다. 그녀는 더할 나위 없이 정확하고 신속한 손놀림으로 빗장을 지르듯이 나무 형틀을 손가락 관절 위로 떨어뜨리고 움직이지 못하게 걸쇠를 걸었다.

배너는 미소를 지었다. 월로우의 탁월한 선택에 감탄하면서. 고통은 전혀 없지만, 아무리 발버둥을 치고 울부짖는다고 한들 데즈먼드는 형틀에서 손가락을 빼내지 못하리라.

월로우가 몸을 일으키는 순간, 환호하는 구경꾼들의 얼굴들 위로 두 사람의 눈길이 마주쳤다. 배너는 월로우의 승리를 인정한다는 듯이, 이마에 손을 댔다. 월로우는 그에 대한 답으로 치마를 펼쳐 보였다. 패배했을 때도 그러했지만, 승리를 손에 넣은 순간에도 변함없이 우아하기만 한 여자. 억지로 눈길을 떼면서 배너는 북쪽 탑으로 몸을 돌렸다. 월로우에게 졸(Pawn, 체스 말의 하나)을 더 빼앗기기 전에 퇴각하리라 마음먹으면서.

10

윌로우는 시동에게 빼앗은 사과를 한 입 깨물었다. 윌로우에게 무기를 압수 당한 시동들은 투덜대면서 상스러운 말을 내뱉었다. 윌로우의 심보 사나운 포로에게 상한 사과와 썩은 야채 찌꺼기를 집어던지는 기회를 빼앗긴 탓이었다.

태양이 서쪽 탑 아래로 서서히 하강하기 시작하면서 공기가 서늘해졌다. 윌로우를 무섭게 노려보는 데즈먼드와 그런 소년을 아무렇지도 않게 무시하고만 있는 윌로우를 지켜보는 일에 싫증이 난 구경꾼들이 하나 둘씩 빠져 나갔다. 얼마 지나지 않아 안뜰에는 두 사람만 남았다.

마침 데즈먼드의 까마귀가 보기만 해도 으스스한 교수대 위에 내려앉았는데, 윌로우의 눈알을 잡아뜯기보다는 가슴에 머리를 박고 단잠을 청하고 싶어하는 눈치였다.

기둥에 등을 기대고 앉았더니, 벌린 무릎 사이로 치마가 스르륵 흘러내렸다. 자신의 턱에 흐르는 한줄기 과즙을 보고 입맛을 다시는 데즈먼드의 얼굴이 언뜻 눈가를 스친다.

「한 입, 먹어보련?」

아이의 턱 밑에 사과를 들이대면서 윌로우가 물었다.

그녀 말에 대한 답으로 소년은 이를 드러냈다. 사과를 먹을 바엔 차라리 윌로우의 목을 물어뜯어서 숨을 끊어놓는 쪽이 구미에 맞는다는 경고.

윌로우는 신경 쓰지 않는다는 듯이 어깨를 으쓱했다.

「네 동생들은 지금쯤 통통하게 살이 오른 석류 열매와 장미 꽃잎 설탕(Rose sugar, 장미 꽃잎과 설탕을 섞어놓고 일주일 동안 묵혀둔 뒤에 사용. 신선한 과일에 뿌려서 먹음)을 소르르 뿌린 건포도를 맛있게 먹고 있을 걸. 동생들 틈에 끼고 싶으면 잘못했다고 한마디만 하면 된단다.」

「죽어서 내 몸이 썩는 한이 있어도, 그 짓은 못해!」

윌로우는 데즈먼드가 모르게 슬며시 미소를 지으면서 사과 속을 휙 내던졌다. 목이 터져라 울부짖다가 제풀에 토라져서 입을 꾹 다문 이래 소년이 처음으로 한 말이었다.

「어려울 것 없지. 독수리들이 네 뼈에 달라붙은 살점을 뜯어먹으면, 너희 아버지가 그다지 좋아하실 것 같진 않지만.」

「웃기시네! 아버지는 내가 없어지면 좋아서 즐으려고 할 걸.」

「왜 그런 말을 하지?」

데즈먼드는 그저 똑바로 앞을 응시했을 뿐, 더 이상 윌로우를 노려보지 않았다. 주근깨가 박힌 아이의 턱 근육이 지나치게 긴장하고 있어서 보기만 해도 마음이 아플 정도였다.

「아버지는 나나 내 동생들이 어떻게 되든 아무 관심도 없어. 싸움질하고 국왕 폐하 외엔 통 관심이 없는 사람이니까.」

소년은 격앙된 어조로 계속 말을 이었다. 일단 말문이 트이고 보니, 마음속에 간직했던 말이 봇물처럼 터져나오는 것 같다.

「프랑스와 전쟁을 하는 동안, 몇 달에 한 번씩 아버지는 선물 보따리를 들고 성으로 돌아왔어. 우리들 머리를 쓰다듬으면서 '착한 아이들'이라고, 돌아가신 두 분 엄마가 살아 계셨으면 우리를 정말 자랑스럽게 생각하셨을 거라'고 말씀해주시곤 했지. 전쟁이 끝나고, 아버지가 돌아오시면 전과 달라질 거라고 생각했어. 다들 그렇게 생각했지. 하지만 아버지는 성 꼭대기에 있는 방에 틀어박혀서 우리가 무슨 짓을 하든 아무 신경도 안 썼어.」

데즈먼드가 눈을 치켜 뜨고 윌로우를 가만히 노려보았다.

「그런데 갑자기 당신이 등장한 거야.」

윌로우는 뒷걸음질을 치고 싶었지만, 덜덜 떨리기 시작하는 아이의 입술을 무력하게 지켜보는 수밖에 없었다.

「당신이 도착했을 때 아버지가 당신을 어떤 눈길로 쳐다보는지 다들 봤어! 당신이 옆에 있으면 아버지는 우리를 절대 사랑하지 않을 거란 말이야!」

소년의 뺨에 한줄기 눈물이 흘러내렸다. 아이는 얼굴을 나무 형틀에 파묻었지만, 작은 어깨를 들썩이며 고통스럽게 흐느끼는 광경을 숨길 수는 없었다.

윌로우는 떨리는 숨결을 들이마셨다. 결국 아이들은 스티븐이나 리애너가 그랬듯이 악의가 있어서 고의적으로 못된 짓을 한 것이 아니라, 그렇게 해서라도 아버지의 관심을 끌고 싶었던 것이다. 아버지의 관심보다는 사랑을 받고 싶어하는 마음, 사랑을 확인하고 싶은 마음이 더 크겠지만. 윌로우는 그게 얼마나 부질없는 짓인지 너무나 잘 알고 있었다.

윌로우는 나무 형틀의 걸쇠를 잡아뜯듯이 거칠게 끌러냈다. 형틀을 위로 들어올리는 순간 소년이 도망칠지도 모른다고 생각했지만, 의외로 아이는 털썩 주저앉아서 구부린 팔에 얼굴을 파묻었다.

소년을 위로해주고 싶었다. 베들링튼에 있을 때도 해럴드와 거타가 우는 모습을 보면 품에 안고 달래주고 싶은 마음이 얼마나 많이, 절실하게 들었는지 모른다. 윌로우는 유혹을 떨쳐내려고 무릎을 가슴에 붙이고 양팔로 감쌌다. 소년이 우는 동안 윌로우는 말없이 앉아서, 조심스레 성벽 위에 모습을 드러내고 있는 창백한 달을 응시했다.

그녀는 데즈먼드가 손등으로 코를 훔칠 때까지 기다렸다가, 시동들이 돌팔매 대용으로 써먹으려고 했던 사과들 중에서 비교적 덜 곯은 놈을 골라서 소년에게 건네주었다.

아이는 의심스러운 눈초리로 윌로우를 노려보았다.

「네 눈에는 내가 사악한 계모처럼 비칠지 모르겠다만, 독이 든 사과는 아니니까 걱정할 것 없어.」

「독이 든 사과라고 해도 원망은 안 해요.」

아이는 윌로우의 손에서 사과를 잡아채서 한 입 베어 물면서 수줍게 털어놓았다.

「머리를 그 지경으로 만들어놨잖아요.」

「조금 있으면 전처럼 자라겠지. 그렇게 되길 바래.」

속마음을 빨리 털어놓는 만큼 고통도 덜어지기를 또한 바라면서, 윌로우는 무릎을 더 힘껏 끌어안았다.

「날 경쟁 상대라고 생각하지 않아도 돼, 데즈먼드. 너희 아버지는 명예로운 분이라 혼인서약을 지키고 있긴 하지만, 홀리스 경이 선택한 신부가 마음에 안 든다고 분명히 밝히셨으니까.」

윌로우는 차가운 유백색 달을 올려다보았다.

「그 사람은 절대 날 사랑하지 않아.」

「그건 우리도 알아요.」

앙상하게 속만 남은 사과를 갉아먹으며 데즈먼드가 쾌활하게 말했다.

「애초에 누나를 성에서 쫓아내기로 한 건, 아버지 생각이었어요.」

윌로우는 고개를 획 돌리고 데즈먼드를 쳐다보았다.

「그랬구나. 이 모든 게 너희 아버지 생각이었단 말이지?」

「그래요. 처음엔 두세 번 정도만 골탕 먹일 생각이었어요. 근데 켈이 아버지 침실의 굴뚝에 '악취 단지'를 집어던지려고 지붕에 올라갔다가 아버지가 홀리스 아저씨한테 누나를 내보내려면 우리랑 같이 있게 하는 게 제일 좋은 방법이라고 얘기하는 걸 들었대요.」

윌로우는 나뭇가지로 뒤통수를 정통으로 얻어맞은 기분이었다. 배너가 혼인한 것을 후회하고 있다는 사실은 익히 알고 있었지만, 자기 자식들을 이용해서 그런 짓을 꾸밀 정도로 자신을 쫓아내고 싶어하는 줄은 몰랐다.

「그렇게 기분 나빠 할 것 없어요」

데즈먼드가 사과 속을 어깨 너머로 획 던지면서 말했다.

「우리도 기분이 썩 좋은 건 아니라구요.」

윌로우가 얼굴을 찌푸렸다.

「그렇겠지.」

「그래도 누나가 엘서노르에 도착한 날, 에드워드가 들었던 얘기가 결국 틀리진 않았다는 말이에요. 에드워드는 원래 염탐꾼 노릇은 잘 못하기 때문에, 그 당시에는 횡설수설이라 생각하고 한 귀로 흘려버렸죠」

「에드워드가 그날 밤에 어떤 얘기를 들었다는 거니?」

윌로우가 물었다. 별로 듣고 싶지 않은 얘기가 나오리라는 것을 거의 확신하고 있었지만.

「음, 에드워드는 벽에 뚫린 구멍으로 몰래 안을 훔쳐보고……」

「구멍이라니?」

「비밀통로와 이어지는 회반죽 벽에 뚫어놓은 작은 구멍이요」

데즈먼드는 아무렇지도 않게 어깨를 으쓱했다. 비밀통로가 벌집처럼 뚫어져 있고, 남의 사생활을 훔쳐보려고 뚫어놓은 구멍들이 모래알처럼 흩어져 있는 성에서 사는 것이 세상에서 가장 자연스러운 일이라도 되는 것처럼.

「성안에 있는 침실은 거의 다 비밀통로와 그런 구멍이 있어요. 피오나 할멈의 말로는 할아버지가 그렇게 만들라고 시켰대요. 성에 찾아온 여자 손님들이 옷을 벗는 걸 훔쳐보고, 할머니가 잠자리에 들면 그 여자들을 자기 침실로 끌어들일 속셈이었대요」

그러면, 그렇지! 윌로우는 속으로 생각했다. 누군가 일거수일투족을 지켜보고 있는 듯한 기분으로 인해 미약하긴 하지만 끊임없이 신경이 곤두섰던 이유, 혼자 있을 때면 등골을 오싹하게 하는 계집아이들의 웃음소리가 귓가에 달라붙어서 떨어지지 않았던 이유를 그제야 알 수 있을 것 같았다.

「뻔뻔스러운 영감 같으니! 분명히 너희 할아버지란 작자는 탐욕스러운 호색한이었을 거야. 아무래도 비이에게 속옷을 입고 잠자리에 들라고 주의를 줘야 할 것 같다.」

「에이, 꼭 그래야 돼요?」

데즈먼드가 당황한 기색이 역력한 얼굴로 불쑥 말했다. 아이도 일말의 예의는 남아 있었는지, 윌로우의 싸늘한 눈길을 받고 얼굴을 붉혔다.

「아무튼.」

데즈먼드는 고개를 숙이면서 재빨리 덧붙였다.

「에드워드가 구멍을 통해서 방안을 들여다보고 있는데, 홀리스 아저씨가 아버지한테 그랬대요. 돼지처럼 살찌고 생선장수처럼 입이 걸고 콧수염까지 난 할멈이 싫으면 누나와 동침을 해야 하는데, 그럴 바엔 차라리 남은 여생을 수도사처럼 사는 게 훨씬 낫지 않겠느냐구요. 죽을 때까지 여색을 멀리하다니, 아버지가 생각만 해도 끔찍하다는 듯이 반응을 하자, 홀리스 아저씨는 누나를 자기가 책임지면 어떻겠느냐고 제안을 했대요. 하지만 아버지는 아저씨에게 그런 끔찍한 희생을 치르게 하는 건 부당한 일이라고 말했대요.」

윌로우는 숨을 '헉' 들이마셨다. 대체 그 파렴치한의 세 치 혓바닥에, 내가 어디까지 놀아나야 하는 거지?

「그랬더니 아버지가 '수녀원' 얘기를 꺼냈대요. 홀리스 아저씨와 아버지는 누나 같이 보잘것없는 여자에게는 수녀원이 적격이라고 입을 모았다죠, 아마.」

수녀원! 날 수녀원으로 쫓아낼 생각을 하다니, 그렇게까지 내가 싫은 걸까? 배너는 자신에게 경건하고 금욕적인 인생을 선고하려는 것이다. 그리 되면 상상 속에서 꿈꿔왔던 왕자나 다른 남자와 키스를 하면 어떤 기분이 들지 영영 알 수 없으리라. 배너와 키스를 하면 어떤 느낌이 드는지 죽을 때까지 알지 못하리라.

윌로우의 창백해진 얼굴을 들여다보고 있던 데즈먼드의 초록색 눈동자에 공포심이 스쳐 지나갔다.

「설마, 울려고 하는 건 아니겠지요? 난 계집애들이 징징거릴 때가 제일 싫단 말이에요. 울고 싶으면 차라리 내 머리통을 한 대 후려쳐요.」

「아니.」

몸을 일으키면서 윌로우가 차분하게 말했다.

「난 절대로 울지 않아.」

두 번 다시 소년의 아비 같은 배신자 때문에 아까운 눈물 한 방울도 흘리지 않으리라. 두 번 다시 자식들에게까지 애정을 베풀지 않으려고 하는 인색한 인간에게 애정을 구걸하지 않으리라. 지금까지 살아오면서 쓸데없는 일에 너무 많은 눈물을 흘렸고, 보답 받지 못할 애정을 갈구하느라 수많은 시간을 헛되이 흘려보냈지만 단 한번도, 사랑을 받아본 일이 없었다.

분노가 조수처럼 밀려들면서, 상처받은 마음에서 흐르는 싱싱한 피를 깨끗이 씻고 해묵은 상처들을 뜨겁게 달구어 영원히 지워지지 않는 화인을 남겼다.

윌로우의 얼음처럼 차가운 태도로 인해 마음이 불안해진 데즈먼드가 말을 더듬거렸다.

「나…… 나 때문에 안…… 울려고 하지 말아요. 울고 싶으면 실컷 울어요. 손가락으로 귓구멍을 틀어막으면 되니까.」

「방금, 전에 아버지가 하셨던 말이 생각났어.」

데즈먼드가 말을 행동으로 옮기기 전에 윌로우가 불쑥 말했다.

「무슨 말이요?」

윌로우는 데즈먼드를 일으켜 세웠다. 소년은 장난기가 조수처럼 밀려들어오는 윌로우의 눈동자에 넋을 잃은 나머지, 본의 아니게 저항할 의지를 상실한 채 그녀에게 붙들려 있었다. 윌로우는 소년의 주근깨가 난 손을 한번 꼭 쥐고, 고개를 숙였다.

「적과 제휴를 하고 싶으면, '공동(共同)의 적'을 만들어라.」

11

다음 날 아침 배너가 침실을 나왔을 때, 평상시에 느끼기 힘들었던 활기가 솟구치면서 발걸음을 가볍게 했다. 프랑스와의 전투에서 대승을 거둔 다음 날 아침에 느꼈던 바로 그 기분. 스스로도 이해할 수 없는 감정이었다. 어제 시합에서 승리를 거두었다면, 지금쯤 혼인 무효에 관한 청원서는 궁정으로, 윌로우는 웨이본 수녀원으로 가는 중이었으리라.

배너는 '악을 물리치고 승리를 쟁취한 힘'이라는 곡의 앞 소절을 휘파람으로 불면서 어깨를 뒤로 젖히고 계단을 뛰듯이 내려갔다. 홀에 들어가면 응당 겁에 질린 아이들이 순한 양처럼 탁자에 빙 둘러앉아서 상석에 앉은 윌로우가 데즈먼드를 심판하는 광경을 지켜보고 있으리라 기대했다. 하지만 빵 부스러기가 한줌 흩어져 있었을 뿐, 상석인 떡갈나무 의자는 비어 있었다..

배너의 휘파람 소리가 희미해지다가 뚝 끊겼다. 결국 윌로우는 떠나 버린 건가? 그는 걱정스럽게 홀을 한번 둘러보았다. 시동들의 시중을 받고 있던 기사들과 종자들의 호기심이 깃든 시선을 의식하지도 못한 채.

어깨에 젖먹이를 짊어지고 피오나 할멈이 부엌에서 나왔다. 배너는 실눈을 뜨고 열심히 관찰했지만, '꼬마 요정 펙인지, 아니면 꼬마 요정 매그즈인지' 알 수가 없었다.

「레이디 윌로우는 지금 어디 있나?」

무심함을 가장하면서 배너가 물었다.

피오나 할멈은 젖먹이의 등을 두드려 트림을 시키면서 어깨를 한번 으쓱했다.

「애들이랑 어디 가신 것 같습니다요. 다들 죽 그릇을 바닥까지 핥아먹고, 꽁지가 빠지게 밖으로 뛰쳐나갔습지요」

「윌로우는?」

「아씨가 제일 먼저 죽 그릇을 비웠습니다요. 아이들을 재촉하신 분이 바로 아씨였습지요」

배너가 얼굴을 찌푸렸다. 새로 맞은 아내와 자식들의 사이가 그렇게 좋아졌다니 응당 기뻐해야 하겠지만, 피오나 할멈의 말을 들으니까 왠지 마음이 불안해졌다. 미련하게 상황파악도 못하느냐고 혼잣말을 하면서, 불길한 느낌을 머릿속에서 지웠다. 훈련 터에서 땀방울을 흘리며 시합에 열중하고 병사들과 피 터지게 훈련을 할 생각을 하면 가슴이 뛰어야 정상이 아닌가? 이제 윌로우의 손에 의해 폭군 데즈먼드의 치세는 막을 내렸으니, 전처럼 마음껏 병사들의 훈련에 열중할 수 있다.

종자가 쟁반에 들고 온 갈색 빵을 한 덩어리 먹은 다음, 문가로 걸어가는데 하마터면 바닥에 산처럼 쌓여 있는 물건 더미에 걸려서 넘어질 뻔했다.

「할멈! 이게 다 뭔가?」

피오나 할멈은 부산스레 다가와서 이가 없는 잇몸을 드러내고 히죽 웃었다.

「아씨께 바치는 물품들이랍니다요. 데즈먼드 도련님의 버릇을 고쳐줘서 고맙다고 드리는 선물입지요」

할멈은 물건을 하나씩 차례대로 가리켰다.

「꿀벌을 치는 이는 꿀단지를 열하고도 두 개나 보냈고, 양초쟁이는 양초를 잔뜩 보내왔습지요. 그리고 저기 저 소금으로 간한 햄은 소, 돼지 잡는 이가 바치는 것입니다요. 깔개를 짜는 이는…….」

피오나 할멈의 입을 다물게 하려고 배너가 한 손을 들었다.

「무슨 말인지 알아들었으니, 그만하면 됐네.」

그는 얼굴을 찌푸리면서 아래를 내려다보았다. 지금까지 축제 기간에 의례적으로 바치는 물품들을 제외하고는, 엘서노르의 주민들에게 한번도 선물을 받은 일이 없었다. 지금으로서는 아랫사람들이 신부에게 존경심을 품고 있다는 사실을 어떻게 받아들여야 할지 알 수가 없다. 윌로우에게 호사스러운 선물을 가득 안겨줘야 할 사람은 자신이었으므로 짧은 고수머리를 살짝 덮어줄 실크 베일. 섬세한 느낌을 주는 사슬 형태의 가느다란 은줄이 희고 보송보송한 목덜미 주위를 낙낙하게 감싸고, 물방울 모양의 반짝이는 루비가 탐스러운 가슴 계곡 사이에……

「빠.」

「음?」

몽상에서 깨어나지 못하고, 배너가 중얼거렸다

「빠!」

피오나 할멈의 품에 안겨 있던 젖먹이가 자그마한 분홍색 주먹으로 배너의 코를 후려갈겼다.

배너가 움찔하는 모습을 보고 아기는 좋아서 까르르 웃었다. 젖먹이를 애처로운 눈길로 바라보면서 배너는 고개를 가로저었다. 계속 그런 생각을 하면, 윌로우의 탐스러운 젖가슴이 눈앞에서 꿈틀거리고 불쌍한 젖먹이와 똑같이 생긴 녀석의 배를 채우는 용도로 쓰이는 날이 금세 다가올지도 모른다. 그러고 나서 다른 녀석, 다음에 또 다른 녀석이……. 배너는 몸을 떨었다.

「죄송합니다요, 영주님. 쉰네의 손을 피해 미꾸라지 마냥 어찌나 잘 빠져 나가는지…….」

「괜찮네.」

배너가 젖먹이의 코를 살짝 쥐면서 대답했다.

「내가 항상 염두에 두고 있어야 할 위험을 경고해주려고 그런 걸지도 모르니까……」

배너가 훈련터에 도착했을 때는 이미 발걸음에 활기를 되찾은 뒤였다. 실전이든 연습이든 전투에 임한다는 생각만 하면 가슴이 뛰었다. 배너는 코를 벌름대면서 사향처럼 강렬한 고무 내와 말의 몸에서 풍기는 땀 냄새를 깊이 들이마셨다. 오로지 전장에서만 적군과 아군, 선한 자와 그렇지 못한 자가 뚜렷이 구분되었다. 오로지 전장에서만 기지와 힘을 모두 동원해서 상대를 물리칠 기회가 그에게 부여되었다. 훈련터에서는 아무리 목소리를 높여도 눈물을 터트리는 사람이 생기지는 않을까 걱정할 필요가 전혀 없었고, 어쩌다가 서툰 공격을 해도 상대방의 머리 대신 그 사람의 마음을 산산조각 낼까봐 걱정할 필요도 없었다.

모래를 뿌려놓은 훈련터에는 이미 건성으로, 마지못해서 검술 연습과 레슬링 시합에 임하고 있는 병사들이 가득했다. 배너가 병사들 사이를 지나가면서 검과 검이 부딪히는 금속성 소리가 서서히 잠잠해졌다. 그는 나지막하게 '영주님'이라고 부르는 소리에 일일이 답을 해주고, 깍듯하게 절을 하는 병사들에게 고개를 끄덕이면서 미소를 보냈다. 절박하고 어려운 상황을 매개로 주군, 가신 그리고 미천한 신분의 하인에 이르기까지 모든 사람들을 형제로 묶어주었던 전쟁. 그때 싹튼 끈끈한 동지 의식이 아직도 그립다.

배너가 가까이 다가오는 모습을 보고, 키가 호리호리한 종자가 훈련터와 맞닿아 있는 마구간에서 달려나왔다.

「어찌 할까요, 영주님? 검을 드릴까요, 아니면 창을 드릴까요?」

배너는 평가라도 하듯이 훈련터에 눈길을 보냈다.

「제군 생각은 어떤가? 마상 시합을 한번 해보겠나?」

병사들을 향해 배너가 목소리를 높였다.

하늘을 찌를 것 같은 환호성 소리가 돌아왔다.

500킬로그램을 육박하는 살덩어리를 허벅지로 힘껏 조이면서 마음껏 말을 부리는 즐거움을 마다할 자는 없었다. 사소한 일로 벌어진 말다툼, 누군가를 끊임없이 조롱하는 와중에 자연스럽게 형성된 경쟁 상대를 낙마시킬 수 있는 기회 역시.

개중 배짱 두둑하게 배너를 눈여겨보는 병사들도 있었다. 어제 그가 홀리스에게 톡톡히 망신당하는 광경을 떠올리고 있는 게 틀림없다. 배너는 애써 웃음을 참았다. 어제와는 달리, 오늘은 자신이 만만한 상대가 아니라는 것을 병사들도 깨닫게 되리라.

바닥으로 쏟아지려고 하는 창과 방패, 그리고 투구를 간신히 붙잡으면서 종자가 마구간에서 달려나왔다.

「좀 천천히 달릴 수 없냐, 꼬마. 잘못하다간 우리 둘 중의 하나가 창에 찔리는 신세가 되겠구나.」

배너가 쏜살같이 달려오는 소년을 붙잡으려고 손을 내밀었다.

그는 소년이 투구를 씌우기 쉽게 고개를 숙였다. 투구를 쓰는 순간, 하얀 구름이 확 피어오르면서 얼굴을 뒤덮었다. 숨을 쉬기도 눈을 뜨기도 힘들어진 배너는 더듬더듬 투구를 찾아서 힘껏 위로 잡아 뺀 다음, 고개를 흔들었다. 밀가루가 사방으로 날렸다.

겁에 질려서 얼굴이 새하얗게 질린 종자가 비틀거리면서 뒷걸음질을 쳤다.

「제…… 제가 한 짓이 아닙니다. 맹세합니다!」

꿀이나 후추가 아닌 걸 다행으로 여겨야 한다는 생각을 하면서 배너는 채를 치지 않아 입자가 굵은 밀가루를 떨어내려고 손바닥으로 얼굴을 찰싹찰싹 갈겼다. 구경꾼들 틈에서 누군가 낄낄대고 웃었다.

「입 닥쳐!」

종자의 손에서 잡아 빼낸 창으로 땅바닥을 후려치면서 배너가 버럭 소리를 질렀다. 나무 창이 서서히 반으로 접히는가 싶더니, 윗부분이 가느다란 나무 조각 한 켠에 대롱대롱 매달려서 간신히 떨어지지 않고 붙어 있었다.

「그래서 아씨가 아이를 생산하지 못하시는 걸지도 모르지. 영주님의 사타구니에 달린 '창'이 흐늘흐늘해져서 못 쓰게 된 거야.」

어떤 병사가 중얼거렸다.

주체할 수 없는 웃음의 파도가 병사들을 휩쓸었다. 배너는 부러진 나무 창을 내동댕이치면서 병사들을 무섭게 노려보았다. 정신이 바짝 든 병사들은 재빨리 웃음을 삼켰다. 갑자기 뒤통수가 따가워진 배너는 몸을 획 돌리고 훈련터 건너편에 있는 들판을 샅샅이 훑어보았다. 보이지 않는 눈이 줄곧 자신을 감시하고 있다는 느낌을 지울 수가 없었다. 방금 들린 그 소리는 여자의 웃음소리였을까, 아니면 장난기가 발동한 바람이 비슷한 소리를 흉내낸 것뿐일까?

「투…… 투…… 투구와 창을 새로 가져다드릴까요?」

종자가 말을 더듬거렸다.

종자의 울먹임은 그저 서막에 불과하며 바지에 오줌을 싸기 일보 직전이라는 것을 깨닫고, 배너는 소리를 버럭 지르고 싶었던 애초의 충동을 꾹꾹 눌렀다.

「가서 말이나 가져와.」

그는 이를 악물고 대답했다.

마상 창 시합을 하고 싶은 생각이 흔적도 없이 사라졌다. 그저 병사들의 동정 어린 시선과 귓속말에서 벗어나고 싶을 뿐이었다.

배너는 뻣뻣하게 서서 양손을 등뒤에 돌리고 깍지를 낀 채로 종자가 돌아오기를 기다렸다. 병사들은 조심스럽게 눈길을 교환했고, 개중 한 병사가 배짱 두둑하게 헛기침을 했다.

어디선가 들려온 방울소리가 한동안 무겁게 주위를 짓누르고 있던 '침묵'을 깼다. 너무 맑고 투명한 소리였기에 혹시 '요정들'이 버섯들 틈에서 시시덕거리고 있는 것은 아닐까 반신반의하면서 배너는 풀밭을 다시 한 번 둘러보았다.

배너를 태우고 무수히 많은 전장을 누볐던 바로 그 백마를 이끌고 종자가 마구간에서 나오자, 방울소리가 점점 크게 들렸다.

죽음의 사신. 프랑스인들은 배너의 말을 그렇게 불렀다. 열 일곱 뼘이 넘는 체구의 백마가, 칠흑같이 어두운 밤에 빛을 던져주는 달빛처럼 부드럽고 고요하게 앞으로 나아가면 적군은 모두 죽음의 사신을 대하듯 공포에 떨었다.

하지만 그건 누군가 분홍색 리본들을 꼬랑지와 갈기에 예쁘게 묶어놓고 은방울이 여럿 달린 마구를 목에 얹혀놓기 전의 일이었다. 터벅터벅 발굽을 땅에 디딜 때마다 은방울이 경쾌하게 딸랑거렸다. 배너 앞에 선 백마는 수치심에 고개를 축 늘어뜨렸고, 그 바람에 국화로 만든 화관이 스르륵 이마 위로 미끄러지면서 한쪽 눈을 가렸다. 말은 영혼이 깃든 갈색 눈망울로 배너를 처량하게 응시했다.

배너는 말의 심정을 백번 이해하면서 녀석의 브드라운 코를 문질러주었다.

「하늘에 맹세코, 잠깐 마구간에 넣어둔 것뿐입니다, 영주님.」

종자가 정신없이 지껄였다.

「도무지 누가 이런 끔찍한 짓을 저질렀는지 도르겠습니다.」

「낸들 알겠느냐.」

사정없이 딸랑거리는 방울소리에 자극을 받아 겁이 없어진 배너는 덜덜 떨리는 종자의 손에서 고삐를 잡아 뺀 다음, 말 위에 몸을 실었다.

「지금부터 누가 한 짓인지 알아낼 작정이다.」

배너는 말의 옆구리를 가볍게 차서 보통 속도로 달리게 했다. 하지만 몇 걸음 가지도 못하고 갑자기 안장이 옆으로 스르륵 흘러내리는 바람에 땅바닥에 쿵 엉덩방아를 찧고 말았다. 머리카락에서 밀가루가 확 피어올랐다.

배너는 한동안 가만히 그대로 앉아 있었다. 훈련터 주위를 한 바퀴 돌고 온 애마가 어깨를 밀어댈 때까지. 그는 말 등에 매달려서 대롱거리고 있는 안장띠를 손가락으로 매만졌다. 누군가 검으로 베어놓은 흔적은 없었다. 누군가 일부러 안장띠를 닳게 해서 체격이 배너 정도 되는 기수가 말을 타면, 몸무게를 이기지 못하고 끊어지게 만든 것이다.

배너가 몸을 일으키는 것을 보고 훈련터에 있던 병사들이 모두 뒷걸음질을 쳤다. 종자의 목구멍에서 애처로운 신음 소리가 흘러나왔다.

배너는 병사들 앞으로 걸어가서 다시 한 번 양손을 등에 돌리고 깍지를 꼈다.

「오늘…….」

굵은 저음의 남성적인 목소리가 병사들의 속삭임을 모두 잠재웠다.

「나는 제군에게 아무리 대범하고 용감한 전사라고 해도 출전하기 전에 응당 익혀두어야 할 사항을 가르쳐줄 생각이다. 전사에게 있어서 가장 습득하기 힘든 기술이라고 할 수 있지.」

병사들은 기대감에 부푼 시선을 교환하면서 목을 위로 뽑고 배너의 말을 기다렸다.

「그것은 바로 물러나야 할 때를 알고, 깨끗하게 후퇴하는 기술이다.」

배너는 병사들에게 절하는 시늉만 낸 다음, 등에 묻은 모래와 풀잎을 털어내면서 성으로 걸어갔다.

홀리스가 새신부를 대동하고 엘서노르에 돌아왔던 날과 거의 비슷할 정도로 마음이 다급해진 배너는 북쪽 탑에 있는 자신의 침실 안을 왔다 갔다했다. 그때는 어떻게든 윌로우를 내쫓고 싶어서 안달을 했지만, 지금은 어떻게든 그녀를 찾아내야 한다는 절박한 마음뿐이었다.

그는 지옥불처럼 이글이글 타오르는 화염에 이끌려서 저도 모르게 창가에 멈춰 섰다. 횃불이 탁탁 소리를 내면서 밤하늘에 매캐한 연기를 내뿜었고, 몸집이 자그마한 악마들이 그 주위를 빙글빙글 돌면서 신명나게 놀고 있었다. 사악한 기운이 감도는 검은 그림자들. 두둥실 귓가에 실려오는 경쾌한 웃음소리. 두 가지가 묘하게 대조를 이루면서 마음속에 불안감을 일으켰다. 소운(Samhain[sown], 10월 31일에서 11월 1일에 있었던 켈트인의 축제로 10월 31일 새벽이 되면 저승과 이승이 하나로 합쳐진다고 믿었음. 죽은 영혼을 위해 문과 창을 열어놓았으며, 소를 잡고 추수한 음식들을 먹었다. 마을 중앙에 피운 횃불에 도살한 소의 뼈들을 집어던졌는데, 횃불을 뜻하는 bonfire라는 단어는 바로 여기서(bone fire) 기원한다. 할로윈(Halloween)의 기원이 되는 축제라고 알려졌음)에 해당되는 날은 이미 2주도 더 지난 과거였지만, 자식들이 지금 '난폭한 아이들의 신'에게 경배를 드리기 위해서 축제를 벌이고 있다는 생각을 지울 수가 없었다.

그때 다급하게 문을 쾅쾅 두드리는 소리가 들렸다.

「홀리스입니다! 영주님, 어서 문을 열어주십시오!」

배너는 마지못해서 의자 세 개와 탁자를 옆으로 치우고 빗장을 들어올렸다. 홀리스는 임시로 세워둔 장애물을 요리조리 피해서 비틀비틀 간신히 방안으로 들어왔다. 홀리스가 내심 자랑스럽게 여기던 잘생긴 얼굴에는 검댕이 잔뜩 묻어 있었고, 콧수염의 오른쪽 부분은 소리 없이 타고 있었다.

「월로우는 대체 어디 있는 게야? 왜 같이 오지 않았나?」

물 한 잔을 건네주면서 배너가 다그쳤다.

홀리스는 잔을 잡아챈 다음 목구멍에 물을 털어 넣었다.

「어디 계신지 알 수가 없습니다. 찾아보지 않은 곳이 없는데도…….」

귀에 거슬리는 목소리로 홀리스가 말했다.

「아이들과 같이 계신 건 아닐까 해서…… 저 아래까지 살펴보았습니다만.」

홀리스의 몸이 격렬하게 떨렸다.

배너는 다시 물을 따른 후, 이번에는 잔을 홀리스의 수염에 들이댔다.

「앗, 따가워!」

뺨에 물을 확 끼얹으면서 홀리스가 외마디 소리를 질렀다.

「혹시 도망친 건 아닐까? 그래서 아이들이 저렇게 법석을 떠는 게 아닐까?」

자식들의 횡포와는 전혀 연관이 없는 공포심으로 인해 심장이 터질 것 같았다.

홀리스가 고개를 가로저었다.

「아씨는 오늘 하루 종일 성안 곳곳에서 모습을 보이셨습니다. 하지만 제가 하인을 보내서 아씨를 모셔오게 하면, 그때마다 어디론가 자취를 감추셨지요. 정말이지 분통이 터질 노릇이었습니다.」

배너는 창가로 돌아가서 아래를 내려다보았다.

「윌로우가 데즈먼드를 다루는 모습을 자네도 봤을 게야. 그 여자와 상의를 해봐야겠어. 내가 장담컨대, 현 시점에서 윌로우 말고는 도움이 될 만한 사람이 없어.」

바로 그 순간, 창을 향해 날아온 화살이 '탁' 소리와 함께 나무 문짝에 박히면서 장식으로 달아놓은 깃털들이 배너의 코를 간지럽혔다.

「기습 공격입니다!」

반사적으로 몸을 숙인 홀리스가 문가를 향해 두 손, 두 발로 기어가면서 외쳤다.

「제가 보초에게 가서 알릴까요?」

「아니…… 아직…….」

희미하게 떨리고 있는 화살에 꿰어 문에 박힌 양피지를 잡아뜯으면서 배너가 대답했다.

그가 서신을 살피는 동안, 홀리스는 조심스럽게 몸을 일으켰다.

「창에서…… 좀 물러나시면 안 되겠습니까, 영주님?」

겁이 덜컥 나서 무심결에 내뱉은 말을 배너가 무시하자, 홀리스는 까치발을 하고 목을 최대한 길게 뽑아봤지만 배너의 넓은 어깨에 가려서 아무것도 볼 수가 없었다.

「그게 뭡니까?」

「요구사항들을 적은 목록일세.」

「요구사항이라니요? 이런, 세상에. 레이디 윌로우가 적들의 수중에 들어갔군요. 필시 인질로 잡은 것이 분명합니다. 저들이 원하는 것이 무엇입니까? 황금? 보석? 무기? 아니면 엘서노르 성이랍니까?」

기묘하게도, 배너는 무표정한 표정으로 양피지를 건네주었다. 홀리스가 양피지를 들어올리고 횃불에 가까이 대자, 그는 창가로 몸을 돌린 다음 눈을 가늘게 뜨고 야경을 살폈다.

「정말이지, 이렇게 횡설수설한 글은 처음 봅니다.」

구겨진 양피지를 살피면서 홀리스가 얼굴을 찌푸렸다.

「아침, 점심, 저녁식사는 꿀을 바른 석류와 무화과 푸딩만 제공할 것. 목욕은 한 달에 한 번 이상은 금함. 취침시간은 자정을 넘어야 함. 이건 완전히 정신 나간 것들이 지껄이는 헛소리가 아니랍니까? 그게 아니면…….」

서서히 이해를 하기 시작한 홀리스가 고개를 쳐들었다.

「아이가 적은 글이겠지요.」

배너는 홀리스를 무시하고 있었다. 찾고 있었던 무언가를 발견한 모양이었다. 배너의 입가에 보일 듯 말 듯 수수께끼 같은 미소가 어렸다.

「이번 일도 아이들이 꾸민 장난에 불과하다면, 비록 위험하긴 하지만, 여기 이 마지막으로 제시한 요구사항이 이해가 잘 안 됩니다. 영주님이 무조건 항복해야 한다는 문구 말입니다.」

「금세 이해가 갈 테니 두고보게.」

홀리스를 창가로 끌면서 배너가 말했다.

연기와 어둠에 가려서 잘 보이질 않았기 때문에 홀리스는 눈을 가늘게 뜨고 안뜰을 살폈다. 배너도 처음엔 그랬겠지만, 이글이글 타오르는 불꽃을 배경으로 검게 윤곽을 드러내고 있는 호리호리한 형체가 데즈먼드라고 생각했다. 하지만 불꽃이 확 위로 치솟으면서 바지와 튜닉 위로 부드럽게 부풀어 오른 몸매를 눈으로 확인할 수 있었다. 레이디 윌로우는 대범하게도 손에 들린 활이나, 도전적으로 튀어나온 턱을 숨기려고 하지 않고 가만히 창가를 올려다보았다.

홀리스는 충격을 받아야 할지 껄껄 웃어야 할지 갈피를 못 잡고 고개를 흔들었다.

「새로 전략을 구상하셔야 할 것 같습니다, 영주님. 아씨마저 아이들이 벌이는 장난에 끼여들기로 작정하신 듯하니까요.」

배너는 창턱에 올려놓은 손을 꼭 쥐었다.

「이건 장난이 아니야, 친구.」

몸을 획 돌리면서 배너가 말했다. 에드워드 국왕이 프랑스와 조약을 체결한 이래 처음으로, 배너의 눈동자가 흥분을 숨기지 못하고 노골적으로 반짝거렸다.

「전쟁이야.」

12

적의 포위 공격이 시작된 지 이틀째 되는 날, 배너는 뜰을 왔다갔다 하면서 정렬해 있는 성의 수비대를 자세히 뜯어보았다. 명령을 하달하기 위해 홀리스가 소집한 병사들은 정면만 응시하고 있었으며, 한결같이 꾹 다문 입술을 보면 이번 일을 심각하게 받아들이고 있음을 알 수 있었다. 병졸들이 그를 배신하고 여왕에게 붙었으니, 이제는 기사들을 전장에 내몰 수밖에 없었다.

「실수하면 안 된다, 제군.」

근엄한 눈길로 병사들을 죽 훑어보면서 배너가 말했다.

「아이들이라고 깔보면 곤란하다. 과거에 우리가 상대했던 그 어떤 적들보다 교활하고, 냉혹한 상대라는 것을 마음에 새겨두길 바란다.」

전날 남쪽 탑을 기어올라가다가, 황금색 머리칼의 작은 악마가 끝이 두 갈래로 갈라진 막대기로 사다리들을 밀어내는 바람에 고생을 톡톡히 한 병사들이 충분히 이해를 한다는 듯이 고개를 끄덕였다. 모두들 쿡쿡 쑤시는 등과 짓밟힌 자존심을 전처럼 회복하려고 애쓰는 중이었다.

「더 이상 방관만 하고 있을 수 없다는 판단 하에 제군에게 이런 골치 아픈 임무를 맡기게 된 것이다.」

바로 코앞에서 투석기를 빼앗기는 바람에 김이 모락모락 나는 소똥 세례를 받은 망루(望樓)의 보초들은 몸을 떨면서 배너의 말에 공감을 표시했다. 그후로, 옆을 지나가기만 해도 슬금슬금 옆걸음질을 쳐서 멀찌감치 떨어지려고 하는 동료들이 있는가 하면, 입으로만 숨을 쉬는 자들도 있었다.

「아이들과 동일하게 생각하는 법을 배워야 한다. 녀석들의 약점을 이용하려면 그렇다. 급소를 찾아서……」

일순, 월로우의 허벅지 사이에 손을 파묻고 보들보들한 급소를 쓰다듬는 광경이 떠오르는 바람에 배너는 말끝을 흐렸다. 간신히 말은 이었지만 목이 쉬어서 한층 음색이 굵어졌다.

「모든 수단과 방법을 동원해서 녀석들의 가장 은밀한…….」

홀리스의 헛기침 소리. 몽상에 빠져 있던 배너는 퍼뜩 정신을 차렸다.

지금까지 11년이 넘게 성의 수비대를 책임졌던 수비대장이 앞으로 나섰다.

「그렇다면 영주님, 저희들의 임무는 '병졸들'(Pawn, 체스의 말)을 진압하는 것이라고 파악하면 되겠는지요?」

「그렇지 않네, 대런. 주목적은 녀석들의 여왕(Queen, 체스의 말)을 붙잡는 걸세.」

배너는 고개를 뒤로 젖히고 남쪽 탑을 올려다보았다. 이복형제에게 성을 빼앗은 이래 13년 이상의 세월 동안, 엘서노르의 성벽에 자랑스럽게 나부끼던 깃발이 지금은 거꾸로 매달려 있었다. 앞다리를 힘껏 들어올리면서 하늘을 향해 도약하던 붉은 수사슴은 물구나무서기를 하고 있었으며, 강철같은 심장은 가느다란 버들가지에 꿰어져 있었다.

무자비할 정도로 부드러운 미소가 배너의 입술에 떠올랐다. 거칠 것 없이 자신만만하고 뛰어난 적장조차 항복할 기회를 달라고 애걸하게 만들었다는 유명한 일화로 잘 알려진 미소.

「여왕을 잡아서 데려오게.」

유리창을 통해 햇살이 쏟아져 들어오는데도 불구하고 윌로우는 몸을 떨면서 구석진 곳으로 물러났다. 차라리 나무문이 달려 있었으면 좋았을까? 그럼, 보아란듯이 문을 쾅 닫아줄 수 있었을 텐데. 배너의 뜨거운 눈길을 막아내기에는 부서질 듯이 약한 유리창으로는 역부족인 듯했다.

배너가 병사들에게 어떤 명령을 내리는지 듣지는 못했지만, 대략 어떤 내용인지 쉽게 짐작할 수 있었다. 배너의 결의에 찬 태도는 확신에 넘쳐 있다는 점에서 깃발, 정확하게 말해서 도약하는 수사슴의 아래쪽에 위치한 장식장 무늬 안에 뚜렷이 박힌 '정복하지 않으면 죽으리라'는 좌우명을 떠올리게 했다. 윌로우는 턱을 치켜 올렸다. '무관심'으로 자신을 정복하지 못했으니 필시 '적의'로도 자신을 정복하지는 못하리라.

윌로우는 몸을 획 돌리고 허리춤에 손을 얹은 채, 자신의 병사들을 점검했다. 질서정연하게 서서 어깨를 뒤로 젖히고 정면만 응시하고 있었던 배너의 병사들과는 달리, 모두 방안을 뛰어다니면서 윌로우가 내준 과제에 몰두하고 있었다. 어떻게 일을 진척해야 할지 의견이 모아지지 않으면 자기들끼리 정신없이 낄낄대거나, 몸싸움을 벌였기 때문에 자주 집중력이 흐트러지곤 했다. 아직 12시가 되지 않았는데 아침부터 벌써 두 번이나 주먹다짐을 뜯어말렸을 뿐더러, 별다른 이유 없이 토라진 아이가 폭포수처럼 쏟아내는 눈물을 닦아줘야 했다. 눈물을 흘린 사람은 다름 아니라 비어트릭스였는데, 가냘프고 고운 손으로 탁자의 다리를 깎아서 화살을 만들어내라고 하니, 분해서 못 견디겠다는 것이 그 이유였다.

윌로우는 천장을 한번 쓱 올려다보았다. 생전에 기품이 넘치고, 고상했던 레이디 메리와 마거릿. 자신들의 격조에 맞는 세련되고 우아한 침실이 윌로우와 아이들의 손을 거치면서 어떻게 변했는지 직접 눈으로 볼 수만 있다면, 필시 납골당에서 벌떡 일어나서 대성통곡을 하리라.

켈과 에드워드는 벽에 붙은 보라색 실크 천을 잡아뜯어서 각자 튜닉에 두를 굵고 눈에 확 띄는 허리띠를 만들고 있었다. 노르웨이 산 최고급 전나무를 깔아놓은 바닥에는 움푹 파이고 긁힌 자국들이 알아보기 힘든 무늬처럼 셀 수 없을 정도로 많이 눈에 띄었는데, 에니스와 해미쉬가 불필요한 가구들을 몽땅 끌어내서 계단 아래로 밀어버리는 와중에 생긴 상처자국이었다. 물론 그 덕에 별로 힘을 들이지 않고 즉석에서 방어벽을 쌓을 수 있었지만. 메리와 메리 마거릿은 침대의 휘장을 끌어내린 다음 가늘게 찢어서 붕대들을 만들었다. 병사들에게 붙잡히지 않으려고 요리조리 뜀박질을 하다가 무릎이 까지고 손가락에 가시가 박혔을 뿐 그 이상 생명을 위협받은 일은 없었지만, 그래도 철저히 준비를 해두는 편이 낫질 않은가.

제일 나이가 어린 꼬맹이들이 침대 요에서 몇 움큼씩 사정없이 잡아 뜯고 있는 깃털들은 송진이 가득 담긴 통으로 요약되는 데즈먼드의 극악무도한 계략을 실행하는 데 쓰일 재료였다. 아이들은 침대에서 자려고 하지 않았다. 자기들이 흉내내고 있는 대상인 병사들처럼 바닥에 누워서 담요를 몸에 둘둘 말고 자는 것을 더 좋아했다.

어젯밤, 윌로우는 아이들 틈에 섞여서 잠을 잤다. 아이들의 작지만 따스하고 아늑한 몸에 둘러싸여 있는 것이 기묘할 정도로 편하게 느껴졌다. 주위는 칠흑같이 어두운데, 바닥에 누워 아이들이 오만가지 형태로 코를 골고, 콧김을 내뿜고, 코를 훌쩍대는 소리를 듣고 있노라니 아주 오랫동안 자신이 누리지 못했던 무언가를 만끽하고 있다는 생각이 문득 들었다. 바로 재미였다.

그때 갑자기 켈과 에드워드가 허리띠를 사이에 두고 소란스럽게 줄다리기 시합을 벌이기 시작했다. 아이들을 떼어놓을 생각에 윌로우가 움직이려고 하는 찰나, 벽장에서 데즈먼드가 폴짝 튀어나왔다.

그 동안 자신이 사용했던 벽장이 데즈먼드가 전에 설명했던 비밀통로로 통하는 문이었다는 사실을 알고 얼마나 놀랐던지. 성안 곳곳에 흩어져 있는 비밀통로와 훔쳐보기 전용 구멍 덕에 모두들 병사들의 눈을 피해서 마음껏 들락날락 할 수 있었다. 배너가 아무리 뛰어난 전술가라고 한들, 아직까지는 윌로우와 아이들이 어떤 방식으로 전투 계획에 대한 정보를 내밀하게 수집하고 있는지, 계획을 구체화하기도 전에 미리 알아내다시피 하는 까닭이 무엇인지 파악을 못하고 있었다.

윌로우의 입가에 경직된 미소가 희미하게 떠올랐다. 배너가 싸움질과 여자들에게 투자할 시간을 조금이라도 쪼개서 아이들과 함께 더 많은 시간을 보냈다면, 자식들이 아장아장 걷기 시작했을 때부터 뻔질나게 들락날락 거린 비밀통로에 대해서 익히 알고 있었을지도 모른다.

이제는 데즈먼드의 얼굴에서 전처럼 뚱한 표정을 찾아볼 수가 없었다. 소년이 과장된 몸짓으로 절을 하자, 어깨에 앉아 있던 까마귀가 기세 등등하게 까악까악 울부짖었다.

「보초대장이 보고를 드릴까 합니다.」

열 살배기 메리가 휘장을 찢다 말고, 데즈먼드를 쏘아보았다.

「왜 맨날 보초대장은 오빠가 해야 하는 거지?」

「내가 제일 나이를 많으니까 그렇지.」

「아니야. 너보다 내가 더 나이가 많아.」

실컷 울어서 아직도 코가 새빨간 비어트릭스가 몸을 일으키면서 말했다. 비어트릭스는 데즈먼드와 동갑이긴 했지만, 똑바로 서면 그리스 신화에 등장하는 아마존의 여전사처럼 데즈먼드를 위에서 내려다보았다.

데즈먼드는 눈을 똑바로 보면서 상대를 비웃어주려고 했지만, 아무리 애써도 가쁘게 오르락내리락 하는 소녀의 젖가슴에서 눈을 뗄 수가 없었다. 주근깨가 가득한 뺨이 시뻘겋게 달아올랐다.

「너 같은 게 보초대장 노릇을 할 수 있을 것 같으냐? 고작 하녀인 주제에, 뭘 바라는 거야? 게다가 넌 계집애잖아.」

윌로우가 의미심장하게 헛기침을 했다.

비어트릭스의 가슴에 머물러 있던 눈길을 후다닥 거두는 데즈먼드. 소년의 얼굴이 전보다 훨씬 더 달아올라 있었다.

「미안해요. 그래도 누나는 계집애가 아니잖아요. 누나는 우리 지휘관이야.」

소년의 앙상한 가슴이 자랑스럽게 부풀어올랐다.

「그래서 보초대장인 저 데즈먼드, 지휘관님에게 중대한 소식을 전할까 합니다.」

분개한 비어트릭스가 눈을 희번덕거리는 동안, 아이들은 데즈먼드의 말을 들으려고 앞을 다투어서 모여들었다.

「계속해봐.」

윌로우가 기품 있게 손을 내저으면서 명령했다.

데즈먼드는 벽장에서 아버지의 첩자가 튀어나올까봐 두렵기라도 한 듯, 조심스럽게 어깨 너머를 한번 훔쳐보았다.

「구운 토끼 고기를 슬쩍 하려고 부엌의 벽난로 뒤에 있는 통로에 숨어 있는데 하인이 말하길 아버…….」

일순, 데즈먼드의 얼굴이 경직되었다.

「우리들의 '적'이 음식들을 모두 향신료 저장실 안에 옮기고, 자물쇠를 채워서 보관하라는 명령을 내렸다고 합니다.」

데즈먼드는 극적인 효과를 내기 위해서 말을 멈췄다.

「우리를 모두 굶기겠다는 계략이겠지요.」

약속이라도 한 듯이 아이들의 입에서 동시에 헉 소리가 흘러나왔지만, 윌로우는 해미쉬의 애처로운 신음 소리가 제일 가슴에 사무쳤다. 수줍음이 많은 소년은 눈 하나 움찔하지 않고 육체적인 고통을 견뎌내는 강한 아이였지만 음식을 빼앗긴다는 얘기를 듣는 순간, 포동포동한 뺨이 공포심 때문에 창백해졌다.

어떻게든 아이를 보호해야 한다는 강렬한 감정에 휩싸여서 윌로우는 소년의 어깨에 팔을 둘렀다. 거타나 해럴드였으면 분명히 발버둥을 쳤겠지만, 해미쉬는 어미 품을 찾는 강아지처럼 윌로우의 품을 파고들었다. 짐승만도 못한 인간 같으니! 어떻게 자기 자식들을 굶어 죽이려고 할 수가 있어? 윌로우가 쓸쓸하게 마음속으로 되뇌었다. 어찌되었든 간에, 소원대로 왕자를 남편으로 맞긴 한 것 같다. 어둠의 왕자, 사탄을.

「걱정하지 마.」

소년의 계피색 머리카락을 헝클어뜨리면서 윌로우가 안심을 시켰다.

「우리가 꼭 식량을 찾아낼 테니까. 약속할게.」

소년의 희망에 찬 눈길이 데즈먼드의 어깨에 느긋하게 앉아 있는 까마귀에게 날아가서 꽂혔다.

데즈먼드는 까마귀의 매끄러운 깃털을 쓰다듬으면서 동생을 무섭게 노려보았다.

「어쩌면 널 잡아먹어야 할지도 몰라. 살이 피둥피둥 쪄서 다들 배부르게 먹을 수 있을 테니까.」

윌로우가 나서서 데즈먼드에게 한마디를 하려는데, 갑자기 에드워드가 재잘대기 시작했다.

「그럴 필요 없어. 한밤중에 비둘기들이 성벽에 앉아서 잠이 들 때까지 기다렸다가 살금살금 다가가서 녀석들의 대구리를 곤봉으로 후려치면 돼.」

에드워드는 몸짓으로 '비둘기를 사냥하는 법'을 차례로 관객들에게 시범을 보였다. 조연을 맡은 퀠이 보이지 않는 곤봉에 머리를 얻어맞고 비틀거리다가, 바닥에 털썩 등을 부딪히면서 쓰러졌다. 열 손가락을 갈고리처럼 빳빳하게 구부린 채로.

비어트릭스가 신음 소리를 냈다.

「지저분한 비둘기는 사양하겠어. 난 몸이 섬세하고 약해서 안 돼.」

「뭐, 네가 몸이 섬세하고 약해? 어제 내가 준 종달새 파이를 미친 듯이 먹어치운 주제에, 그런 소리가 나오냐?」

데즈먼드가 이죽거리자, 비어트릭스도 지지 않고 조소를 날렸다.

윌로우는 혐오감을 애써 숨기려고 애썼다.

「좋은 생각이구나, 에드. 바로 여기 이 벽난로에 비둘기를 구우면 되겠다. 꼬챙이는 마저리와 컬럼더러 돌리라고 하면 되고.」

형제들과 함께 모험을 하게 된 즐거움에, 네 살배기 쌍둥이들의 얼굴이 환해졌다.

갑자기 데즈먼드의 얼굴에서 장난기가 사라지고 표정이 음울해졌다.

「아직 할말이 남아 있어요, 누나.」

불길한 예감이 윌로우의 등골을 휩쓸고 지나갔다.

「얘기해봐.」

「우리 아버지가 병사들에게 원하는 건 하나라고 그랬어요.」

「그게 뭐지?」

「누나요.」

그 한마디에 윌로우는 가슴이 덜컥 내려앉았다. 겁에 질린 아이들은 토끼처럼 눈을 동그랗게 뜨고 서로 눈길을 주고받았다.

「아빠가 포로들을 어떻게 다루는지, 우리도 소문을 들어서 알아요.」

메리가 속삭였다.

「포로들의 머리를 잘라서 밧줄에 줄줄이 묶은 다음, 말안장에 매달아 놓는다는 얘기도 들었어요.」

에니스가 침울하게 말했다.

「시꺼멓고 깊은 구덩이에 살아 있는 사람들을 밀어 넣고 흙을 덮어버린 대요.」

켈이 덧붙였다.

「내가 듣기로는 포로들을 커다란 솥단지에 넣고 끓인 다음에 뼈 국물을 쪽쪽 빨아먹는다고 하던 걸요.」

에드워드가 쾌활하게 말했다.

메리 마거릿은 자그마한 몸을 날리더니 윌로우의 바지에 얼굴을 파묻었다.

「난 몰라. 아빠가 언니를 몽땅 먹어치우면 어떡해?」

윌로우는 아이를 위로하고 싶은 마음 반, 떨리는 손을 보이고 싶지 않다는 마음 반으로 메리 마거릿의 동글동글하게 말린 고수머리를 쓰다듬었다. 이 세상의 남자들이 그 이상의 극악무도한 형벌을 여자들에게 가할 수 있다는 사실을 소녀에게 절대로 알리고 싶지 않았다.

「그분이 언…… 아니 아가씨를 인질로 잡으면…….」

비어트릭스가 갑자기 기품 있는 자세를 취하면서 말했다. 비록 입맛을 다시듯 혀를 핑그르르 돌려서 통통한 분홍빛 입술을 탐욕스럽게 핥는 모습을 숨기진 못했지만.

「내가 대신 인질로 잡혀 있어도 상관없어.」

데즈먼드가 코방귀를 뀌었다.

「그럼, 우리 아버지는 뇌물까지 싸다 안겨주면서, 제발 너를 도로 데려가달라고 애걸복걸할 거다.」

비어트릭스가 소년의 따귀를 올려 부칠 사이도 없이, 윌로우는 재빨리 입을 열었다.

「멋진 의견이지만, 비이, 그럴 필요는 없을 거야. 그러려면 배너 경이 날 먼저 붙잡아야 하지 않겠니? 하지만 그런 일은 없을 거다. 내가 순순히 붙잡혀주진 않을 테니까.」

윌로우는 간신히 미소를 쥐어 짜냈다.

「두고보렴. 오래지 않아 너희 아빠는 항복하게 될 걸.」

「그렇게 되면, 누나는 아빠를 어떻게 처리할 거예요?」

데즈먼드가 열의가 깃든 목소리로 물었다.

피에 굶주린 아이들의 자그마한 얼굴들을 모두 훑어본 연후에야, 윌로우는 뭐라고 해줄 말이 없다는 사실을 깨달았다. 그건 자신도 모르는 일이었기에.

포위 공격을 시작한 지 나흘 째 되는 날, 윌로우와 데즈먼드는 다급하게 배너의 침실의 벽과 이어지는 비밀통로 안으로 황급히 들어갔다. 두 사람이 한꺼번에 작은 구멍 틈으로 방안을 들여다보기 위해서는 서로 뺨을 찰싹 붙이고 쭈그리고 앉아 있어야 했다.

윌로우에게는 우아하고 아늑한 분위기의 침실을 내주었지만, 막상 배너 자신은 엘서노르에 돌아온 이래 극도로 간소하고 너저분한 공간에서 지내온 것처럼 보였다. 성안 곳곳에 걸려 있는 짙은 빛깔의 태피스트리 하나 찾아볼 수 없는 벽. 간신히 창을 가린 나무 창문은 바람이 몰아칠 때마다 덜컹거렸다. 탁자와 의자에는 구깃구깃한 양피지 다발들과, 실재 전장에서 쓰이는 무기들이 수북히 쌓여 있었다. 전투용 도끼의 녹슨 머리, 너무 거대해서 두 사람이 들어야함직한 석궁, 철퇴, 방패 그리고 예닐곱은 족히 넘어 보이는 검들이 위험스레 번쩍거리고 있었다.

침대에서 편하게 자는 작은 사치조차 자신에게 허용할 수가 없었는지, 창턱 아래에 밀짚을 잔뜩 채워놓은 요가 깔려 있었다. 기왕이면 요를 벽난로 앞에다 끌어다놓을 것이지. 밤이 되면 얼마나 추워지는데. 윌로우는 신경이 거슬렸다. 물론 가끔씩 벽난로에 불조차 피우지 않은 채로 얇은 담요 한 장만 달랑 걸치고 잠을 자는 인사라고는 하지만. 배너는 편하다는 것을 '나약함'과 동일하게 생각하고, 가장 기본적인 안락함조차도 외면하려고 애쓰는 것처럼 보였다.

「아버지예요!」

침실 문이 벌컥 열리자, 데즈먼드는 팔꿈치로 윌로우의 옆구리를 세게 찔렀다.

「홀리스 경과 같이 들어오면 좋을 텐데. 그래야 내일을 위해서 두 사람이 무슨 계획을 세웠는지 알 것 아니니?」

윌로우가 옆구리를 문지르면서 대꾸했다.

만일, 배너가 여자를 뒤에 끌고 방안에 들어온다면…… 어떤 기분이 들까? 마을에서 데리고 온 여자, 이미 배너를 기꺼이 침실에 맞아들여서 아이까지 낳았을지도 모르는 여자를. 하지만 문이 스르륵 닫히면서, 배너가 혼자라는 것이 드러났다.

빗장을 잠그고 창가로 터벅터벅 걸어가는 모습을 보아하니, 평상시와는 다르게 오만한 기세가 사라진 것처럼 느껴졌다. 탁자 위에 흩어진 양피지들을 처량하게 흘끗 쳐다보더니 손을 뒤로 돌리고 뒷덜미를 문지르기 시작했다. 누가 대신 그 일을 해줬으면 하고 바라기라도 하는 것처럼. 그는 창문을 열고 별이 총총한 밤하늘을 올려다보았다. 나지막한 한숨 소리가 새하얀 입김에 실려 얼음처럼 차가운 허공에 머물렀다. 윌로우는 배너가 사별한 아내를 애타게 그리워하고 있는 것인지, 아니면 순진한 소년의 머릿속에 '사랑은 경멸해야 마땅한 감정이며 바보 혹은 철없는 자들이나 선택하는 가시밭길에 불과하다'는 생각을 심어준 어떤 여인을 그리워하는 것인지 궁금했다.

배너가 창문을 닫고 지친 얼굴로 더블릿의 단추를 끄르기 시작하는 것을 보고, 데즈먼드는 한껏 들어올리고 있던 발꿈치를 내렸다.

「쳇. 퇴각해야겠어요. 여기 있어봐야 볼 것도 없잖아요」

윌로우는 선뜻 데즈먼드의 의견에 동의할 수가 없었다. 몸을 뒤틀면서 더블릿을 벗는 배너. 부드럽게 물결치는 근육. 갑자기 다리에 힘이 주욱 빠지면서, 일어설 기운과 의지가 허공으로 증발하고 말았다.

「너 먼저 가렴.」

눈을 구멍에 찰싹 붙인 상태에서 윌로우가 중얼거렸다.

「조금 더 살펴보는 게 좋을 것 같구나. 저 사람의 약점을 찾을 수 있을지도 모르잖니.」

이제 배너는 리넨 셔츠를 머리 위로 잡아 빼고 아무렇지도 않게 옆으로 던져버린 다음, 한 발을 의자에 올려놓고 바지를 벗기 시작했다. 인정하기는 싫었지만 아직까지는 약점을 한군데도 찾지 못했다. 비록 촛불이 희미하게 타오르고 있었지만, 힘이 넘치는 근육질의 가슴, 허벅지, 종아리가 서로 완벽하게 조화를 이루는 광경을 뚜렷이 볼 수 있었다.

데즈먼드가 무심하게 어깨를 한번 으쓱했다.

「맘대로 해요. 그래도 사로잡히면 안 돼요」

기어서 밖으로 나가는 소년에게 윌로우는 너무 분하고 원통해서 이미 배너에게 사로잡히고 말았다는 사실을 털어놓지 못했다. 깜박이는 촛불 아래, 녹은 치즈처럼 윤기가 흐르는 청동색 피부, 까맣고 곱슬곱슬한 가슴털, 그리고 우울해 보이는 표정에 사로잡히고 말았다는 사실을.

윌로우는 모든 면에서 강인해 보이는 사람에게 상처받기 쉬운 어린애 같은 면모를 발견하고 넋을 잃은 나머지, 배너의 몸에 메리 마거릿이 휘장으로 만든 붕대처럼 가느다란 천 조각 하나만 걸쳐 있다는 사실을 한참 만에야 발견했다. 배너가 아무렇지도 않게 천 조각을 잡아당기자, 윌로우는 깜짝 놀라서 눈을 동그랗게 떴다. 천 조각이 떨어짐과 동시에,

배너는 몸을 돌리고 소리 없이 짚요가 깔린 곳으로 걸어가서 몸을 눕혔다. 누군가의 시선을 의식하지 않는 수컷의 당당하면서도 우아한 몸놀림으로.

배너가 옆으로 돌아누워서 넓은 등을 보이고 담요를 허리 위로 끌어올리고 나서야, 윌로우는 간신히 구멍에서 눈을 뗄 수가 있었다. 그녀는 벽에 쓰러지듯이 몸을 기댔다. 입 안이 바짝바짝 마르고, 숨소리가 가쁘게 들린다.

호흡이 정상적으로 돌아오고 다리에 힘이 생길 때까지 기다리면서 한 가지 깨달은 사실이 있었다. 그날 밤, 배너의 약점이 아니라 자신의 약점을 발견했다는 사실을.

13

적의 포위 공격이 시작된 지 닷새째 되는 날, 와인 저장실의 한 구석
에 잠복해 있던 배너는 염치없는 쥐새끼가 부스럭거리는 소리를 들으면
서 속을 부글부글 끓이고 있었다. 그가 도착하기 불과 몇 분 전에 계단
을 내려가서 향신료 저장실 안에 잠입한 쥐.

더 이상 의심할 여지가 없었다. 아군에 배신자가 끼여 있었다. 그날
저녁 수비대장 대런의 보고를 들으면서 그 동안 막연하게 의심했던 일
이 현실이었음을 확신하게 되었다.

「영주님께서 의심하신 대로 베이컨 여섯 조각, 건어물 한 통, 보리 빵
다섯 개, 치즈 두 덩어리, 훈제 햄 한 덩어리가 없어졌습니다.」

반백의 늙은 기사가 불쑥 말했다.

「내가 그럴 줄 알았지!」

주먹으로 손바닥을 내리치면서 배너가 소리쳤다.

「그 응석받이 녀석들이 무화과 푸딩을 빼앗기고 나서도 곧바로 백기
를 들지 않다니, 어쩐지 이상하다고 생각했어. 어딘가 음식이 나올 구멍

이 있지 않으면, 어떻게 사흘이나 버티겠나?」

배너가 무섭게 노려보자 수비대장은 저도 모르게 뒷걸음질을 쳤다.

「영주님이 명령하신 대로 향신료 저장실에 자물쇠를 채워놓았기 때문에 열쇠가 없으면 그 누구도 출입할 수 없습니다. 그 앞에 보초를 세워둘까요?」

수비대장의 말을 곱씹으면서 배너는 턱을 쓰다듬었다.

「그럴 필요는 없을 것 같네. 내가 직접 처리하는 게 좋겠어.」

배너는 몸을 돌리고 다급하게 나가려는 수비대장의 뒤통수를 흘끗 쳐다보았다.

「머리에 그게 뭔가?」

「거위 깃털입니다, 영주님.」

수비 대장이 힘껏 잡아당겼지만, 끈끈한 송진을 묻힌 깃털은 머리카락에 찰싹 달라붙어서 떨어지지 않았다.

「어젯밤에 보초가 잠이 든 사이에 습격을 당했습니다.」

자존심이 강한 노(老)기사의 수줍은 고백은, 배너로 하여금 배신자를 색출해야겠다는 결의를 한층 더 굳건하게 만들었다.

향신료 저장실에서 들리던 소리가 갑자기 뚝 그쳤다. 살그머니 문이 닫히고 찰칵, 열쇠를 잠그는 소리가 작게 들렸다. 배너는 벽에 바짝 등을 붙였다.

배너의 사냥감이 아일랜드 민요를 흥얼대면서 계단을 올라오기 시작했다. 놀라서 벌어진 배너의 입술이 서서히 다물어지면서 이내 냉소적인 미소가 떠올랐다.

그는 사냥감이 살금살금 옆을 지나칠 때까지 기다렸다가, 불쑥 앞으로 나섰다.

「시장해서 그러나, 피오나 할멈?」

노파는 새된 비명 소리를 지르면서 몸을 획 돌렸다. 그 바람에 한아름 안고 있던 훔친 물건들이 우수수 바닥에 떨어졌다.

배너는 깨진 달걀을 발끝으로 슬쩍 건드렸다.

「자네가 안고 다니는 젖먹이가 아닌 게 천만다행이야.」

산산조각이 난 고기 파이들의 끔찍한 잔해와 소금에 절인 소고기, 사과 한 포대가 흩어진 아수라장을 훑어보면서 배너는 애처롭다는 듯이 혀를 찼다.

「이런. 내가 할멈에게 못할 짓을 했군. 음식을 이 지경으로 만들었으니, 저녁식사를 망쳐놓은 것이 아닌가.」

노파는 입술을 오므리더니 삐죽 내밀었는데, 필시 그 모습을 메리 마거릿이 봤으면 좋아서 자지러졌으리라.

「쇤네의 어미는, 쇤네가 하늘의 저주를 받아 크끼리처럼 엄청난 식욕을 타고났다는 말을 입에 달고 살았습지요」

배너는 의아하다는 듯이 한쪽 눈썹을 치켜 올렸다.

「틀린 말은 아니야. 아무리 식욕이 엄청나다고 한들, 치즈 두 덩어리, 베이컨 여섯 조각, 보리 빵 다섯 덩어리, 건어물 한 통, 훈제 햄 한 덩어리 정도면 배를 채우고도 남았을 거라고 생각하지만!」

피오나 할멈은 항복한다는 표시로 쭈글쭈글한 팔을 펼쳐 보였다.

「영주님, 맘대로 하시구려. 병사들을 부르시지요. 손과 발을 사슬로 묶어서 지하감옥에 끌어넣으라고 하시오. 순순히 따라가겠다고 약조를 하리다. 적에게 음식을 빼돌렸으니 쥐떼에게 잡아먹혀도 싸지요」

할멈은 앞치마로 코를 훔쳤다.

「어차피 쇤네는 늙은이라 앞으로 얼마 살지도 못할 게요.」

연극배우처럼 과장된 할멈의 언동에 분개한 배너가 눈을 부라렸다.

「시답지 않은 소리는 집어치우게. 내 자식들의 배를 채워줬다고 해서 할멈을 지하감옥에 가둘 생각은 추호도 없으니까. 기실 그 녀석들 편을 들어도 할멈을 탓할 순 없지. 내가 전장에 나가 있는 동안 할멈이 그 아이들을 키우다시피 하질 않았는가.」

「아이들이라고 하셨소?」

최대한 인내심을 발휘해서 언행을 조심하던 피오나 할멈이 돌연 배너를 무섭게 노려보았다.

「그 아이들이 태어난 날부터 '무엇이든 스스로 해결하는 법'을 가르쳐 준 사람이 바로 쉰네였습지요. 장담컨대 에드워드 도련님 혼자서도 능히 아이들에게 몇 달 동안 비둘기만 실컷 먹일 수 있을 게요.」

피오나 할멈이 몸을 똑바로 펴자 쪽을 지은 머리가 정확하게 배너의 가슴 한복판에 왔다. 노파는 갈고리 같은 손가락으로 배너의 가슴을 쿡 찔렀다.

「쉰네가 애들 때문에 이런 짓을 한 줄 아시오? 모두 그분을 위해서 그런 겁니다요.」

「그분이라니?」

「아씨지, 누군 누구겠소! 쉰네가 편을 드는 것은 아이들이 아니라 불쌍한 아씨요. 비단 쉰네만 그런 것이 아니라는 사실을 알아두시구려. 영주님이 아씨에게 무정하게 구는 모습을 목격한 뒤로, 성에 있는 아낙들은 모두 쉰네와 같은 심정입지요.」

「빨랫감으로 내준 더블릿의 단추들이 모두 뜯겨져서 돌아온 이유가 그거였군.」

피오나 할멈은 고개를 옆으로 쳐들었다. 작지만 말똥말똥한 눈으로 뚫어져라 쳐다보는 모습이 기이할 정도로 데즈먼드의 까마귀와 흡사해 보인다.

「쉰네가 영주님을 처음 대면한 날을 기억하시는지요?」

「잊을 리가 있나. 할멈이 쇠주전자로 내 머리를 후려치질 않았나.」

엘서노르를 포위한 날, 배너와 병사들은 몸 어디에도 긁힌 자국 하나 없이 방어하는 시늉만 하는 이복형의 병사들의 느슨한 전열을 뚫고 진격할 수 있었다. 하지만 부엌으로 들어가는 순간, 배너는 울부짖는 밴쉬의 공격을 받고 쓰러졌다. 만인이 우러러보는 용맹한 기사 배너가 검을 떨어뜨리고 바닥에 털썩 주저앉아서 '웅' 하고 울리는 귀를 손바닥으로 틀어막은 것이다.

피오나 할멈이 고개를 흔들었다.

「엘서노르에서 영주님의 아버님이 저지른 짓을 기억하는 이들은, 영주님께서 성을 파괴하고 우릴 모두 소, 돼지 잡듯이 학살하리라는 사실을 믿어 의심치 않았습니다요 영주님의 머리를 주전자로 내리쳤을 때, 쇤네가 얼마나 떨었는지 아시우? 영주님이 정신을 차리시면 그 즉시 목이 날아갈 거라고 생각했으니 말이오」

「이봐, 할멈. 내가 기억하는 한, 할멈은 그때도 지금처럼 완고하고 불손하기 짝이 없었지. 발을 동동 구르면서 내 머리가 너무 단단해서 쇠주전자가 찌그러졌다고 분통을 터트리지 않았는가.」

배너는 고개를 젖히고 웃음을 터트렸다.

「그리고 나선 무릎을 꿇고 내 머리를 가슴팍으로 확 잡아당기면서 '불쌍한 분! 나 때문에 머리가 어떻게 되셨구려'라고 중얼거렸지. 아마그 모습은 죽을 때까지 잊지 못할 거야.」

「그래도 영주님이 성을 점령하셨을 때 쇤네가 나서서 영주님을 옹호해주지 않았소? 태어나길 사생아로 태어나긴 했지만, 심성은 다른 형제들처럼 비열하지 않다고 모두에게 입이 닳도록 떠들어댔지요」

배너의 이복형은 과거에 아버지가 그랬듯이 폭군이나 다름없는 행각으로 악명을 떨친 인물이었으며, 배너의 등장으로 엘서노르의 주민 대다수가 안도의 한숨을 내쉬었다.

「할멈이 나서서 보호자 노릇을 자청하지 않았으면, 다들 그렇게까지 쉽게 나를 영주로 받아들이지 못했을 게야.」

피오나 할멈이 당연하다는 듯이 고개를 끄덕였다.

「돌아가신 두 분 아씨에게 성심을 다하시고 기사답게 행동하시는 것을 보고, 쇤네는 언제나 영주님을 침이 마르게 칭찬을 했습지요 그리고 지금까지 한번도 영주님에게 충성한 것을 후회한다거나, 영주님을 부끄럽게 생각한 일이 없었소」

피오나 할멈은 손가락을 배너의 얼굴에 대고 흔들었다.

「하지만 지금은 사정이 달라졌습지요!」

배너는 꾸중을 들은 시동처럼 고개를 수그리고 싶은 충동을 간신히 억눌렀다. 피오나 할멈의 잔소리를 듣지 않을 수만 있다면, 기사 수여식

때 국왕 폐하께서 하사한 박차를 빼앗겨도 상관없었다. 피오나 할멈의 굳건해 보이던 아랫입술이 떨리기 시작하자, 배너는 점점 더 억울한 마음이 들었다.

「영주님은 여식들이 불쌍한 아씨를 조롱하는 데도 가만히 보고만 있지 않으셨소? 아씨가 온몸에 꿀을 묻히고 홀 안에 들어오는 모습을 보고 영주님은 히죽히죽 웃으면서 거만하게 아씨를 비웃었지요. 그 덕에 과거 영주님의 아버님이 저질렀던 악행들이 머릿속에 떠오릅디다!」

피오나 할멈의 얼굴이 종잇장처럼 구겨졌다. 배너가 손을 뻗자 피오나 할멈은 앞치마를 뒤집어쓰고 큰소리로 흐느끼기 시작하더니, 어두컴컴한 통로를 달려 내려갔다.

피오나 할멈의 울음소리가 사라지자 배너는 벽에 털썩 등을 기댔다. 죽은 아비가 남긴 정신적인 유산을 어떻게든 이어받지 않으려고 무던히 애썼건만, 아비는 망령처럼 그가 가는 곳이라면 어디든지 따라다니는 것 같았다.

배너가 제일 비통하게 여기는 일은 아비가 너무 일찍 세상을 뜨는 바람에, 그의 목에 시퍼런 검을 들이대고 '가진 것을 모두 내놓으라고' 요구할 기회가 사라져버린 것이었다. 아비는 하녀의 풍만한 젖가슴에 얼굴을 파묻은 채, 말 그대로 절정에 오른 상태에서 숨을 거두었다. 훗날 하녀의 입에서 '음탕한 늙은이가 살아 있을 때는 항상 그 부분이 뻣뻣하게 서 있더니, 세상을 하직한 뒤에도 몸이 뻣뻣하더라'는 다소 외설적인 농담이 흘러나왔다. 결국 하녀가 마지막 사생아를 낳음으로 해서 '종마'로서의 아버지의 명성은 전보다 더 드높아졌다.

아버지의 사생아들은 영국 전역에 흩어져 있었다. 그래서 그런지 천한 신분의 농부들이나 하인들을 대할 때마다 '혹시 자신과 한 핏줄이 아닐까' 하는 의구심이 들곤 했다.

그는 머리카락을 손으로 갈퀴질하듯이 쓸었다. 자신이 아버지의 악덕을 보상하려고 얼마나 힘겹게 싸우는지, 그게 얼마나 고통스럽고 힘겨운 일인지 피오나 할멈이 안다면, 자신을 그렇게까지 나쁘게 생각하지 않으리라.

전장에서 명예롭게 싸웠다는 것을 늘 자랑스럽게 생각했지만, 공정하게 싸워서는 윌로우와 벌이고 있는 힘 겨루기를 마무리 지을 수가 없다.

배너는 눈을 가늘게 뜨고 피오나 할멈을 삼켜버린 시꺼먼 통로를 내려다보았다. 윌로우가 자신의 진영에서 든든한 협조자를 얻었다면, 자신도 그렇게 못하라는 법은 없으리라.

포위 공격을 시작한 지 엿새째 되는 날, 비어트릭스는 화장실의 천장에 설치된 쇠격자를 들어올린 다음, 머리를 밖으로 내밀고 주위를 요리조리 살폈다. 보초들이 성벽에 없다는 사실을 확인한 비어트릭스는 치마를 들어올리고 위로 기어 올라가서 얼음처럼 차가운 공기를 한껏 들이마셨다.

도저히 그 심술 사나운 망나니들과 한시라도 더 같이 있을 수가 없었다. 그랬으면 메리 마거릿의 머리털을 몽땅 뽑아서 대머리를 만들었거나, 끊임없이 지껄여대는 에드워드의 목구멍에 스타킹을 처박았을지도 모른다.

성벽을 빠른 속도로 왔다갔다하던 비어트릭스는 울화가 치밀었다. 그 중에서도 데즈먼드가 제일 못된 놈이야. 나랑 동갑이고 키도 나보다 작고 몸도 비쩍 마른 주제에 이거 해라 저거 해라, 자기가 엘서노르의 주인이라도 되는 것처럼 거들먹거리기는. 기이하게도 비어트릭스가 곁에 있으면 데즈먼드의 목소리는 어김없이 갈라졌고, 소년이 최대한 오만하게 보이려고 안간힘을 쓸 때면 두꺼비처럼 괴상한 소리가 입에서 튀어나왔다.

어제는 한꺼번에 너무 많은 물건들을 가져오라고 명령을 했기 때문에 격분한 나머지 데즈먼드의 몸을 깔아 뭉개버렸다. 결국 데즈먼드는 윌로우에게 살려달라고 꽥꽥거렸고, 비어트릭스는 한동안 너무 고소한 나머지 그런 난투극은 자신의 격조에 맞지 않는 품위 없는 짓이라는 사실을 잊고 있었다.

그리고 언니! 나는 죽었다 깨어나도 언니를 이해 못하겠어. 비어트릭스가 한숨을 내쉬었다. 갑자기 걷는 속도가 느려지는가 싶더니, 소녀는 꿈꾸는 듯이 느릿느릿 성벽을 거닐기 시작했다. 나 같으면 배너 경이 날 정복하겠다고 하면, 싫다는 비명 소리 한 번 내지 않고 곧장 그분의 품 안에 뛰어들 거야.

「비이?」

귓가를 파고드는 나지막한 목소리. 선선한 날씨와는 별개의 이유로, 몸이 부르르 떨린다. 마음속에 부도덕한 상상을 불러일으킨 장본인이 굴뚝 뒤에서 천천히 걸어나오자, 비어트릭스는 힘껏 숄을 여몄다.

또래보다 훨씬 더 성숙한 비어트릭스는 본능적으로 배너 경은 전사가 아니라, 남성으로서 자신 앞에 서 있다는 사실을 깨달았다. 지금까지 얼마나 많은 여자들의 배를 빌어, 열 두 아이들의 아비가 되었는지 짐작할 길이 없는 남자. 검을 자유자재로 다루듯이, 자신의 매력도 능수 능란하게 사정없이 발휘할 수 있는 남자.

비어트릭스는 도망칠 각오로 조심스레 뒤로 한 발자국 물러났다.

수비대 전체가 와서 달려들었다고 한들, 배너의 매혹적인 미소와 밖으로 우아하게 펼친 손만큼 비어트릭스의 다리를 효과적으로 묶어두진 못했으리라. 배너의 검고 푸른 눈동자가 장난기로 반짝거렸다.

「애야, 무서워하지 않아도 된다. 네가 모시는 아씨가 무슨 말을 했는지 모르겠지만, 난 적이 아니란다.」

비어트릭스는 배너의 얼굴을 황홀하게 쳐다보면서 눈을 깜빡거렸다. 그에게 진실을 털어놓고 싶었다. 자신은 윌로우의 하녀가 아니라 여동생이며, 그가 사랑을 속삭이고 혼인서약을 했어야 마땅한 여자는 따로 있었노라고. 하지만 그놈의 의리가 뭔지! 진실을 털어놓고 싶은 마음은 굴뚝같았지만, 윌로우에 대한 의리 비슷한 감정 때문에 차마 입이 떨어지지 않았다. 비록 그 의리 비슷한 감정이 혀끝으로 분홍색 입술을 축인다거나, 두건을 벗고 은백색의 치렁치렁한 머리카락이 바람에 나부끼게 하는 일련의 행동에 아무런 영향도 행사하지 못했지만. 언니가 아낌없이 주겠다고, 갖고 싶으면 가지라고 그랬잖아. 죄책감을 꾹 누르면서, 비어트릭스가 속으로 중얼거렸다.

「이리도 살갑게 대하시는데, 제가 왜 영주님을 저어하겠어요?」

어깨에 두르고 있던 숄을 느슨하게 늘어뜨려서 풍만한 젖가슴을 내보이며, 소녀는 간드러진 목소리로 대답했다. 노력한 공로를 치하라도 하듯 배너의 장난기 넘치는 눈동자가 아래로 슬쩍 내려갔다가 올라왔다.

「저희 아씨한테 전하실 말씀이라도?」

「그래, 전할 말이 몇 가지 있지.」

음울하면서도 달콤한 입술이 꾹 다물리자, 비어트릭스는 전율했다.

「하지만 내 입으로 직접 전할 때까지 기다릴 생각이다.」

「그렇다면 저를 부르신 이유가 뭐지요?」

방금 입술에서 흘러나간 말을 음미하면서, 비어트릭스는 숨을 헐떡거렸다.

「휴전을 제의하려고 그랬지.」

그는 비어트릭스에게 몸을 기울이면서 윙크를 했다.

「너와 나, 우리 둘이서만.」

「우리 둘이요?」

비어트릭스가 멍한 얼굴로 앵무새처럼 배너의 말을 따라 했다.

「영주님과 저, 단 둘이 말인가요?」

배너가 고개를 끄덕이자, 소녀는 슬쩍 뒤를 한번 돌아봤다. 지금쯤 켈이나 에드워드가 비어트릭스가 적과 대화를 나누는 모습을 염탐하고 있을지도 모른다. 비어트릭스가 망설이는 모습을 보고, 배너는 굴뚝으로 물러나서 따라오라는 듯이 손가락을 까딱까딱했다.

비어트릭스는 자신을 기르다시피 한 언니에 대한 의리와, 저항하기 힘들 정도로 매력적인 배너 경의 미소를 사이에 두고 어떻게 해야 할지 몰라서 머리를 쥐어뜯고 싶은 심정이었다.

14

성을 포위 공격한 지 이레째 되는 날, 윌로우는 양손과 무릎을 써서 사방으로 기어다니면서 여동생이 벌써 세 번째 떨어뜨린 화살들을 줍고 있었다.

「대체 왜 그러는 거니, 비어트릭스? 왜 그렇게 긴장한 거야?」

비어트릭스는 고개를 돌리고 걱정스럽게 뒤를 한번 돌아다보았다. 마지못해서 화살을 만지작거렸지만, 줍는 것보다 떨어뜨리는 화살들이 더 많았다.

윌로우는 마지막으로 남은 화살을 집어넣은 다음, 화살통을 여동생의 손에 떠밀었다.

「내가 너란 아이를 잘 알기에 망정이지, 지금 네 모습을 보면 꼭 우리가 습격하는 게 아니라, 습격을 당하는 줄 착각하겠구나.」

비어트릭스의 손에서 화살통이 스르륵 빠져 나가면서 화살들이 윌로우의 발 위에 떨어졌다. 윌로우는 심호흡을 하고 여동생을 노려보았다.

「미안해.」

평상시와는 다르게 깊이 뉘우치는 듯한 기색으로 비어트릭스가 중얼거렸다.

비어트릭스보다는 덜 했지만, 흩어진 화살들을 더듬는 윌로우의 손도 떨리기는 마찬가지였다. 그녀는 터널 아래로 걸어갔다. 일주일 동안 많은 임무를 수행했지만, 이번처럼 중요한 일은 없었다. 오늘밤엔 깃털과 송진으로 수비대를 공격하거나 '악취 단지'를 홀과 이어지는 굴뚝 아래로 떨어뜨릴 계획은 없었다. 오늘밤, 그들은 적의 심장부를 치러갈 작정이었다.

심장부라니, 심장이 없는 몰인정한 남자에겐 안 어울리는 말이야. 비어트릭스가 앞서 나가자, 윌로우가 속으로 중얼거렸다.

의외로 적의 심장부를 공격하자는 의견은 비어트릭스의 머리에서 나온 것이었다. 비밀통로가 없기 때문에 배너의 침실이 있는 북쪽 탑은 난공불락이었지만, 그가 평상시에 이용하는 길은 예외라는 사실을 지적한 사람도 비어트릭스였다. 매일 밤 일상적으로 오고가는 길, 어느 한곳을 택해서 잠복해 있다가 급습하면 생각했던 대로 배너가 덫에 걸려들지도 모른다. 그를 포로로 붙잡으면, 병사들은 싫어도 어쩔 수 없이 항복을 하게 되리라.

자신의 수중에 두고 배너를 마음껏 요리할 수 있다는 생각을 하면, 두려움과 쾌감이 하나로 합쳐져서 바늘처럼 피부를 콕콕 찔렀다.

한편, 비어트릭스는 조심스럽게 벽을 따라 가고 있었다.

「여기야.」

얕게 파인 홈 안에 손끝을 집어넣으면서 소녀가 선언했다.

「여기가 분명해.」

「확실하니?」

윌로우가 속삭였다.

비어트릭스는 나무 벽판(Wainscot, 벽의 아랫부분을 덮어놓은 나무 판자)을 옆으로 밀어버린 다음, 횃불을 밝혀놓은 복도 밖으로 고개를 쑥 내밀었다. 두 자매는 좌우를 번갈아 가면서 살펴보았다. 좁은 복도는 두 사람의 목적에 이상적으로 부합되는 공간처럼 보였다. 월로우는 밖으로 돌출한 창문의 한구석에, 비어트릭스는 복도 맨 끄트머리에 있는 떡갈나무 문 뒤에 숨어 있으면 될 것 같았다. 월로우는 배너가 문을 열고 어슬렁어슬렁 걸어나오면 앞을 가로막은 다음, 화살을 메긴 활을 위협적으로 휘두르면서 '항복'하라고 요구할 생각이었다.

물론 바로 그 순간, 데즈먼드와 에니스가 곁에 있어서 거대한 그물을 덮어버리면 금상첨화겠지만, 한 아이라도 바로 뒤에 벌어질 난투극으로 인해 다치기라도 하면 곤란하질 않은가. 배너가 싸우지도 않고 순순히 항복할 리가 없었다. 그렇기 때문에 각본 상, 비어트릭스는 배너의 정신이 분산된 틈을 타서 발끝을 세우고 등뒤로 살금살금 다가간 다음, 치마에 묶어두었던 모래자루로 뒤통수를 후려치기로 되어 있었다.

각자 맡은 자리로 움직이기 직전, 비어트릭스는 꼬맹이였을 때 자주 그랬듯이 월로우의 손을 한번 꼭 쥐었다.

「조심해야 돼, 언니.」

가슴이 뭉클해진 월로우는 동생의 손을 쥐었다 놓으면서 걱정하지 말라는 듯이 미소를 지어 보였다.

「조심해야 할 사람은 내가 아니라 배너야.」

동생인 비어트릭스는 문 뒤에, 언니인 월로우는 넓은 창턱 위에 몸을 잔뜩 웅크리고 앉았다. 배너가 나타나기 전에 자신의 발을 쏘는 사태가 벌어지지 않기를 간절히 바라면서, 월로우는 화살을 활시위에 메겼다. 창에 달린 쇠격자 틈새로 떠오른 달이 안개에 휩싸이면서, 월로우의 주위에 한층 더 짙은 베일이 드리워졌다.

활시위처럼 팽팽히 긴장된 상태로 얼마나 기다렸을까, 마침내 발자국 소리가 들리기 시작했다. 특유의 묵직하면서도, 빠른 발걸음. 숨을 죽이고 있긴 했지만, 자신의 귀에 쾅쾅 울려 퍼지는 심장의 고동소리를 상대방도 들을지도 모른다는 생각에 덜컥 겁이 났다. 월로우는, 적이 문 옆을 지나고 비어트릭스 옆을 지나서, 마지막으로 두 자매가 쳐놓은 덫에서 도망칠 기회를 모두 지나칠 때까지 꾹 참고 기다렸다가, 때는 이때다 싶었을 때 부드럽게 몸을 돌리고 일어선 다음, 배신당한 것을 알게 된 이래 처음으로 대면하는 자신의 적을 마주보았다.

「거기 서요!」

윌로우가 소리를 질렀다. 다행히 손보다는 목소리가 덜 떨린다.

「항복하지 않으면 여기서 한 발자국도 움직이지 못할 줄 알아요」

배너의 삐딱한 미소는 호통소리보다 훨씬 더 위협적이었다. 머리에 뿔이 나고 엉덩이에 꼬리가 달려 있었으면 경멸해주기도 쉬우련만, 바다처럼 푸른 눈동자는 장난기로 반짝거렸고 미소는 아침 햇살처럼 찬란했다.

「항복이라…… 당신이 원하는 게 뭐요? 검? 아니면 내 마음?」

윌로우는 기가 차서 코웃음을 쳤다. 뻔뻔스러울 정도로 오만하게 구는 배너에게 침을 뱉어줘야 할지 탄복해야 할지 갈피를 잡을 수가 없다.

「당신 마음 같은 건, 물론 심성이 연약한 여자들에게 수도 없이 여러 번 바쳐졌겠지만, 내겐 하등의 가치가 없어요. 내가 원하는 건 당신의 검이에요」

「그렇다면 기꺼이 검을 내주리다.」

배너는 검을 바닥에 던지면서 턱으로 활을 가리켰다.

「설마 무장하지도 않은 사람을 쏘진 않겠지?」

「그럴 만한 원인을 제공하지만 않는다면요」

수월하게 항복을 선언하는 배너의 태도가 석연치 않았지만, 윌로우는 가슴에 겨누고 있던 화살을 바닥으로 떨구었다.

「궁금해서 하는 말인데, 이제 날 어찌 할 생각이오? 내 병사들에게 몸값을 요구할 거요? 아니면 지하감옥에 가둘 생각인가?」

배너는 한쪽 눈썹을 치켜 올렸다. 짓궂은 장난기가 배인 눈동자가 한층 더 반짝거렸다.

「아니면 혹여 날 쾌락의 도구로 이용할 생각이오?」

윌로우는 다시 활을 들어올리고 가슴을 겨눴다. 하지만 배너는 겁을 먹은 기색도 없이 어슬렁어슬렁 한 발, 한 발 다가왔다. 순간적으로 도망을 쳐야겠다는 생각이 머리를 스쳤지만, 비어트릭스가 문 뒤에서 엉금엉금 기어 나오는 광경을 보고 용기를 얻었다.

윌로우는 고개를 획 젖혔다. 더 이상 원기 왕성하게 뻗친 짧은 고수머리가 어색하게 느껴지지 않아서 그런지, 근래 들어서 재미를 붙인 습관이었다.

「당신에게 항복을 받아내면 저로선 기쁘겠지요」

「때로는 정복당한 자에게도 항복이 달콤할 수 있는 법이라오」

배너가 부드러운 미소를 입가에 띄우고 계속 다가오자 윌로우는 저도 모르게 뒷걸음질을 쳤다. 비어트릭스가 재빨리 움직여주지 않았다면, 활을 쏘거나 항복을 하거나 둘 중 하나를 선택해야만 했으리라.

모래자루가 배너의 뒤통수를 '픽' 후려치는 순간, 윌로우는 움찔했다. 그는 석상처럼 바닥에 쿵 하고 쓰러졌다.

비어트릭스는 배너의 축 늘어진 모습을 보고 하얗게 질린 얼굴로 윌로우를 쳐다보았다.

「어떻게 하지. 내가 죽였나봐!」

「말이 되는 소리를 하렴.」

윌로우는 날카롭게 한마디 내뱉은 다음, 활을 내려놓고 배너의 옆에 무릎을 꿇고 앉았다.

「피오나 할멈의 말을 들어보니 고통에 둔감한 사람이라고 하더구나. 너무 놀라서 이리 된 걸 거야.」

윌로우는 더블릿을 움켜쥐고, 끙 소리를 내면서 간신히 배너를 반대편으로 돌렸다.

무방비 상태로 살짝 벌어진 입술이 뺨에 드리워진 검은 속눈썹을 강조해주었다. 돌연 비통한 심정이 가슴을 적셨다.

그 동안 자신의 왕자가 이렇게 달콤한 모습으로 누워 있기를 얼마나 꿈꿔왔던가? 무릎을 베개삼아 누운 왕자의 헝클어진 머리칼을 쓸어주면서, 고개를 숙이고 부드럽게 입술을……

저도 모르게 벌어진 입술. 이미 고개마저 수그렸건만, 갑자기 비어트릭스가 불쑥 말했다.

「죽었어?」

「아니. 죽은 게 아니라니까. 잠이…… 든 것뿐이야.」

갑자기 비어트릭스가 뒷걸음질을 치기 시작했다.

「내가 가서 데즈먼드를 데려올게. 걔는 어떻게 해야 할지 알고 있을 거야.」

윌로우는 쪼그리고 앉아서 여동생을 곁눈질했다.

「오늘 아침에 나한테 뭐라고 그랬니? 데즈먼드는 자기 궁둥이도 어디 붙었는지 모르는 멍청한 애라면서.」

비어트릭스는 눈알을 요리조리 굴리면서 어깨를 으쓱했다.

「그 사이에 조금 나아졌을지도 모르지.」

「기다려!」

비어트릭스가 나무 벽판을 옆으로 밀고 벽 속으로 머리를 들이대자, 윌로우가 소리를 질렀다.

「가면 안 돼! 나만 두고…….」

벽판이 탁하고 닫히자, 목소리가 모기처럼 작아졌다.

「……가지 마.」

배너의 한숨 섞인 숨결이 윌로우의 뺨을 스치면서, 혼자가 아님을 상기시켜줬다. 배너를 수중에 두고 분이 풀릴 때까지 고문하는 순간을 고대했지만, 막상 그런 상황에 처하고 보니 그에게 해가 되는 짓은 차마 못할 것 같다. 입술을 살짝 벌리고 한 팔을 뻗친 자세로 누워 있는 모습이 너무나도…… 기품이 있어 보였다.

죄의식을 느끼면서 슬며시 뒤를 한번 돌아보는 윌로우의 숨소리가 급격하게 빨라졌다. 잠깐, 아주 잠깐 동안 이 사람을 내가 꿈꿔왔던 왕자라고 생각해도 나쁠 건 없겠지?

실크처럼 보드라운 머리칼을 쓰다듬는 윌로우의 손이 떨렸다. 떨리는 숨을 들이마시면서, 윌로우는 천천히 고개를 숙이고 배너의 입술에 자신의 입술을 겹쳤다.

뜨겁고 거친 손이 윌로우의 목덜미를 감싸쥐었다. 어느 순간, 윌로우
는 배너에게 키스를 당하고 있었다. 하지만 이건 자신이 기대했던, 달콤
하면서도 순결한 입맞춤이 아니었다. 배너의 입술이 벌어지면서 뜨겁고
매끄러운 혀가 윌로우의 입 속을 끊임없이 탐욕스럽게 파고들었다. 배
너는 항복을 요구하지도, 애걸하지도 않았다. 그 동안 내버려두고 있었
던 자신의 전리품을 차지하듯이 당당하게, 윌로우가 둘러친 방어벽을
무너뜨렸다.

꼭 움켜쥔 주먹과 뻣뻣하게 굳어진 팔다리에서 힘이 빠질 때까지 배
너는 사정없이 공격을 했다. 투쟁심을 상실한 윌로우는 배너의 가슴에
축 늘어져서 기꺼이 그리고 열정적으로 지금까지 기피해왔던 것들의 포
로가 되고 말았다.

마침내 배너가 자비심을 내보이자, 윌로우는 기운이 없어서 간신히
고개를 가누었다. 가슴이 급격하게 오르락내리락하는 것을 보아, 배너도
자신 이상으로 숨을 힘겹게 몰아쉬고 있다는 것을 알 수 있었다.

상대방도 상대방이었지만, 자신의 반응에 충격을 받은 나머지 윌로우
는 배너를 무섭게 노려보았다. 헝클어진 윌로우의 고수머리를 부드럽게
어루만지는 배너. 윌로우를 가차없이 공격했던 입술에 득의양양한 미소
가 떠오른다.

「체크메이트!」

15

❦

배너는 윌로우의 손목을 족쇄처럼 단단히 틀어쥐고 계단 위로 끌고 갔다. 그가 긴 다리로 한 번에 두 계단씩 올라갔기 때문에, 윌로우는 하는 수 없이 지극히 품위 없는 모습으로 발을 빨리 놀리는 수밖에 없었다. 바닥에 발을 딱 붙이고 꿈쩍도 안 하면 어떨까, 하는 충동이 일어났지만 그랬다가는 모래자루처럼 배너의 어깨에 짊어져서 운반되는 신세가 되리라.

덫에 걸린 쪽은 배너가 아니라 자신이라는 사실을 생각하면 아직도 속이 부글부글 끓었다. 비어트릭스의 얼굴이 하얗게 질린 이유는 두려움이 아니라 수치심 때문이었다. 그 계집애를 믿은 내가 바보지. 상대가 배너처럼 잘난 남자라면 특별히 의심해볼 필요가 있었는데, 방심하고 말았으니…….

배너의 침실로 통하는 문이 정면에 우뚝 모습을 드러냈다. 그는 윌로우를 방안으로 잡아끌고 빗장을 지른 다음, 육중한 떡갈나무 의자를 가뿐하게 들어올려서 문 앞에 내려놓았다. 잠시 망설이던 그는 마음을 정하고 탁자를 떡갈나무 의자에 밀어붙였다.

배너의 뜻은 자명했다. 이제 구원을 받을 길은 사라졌다. 구제 받을 길도 사라졌다. 덩달아 희망마저 사라졌다.

배너는 휙 몸을 돌리고 윌로우를 지긋이 바라보았다. 호통소리보다 침묵이 더욱 더 무섭게 느껴진다. 배너는 윌로우의 남편이었고, 윌로우는 배너의 아내였다. 윌로우에게 손찌검을 한들 국왕이나 교회에서 반대를 할 리가 없었다. 죽을 때까지 방안에 가둬둔다거나 지하감옥 밑에 산 채로 매장을 시킨다고 한들, 막을 사람은 아무도 없었다. 그게 너무 성가신 일이라고 판단이 되면 얼마든지 '불행한 사고'를 조작할 수가 있었다. 졸지에 창문에서 떨어지거나 우물에 빠져서 죽는 신세가 될 지도 모른다. 하지만 그런 비극적인 운명들은 지금 윌로우가 제일 두려워하는 어떤 운명에 비하면 아무것도 아니었다.

다시 배너에게 키스를 받을지도 모른다는 두려움. 달콤한 욕망과 두려움이 등골에 전율을 일으켰다. 도저히 손을 쓸 도리가 없는 무서운 형벌이었다. 배너의 품에 다시 안기면, 동지들은 물론 자신의 마음마저 기꺼이 배반하게 될까봐 무서웠다. 배너가 냉혈한이라는 것을 알게 된 순간부터 절대 빼앗기지 않으리라고 맹세한 바로 그 마음.

물론 방식은 조금 달랐지만 배너가 계속 저런 식으로 노려본다면, 앞뒤 가리지 않고 실없이 입을 놀릴지도 모른다. 비밀통로와 엿보기 전용 구멍들의 위치를 모두 발설하고, 메리 마거릿의 분홍색 리본들을 말꼬리에 묶자고 제안한 사람도 자신이었다는 것을 털어놓을지도 모른다. 옷을 벗는 광경을 몰래 훔쳐보았다는 사실도, 경거망동하게 행동한 대가로 매일 밤마다 열병처럼 자신을 찾아드는 부도덕하고 기이한 꿈에 대해서도 시시콜콜 털어놓을지도 모른다. 윌로우는 아랫입술을 꾹 깨물었다.

오랜 침묵을 깨고 배너는 의외의 말로 윌로우의 행동을 비난했다.

「키스를 한 이유가 뭐요?」

자신의 다른 어떤 공격보다 키스로 인해 제일 많이 타격을 입은 것처럼 느껴지는 이유가 뭘까? 윌로우는 차마 대답할 용기가 나지 않아서 같은 질문을 되돌리고 말았다.

「내게 키스를 한 이유는요?」

「하는 짓을 보면 꼭 어린애이긴 하지만, 볼기를 때리기엔 조금 나이를 먹은 감이 있으니까.」

배너는 윌로우를 머리끝에서 발끝까지 훑어보았다.

「내가 판단하기에 당신은……..」

「당신이 했던 키스가 그저 '형벌'에 불과하다면, 당신을 정말 화나게 만든 여자들에게는 무슨 짓을 할지, 상상만 해도 몸서리가 쳐지네요.」

배너는 눈을 위협적으로 빛내면서 한 발자국 다가섰다.

「당신이 몸소 체험해보고 그러는 거요?」

「비이에게 키스를 해서 날 배신하게 만든 건가요?」

배너는 무심하게 어깨를 으쓱했다.

「내 키스를 억지로 참아야 하는 '고문'이라고 생각하는 여자들만 있는 건 아니니까.」

「그 애한테 손을 댔으면, 죽을 줄 알아요!」

윌로우는 저도 모르게 언성을 높였다.

배너의 입가에 미소가 떠올랐다.

「질투심에 불타는 모습이 당신에게 얼마나 어울리는지 모를 거요. 뺨은 발그레하고, 눈에선 광채가 도는군.」

윌로우는 의외의 칭찬에 허를 찔린 나머지, 배너가 자신의 비난 섞인 말을 부인하지 않았다는 사실을 한참만에 깨달았다.

「질투를 하는 게 아니라 끔찍해서 그래요! 비이에게까지 손을 뻗치다니, 부끄러운 줄 알아요!」

배너의 얼굴에서 웃음기가 사라졌다.

「당신의 하녀를 유혹했으면 응당 부끄럽게 생각해야겠지. 하지만 단언컨대, 내겐 조숙한 어린애를 안는 취미는 없소.」

그는 윌로우의 주위를 천천히 돌았다.

「내가 저지르지도 않은 죄들을 들먹여서 비난을 하려는 거요? 하지만 그러는 당신은 잘 한 게 뭐가 있소? 엘서노르에 도착한 이래, 내 자식들을 충동질해서 반란을 일으키게 했고, 그 아이들의 마음이 내게서 떠나가게 만들지 않았소?」

「그건 내 탓이 아니에요! 당신이 그렇게 만든 거라구요! 당신의 무관심과 무심한 태도가 내 마음을 냉담하게 했듯이, 아이들의 마음을 얼어붙게 만든 거예요!」

생각지도 않게 속마음을 너무 많이 내보였다는 사실을 깨닫고, 윌로우는 탐색을 하는 듯한 배너의 눈길을 피했다.

「내 잘못을 부인하지는 않겠소 지금은 후회하고 있지만.」

윌로우의 턱을 잡고 얼굴을 자신을 향해 돌리면서 배너가 한결 부드러운 목소리로 말했다. 마음에도 없이 흉내만 낸 거짓 애무를 차마 견딜 수가 없어서 윌로우는 배너의 손길을 뿌리쳤지만, 눈길만은 피하지 않았다.

「나와 혼인한 것을 후회하는 것처럼 말인가요?」

「후회하지 않을 수가 없잖소」

허전한 손을 꼭 쥐면서 배너는 쉰 목소리로 대꾸했다.

「당신을 처음 본 순간부터 단 한순간도 마음의 평화를 누릴 수 없었으니까.」

그 말을 듣고 윌로우의 몸이 굳어졌다. 그래도 말을 더듬거리면서 아니라고 부인을 하거나, 속보이는 거짓말을 하는 것보다는 낫다.

「그럼, 이젠 내 운명을 결정짓는 일만 남았군요」

윌로우는 머리를 숙여서 배너의 손길을 피한 다음, 방안을 거닐었다.

「콧수염이 나고, 뚱뚱한 생선장수 할멈보다 내가 나을 게 없다면서요 지금이라도 일생을 수도사처럼 금욕하면서 살아가겠다고 맹세를 하지 그래요」

윌로우는 짐짓 동정하는 척하면서 배너를 바라보았다.

「그러려면 꽃 같은 여자들을 다 포기해야 할 테니, 얼마나 속이 쓰리겠어요.」

월로우는 벽난로 앞까지 걸어갔다가 다시 돌아왔다.

「홀리스 경에게 날 맡기면 속이 시원하겠지만, 우리 모두 알다시피 그런 '끔찍한 희생'을 치르게 할 순 없지 않겠어요? 안 그래요?」

월로우는 손가락을 탁탁 퉁기면서 몸을 휙 돌렸다.

「차라리 날 수녀원에 보내서 바싹 마른 우물처럼 생기 없는 처녀로 살다가 죽게 만들지 그래요? 나처럼 보잘것없는 여자는 수도원이 적격 이겠지요.」

월로우의 연설이 진행되는 와중에, 이미 배너의 입은 벌어졌다. 그녀는 턱을 위로 밀어서 벌린 입을 다물어지게 했다.

「내 말을 부인할 생각은 하지 말아요. 당신의 피붙이가 듣고 해준 얘기니까.」

배너는 몸을 돌리고 벽난로의 선반을 양손으로 밀었다. 고개를 못 드는 걸 보면, 그래도 부끄러운 줄은 아는 모양이지? 월로우가 씁쓸하게 속으로 되뇌었다.

「왜 아무 죄도 없는 아이들을 이용해요? 날 쫓아내고 싶었으면, 솔직하게 털어놓으면 되잖아요. 그랬으면 두말하지 않고 당신을 자유롭게 해줬을 거예요.」

침묵을 지키고 있던 배너가 몸을 돌렸다. 세상에 둘도 없는 뻔뻔스러운 인간! 배너는 수치심 때문에 몸을 움츠린 것이 아니었다! 그는 희희낙락하고 있었다! 즐거워서 어쩔 줄 모르겠다는 듯이 눈가에 주름이 잡혀 있었고, 껄껄 웃느라 턱 끝에 파인 홈이 더 깊어졌다.

격분한 월로우는 씩씩대면서 문가로 걸어갔다. 배너가 엉성하게 쌓아놓은 방패막이들이 눈에 들어왔다. 월로우는 탁자를 있는 힘껏 밀었지만 꿈쩍도 안 했다. 그제야 월로우는 배너가 탁자의 끝을 한 손으로 살짝 붙들고 있다는 사실을 깨달았다.

배너의 얼굴에서 장난기가 모두 사라지면서, 더할 나위 없이 진지한 표정이 자리잡았다.

「홀리스에게 '끔찍한 희생을' 치르게 할 수 없다는 얘기를 하면서, 나는 당신이 아니라 스스로를 비웃었지.」

윌로우는 창가로 걸어가서 아래를 내려다보았다. 저기까지 뛰어내릴 수 있을까?

부드러운 손길보다 더 가차없고, 키스보다 더 강력한 힘을 지닌 배너의 목소리가 뒤를 따라왔다.

「당신처럼 달콤한 여자의 매력에 저항할 자신이 없었기 때문에 금욕을 맹세하지 못했던 거요.」

창을 탈출구로 이용하겠다는 생각을 버린 윌로우는 비밀통로와 이어지는 돌을 찾으려고 천천히 벽을 두드리면서 걸어갔다.

「당신을 수녀원에 보내려고 한 것은…… 나 말고 다른 남자가 당신 몸에 손을 댄다는 생각만 해도 견딜 수가 없었기 때문이오.」

윌로우는 자리에서 석상처럼 굳어졌다. 숨을 쉬는 것도, 방법도 잊은 채. 꿈속을 헤매고 있는 기분으로 그녀는 천천히 몸을 돌렸다.

하지만 배너는 여전히 거기에 있었다. 몸을 막아줄 방패라도 되듯이 팔짱을 끼고, 탁자에 몸을 기댄 채. 그의 얼굴에는 아버지가 마지막으로 윌로우의 머리를 쓰다듬으면서 '우리 공주님'이라고 중얼거렸을 때 보여주었던 표정이 떠올라 있었다. 앞으로 잃어버릴 무엇인가를 애타게 갈망하면서도, 무력하게 지켜보고만 있어야 하는 괴로움에 고뇌하는 듯한 표정.

윌로우는 한 발자국, 그리고 다시 한 발자국 그에게 다가섰다. 그런 연후에 머리를 젖히고 웃기 시작했다. 그 모습을 보고 배너는 당황하는 한편, 초콜릿처럼 진하고 깊은 웃음소리에 넋을 잃었다.

「나에게 복수를 하고 싶어하는 건 알아요. 천하의 악동인 데즈먼드라도 당신이 방금 했던 말처럼 고약하고, 좀스럽고, 잔인한 농담을 고안하진 못했겠지요.」

당혹스러워진 배너가 고개를 흔들었다.

「누가 지금 농담을 하는지 모르겠군. 당신이 무슨 말을 하는 건지 도무지 모르겠소」

「내가 그렇게 아무것도 모르는 바보인 줄 알아요? 엘서노르처럼 풍족하진 못했지만, 베들링튼에도 거울은 있었어요」

윌로우는 검은 고수머리를 힘껏 잡아당겼다.

「내 머리카락은 검댕이처럼 새까매요. 살결은 거칠고 까무잡잡하지요. 게다가 팔 다리는 버들가지처럼 가늘다구요. 그리고 가슴은 어떤지 알아요!」

윌로우는 양 손바닥으로 '너무 작아서 성질을 돋구는 도톰한 물건들'을 감쌌다.

「당신도 눈이 있으면 한번 봐요!」

배너는 힘겹게 헛기침을 했다. 손바닥으로 들어올려진 아담하고 모양 좋게 솟아오른 가슴에서 눈을 떼기란 불가능한 일이었다.

「내 가슴은 화제로 삼을 가치도 없어요. 비이의 가슴 크기의 반도 안되니까.」

괴로움과 자랑스러움으로, 윌로우의 얼굴이 기묘하게 빛나고 있었다.

「비이는 사랑스러운 아이예요. 커다란 눈. 푸른색 눈동자. 길고 숱이 많은 아마 빛 머리카락. 방금 딴 크림처럼 부드러운 피부. 당신이 비이처럼 달콤한 여자의 매력에 저항할 수가 없었다는 얘기를 했으면, 나도 믿었을 거예요」

「그래봐야 어린애가 아니오! 더구나 듣기 거북한 말은 하고 싶지 않지만, 솔직히…… 그 아이는 조금…… 투실투실하지 않소?」

한동안 멍하니 그를 바라보고 있던 윌로우가 부드럽게 입을 열었다.

「지금까지 이렇게 듣기 좋은 말은 들어본 적이 없어요」

「그게 전부가 아니오」

배너가 결연하게 윌로우를 향해 다가가면서 말했다. 윌로우는 조심성과 호기심이 깃든 표정으로 가만히 서 있었다.

베들링튼에 거울이 수천 개였다고 한들, 정작 윌로우는 자신을 제대로 보지 못한 듯했다. 어떻게든 흠만 잡으려고 하는 악의에 찬 눈들을 통해 비친 허상만을 보았을 뿐이다. 분노가 배너의 몸 속에서 끓어올랐다. 베들링튼을 잿더미로 만들지 않겠다고 결심을 했었지만, 심각하게 재고해봐야 할지도 모른다.

배너의 부드러운 눈빛에 윌로우가 넋을 잃지 않았다면, 그의 얼굴에 떠오른 험악한 표정을 보고 겁을 집어먹었을지도 모른다. 그의 손길이 생명을 불러일으켜 주길 기다리는 대리석상처럼, 윌로우는 가만히 서 있었다.

기대에 보답이라도 하듯, 배너의 손이 윌로우의 고수머리를 쓰다듬었다. 배너가 손가락으로 머리칼을 배배 꼬다가, 무딘 손끝으로 머릿속을 꾹꾹 눌렀기 때문에 그녀는 쾌감에 겨운 한숨소리를 내지 않으려고 얼굴을 돌려야 했다.

「당신 머리카락은…….」

향긋하고 달콤한 숨결이 윌로우의 귀를 간지럽혔다.

「담비 털처럼 부드럽고 풍성해서 남자라면 누구나 얼굴을 파묻고 싶어할 거요. 살결은…….」

윌로우의 뺨을 감싸면서 배너가 중얼거렸다.

「벌꿀처럼 달콤하고 빛깔이 고와. 당신 팔 다리는…….」

배너는 윌로우의 팔을 쓰다듬고 손바닥을 마주 댄 다음, 깍지를 끼고 부드럽게 몸을 겹쳤다.

「가냘프면서도 날 당신의 마음에 묶어둘 정도로 강인하지.」

윌로우는 솔직하게 행동했던 것을 후회하고 있었다. 설마, 그럴 리가. 그녀는 숨을 죽이면서 속으로 되뇌었다. 설마하니…….

하지만 설마 했던 일이 현실에서 이루어졌다.

배너는 거친 아마포로 만든 튜닉을 사이에 두고 윌로우의 가슴을 대범하게 주물주물 한 다음, 양손으로 받치면서 손가락으로 단단해진 젖꼭지를 어루만졌다. 윌로우는 허벅지 사이로 흐르는 달콤한 욕망의 물줄기와 아픔이 느껴질 정도의 강렬한 쾌감에 놀라서 숨을 멈췄다.

「그리고 당신의 가슴은…….」

배너의 쉰 목소리가 말없는 신음 소리로 이어졌다. 어떤 시인과 음유 시인이 만들어낸 곡조나 시구보다도 더 감동적인 신음 소리로. 그는 고개를 숙이고 숭배하듯이 양쪽 가슴에 입술을 맞췄다.

월로우는 배너의 머리칼을 움켜쥐고 부드럽게 고개를 들어올렸다.

「난 이제까지 내 입술이…… 보기 흉하다고 생각했어요.」

월로우가 도발적인 표정을 지으면서 솔직하게 털어놓았다.

「잘못 생각했소.」

손끝으로 월로우의 입술을 쓰다듬으면서 배너가 진지하게 말했다.

「보기 드물 정도로 아름다운 입술이야.」

배너가 고개를 숙이고 입술을 겹치자, 월로우의 눈까풀이 떨리면서 이내 감겼다. 그는 포도주를 음미하듯이 월로우의 입술을 서서히 부드럽게 맛보았다가 아랫입술을 자근자근 깨물었다. 배너의 혀가 탐욕스럽고 거칠게 움직이면서 월로우의 입술을 점령했다. 그녀는 배너의 목에 손을 얹고 힘껏 끌어당겼다.

배너는 월로우를 벽으로 밀면서 신음 소리를 냈다. 배너의 몸은 이미 흥분한 상태였다. 월로우에게는 난생 처음 맛보는 충격이었지만, 이런 대단한 남자가, 전사가 진실로 자신과 사랑을 나누고 싶어한다는 경이로운 사실에 비하면 아무것도 아니었다.

그는 월로우를 끌어안고 '자신이 했던 말들이 진심임을 증명해주는 증거물'을 그녀의 다리 사이에 밀었다. 월로우는 본능적으로 허벅지를 벌려서 그를 맞아들였다. 입술이 그의 혀를 열정적으로, 꾸밈없이 받아들였듯이. 배너는 양손으로 월로우의 엉덩이를 움켜쥐고 허리를 높이 들어올리면서 하복부를 밀착시켰다. 월로우의 꺼칠꺼칠한 울바지에 하복부를 문지를 때마다 격렬한 쾌감이 솟구쳤다.

철없는 종자처럼 바지에 사정을 할지도 모른다는 두려움 때문에, 배너는 절박하게 월로우의 바지를 가느다란 허리 아래로 끌어내리기 시작했다. 자신과 몸을 섞어 아기가 들어서면 허리도 굵어지리라. 상상만 해도 공포심이 들어야 정상인데, 강렬한 자부심이 가슴 한복판에 밀려들었다.

배너가 갑자기 몸을 빼는 바람에 윌로우는 털썩 벽에 쓰러졌다. 그는 비틀비틀 창으로 걸어가서 창턱에 구부린 손을 올려놓았다. 매서운 겨울 바람도 뜨겁게 달아오른 이마를 식혀주진 못했다.

그 순간, 뒤를 돌아본다면 윌로우의 촉촉한 입술과 반짝이는 회색 눈동자를 뿌리치지 못하리라는 사실을 알고 있었다. 지금이라도 윌로우의 머릿속에 자신의 행동은 그저 '복수'를 위해서 벌인 게임에 불과하다는 생각을 심어줄 수 있을지도 모른다. 하지만 윌로우가 믿어주지 않으리라는 사실을 알고 있었다. 몸이 아니라면, 필시 눈동자가 진실을 말해주리라. 피오나 할멈이 늘 하는 말처럼 자신은 거짓말에 서툰 인사가 아니었던가?

배너는 별을 올려다보면서 솔직하게 털어놓았다.

「당신이란 여자가 싫어서 내치려고 했던 게 아니라 당신을 한번 안으면 도저히 욕망을 누를 수 없을 것 같아서 그랬소.」

「그게 그렇게 끔찍한 일인가요?」

배너가 자신을 원하고 있다는 경이로운 사실에 현기증을 느끼면서 윌로우는 새된 목소리로 물었다.

「끔찍하고 말고.」

배너의 옆모습은 겨울 하늘보다 더 냉랭하고 쓸쓸했다.

「당신에게 손을 댈 때마다 당신의 뱃속에 아기가 들어설 테니까.」

그 동안 배너를 얼마나 그릇되게 보고 있었는지 깨닫는 순간, 숨이 막혔다. 가슴 가득 차 오르는 부드러운 감정을 억누르지 못하고 윌로우는 창가로 걸어가서 그의 팔에 손을 얹었다.

「죄책감이나 슬픔 때문에 자신이 누릴 수 있는 행복을 저버릴 생각은 하지 말아요. 사실 누구라도, 당신처럼 아이들을 출산하는 과정에서 두 아내를 잃었다면 신부와 동침하기 싫을 거예요.」

배너는 몸을 돌리고 윌로우를 쳐다보았다.

「그런 얘기는 어디서 들었소?」

「당신이 자책하고 있다는 얘기를 피오나 할멈에게 들었어요」

대범하게 배너의 뺨을 쓰다듬으면서 윌로우가 중얼거렸다.

「누구라도 내 입장이 되면 자책을 하게 될 거요. 메리가 전장에서 귀환하는 나를 맞으러 나오지 않았으면 도개교의 사슬이 툭 끊어졌을 때 해자(垓字) 근처에서 얼쩡대지도 않았을 테고, 내가 성에 남아 있었으면 종자들이 궁술을 연습하고 있는 들판에서 마거릿이 야생화를 따게 놔두지도 않았을 거요. 마거릿은 심성이 고운 여자였지만, 주의력이 부족했으니까.」

배너의 턱을 어루만지던 윌로우의 손이 힘없이 툭 떨어졌다.

「출산을 하는 도중에 숨을 거둔 것이 아니란 말인가요?」

「그렇진 않소. 두 여자 모두 번식용 암말처럼 원기가 왕성했으니까. 각자 내 자식들을 열 둘씩 낳았어도 행복해 했을 거요.」

배너는 몸을 부르르 떨었다.

그가 방안을 정처 없이 거닐자, 윌로우는 창턱에 앉아서 특별히 어느 곳에 눈길을 두지 않고 가만히 있었다.

「내 아버지는 죽기 전에 마흔 셋이나 되는 자식들을 두었고, 할아버지는 일흔에서 하나 모자라는 수의 자식들을 거느렸소. 당신도 이제 짐작하겠지만 우리 집안은 '다산'의 저주를 받은 거요. 이젠 내 뜻을 알겠소? 나는 당신이 아니라, 아이들이 또 생기는 게 싫은 거요!」

윌로우의 옆에 무릎을 꿇은 배너는 손을 감싸쥐면서 그녀의 얼굴을 올려다보았다. 꼬맹이 해미쉬처럼 진지한 표정으로.

「난 당신에게 모든 여자들이 갈망하는 가장 귀한 선물을 줄 수가 없소. 자신의 피붙이 말이오」

그 말을 듣고 윌로우가 웃었다.

「내가 아이를 갖고 싶어할 거라고 생각했어요? 코를 훌쩍대면서 앞치마를 붙잡고 늘어지는 녀석들이요? 해달라고 하는 대로 해줄 때까지, 울부짖지 않으면 쌜쭉 토라지고, 갖은 짜증을 다 내는 교활한 녀석들이요? 미안하지만, 그 징글징글한 작은 괴물 녀석들은 사양하겠어요!」

「내 핏줄을 이어받은 그 징글징글한 괴물 녀석들과는 사이가 좋은 것처럼 보였소만.」

배너가 혼란스러운 표정으로 말했다.

윌로우는 배너의 말이 사실이라는 것을 깨닫고 눈살을 찌푸렸다.

「당신 자식들은 참을 수 있어요. 하지만 다른 애들은 안 그래요. 얼마나 이기적인데요.」

배너가 고개를 끄덕였다.

「그리고 탐욕스럽지.」

「잠시도 가만히 있질 못해요.」

「항시 안절부절못해서 산만하게 굴지.」

배너가 얼굴을 찌푸리면서 동의했다.

「맛난 음식만 보면 게걸스럽게 달려들지요.」

「한번 달라붙으면 떨어지려고 하질 않아.」

「그리고 건방져요.」

윌로우가 언성을 높이면서 날카롭게 말했다.

「버릇이 없어.」

「속이 좁아요!」

윌로우가 목이 터져라 외쳤다.

「심술은 또 얼마나 사나워!」

배너는 방이 떠나가라 소리를 질렀다.

두 사람은 코와 코를 마주 대고, 입술과 입술이 닿을락 말락 하는 상태에서 동시에 말을 뚝 그쳤다. 난생 처음 완벽하게 의견의 일치를 보았다는 사실을 깨닫고, 상대방을 조심스럽게 응시하면서. 어쩌면 적대감보다 유대감이 더욱 더 위험할지도 모른다.

「피오나 할멈의 말이 거짓이라 다행이에요.」

배너의 눈동자에서 눈을 떼지 못한 채 윌로우가 중얼거렸다.

「당신이 내 눈동자를 아무리 들여다보아도, 아이를 갖게 하진 못할 테니까요.」

「그러려면 윙크가 필요할지도 모르지.」

배너가 진지하게 고개를 끄덕이면서 맞장구를 쳤다.

「어쩌면 키스도 필요할지도 몰라요」

월로우가 속삭였다.

배너가 품으로 끌어당기자 월로우는 작게 한숨을 내쉬었다. 그는 탐스러운 과실과도 같은 입술의 유혹을 뿌리치고 그녀의 이마, 눈꺼풀, 콧등을 입술로 간지럽혔다. 쾌감이 너무 달콤했기 때문에, 월로우는 그에게 아직 한번도 키스를 하지 않은 곳에도 키스를 해달라고 애걸하고 싶은 마음과 싸워야 했다. 배너가 입가를 살짝살짝 깨물자 월로우의 폐부에서 신음 소리가 흘러나왔다.

한 팔로 월로우를 끌어안은 배너는 그녀의 등을 한껏 젖히면서 진한 키스를 했다. 월로우는 배너의 고통스러운 신음 소리를 듣고, 자신을 짚요에 눕혀 몸을 겹치고, 허벅지 사이에 육중한 몸을 파묻을 의도는 애초에 가지고 있지 않았음을 깨달았다.

그래서 월로우는 배너를 비난할 수가 없었다. 그저 배너의 어깨를 붙잡고 촉촉하고 뜨거운 입술의 애무를 갈구하면서 목덜미를 드러냈다.

규칙적으로 쿵쿵 울리는 소리를 심장고동 소리라고 착각한 것은 어찌보면 당연한 일이었을지도 모른다. 돌가루가 떨어지는 소리를, 마음에 둘러쳤던 방어벽이 와르르 무너지면서 들리는 소리라고 착각한 것도

하지만 무엇인가 요란하게 부서지는 소리와 메리 마거릿의 새된 목소리를 다른 소리로 착각할래야, 착각할 수가 없었다.

「어떻게 해, 데즈먼드 오빠. 아빠가 언니를 깨물고 있어! 아빠가 언니를 먹어치우면 어떻게 해! 오빠가 빨리 구해줘!」

16

전사 특유의 본능 혹은 경계심이 너무 늦게 발휘되는 바람에 월로우와 자신을 지키지 못한 배너가 몸을 옆으로 굴렸다. 한동안 멍한 상태가 지속되면서, 월로우의 눈에는 작고 토실토실한 발가락들이 왕관처럼 붙어 있는 지저분한 발들만 비쳤다. 짚요 바로 앞에 놓인 발에 눈길이 고정되었다. 개중 제일 크고 제일 더러웠지만, 그래도 발등 위로 쏘옥 얼굴을 내민 주근깨들을 보지 못할 정도로 지저분하진 않았다.

월로우의 눈길이 앙상한 발부터 시작해서 눈에 익숙한 활과 가늘게 뜬 녹색 눈동자로 올라갔다가, 배너의 가슴을 겨눈 화살로 내려왔다.

본능적으로 월로우는 양팔을 쭉 펴고 배너의 가슴에 몸을 던지면서 소리를 질렀다.

「어서 무기를 버려요!」

데즈먼드의 얼굴에 경악과 혐오감이 스치는 것을 보고, 월로우는 자신이 아이들은 물론이고 자신마저 배신했다는 사실을 깨달았다.

「저 한심한 작자가 누나와 뒹굴고 있을 때 등을 확 쏠 걸 그랬어!」

데즈먼드가 분하다는 듯이 소리를 질렀다.

「그랬으면 최소한 행복하게 눈을 감았겠지.」

배너가 윌로우의 머리카락에 대고 중얼거렸다.

데즈먼드의 동지들도 모두 그와 비슷하게 무장을 하고 있었다. 에니스는 낫을, 메리는 양털 깎기용 가위를, 에드워드는 곤봉을, 켈은 대장장이의 송곳을, 메리 마거릿은 갈퀴를 들고 있었다. 해미쉬는 의외로 짐승의 뼈와 비슷한 것을 꼭 끌어안고 있었고, 멕과 쌍둥이들은 공성(攻城) 망치(성벽을 부수는 데 쓰이던 무기)를 양쪽에서 같이 들고 있었다. 방안에 먼지가 자욱한 것으로 보아, 방금 전에 벽을 따려부순 망치가 틀림없었다.

「날 어떻게 찾았니?」

윌로우가 물었다.

데즈먼드는 화살을 화살통에 도로 넣고 활을 고쳐 멘 다음, 등뒤에서 얼굴이 벌개진 비어트릭스를 잡아끌었다. 여동생의 손이 결박되지 않았다면, 그리고 잘못을 뉘우치는 신음 소리가 입을 틀어막은 손수건에 묻히지 않았다면, 비어트릭스가 양심의 가책을 받고 있다고 아주 조금, 조금이나마 믿고 싶어졌을지도 모른다. 소녀는 윌로우를 향해 파도가 치듯 격렬하게 묶인 손을 흔들었다.

「비이가 혼자 돌아오자 난 무언가 낌새가 이상하다는 걸 눈치챘죠.」

데즈먼드는 거만한 눈길을 소녀에게 던졌다.

「난 쉽게 배신자의 자백을 받아냈어요. 해미쉬가 이 계집애의 몸에 올라타고 앉아 있는 동안, 발바닥을 간질였더니 금세 불더라구요.」

해미쉬는 고개를 푹 숙였지만, 정작 비어트릭스는 고개를 뒤로 젖히면서 '복수'를 다짐하는 오만한 눈동자로 데즈먼드를 노려보았다.

에니스가 낫을 아래로 내렸다.

「아버지가 누나를 손에 넣었다는 걸 알고 우리가 얼마나 놀랐는데요.」

「그랬으면 오죽 좋았겠냐.」

배너가 속삭였다.

당황한 윌로우는 팔꿈치로 배너의 배를 쿡 찔렀지만, 흡사 돌덩어리를 후려치는 기분이었다.

보이지 않는 적을 때려눕히기라도 할 것처럼 에드워드는 곤봉을 허공에 휘둘렀다.

「누나를 찾아낸 건 바로 나예요. 엿보기 전용 구멍으로 아빠가 누나더러 머리카락이 개털처럼 빤질빤질하고, 피부가 뭐더라…… 벌꿀처럼 끈적거리고, 비이는 돼지처럼 피둥피둥하게 살이 쪘다고 그러는 걸 들었거든요.」

입을 틀어막은 손수건도 비어트릭스의 분노에 찬 신음 소리를 막아주지 못했다.

에드워드가 구멍 틈으로 들은 얘기보다, 눈으로 본 것에 더욱 더 신경을 쓰면서 윌로우는 얼굴을 붉혔다.

「그 녀석. 첩자 노릇만 잘 하는 줄 알았더니 달변이로군. 안 그렇소, 생선장수 할멈?」

배너가 윌로우를 보면서 투덜거렸다.

메리 마거릿은 갈퀴 살로 바닥을 푹 찌르며 얼굴을 사납게 찌푸렸다.

「언니! 아빠가 언닐 깨문 게 아니야? 그럼, 뭐 하고 있었어?」

피난처였던 배너의 무릎에서 몸을 떼면서 윌로우는 최대한 기품이 넘치는 동작으로 일어났다. 구겨진 튜닉. 헝클어진 머리. 부어오른 입술. 데즈먼드의 수상쩍어 하는 눈길. 그 모두를, 윌로우는 너무나 뚜렷하게 자각하고 있었다.

「너희 아빠랑 나는…… 우리는…….」

배너가 훌쩍 몸을 일으켰다.

「휴전 협정을 체결하고 있었다.」

「휴전이라고?」

데즈먼드가 한마디 내뱉었다.

낙심천만한 아이들은 입을 모아 신음 소리를 냈다.

윌로우는 달콤하게 미소를 지었다.

「체면을 생각하는 너희들의 아빠를 차마 탓하진 못하겠구나. 이 사람이 항복을 선언했기 때문에 협상을 하던 중이었단다.」

「내가 항복을 선언했다고?」

배너가 눈을 부라렸다.

「아버지가 항복을 했으면 협상할 일이 뭐가 남아 있어요?」

데즈먼드가 아직 의심을 버리지 못한 얼굴로 말했다.

「우리측의 요구조건을 관철하던 중이었단다.」

대범하게도 윌로우는 배너의 가슴을 친한 벗처럼 다정하게 쓰다듬었다.

「항복을 하면 자연히 승자와 타협을 해야 한다고 알고 있습니다만. 안 그런가요?」

「글쎄. 전엔 한번도 항복을 해본 일이 없어서 모르겠소만.」

배너가 이를 악물고 말했다.

「그렇다면 우리 모두 힘을 합쳐서, 이번 협정이 당신에게 괴로운 일이 되지 않도록 최대한 노력해야겠지요」

윌로우가 나지막한 목소리로 말했다. 그녀는 아이들에게 환하게 미소지었다.

「좋은 소식을 전해줄게, 얘들아. 너희들의 모든 요구들을 들어주기로, 아버지께서 약조하셨단다.」

「내가 언제…….」

윌로우가 발꿈치로 발가락들을 꾸욱 누르자 배너는 항의를 하다 말고 '윽' 소리를 냈다.

「하지만 그 대신…….」

윌로우는 아이들이 환호성을 지를 기회를 주지 않고 말을 이었다.

「한 가지 조건이 있으시단다.」

배너와 아이들은 숨을 죽이고 윌로우가 다음 말을 꺼내길 기다렸다.

「너희들과 더 많은 시간을 보내셨으면 하는구나.」

「아버지가요?」

데즈먼드는 반신반의하면서 개가 짖듯이 큰소리로 웃었다.

「내가?」

배너가 공포심이 깃든 목소리로 되물었다.

하지만 윌로우는 두 사람을 무시하고 말을 이었다.

「너희들과 같이 식사를 하고 밤마다 잠자리에 눕혀줄 수만 있다면 더할 나위 없이 좋겠다는 말씀을 하셨단다.」

「12시라야만 해요.」

아버지가 진심으로 그런 말을 했는지 시험하면서 켈이 확실하게 말했다.

「그래, 12시에.」

고개를 끄덕이면서 윌로우가 말했다.

아이들이 한데 모여서 자기들끼리 소근소근, 투덜투덜, '쳇, 피, 치'같은 소리를 내면서 논의를 하는가 싶더니, 급기야 켈과 에드워드 사이에 몸싸움이 벌어졌다. 그 모습을 보고 비어트릭스는 못마땅하다는 듯이 눈알을 굴렸다. 두 형제가 상대방에게서 떨어지자, 메리 마거릿이 배너에게 다가왔다.

「조건이 하나 더 있어.」

작고 토실토실한 손으로 갈퀴를 홀(笏, 제왕의 상징)이라도 되는 양 위엄 있게 움켜쥐고, 메리 마거릿이 선언했다.

배너는 조심스러운 눈길을 윌로우에게 보낸 다음, 딸과 눈을 맞추기 위해서 쭈그리고 앉았다.

「그게 뭔지 말해주련?」

「우리랑 같이 놀아줘.」

배너가 천장을 한번 올려다본 뒤에, 처량하게 웃었다.

「그렇게 하자꾸나, 공주님.」

귀에 익숙한 애칭을 배너의 입을 통해서 듣고 보니, 두 번 다시 느끼고 싶지 않았던 '열망'이 가슴 한복판에서 솟구쳤다. 배너가 어린 딸의 고수머리를 쓰다듬으려고 손을 뻗는 모습을 보다 말고 윌로우는 고개를 돌려버렸다.

데즈먼드는 까마귀처럼 날카롭고 잔인한 눈길로 윌로우를 지켜보고 있었다. 윌로우와 앙숙지간이었을 때처럼 입술에 부루퉁한 기색이 어려 있었다.

「그래서, 아버지…….」

가느다란 팔을 겹쳐 팔짱을 끼면서 데즈먼드가 입을 열었다.

「누나에겐 뭘 해줄 거죠? 아버지를 설득시킨 공로를 인정해줘야 할 것 아니에요?」

배너는 몸을 똑바로 펴고 한동안 윌로우를 가만히 바라만 보고 있다가 조용히 말했다.

「윌로우가 자유를 간절히 원한다면, 허락해줄 생각이다.」

메리 마거릿은 갈퀴를 떨어뜨리고 윌로우의 다리를 끌어안았다.

「우릴 떠나지 않을 거지? 리본을 꼬아서 말 꼬랑지를 묶는 법이랑 화살 쏘는 법을 가르쳐준다 그랬잖아. 안 돼, 언니. 가면 안 돼!」

마음이 아파서 한순간 윌로우는 아무 말도 하지 못했다. 그녀는 아이를 품에 안아들고 달래듯이 말했다.

「지금 내가 가야 할 곳은 침실뿐이란다. 자정이 넘었으니까, 너희들도 모두 자러 가야지?」

싫다고 우겨대는 메리 마거릿의 저항을 무시하고 윌로우는 아이를 아버지의 팔에 넘겨주었다. 배너는 팔을 앞으로 뻗고 엉거주춤한 자세로 찡그린 얼굴의 계집아이를 한동안 안고 있다가, 아이를 어깨에 털썩 올려놓고 무등을 태웠다. 메리 마거릿의 얼굴이 확 밝아지는가 싶더니 깔깔대고 웃기 시작한다.

「이 녀석을 나더러 어떻게 하란 말이오?」

윌로우를 노려보면서 배너가 물었다.

「저기로 들어가면 돼요.」

벽에 새로 생긴 문을 가리키면서 윌로우가 달콤하게 미소지었다.

「저 통로를 따라서 아래층으로 가면, 그 아이의 침실이 바로 나온답니다.」

데즈먼드는 아버지와 메리 마거릿이 벽에 뚫린 구멍 안으로 간신히 들어가는 모습을 지켜보고 있다가 험악하게 생긴 단검을 바지에서 잡아 뺐다.

「넌 배신자이긴 하지만, 비이…….」

단검으로 비이의 손을 묶은 끈을 두 동강 내면서 데즈먼드가 말을 이었다.

「그래도 최소한 적과 동침하지는 않았지.」

소년은 통로 안으로 들어가기 전에 고개를 돌리고 윌로우에게 냉랭한 눈길을 던졌다.

윌로우는 소중한 동지를 잃은 것은 아닐까 두려워하면서 한숨을 쉬었다. 어쩌면 영영 전 같은 사이가 될 수 없을지도 모른다.

윌로우의 우울한 마음을 알아차린 듯, 해미쉬가 포동포동한 손을 그녀의 손안에 밀어 넣었다.

「형에게 신경 쓰지 마세요. 우리 아버지에게 대들 정도면 굉장히 용감한 거라고 생각해요. 아버지에게 붙잡히다니, 상상만 해도 끔찍한 일이잖아요.」

「그냥 무서웠단다.」

부드럽게 몸을 어루만지는 배너의 손과 달콤한 키스 그리고 자신을 안고 싶다고 고백하던 순간, 그의 얼굴에 떠오른 열망을 떠올리면서 윌로우는 쓸쓸하게 중얼거렸다.

17

다음 날 아침, 세차게 불어오는 싸늘한 바람 때문에 성을 나서는 윌로우의 외투자락이 발목에 휘감겼다. 망루 밑을 지나가면서 윌로우는 두건을 깊숙이 눌러 쓰고 보초들의 호기심 어린 눈길을 피하기 위해 얼굴을 돌렸다. 마을로 발길을 돌리면서 그녀는 한 팔로 끌어안고 있던 나무 광주리를 다른 팔로 옮겼다. 묵직한 바구니 때문에 발걸음이 늦어질 망정, 처음 대면하는 사람의 처소에 빈손으로 찾아가긴 싫었다. 게다가 도와달라고 애걸하러 가는 입장이 아니었던가?

윌로우는 마음씨 좋은 주민들이 바친 선물들 중에서 몇 가지 ─ 꿀단지, 소금에 절인 고기, 수지 양초(양이나 소와 같은 짐승의 기름으로 만든 양초)의 고약한 냄새에 익숙한 이들이 보기에는 극도로 사치한 물건이고 생각할 가느다랗고 향기가 나는 초 ─ 를 바구니에 담았다.

좁고 지저분한 길을 헤매던 윌로우는 자신이 어디로 가야 하는지 전혀 모르고 있다는 사실을 한참 만에야 깨달았다. 원기 왕성한 사내녀석들이 쏜살같이 옆을 스쳐 지나가면서 안고 있던 바구니를 치는 바람에 하마터면 떨어질 뻔했다. 윌로우는 간신히 제일 자그마한 꼬마의 팔을 붙들었다. 필사적으로 몸부림치는 소년의 귓가에 무엇인가를 속삭이는 윌로우. 소년은 얼굴을 붉히면서 손가락을 들어 짚으로 지붕을 이은 오두막집들을 가리킨 다음 친구들에게 달려갔다.

어느 집을 먼저 찾아갈지 고심하고 있는데, 제일 끄트머리에 있는 오두막집의 문이 벌컥 열리고 어떤 사내가 밖으로 튀어나왔다. 벌개진 얼굴. 흘러내린 바지. 윌로우는 재빨리 구석으로 몸을 숨겼다. 성 주민의 대다수가 성당에서 아침 기도를 올리고 있는데, 다른 한편에서는 이렇게 방탕한 짓을 하고 있는 사람도 있다니, 남들은 모르는 사실을 발견한 것 같아서 가슴이 두근두근했다.

술이 취한 사내는 정신없이 비틀거렸다.

「망할 년. 네 년이 하도 정신을 빼놔서 밖으로 나가는 건지, 안으로 들어가는 건지 구분을 할 수가 없잖아.」

「사내 구실도 제대로 못하는 놈이 무슨 잔말이 그렇게 많아. 어서 돌아가기나 해.」

여자의 새된 목소리가 집안에서 흘러나왔다.

사내의 코앞에서 문이 쾅 닫혔다.

「건방진 년.」

바지 끈을 붙잡고 한참 동안 씨름을 하던 사내는 간신히 옷을 추스르고 연신 욕설을 퍼부으면서 비틀비틀 길을 걸어 내려갔다. 윌로우는 사내의 모습이 사라질 때까지 기다렸다가 살금살금 문으로 다가갔다. 머뭇머뭇 문을 두드렸더니, 안에 있던 여자가 소리를 질렀다.

「돈 내고 성병에 걸리고 싶어서 환장한 놈이면, 기다리고 있어. 먼저 씻어야 되니까.」

「음…… 내가 제대로 찾아오긴 한 것 같아.」

문이 열릴 때까지, 윌로우는 팔이 아파서 바구니를 세 번이나 바꿔 들었다. 키가 훌쩍 크고 빼빼 마른 여자가 문가에 모습을 나타냈다. 말문이 막힌 윌로우는 들고 있던 바구니를 불쑥 내밀었다.

경계심이 가득한 여자의 얼굴에 이내 경멸감이 떠올랐다.

「날 동정하러 온 거라면 당장 꺼져!」

윌로우는 여자가 문을 쾅 닫기 전에 재빨리 바구니를 문틈 사이에 끼워 넣었다.

「잠깐만요! 난 동정하러 온 게 아니에요. 오히려 도움을 받으려고 찾아온 걸요.」

여자가 꿈쩍도 하지 않자 절박해진 윌로우는 마지막 수단으로 두건을 벗었다. 일순, 석상처럼 굳어진 여자는 멍한 상태로 엉망으로 잘린 고수머리를 건드렸다. 그리고 옆으로 물러나서 어둑어둑한 방안을 머리로 가리켰다. 수수께끼와 같은 미소를 입가에 머금은 채.

「행여나 다른 데 가서 네타 할멈이 영주님의 마나님을 내쳤다고 하지 마시우.」

재투성이 벽난로에서 기세 좋게 타오르는 불빛 아래, '네타 할멈'은 기껏해야 윌로우보다 열살 정도 연상이라는 사실이 드러났다. 가는 허리. 벌꿀색 머리카락. 한창때는 남자들에게 꽤나 인기를 끌었을 것 같다.

벽난로 앞에 있는 의자에 대야와 수건이 놓여 있었지만, 바보가 아닌 다음에야 방안에서 떠도는 사향 냄새의 정체가 무엇인지 모를 까닭이 없다. 윌로우는 시트가 잔뜩 구겨진 침대에서 눈을 떼고 저기서 얼마나 많은 남자가 쾌락을 누렸을까, 그런 상상을 하지 않으려고 안간힘을 썼다. 하지만 네타가 침대 발치에 털썩 앉아서 팔꿈치로 기대고 반쯤 누운 자세를 취했기 때문에, 그 일이 점점 더 어렵게만 느껴졌다.

속마음을 꿰뚫어볼 것 같은 네타의 시선을 따갑게 의식하면서 윌로우는 대야를 치우고 뻣뻣한 자세로 의자에 앉은 다음, 바구니를 발치에 내려놓았다.

「엘서노르에 있는 분들은 별고 없이 잘 지내겠지요? 영주님은 어떤가요? 그리고 아이들은요?」

네타가 쾌활하게 물었다.

의외의 질문.

「덕분에 배너 경과 아이들은 모두 잘 지내고 있답니다. 내가 오늘 여길 찾아온 건 바로 그 사람들 때문이에요」

월로우는 커틀 소매를 만지작거렸다.

「내가 생각하기에 음…… 경험이 많은 분일 것 같아서요」

이야기를 계속 하라는 듯이 네타는 한쪽 눈썹을 치켜 올렸다.

「내가 배울 수 있을 거라고…….」

월로우는 말을 잇지 못했다.

「남편을 만족시키는 방법 말인가요? 괜히 얼굴 붉힐 것 없어요. 지금까지 조언을 구하러 날 찾아온 새신부는 한 둘이 아니니까.」

「그 사람을 만족시키는 일이 힘들 거라고는 생각하지 않아요」

전보다 한층 더 얼굴을 붉히면서 월로우가 솔직하게 말했다.

「내가 알고 싶은 건, 아이를 갖지 않고 그 사람을 만족시킬 수 있는 방법이에요」

네타는 한동안 월로우의 안색을 살피다가 고개를 젖히고 웃음을 터트렸다.

「난 매춘부지, 마녀가 아니라오. 사내의 씨가 자궁에 자리를 잡지 못하게 할 수 있는 묘약이나 주문 같은 건 가지고 있지 않아요. 특히 상대가 영주님이라면 두 말할 나위가 없겠지요」

「약이나 주문을 얻고자 하는 게 아니에요」

월로우가 필사적으로 말했다.

「그저 조언을 듣고 싶을 뿐이에요. 분명히 무슨 방법이 있을 거라고 믿어요. 그렇지 않으면 이곳엔 지금 애들이 넘쳐나겠지요. 안 그래요?」

네타의 얼굴에서 미소가 사라졌다. 어린아이들의 웃음소리가 들리기라도 하는 것처럼, 그녀는 갑자기 고개를 들고 벽난로를 응시했다.

「그랬겠지요」

네타가 조용히 말했다.

「대가는 지불할게요」

윌로우는 소매 안에 넣어두었던 공단 주머니를 찾아 더듬거렸다.

전처럼 화가 나서 굳어진 얼굴로, 네타는 침대에서 일어났다.

「그 돈은 아씨가 갖고 있어요. 난 필요 없으니까. 영주님을 속이는 일에 동참할 생각은 추호도 없수. 그보다 훨씬 못한 일에도 자기 마누라를 산 채로 불에 태우는 남정네들이 숱하다는 건 알고 있어요?」

「남편을 속일 생각은 전혀 없어요. 내가 당신에게 '비법'을 전수 받았다고 하면 분명히 기꺼워하실 거예요. 그래서 오늘밤 당장 털어놓을 생각인 걸요!」

네타는 허리춤에 손을 얹고 윌로우를 보면서 눈을 깜빡거렸다.

「소문이 사실이었군요. 아이들을 인질로 잡고 영주님에게 전쟁을 선포했다더니…… 미쳤군. 정말 미쳤어.」

「사실은 '정부'를 곁에 두고 싶어서 그러는 거라면, 도와줄 수 있겠어요?」

윌로우가 물었다. 마음이 절박해서 그런지, 낯부끄러운 말을 서슴없이 내뱉고 있었다.

네타가 코웃음을 쳤다.

「내가 그 말을 믿을 것 같아요? 세상에 어느 여자가 영주님 같은 남자를 놔두고 정부를 구하려고 하겠어요?」

절대 묻지 않기로 다짐했던 질문이 윌로우의 입에서 꿈틀꿈틀 흘러나온다.

「배너 경이…… 전에…… 두 사람이…….」

네타는 오랫동안 아무 대꾸도 안 했다. 한참만에 그녀의 입에서 터져나온, 아쉬움이 가득한 웃음소리.

「바보 같이 남정네에게 마음을 빼앗기기보다는 술 취한 병사의 품에 안기는 편이 낫지요. 몸에 남은 상처는 아물지만 마음의…….」

자신이 그런 바보라는 사실을 드러내고 싶지 않아서 윌로우는 눈을 내리깔았다.

네타가 손을 내밀었다.

「동전, 갖은 거 있어요?」

윌로우는 의외의 질문을 받고 놀라서 고개를 획 쳐들었다.

「돈은 필요 없다고, 나더러 갖고 있으라면서요」

「그랬지요.」

장난기 어린 미소가 떠오르면서, 근심 걱정에 찌든 네타의 얼굴이 확 밝아졌다.

「아씨한테 동전을 어디에 둬야 할지 일러드리지요」

「사백 구십 오 사백 구십 칠. 사백 구십…….」

「이런, 비어트릭스」

끈기 있게 계속 낭송하고 있는 비어트릭스에게 윌로우가 웅얼거렸다.

「아무래도 한 번을 빼먹은 것 같구나. 그러지 말고 사백부터 다시 시작하지 그러니.」

거울 안에 비친 윌로우의 얼굴에 대고 비어트릭스가 눈을 부라리는 동안, 그녀는 손거울을 통해 침실 유리창을 비춰보았다. 하늘에 떠오른 달이 보일 듯 말 듯 움직이고 있었다.

진주처럼 고른 이를 악물고 다시 빗질을 하던 비어트릭스는 빗으로 고수머리를 심술 맞게 확 잡아당겼다.

「아야!」

의자에서 벌떡 일어나면서 윌로우가 비명을 질렀다.

「너한테 토라질 자격이 있다고 생각하니? 어젯밤에 배신한 걸 생각하면, 빗질 오백 번은 너무 약소한 벌이야.」

「배너 경이 '절대 언니를 다치게 하지 않겠다'고 철석같이 약조를 했단 말이야.」

뾰로통한 얼굴로 윌로우를 위아래로 훑어보면서 비어트릭스가 말을 이었다.

「더구나 배너 경에게 사정없이 고문을 당한 사람치고는 이상할 정도로 아무렇지도 않아 보인단 말씀이야.」

하마터면 월로우는 여동생에게 맞는 말이라고 등조를 할 뻔했다. 무심코 거울을 들어올렸더니, 그 안에서 낯선 여자가 자신을 바라보고 있었다. 흑단처럼 윤기가 흐르는 까만 머리카락. 반쯔거리는 눈동자. 복숭아 빛깔로 곱게 물든 뺨. 흡사 배너의 부드러운 눈빛을 통해서 자신을 바라보는 것처럼 느껴졌다.

월로우가 정신을 파는 틈을 타서 비어트릭스는 거울을 낚아챘다. 소녀는 언제나, 자신을 제외한 나머지 사람들이 허영을 떠는 모습은 도무지 참아주질 못했다. 비어트릭스는 거울을 이쪽 저쪽으로 돌리면서 얼굴, 가슴 그리고 엉덩이를 가능한 모든 각도에서 비춰보았다. 만족스럽게 미소를 짓던 비어트릭스의 얼굴에 불안한 기색이 스쳐 지나갔다.

「정말 배너 경이 나더러 돼지처럼 살이 쪘다고 그랬어?」

「그럴 리가 있니?」

월로우가 동생을 안심시켰다. 배너는 그저 '투실투실' 하다는 말을 했으니 만큼, 하느님이 거짓말이라고 판단하시지 않기를 빌었다.

「에드워드가 멋도 모르고 한 말인데 신경 쓸 필요가 무어 있니? 배너 경은 네가…… 예쁘다고 했단다. 그래, 아주 예쁘다고 그랬어.」

비어트릭스의 얼굴에 능글맞은 웃음이 다시 떠오르자, 월로우는 유혹을 이기지 못하고 한마디 덧붙였다.

「그래도 너처럼 젖비린내 나는 아이는 자기 취향이 아니라는구나.」

격분한 여동생의 입에서 흘러나온 외마디 비명 소리를 무시하고, 월로우는 더없이 우아한 몸놀림으로 의자에 다시 앉았다.

「아까 분명히 사백까지 세다가 말았지?」

월로우가 달콤하게 미소를 지었다.

「아니면 삼백 오십이었나?」

비어트릭스가 마지못해서 다시 임무를 수행하는 동안, 월로우는 어떻게든 몸을 움죽거리지 않으려고 애썼다. 그날 오후에 성취한 일들을 생각해보면 피곤해서 쓰러지기 일보 직전이어야 정상이건만, 독한 술처럼 핏줄을 따갑게 찌르는 기대감 때문에 '잠자는 척'조차 할 수가 없었다.

쌜쭉해진 비어트릭스가 사백 이십 오까지 세었을 때 성당의 종소리가 바람을 타고 경쾌하게 밤하늘에 울려 퍼졌다. 윌로우는 비어트릭스가 빗질을 하는 도중에 벌떡 일어나서 문가로 달려갔다.

「어딜 저렇게 서둘러서 가는 걸까?」

성당의 종이 열 두 번 울렸을 때, 비어트릭스가 중얼거렸다.

배너는 녹초가 된 상태로 터벅터벅 계단을 올라갔다. 프랑스군과 교전을 벌일 당시에도 이렇게 피곤했던 적은 한번도 없었다. 머리는 쿵쿵 울렸고, 무릎은 쓰라렸으며, 아무리 어깨를 들썩거려도 쿡쿡 쑤시는 통증은 달라붙어서 떨어지지 않았다.

두 시간 동안 멕, 마저리, 컬럼을 돌아가면서 등에 태우고 홀 안을 기어다녔으니 무릎이 아플 만도 했다. 세 꼬마 녀석들은 배너의 등에 올라타서 고사리 같은 손으로 머리칼을 움켜잡고, 발꿈치로 옆구리를 쿡쿡 찔러댔다.

「더 빨리! 아빠, 더 빨리!」

때마침 자정을 울리는 성당의 종소리가 들리지 않았다면, 아마도 앞발을 힘껏 들어올려서 셋 중 운이 나쁜 꼬맹이 기수를 허공에 던져버리고 자유를 찾아 내달렸으리라.

아이들과 보낸 시간이 얼마 지나지도 않은 상황에서 슬슬 메리 마거릿과 괜한 약속을 한 것이 아닌가 하는 생각이 들기 시작했다. 딸아이는 벌꿀색 고수머리를 왕관처럼 쓴 공주가 아니라, 아틸라(5세기 전반에 서양을 침범한 흉노족의 왕. 거칠고 잔인했다고 함)조차 '인정이 넘치는 군주'로 여길 정도로 무자비한 파란 눈동자의 독재자였다. 이걸 가져다주고 저걸 부수고 잡아뜯으면서 고작 하루를 보냈지만, 평소에 딸아이가 목과 팔 다리가 없는 인형들을 가지고 노는 이유를 이해할 수 있었다.

아직까지도 켈과 에드워드가 벌이는 끊임없는 말다툼 소리가 귀에 들리는 듯했다. 각각 열 두 살과 열 살인 에니스와 메리는 '아빠와 같이 놀기'에는 지나치게 세상 물정에 밝고 나이가 많다는 것을 증명하려고 거의 하루 종일 오만한 고개를 빳빳하게 쳐들고 다녔다. 심성이 고운 해미쉬만은 자식들을 즐겁게 해주려는 배너의 필사적인 노력에 박수를 보냈다. 배너가 덜 익은 사과로 몸통을, 나뭇가지로 무기와 팔다리를 만들어준 병정들을 가지고 모의 전투를 벌이는 동안 소년이 제일 즐거워했다. 적을 섬멸하기 위해 프랑스군 전체를 몽땅 먹어치우면서 사정이 달라졌지만. 배너는 몸을 부르르 떨었다. 그 덕분에 자신은 변기에 얼굴을 파묻고 눈물, 콧물 다 흘리면서 토하는 아이의 머리를 꼬박 한 시간 동안 옆에서 붙들어주고 있어야 했다.

다행히 데즈먼드의 신랄한 헛바닥에 놀아나는 신세는 면했지만. 아이들 모두 데즈먼드를 '아버지와 자식들이 벌이는 환락의 잔치'에 끌어들이려고 갖은 노력을 다했지만, 정작 당사자는 코웃음만 쳤다. 가끔 배너가 고개를 들고 성벽을 올려다보면, 까마귀를 어깨에 올려놓고 성벽 위에 앉아서 가고일(Gargoyle, 중세 교회의 벽장식에 붙어 있는 날개 달린 악마)처럼 음산한 얼굴로 그들을 내려다보고 있는 데즈먼드가 눈에 들어왔다.

데즈먼드보다 배너의 눈길을 훨씬 더 잘 피해 다닌 사람은 다름 아닌 윌로우였다. 지루하고 길기만 했던 하루, 단 한번 흘낏 쳐다본 게 전부였으니까. 더구나 양쪽에서 손을 잡아끄는 쌍둥이들과 목이 터져라 요구사항을 외쳐대는 메리 마거릿 때문에 찾아 나설 틈도 없었다.

계단 꼭대기에 발을 디딘 배너는 길게 하품을 했다. 마음속에는 오로지 요에 쓰러져서 자고 싶은 생각뿐이었다. 어찌나 노곤한지 침실의 문을 여는 일조차 힘겹다.

방안에 들어서는 순간, 매캐한 연기 냄새와 벽난로에서 경쾌하게 타오르는 불꽃이 배너를 맞았다. 덜컥거리는 창문 위에 드리워진 두툼한 벨벳 천이 싸늘한 바람을 막아주고 있었고, 벽난로 앞에는 늑대 가죽으로 짠 깔개가 펼쳐져 있었다. 마룻바닥에는 향긋하고 신선한 박하가 흩뿌려져 있었고, 상아를 깎아 만든 병졸들이 일사불란하게 정렬해 있는 체스판과 리본으로 묶은 양피지들이 떡갈나무 탁자 위에 놓여 있었다.

아이들이 뚫어놓은 벽에는 전장으로 떠나는 기사가 고개를 숙이고 아내의 축복을 받는 내용의 태피스트리가 드리워져 있었다.

너무 피곤해서 다른 방에 들어온 건 아닐까. 배너는 졸린 눈을 비볐다. 하지만 벽에 보기 좋게 전시되어 있는 무기들은, 그가 보물처럼 아끼는 소장품이 분명했다. 배너는 멍한 얼굴로 깔레의 지하감옥에서 성공적으로 빠져 나온 기념으로 국왕에게 하사 받은 검을 쓰다듬었다. 희미하게 삐걱대는 소리가 들리는 순간, 배너의 눈길이 짚요 대신 놓아둔 떡갈나무 침대에 날아가서 꽂혔다. 깃털 요 위에 새둥지 모양으로 솟은 여러 겹의 침대 덮개. 아늑하게만 보이는 둥지 안에서 모피 장식을 달은 진초록 벨벳 가운을 입은 여자가 쏘옥 빠져 나왔다. 짧은 고수머리와 수줍은 미소가 계란형 얼굴에 소녀와 같은 매력을 더해주는 여자.

윌로우가 다가오자 배너는 망설이지 않고 벽에 걸린 검을 잡아채서 그녀의 심장을 겨누었다.

「가까이 오지 마시오. 한 발자국만 움직여도 이 검으로 찌를 테니까.」

18

윌로우는 웃음을 터트려야 할지 아니면 벽에 걸린 방패를 잡아채서 방어를 해야 할지 갈피를 잡지 못하고 배너를 가만히 응시했다. 그녀는 조심스럽게 한 발자국 앞으로 움직였다. 자신의 손과 윌로우의 심장 사이에 있는 일 미터 안팎의 싸늘한 검만으로는 방어를 하기에 불충분하다고 느꼈는지, 배너는 뒤로 한 발 물러섰다.

「저도 모르는 사이에 휴전 협정이 종결된 건가요?」

윌로우가 한 발자국 더 다가서면서 부드럽게 굴었다.

「휴전 협정을 어긴 사람은 내가 아니라 당신이오. 이렇게 감쪽같이 매복을 할 계략을 꾸미질 않았소」

배너가 이를 갈면서 말했다.

다시 한 발자국 앞으로 나선 윌로우는 검 끝에 살짝 손을 올려놓았다.

「아뇨, 오히려 그 반대예요. 전 무기를 버리고 항복하러 온 거랍니다. 당신도 항복을 하시면 어떻겠어요?」

윌로우의 손이 검신(劍身)을 따라 부드럽게 아래로 움직여서 힘껏 쥔 주먹을 쓰다듬자, 배너는 숯처럼 까만 속눈썹 아래로 윌로우를 노려보았다. 만약 배너의 뜨거운 숨결이 머리카락에 느껴지지 않았다면, 그의 손도 검처럼 대장간에서 철로 만들어진 것이라 여겨졌을지도 모른다. 하지만 딱딱하게 굳은 주먹도 윌로우의 손길이 닿는 순간, 힘없이 풀어지면서 그녀에게 너무나 쉽게 무기를 내주었다.

윌로우가 무기를 떨어뜨리는 일이 생기기 전에 배너는 한 손으로 검을 잡고 벽에 걸어놓았다.

「검만으로는 당신을 막을 수 없다는 걸 진작 깨달았어야 하는 건데. 지금이라도 성당에 가서 십자가와 마늘 한 줄을 가져오라고 시켜야 할지도 모르지.」

배너의 표정이 너무 엄숙했기 때문에 윌로우는 웃음이 나왔다.

「그러지 않아도 돼요. 당신에게 해가 되는 일은 안 할 테니까요.」

「그건 달콤한 사과를 한 입 먹어보라고 이브를 꼬시면서 뱀이 했던 대사가 아니었소?」

술 생각이 난 배너는 성큼성큼 벽장 앞으로 걸어가서 문을 벌컥 열었다. 한동안 갈고리처럼 손을 세우고 벽장 속의 내용물을 뒤지던 배너가 원하는 물건을 찾지 못해 불경한 말을 내뱉는 사이, 윌로우는 벽난로의 재받이 돌 위에 올려놓아 따끈하게 데워놓은 술병을 가지러 갔다. 배너가 벽장문을 쾅 닫고 돌아섰을 때, 이미 윌로우는 매혹적인 미소를 입가에 머금은 채 호박색 액체가 찰랑찰랑한 술잔을 들고 서 있었다. 배너가 내키지 않는 마음으로 술잔을 받아들었을 때, 두 사람의 손이 스쳤다.

그는 뚜벅뚜벅 방 끄트머리로 걸어가서, 탁자를 사이에 두고 윌로우를 응시했다.

「당신을 자유롭게 해주겠다고 말하질 않았소? 그런데 왜 아직도 여기 남아 있는 거요?」

「내가 간절히 바란다면 그리 해주겠다고 하시질 않았던가요? 어쩌면 내가 자유를 바라지 않을지도 모른다는 생각은 안 해보셨어요?」

「당신이 원하는 게 뭐요? 내가 도망칠 만한 공간은 모두 침범하려는 거요? 당신의 미소, 당신의 체취, 당신의 손길을 피할 수 있는 피난처들을 내게서 모두 빼앗으려는 거요?」

양피지를 묶은 리본을 쓰다듬는 배너의 목소리가 벨벳처럼 부드러워졌다.

찌릿찌릿한 감각이 윌로우의 온몸을 훑고 지나갔다.

「내 말을 들으면 그렇게 도망치고 싶은 생각은 안 드실 거예요. 당신이 무엇 때문에 괴로워하는지 알 것 같아요. 그래서 제가 해결책을 찾아냈답니다.」

윌로우가 탁자로 다가오자 배너는 지친 눈으로 그녀를 응시했다. 윌로우는 용기를 쥐어짜서 불쑥 말했다.

「남자로 하여금 아이가 생기지 않게 하는 비법이 여인네들에게 있다는 사실을 아시는지요?」

「자식들과 하루 종일 같이 보내게 하는 것도 비법에 속하는 거요?」

윌로우는 성난 표정을 지어 보였다.

배너는 의자에 털썩 앉아서 부츠를 탁자 위에 올려놓고 자포자기하듯이 한숨을 내쉬었다.

「나도 그런 방법들이 있다는 것쯤은 알고 있소. 세상 물정을 모르는 나이도 아니니까. 하지만 우리 두 사람이 그런 방법을 쓴다면, 그건 죄나 다름없는 일이오.」

윌로우가 얼굴을 찌푸렸다.

「그게 왜 죄나 다름없는 일이 되지요?」

「신은 쾌락이 아니라 출산을 위해서 부부 사이에 잠자리를 허락하셨으니까.」

남편의 과거지사를 돌아보면, 가만히 듣고 지나칠 수 없는 대사였다.

「남정네가 쾌락을 위해서 아내가 아닌 다른 여자를 찾는다면 어떻게 되는 건가요? 그것은 죄가 아닌가요?」

배너의 표정은 천사처럼 순진하고 부드럽기만 했다.

「간음은 한결 가벼운 죄요. 신의 뜻을 거스르면서 '수태'를 막으려고 하는 대죄를 저지르는 것에 비하면.」

윌로우는 눈을 깜빡거렸다.

「당신이 자식을 왜 열 둘이나 두었는지 이해할 수 있을 것 같아요.」

배너는 술잔을 마저 비우고 평소의 솔직한 모습과는 달리 기묘하게도 눈길을 돌렸다.

윌로우는 생각에 잠겨서 탁자 앞을 왔다갔다했다.

「하지만 우리가 한몸이 되지만 않는다면, 신께서 혼인한 자들에게 허락하신 신성한 결합을 더럽힌다고 할 순 없겠지요.」

「계속 해보시오……」

배너가 빈 술잔을 입술에 가져다대면서 나지막하게 말했다.

「결국 신 앞에서 부끄러울 것이 없다는 말이에요.」

윌로우는 손바닥을 탁자에 내리치면서 경쾌하게 말을 끝마쳤다.

배너가 헛기침을 했다. 무슨 말을 해야 할지 결정을 내리기가 무척 힘든 듯했다.

「신부님의 조언을 듣고 이런 결론을 내린 것 같진 않군.」

「그렇다고 볼 순 없겠지요.」

이번에는 윌로우가 눈길을 피했다.

「마을에 사는 매춘부를 찾아갔었어요.」

배너는 탁자에 놓인 발을 내리고 똑바로 앉았다.

「네타와 얘기를 했단 말이오?」

「네, 그랬어요. 아주 솔직한 사람이더군요.」

윌로우는 탁자 위로 몸을 숙이고 작게 속삭였다.

「예를 들어, 남자들은 자신의 쾌락을 포기하고, 상대에게만 즐거움을 주는 법을 알고 있다면서요?」

배너의 담담한 얼굴을 보고 윌로우는 애처롭게 한숨을 내쉬었다.

「아무것도 모르고 계셨군요.」

무심해 보였던 배너의 목덜미가 사랑스럽게 물들기 시작했다.

「남편과 아내 된 자들끼리 노골적으로 이런 이야기를 하면 안 되는 거요. 지금까지 나는 다른 사람들과 한번도 이런 식으로 이야기를 나눠 본 적이 없소」

「메리나 마거릿하고도 그런 일이 없었단 말인가요?」

그 말을 듣고 배너는 기겁을 했다.

「상대가 메리와 마거릿이라면 더더욱 말이 안 되는 일이오 그런 이 야기들은 이불 밑에서나 할 수 있는 거요」

배너는 손을 내저었다.

윌로우는 한숨을 내쉬고 떠날 것처럼 몸을 돌렸다.

「무슨 뜻인지 잘 알았습니다. 당신을 즐겁게 해드릴 생각이었지, 괴롭힐 생각은 없었어요」

윌로우가 문가에 도착하기 전에, 배너는 소리를 질렀다.

「그 여자가 당신에게 또 뭘 가르친 거요?」

윌로우는 웃음을 참으려고 애쓰면서 천천히 몸을 돌렸다.

「네타는 한꺼번에 너무 많은 것을 알면 충격을 받을지도 모른다면서, 한 가지 비법만 전수해줬답니다.」

윌로우는 주머니를 뒤져서 반짝거리는 동전을 꺼냈다. 그리고 배너가 볼 수 있게 동전을 높이 쳐들었다.

「1실링짜리 동전이 아니오?」

배너는 한쪽 눈썹을 치켜 올리면서 말했다.

「그것으로 뭘 어떻게 하겠다는 말이오? 귓속으로 사라지게 만들 생각인가?」

윌로우가 침대에 새치름하게 앉아서 치마를 걷어올리자, 배너의 양쪽 눈썹이 동시에 위로 솟구쳤다. 가느다란 발목이 제일 먼저 눈에 들어오고 날씬한 종아리가 그 뒤를 따르자, 술잔이 스르륵 손에서 미끄러져서 바닥에 떨어졌다. 윌로우는 무릎이 보일 때까지 몸을 좌우로 흔들면서 치마를 치켜 올렸다. 이미 배너의 숨결은 주위에서 알아볼 만큼 거칠어진 지 오래였다.

윌로우는 수줍게 배너를 곁눈질했다. 그는 넋이 나간 표정으로 윌로우의 모습을 지켜보고 있었다. 다리를 벌리고 동전을 힘껏…… 무릎 사이에 끼우는 모습을.

「이제 됐어요」

윌로우가 무릎을 꼭 오므리면서 말했다.

「네타는 이렇게 무릎 사이에 동전을 끼우고 있으면 아이가 생기지 않는다고 했어요」

배너는 땅이 꺼져라 한숨을 내쉬었다.

「아주 지혜로운 여자로군.」

「그럼요! 동전이 떨어지지 않게 조심만 한다면, 당신이 원하는 건 무엇이든 할 수 있다고 했어요」

「뭐든지 할 수 있다고?」

배너가 늑대였으면 양쪽 귀가 쫑긋 섰으리라. 그는 일어나서 탁자를 돌았다. 침대 주위를 어슬렁어슬렁 먹이를 찾는 육식동물처럼 도는 배너를 의식해서 그런지, 윌로우의 목덜미에 난 솜털이 일제히 곤두섰다.

「물론 분별없는 처신은 삼가해야겠지만요」

윌로우가 긴장한 얼굴로 덧붙여서 말했다.

배너가 시야에서 사라지자 윌로우의 긴장감은 더 고조되었다. 침상에 오른 배너가 윌로우의 뒤편에 무릎을 꿇고 앉자, 깃털 요가 푹 꺼지면서 삐걱거리는 소리가 났다.

배너의 쉰 목소리가 귓가를 간지럽혔다.

「그렇다면 이 정도는 괜찮을 거라고 생각하는데…….」

배너는 고수머리를 들어올리고 솜털이 곤두선 뒷목을 촉촉한 입술로 문질렀다. 몸에서 긴장이 모두 빠져 나가면서, 메리 마거릿의 봉제인형처럼 흐물흐물해진 윌로우는 신음을 참지 못했다.

동전이 바닥에 또르르 굴러 떨어졌다.

「죄송해요」

바닥에 엎드려 동전을 주우면서 윌로우가 중얼거렸다. 그녀는 동전을 무릎 사이에 끼우면서 어깨 너머로 배너를 살짝 훔쳐보았다.

「생각보다 쉽진 않은 것 같아요.」

「누가 할 소리.」

윌로우의 귀를 코로 문지르면서 배너가 속삭였다.

배너의 입술이 부드럽게 보송보송한 솜털이 난 관자놀이와 매끄러운 뺨, 턱 선을 따라 움직이다가 맥박이 고동치는 목덜미의 오목한 자리에 파묻혔다.

윌로우가 고개를 돌려 배너의 입술을 찾았지만, 그는 혀끝으로 입가만 살짝 건드렸을 뿐 그 이상은 허락하지 않으려고 했다. 어깨를 부드럽게 움켜잡고 있던 배너의 손이 쇄골을 지나 커틀의 호크에 머물렀다.

윌로우의 눈이 커다래졌다.

「지금 뭐 하는 거예요?」

사정없이 아래로 내려오는 배너의 손길이 무서우면서도, 자극적이다.

「당신이 내게 허락한 일을 하는 것뿐이오.」

배너가 속삭였다.

그는 윌로우의 어깨 위로 고개를 숙이고 자신의 뺨을 윌로우의 뺨에 겹쳤다. 까칠까칠한 수염, 달콤한 숨결, 그리고 등에 전해지는 심장고동 소리가 쾌감에 불을 지폈다. 배너가 단번에 가운을 끌어내리자 눈처럼 하얀 상반신이 드러났다. 일순, 두 사람의 심장이 모두 정지한 듯했다.

난생 처음 배너의 눈앞에 가슴을 드러냈을 때 얼음처럼 싸늘한 불꽃이 윌로우의 피부를 감쌌다. 너무나 낯선 느낌. 처음 맛보는 감각.

영원처럼 길게 느껴지는 시간, 배너는 그저 눈으로만 윌로우의 나신을 마음껏 탐닉하고 있었다. 그것만으로도 충분하다는 듯이.

그러다 어느 순간, 배너는 손바닥으로 보석처럼 소중하게 윌로우의 가슴을 감쌌다. 손가락 마디에 분홍색 돌기가 스치면서, 배너의 입에서 흘러나온 신음 소리와 윌로우가 쾌감에 겨워서 헐떡이는 소리가 하나로 섞였다.

윌로우는 눈을 감고 싶었지만, 배너의 손가락이 부드럽게 젖꼭지를 잡아당기는 광경에서 눈을 떼지 못했다. 윌로우의 목구멍에서 희미하게 흐느끼는 소리가 흘러나왔다. 동전을 떨어뜨리지 않으려고 다리를 힘껏 오므렸지만, 허벅지 사이를 달콤하고 따갑게 자극하는 감각은 사라지지 않았다.

두 사람의 눈길이 처음 마주쳤을 때 느꼈던 바로 그 찌릿찌릿한 감각. 배너의 손이 움직일 때마다 쾌감의 불길이 몸의 더 깊숙한 곳으로, 더욱 더 뜨겁게 번졌다.

흥분한 윌로우가 손바닥으로 배너의 손등을 힘껏 누르면서, 두 사람의 손이 함께 가슴에 파묻혔다. 배너는 윌로우의 소리 없는 애원을, 그이상의 애무를 허락한 것으로 받아들이고 치마 속으로 손을 집어넣었다. 윌로우는, 그의 손이 부드럽게 허벅지 위를 헤매고 있을 때도 배너의 의도를 짐작하지 못하고 있었다.

배너의 집게손가락이 곱슬곱슬한 음모를 스치는 순간, 훨씬 더 강렬한 충격을 받은 것도 그래서인지 모른다. 배너의 손가락이 갈라진 틈 안을 파고들자 윌로우의 몸이 경련을 일으켰다.

「동전.」

배너는 급박한 목소리로 윌로우에게 말했다.

「동전을 잊으면 안 돼, 윌로우.」

뜨거운 꿀이 흘러 넘치는 여성의 중심부에 배너의 손길이 닿을 수 있도록 다리를 벌려달라고, 암컷으로서의 본능이 윌로우에게 애걸을 하고 있었다.

동전 때문에 꿀이 넘치는 중심부에는 배너의 손길이 뻗칠 수 없었지만, 축축한 음모 속에 숨어 있는 뜨거운 잿불은 예외였다. 손가락을 한번 핑그르르 돌리기만 했는데도 잿불의 불꽃이 뜨겁게 확 피어올랐다. 윌로우는 몸을 들썩거리고 몸부림을 쳐봤지만, 퍼져 가는 달콤한 감각을 떨쳐내지 못했다.

쾌감이 온몸에 퍼지면서 희열의 파도가 정점을 향해 솟구쳤다. 자신의 입에서 흘러나온 흐느낌이나, 동전이 바닥에 떨어지는 소리를 듣지도 못한 채, 윌로우는 힘껏 배너의 팔에 매달렸다. 배너는 가늘게 몸을 떠는 윌로우를 꼭 끌어안고 머리카락에 입술을 파묻었다.

「오, 세상에!」

윌로우는 숨을 헐떡거렸다.

「난 지금까지…… 난 한번도…….」

옷깃을 가슴에 꼭 끌어안은 채 윌로우는 몸을 돌리고 배너를 노려보았다.

「비열한 악당! 상대에게만 즐거움을 주는 방법을 알고 있었으면서!」

배너는 땀에 젖은 머리카락을 윌로우의 뺨에서 떼어내면서 짓궂게 미소지었다.

「당신의 몸을 탐닉하면서 나 역시 최고의 쾌락을 얻었는데도?」

달콤한 고백에 윌로우의 마음이 녹아 내렸다. 윌로우는 배너의 입술에 자신의 입술을 겹치고 열정적으로 키스를 했다.

윌로우에게 간신히 몸을 떼면서 배너는 목을 졸린 사람처럼 목소리를 쥐어짜면서 말했다.

「동전을 잊지 마, 윌로우. 그리고 한 가지 더 해야 할 일이 있어.」

키스의 여운에서 헤어 나오지 못하면서 윌로우는 눈을 깜빡거렸다.

「그게 뭔데요?」

「나가.」

배너가 단호하게 말했다.

「나가다니요?」

「그래, 여기서 나가. 당장. 바로 지금.」

정신을 수습할 틈이나 동전을 주워들 틈도 없이 배너는 그녀를 침대밖으로 잡아끌고 똑바로 일으켜 세웠다. 그는 자식들에게 옷을 입히듯이 아무렇지도 않게 윌로우의 가운을 입혀준 다음, 문가로 내몰았다. 배너는 마지막으로 뜨거운 키스를 하고, 몸이 좌우로 왔다갔다하는 윌로우를 밖으로 밀어낸 다음, 코앞에서 문을 쾅 닫았다.

윌로우가 비틀거리면서 계단을 내려가려고 하는데, 갑자기 문이 벌컥 열렸다.

「윌로우?」

「음?」

꿈꾸는 듯한 미소를 흘리면서 윌로우가 나지막하게 대답했다.

배너는 문가에 기댔다. 헝클어진 머리카락과 게슴츠레한 눈이 사티로스(그리스 신화. 술의 신 디오니소스를 추앙하는 숲의 신. 술과 여자를 좋아했다고 함)처럼 매력적이고, 방탕해 보이게 한다.

「내일 밤에 다시 와. 그때는 내가 가지고 있는 비법을 당신에게 전수해주지.」

19

꾸벅꾸벅 졸고 있는 보초가 잠에서 깨기 전에 도개교에 도착하길 바라면서, 윌로우는 외투를 여미고 안뜰을 달렸다. 마음이 급한 와중에도 유혹을 이기지 못하고 배너의 침실을 한번 훔쳐코왔다. 깃털 요에 누워서 잠들어 있는 배너의 모습을 떠올리면서 윌로우는 미소를 지었다. 헝클어진 머리. 잠에 취한 얼굴. 잠에서 깨어난 후에도 부디 자신과 함께 나누었던 열정을 고스란히 간직하고 있기를.

「아씨! 아씨!」

피오나 할멈이 새벽 안개를 뚫고 모습을 드러내자 윌로우는 심장이 고동치는 가슴에 손을 얹었다.

「세상에, 피오나 할멈! 귀신인 줄 알았잖아요!」

그날 아침의 노파는 귀신 역할에 적격이었다. 아침 공기가 서늘한데도 불구하고 하얀 가운 위에 닳아빠진 숄 하나만 걸치고 있었으며, 틀어 올린 머리에서 빠져 나온 길고 부드러운 머리카락들이 얼굴 주위에 떠다녔다. 체구가 자그마한 노파가 이렇게 지쳐 보인 일은 처음이었다.

「송구스럽습니다요, 아씨. 창문에서 아씨를 보고 놓치진 않을까 해서 서둘러 달려왔습니다요. 메그즈가 복통을 일으키는 바람에 펙이 밤새도록 한잠도 못 잤지 뭡니까요. 잠이 들 만하면 메그즈가 울음을 터트려서 결국 두 아이 모두 목이 터져라 울어댄 게 몇 번인지 모르겠수.」

피오나 할멈은 쭈글쭈글한 팔에 들린 바구니를 윌로우에게 내밀었다.

「이 불쌍한 것을 잠깐 동안 봐주지 않으시려우?」

윌로우는 저도 모르게 뒤로 한 발자국 물러났다.

「이런, 피오나, 난⋯⋯.」

「하녀 아이를 하나 골라 일을 맡겨도 되지만, 다들 아씨처럼 젖먹이를 잘 다루진 못해서⋯⋯.」

노파의 아랫입술이 너무 처량하게 떨렸기 때문에 윌로우는 노파가 눈물을 터트리진 않을까 해서 불안했다.

「그러죠. 이리 주세요」

윌로우는 피오나 할멈에게 바구니를 받아서 한 팔로 안았다.

「신의 축복을 받으시길!」

다른 젖먹이가 날카롭게 울부짖는 소리가 고요한 아침의 정적을 깨뜨렸다. 잇몸을 드러내고 웃던 피오나 할멈이 흠칫했다. 나지막하게 욕지거리를 뱉으면서 노파는 성으로 다급히 돌아갔다.

윌로우는 젖먹이의 얼굴을 훔쳐보려고 피오나 할멈이 만든 바구니의 덮개를 젖혔다. 잠이 들어 있으리라고 기대했는데 의외로 아이는 눈을 말똥말똥 뜨고 윌로우를 올려다보고 있었다.

「안녕, 꼬마야.」

자신을 뚫어져라 응시하는 아이의 눈길 앞에서 어떻게 해야 할지 갈피를 잡지 못하고 윌로우가 중얼거렸다.

펙의 장밋빛 뺨은 전보다 통통해져 있었다. 쭈글쭈글하던 얼굴이 확 펴졌고, 늙은이처럼 보이던 얼굴이 이제는 요정처럼 보였다. 2주 전만해도 민둥산이었던 머리에는 황금색 솜털이 덮여 있었다. 윌로우는 유혹을 뿌리치지 못하고 손끝으로 아이의 머리를 문질렀다.

갑자기 젖먹이가 까르르 웃었다. 웃음소리가 너무 즐겁게 들렸기 때문에 윌로우는 저도 모르게 마주 웃었다.

「착한 것 같으니.」

위로 들린 코를 살짝 잡아당기면서 윌로우가 말했다.

젖먹이는 고사리 같은 손으로 윌로우의 손가락을 붙들었다. 자그마한 아이의 얼굴을 내려다보고 있으려니 애틋한 감정이 밀려왔다. 이 아이는 보통 아이가 아니라 배너의 아이였다. 이름도 얼굴도 모르는 어떤 여자의 배를 빌어 세상에 태어난 아이.

윌로우는 아이의 팔을 강보 안에 넣은 다음 덮개를 덮었다. 전 같았으면 젖먹이의 어미를 동정했을지도 모르지만, 바구니를 안고 도개교로 터벅터벅 걸어가는 윌로우의 마음속에는 그 여자에 대한 부러움이 고개를 쳐들고 있었다.

윌로우와 꼬맹이 펙이 문가에 서 있는 모습을 보는 순간, 네타의 얼굴이 백짓장처럼 창백해졌다.

네타는 한참 동안 바구니를 내려다보다가 갑자기 눈길을 윌로우에게 돌렸다.

「꿀단지와 초도 거절했는데, 왜 내가 이걸 원할 거라고 생각했는지 모르겠군요.」

윌로우는 문이 코앞에서 닫히리라고 생각하고 내심 움츠렸지만, 정작 네타는 몸을 획 돌리고 집안으로 들어갔다.

집으로 들어오라는 의사 표시는 아니었지만, 윌로우는 그냥 그런 척하기로 마음을 먹었다. 고개를 집안으로 들이밀었더니, 네타가 방 한가운데서 양팔로 자신을 꼭 감싸안고 있었다. 고작 문가에 얼굴을 내밀었을 뿐인데도 뼛속까지 추위가 스며들은 것처럼.

「아이를 데려왔다고 기분이 상하지 않으셨으면 좋겠어요. 피오나 할멈이 잠깐 봐달라고 부탁했거든요.」

「바구니는 벽난로 근처에 놓아둬요. 고뿔에 걸리면 안 되니까. 더구나 계집애는 몸을 차게 하면 좋지 않아요.」

몸을 돌리지도 않고 네타가 말했다.

윌로우는 바구니를 벽난로 근처에 놓아두고 외투를 벗어서 의자에 걸어놓았다.

「계집아이인지 어떻게 알았어요?」

네타가 지친 어깨를 무심하게 으쓱했다.

「계집애든 사내애든 상관없어요. 죽는 순간까지 노동과 상심으로 일관된 세월을 보낼 운명인 것을.」

윌로우가 빙그레 웃었다.

「배너가 가만히 있지 않을 걸요. 자식들 때문에 골치를 썩고 있긴 해도, 아이들의 행복을 위해서라면 목숨까지 버릴 사람이니까요.」

네타는 몸을 돌리고 씁쓸한 미소를 지었다.

「그리도 좋은 아비를 두었으니, 이 아이는 복을 받았다고 생각해야겠지요.」

「그럼요, 그래야지요.」

아이의 아버지를 생각하면서 윌로우가 부드럽게 대답했다.

네타는 침대 발치에 앉아서 호기심과 경계심이 섞인 눈길로 윌로우를 바라보았다.

「솔직히 말해서 다시 찾아올 거라는 생각은 안 했어요.」

「왜요? 네타가 일러준 비법이 얼마나 효과가 있었는데요.」

「정말 효과가 있었어요? 이런, 난 영주님이 아씨를 비웃으면서 방에서 내쫓을 거라고 생각했는데!」

네타가 눈을 커다랗게 뜨고 말했다.

「왜 그런 생각을 했어요?」

한동안 몸이 굳어서 가만히 있던 윌로우가 부드럽게 말문을 열었다.

속마음을 너무 많이 들켜버렸다고 생각한 듯, 네타는 아랫입술을 깨물었다. 어깨를 으쓱했지만 전처럼 '무심'하게 보이진 않았다.

「악의는 없었어요. 그저 웃자고 한 이야기였으니까요.」

「순진한 나를 비웃고 싶어서 농을 했어요, 아니면 내 무지를 비웃고 싶어서 그랬어요? 내가 찾아왔다는 소문을 마을에 퍼트려서, 이제는 모두들 나를 미치광이일 뿐 아니라 바보라고 생각하게 된 건가요?」

마을 사람들처럼 배너도 자신을 비웃고 있을 거라는 생각만 해도 마음이 아파서 견딜 수 없었다. 어젯밤의 일을 그저 어리석은 처녀가 충동적으로 저지른 실수라고 생각하는 것은 아닐까. 의자에서 벌떡 일어난 윌로우는 외투를 홱 잡아채서 몸에 걸쳤다.

그녀는 목소리와 손을 떨지 않으려고 애쓰면서 벨벳 지갑을 소매에서 꺼낸 다음 침대에 던졌다.

「이 정도면, 장사할 시간에 바보를 상대해주느라 버린 돈을 충분히 상쇄하고 남을 거예요」

윌로우가 문가로 걸어가자, 네타는 침대에서 벌떡 일어나더니 쭐래쭐래 뒤따라왔다.

「그럼, 나는 이제 어떤 처벌을 받게 되는 건가요? 옷을 홀딱 벗겨놓고 타르를 뿌린 다음 깃털을 꽂을 건가요(수치심과 굴욕감을 주기 위한 처벌. 중세는 물론 미국 초기 개척시대에까지 이어졌음. 허클베리핀의 모험을 상기할 것), 아니면 마을에서 내치실 생각인가요? 돌팔매질을 당하는 신세가 되는 건 아니랍니까?」

네타는 거침없이 말을 퍼부었지만, 내심 불안해하는 눈치였다.

윌로우는 네타에게 냉담한 눈길을 보냈다.

「내가 미련해서 저지른 짓인데 당신을 처벌할 까닭은 없지요. 안 그런가요?」

그녀는 두건을 쓰려고 하지도 않고 집을 나왔다. 아직 이른 때라, 마을 사람들은 별로 눈에 띄지 않았다. 윌로우는 호기심 어린 시선들을 똑바로 받으면서, 도전적인 눈길을 되돌려주었다. 언덕을 반쯤 올라갔을까, 문득 펜을 놔두고 왔다는 사실을 깨달은 윌로우는 공포에 질려서 석상처럼 굳어졌다.

그녀는 몸을 홱 돌리고 외투를 날리면서 언덕 아래로 질주했다. 네타의 집 앞에 도착했을 때, 젖먹이가 귀청이 떨어져라 울어대는 소리가 들려왔지만 이내 거짓말처럼 잠잠해졌다.

문은 아직도 열려 있었다. 윌로우는 비틀거리면서 방안에 들어가서 바구니를 찾았다. 벽난로 옆에 놓아두었던 바구니가 비어 있는 것을 눈으로 확인하는 순간, 하늘이 노래지는 기분이었다.

문득 방 한구석에서 콧노래 소리가 들려왔다. 재빨리 그쪽으로 몸을 돌렸더니, 네타가 침대 끝에 앉아서 강보에 쌓인 꾸러미를 내려다보고 있었다. 꾸러미는 몸을 옴죽거리면서 까르르 웃었다가, 맥주를 거나하게 들이킨 장정처럼 요란하게 트림을 했다.

네타는 고개를 들고 환하게 미소지었다.

「이 아이가 날 좋아하는 것 같아요. 내가 노래를 부르니까 금세 조용해지더군요.」

윌로우는 의자에 털썩 앉아서 소매로 땀에 젖은 이마를 닦았다.

「두 사람이 사이가 좋아서 다행이네요. 내가 숨을 좀 돌리면 같이 돌림노래라도 불러봐요.」

갑자기 무슨 생각이 들었는지 네타는 흠칫해서 젖먹이의 얼굴에 고정되어 있던 눈길을 확 거두었다. 입가에 머물러 있던 환한 미소도 어느새 사라져버렸다. 그녀는 자리에서 일어나서 윌로우에게 아기를 떠밀었다.

「송구스럽습니다, 아씨. 잠시 제 처지를 망각했어요. 이런 손으로 아이를 만질 생각을 하다니…….」

윌로우는 수심에 잠긴 여자의 얼굴을 한동안 유심히 쳐다보다가 손을 내저었다.

「깨끗한 손인데 안 될 게 뭐가 있어요? 그런데 아이를 안을 때는 한 손으로는 머리를, 다른 손으로는 엉덩이를 받혀야 돼요. 안 그러면 물고기처럼 파닥거리기 십상이거든요.」

한동안 망설이던 네타는 젖먹이를 다시 가슴에 안았다. 고개를 들고 윌로우를 바라보는 눈길이 한결 부드럽다.

「지금까지 지체 높은 마나님들을 많이 만나봤지만, 대접을 받을 자격이 있는 사람은 아무도 없었어요. 아직 생각이 바뀌지 않으셨다면, 영주님을 즐겁게 해드릴 방법을 알려드리지요」

윌로우의 입술에 의미심장한 미소가 떠올랐다.

「하나도 빼지 않고 모두 알고 싶어요」

정오가 되기 전에 아침 안개는 강 하구로 떠내려갔다. 하늘에 구름한 점 없는 맑은 오후를 약속하면서. 그들은 겨울 내내 성에 갇혀 지낼 것을 염두에 두고 미리 자유를 만끽할 셈으로, 성밖으로 쏟아져 나왔다.

안뜰에서는 새된 웃음소리와 달음질하는 어린아이들의 발자국 소리가, 훈련터에서는 모의 전투에 임하는 병사들의 검과 검이 부딪히는 소리와 하늘을 찌를 듯한 함성소리가 울려 퍼졌다. 빨랫감을 놔두고 볕을 쐬러 나온 세탁부들은 굵은 팔뚝을 흔들어대면서 수다를 떨고 있었다.

윌로우, 비어트릭스, 그리고 메리 마거릿은 표적으로 쓰일 인형을 질질 끌면서 훈련터 근처에 있는 풀밭으로 걸어갔다. 활 쏘는 법을 가르쳐달라고 끊임없이 조르는 메리 마거릿의 부탁을 들어주기로 하다니, 그다지 현명한 선택을 한 것 같지는 않았지만 최소한 길고 지루한 시간을 때우는 데 도움이 될지도 모른다. 윌로우는 기대감 때문에 몸이 떨렸다. 네타에게 비법을 전수 받았으니, 오늘밤에는 미소와 동전보다 훨씬 더 강력한 무기를 들고 남편의 침실에 찾아갈 수 있으리라.

「갑자기 왜 얼굴을 붉히는 거야?」

비어트릭스의 비난 섞인 말이 윌로우의 백일몽을 깨뜨렸다.

「무슨 소리를 하는 거니? 볕이 따가 와서 얼굴이 빨개진 것뿐인데.」

비어트릭스가 코웃음을 치자 차가운 허공에 콧김이 구름처럼 피어올랐다.

「상상을 하느라 그런 건 아니고?」

비어트릭스는 윌로우의 귓가에 대고 속삭였다.

「아니면 이미 실현된 꿈을 다시 되새기고 있는 거야? 어젯밤에 언니가 침대에 기어 들어온 시각을 따져보면 그런 생각이 절로 드는 걸.」

윌로우는 비어트릭스를 노려보았다. 말썽만 피우는 여동생과 침실을 함께 쓰니 불리한 점이 한두 가지가 아니다.

비어트릭스가 근처 나무에 표적용 인형을 묶는 동안, 윌로우는 메리 마거릿을 데리고 자그마한 동산 위로 갔다. 소녀의 활은 데즈먼드의 활보다 훨씬 작았으며, 화살은 다트와 엇비슷한 길이였다. 윌로우는 메리 마거릿의 뒤쪽에서 무릎을 꿇고 소녀에게 활 쏘는 법을 가르친 결과가 머리와 팔다리가 달아난 인형들의 몸에 구멍이 숭숭 뚫리는 정도에서 그치기만을 간절히 기도했다.

「우리 엄만 화살에 찔려서 하늘 나라에 갔어.」

윌로우가 화살을 메운 활을 고사리 같은 손으로 제대로 쥘 수 있게 봐주는 동안, 메리 마거릿이 선언했다.

「우리 엄마도 하늘 나라에 가셨단다.」

「화살에 찔려서?」

「아니. 내가 태어났을 때 어머니가 많이 편찮으셨대.」

윌로우는 메리 마거릿의 뺨에 자신의 뺨을 비비면서 손을 겹쳤다.

「어쩌면 말이다. 우리 두 사람의 엄마가 지금 미소를 지으면서 우릴 내려다보고 계실지도 모르잖니.」

「무서워서 몸서리를 치고 있을지도 모르지.」

비어트릭스가 날카로운 화살촉을 흘깃 보면서 중얼거렸다.

소녀가 활을 제대로 쥐었다는 확신이 들었을 때 윌로우는 뒤로 물러났다.

「저기 저 인형의 가슴에 빨갛게 칠해놓은 심장이 보이니? 거길 겨누면 된단다. 할 수 있겠니?」

메리 마거릿은 고개를 끄덕였다. 소녀는 눈을 가늘게 뜨고 활시위를 잡아당겼다. 윌로우는 숨을 멈추고 '핑' 소리가 나길 기다렸다.

「실수로 머릴 쏘면 어떡해?」

활을 옆으로 치우면서 메리 마거릿이 불쑥 말했다.

윌로우가 소녀의 손에서 부드럽게 활을 빼내는 동안, 잔뜩 겁을 먹은 비어트릭스는 자맥질하듯 고개를 푹 숙이고 있었다.

「화살을 쏠 때는 과녁에서 절대로 눈을 떼면 안 돼. 알겠니?」

「저기 좀 봐.」

훈련터를 쳐다보면서 비어트릭스가 중얼거렸다.

「배너 경이잖아.」

「어디?」

활을 손에 들고 있다는 사실은 망각한 채, 윌로우는 몸을 휙 돌렸다.

처음에 그녀는 여동생이 장난을 친 것이라고 생각했지만 풍채로 보나, 걸음걸이로 보나, 홀리스 경과 함께 걷고 있는 사람은 배너가 틀림없었다. 홀리스 경을 비롯해서 훈련터에 있는 병사들을 모두 통틀어 봐도 신장이 배너와 엇비슷하거나 더 큰 사람은 거의 없었다. 배너가 고개를 숙이자, 까마귀처럼 새까만 머리카락이 햇살을 받아 윤기가 흘렀다. 그 뒤를 켈과 에드워드가 졸졸 따라다니고 있었는데, 두 아이의 머리카락도 검은색과 황금색이었기 때문에 어른들과 묘한 조화를 이루었다. 갑옷을 점검하는 동안, 에드워드의 몸이 갑자기 다리에 쿵 하고 부딪혔기 때문에 배너는 성난 표정을 지었다.

배너가 슬며시 곁눈질을 하면서 환한 미소를 짓지 않았다면, 너무 바쁜 나머지 자신의 시선을 의식하지 못하리라고 생각했을지도 모른다.

고대했던 '핑' 소리가 들렸다. 화살은 활을 떠나 훈련터의 울타리를 향해 깨끗하게 원을 그리면서 날아갔다.

메리 마거릿은 충격을 받아서 몸이 굳어진 윌르우의 소매를 잡아당겼다.

「언니! 언니가 우리 아빠를 쐈어! 그럼, 이제 아빠도 하늘 나라로 가는 거야?」

20

월로우의 예상과는 달리, 배너는 비틀거리지도 않고 아무렇지도 않게 화살을 어깨에서 뽑아들더니, 의아한 얼굴로 한번 내려다본 뒤에 등뒤로 휙 던졌다. 조금 있으면 분명히 자기가 흘린 피 웅덩이 위에 얼굴을 박고 쓰러지겠지.

월로우는 치마를 들어올리고 풀밭을 질주했다. 그녀는 품위 없이 아래로 기울어진 울타리를 뛰어넘고 비틀거리다가 배너의 품에 안겼다.

월로우의 입에서 앞뒤가 안 맞는 말이 우박처럼 쏟아졌다.

「오, 배너. 날 용서해줄 수 있겠어요? 화살을 들고 있는 걸 깜빡 잊고…… 당신을 봤는데, 당신이 날 보고 미소를 지어서…… 메리 마거릿에게 과녁에서 눈을 떼지 말라고 그랬는데…… 정말, 당신을 쏠 생각은 없었어요. 맹세해요!」

배너는 월로우의 양쪽 팔꿈치를 손바닥으로 감싸서 넘어지지 않게 지탱해주었다.

「그게 당신 화살이었소? 난 시동이 실수를 한 줄 알았지.」

윌로우는 배너의 팔을 잡아당겼다.

「어서요. 쓰러지기 전에 빨리 누우셔야 돼요!」

「아무렇지 않은데도?」

어리벙벙한 얼굴로 홀리스를 한번 쳐다보면서 배너가 말했다.

「그럴 리가 있나요? 너무 고통스럽고 피를 많이 흘려서 판단력이 흐려지신 거예요.」

윌로우는 배너의 목을 끌어안고 바닥에 끌어내리려고 안간힘을 썼다. 레슬링을 하고 있는 두 사람에게 병사들의 호기심 어린 눈길이 하나, 둘 쏠리고 있었다.

「알았소! 알았다니까!」

배너는 풀밭 위에 무릎을 꿇으면서 소리를 질렀다.

「그렇다고 내 목을 조를 것까진 없잖소.」

구경꾼들이 주변에 모여들었다는 것도 자각을 못하고, 윌로우는 배너의 머리를 무릎에 올려놓고 부드럽게 머리카락을 쓰다듬기 시작했다.

「이제 좀 괜찮지 않아요?」

「정말 괜찮은 걸.」

윌로우의 젖가슴에 머리를 더 깊숙하게 파묻으면서 그가 중얼거렸다.

두 사람을 지켜보고 있던 홀리스가 눈알을 뒤룩거렸다.

「놀라실 이유가 전혀 없습니다, 아씨. 영주님은 이것보다 훨씬 더 끔찍한……」

배너는 헛기침을 해서 홀리스의 말을 가로막았다.

「아씨의 말씀이 옳을지도 모르네.」

배너는 슬며시 눈을 감으면서 말을 이었다.

「조금 어질어질한 느낌이 들거든.」

그 외에 다른 느낌도 있었다. 비록 대부분이 사타구니에 집중된 것이 긴 했지만. 병사들 앞에서 여자의 무릎을 베고 누워 있다니, 전 같으면 상상도 못할 일이었다. 하지만 윌로우가 뜻 없이 중얼거리는 말들이 사이렌(그리스 신화. 반은 요정, 반은 사람. 뱃사람들을 아름다운 목소리로 유혹해서 죽였다고 함)의 노랫소리처럼 달콤하고 매혹적이었다. 부드러운 손길이나 사랑스러운 목소리처럼 여자들에게서만 얻을 수 있는 것에 대해서 문외한은 절대 아니었다. 오히려 여자들과 여러 가지 형태의 즐거움을 나누지 않았던가. 하지만 지금까지 한번도 여자가 제공해주는 안락함에 기대려고 한 적이 없었다. 안락함과 약함을 동일시하고 있었으므로.

윌로우가 배너의 주위에 짜놓은 희뿌연 은색 거미줄을 데즈먼드의 쌀쌀맞은 목소리가 찢었다.

「어떻게 된 거예요?」

「언니가 아빠를 쐈어. 아빤 이제 하늘 나라에 갈 거야.」

배너는 한쪽 눈만 뜨고 딸아이를 올려다보았다. 황금색 고수머리가 햇살을 받아 후광처럼 얼굴을 감싸고 있었다.

「아빠가 죽으면 많이 보고 싶어해줄 거니, 아가?」

메리 마거릿은 한동안 생각에 잠겨 있다가 무심히 어깨를 으쓱했다.

「별로 보고 싶을 것 같지 않아. 하늘 나라는 프랑스보다 훨씬 가까울 걸.」

「당장 고꾸라져서 뒈져보시지. 그래서 지옥에 떨어진다고 한들, 내가 상관할 것 같아!」

윌로우는 숨을 헉 들이마셨고, 배너의 양쪽 눈동자가 확 떠지더니, 데즈먼드의 반항적인 얼굴에 눈길이 머물렀다. 켈과 에드워드는 웃음소리가 새어나오지 않게 하려고 손으로 입을 틀어막았다. 병사들은 발을 질질 끌면서 불안한 눈길을 주고받았다.

배너는 지친 얼굴로 한숨을 내쉬었다.

「실망시켜서 미안하다만, 내가 지금 갈 곳은 지옥이 아니라 침실이란다.」

「걸을 수 있겠어요?」

윌로우가 데즈먼드를 매섭게 쩨려보면서 물었다.

「아니면 병사들에게 들것을 가져오라고 시킬까요?」

「걸을 수 있을 것 같소.」

배너는 숱이 많고 짙은 속눈썹을 과시라도 하듯이 윌로우에게 눈을 깜빡거렸다.

윌로우는 배너를 부축해서 일으켜 세운 다음, 가냘픈 어깨로 그의 어깨를 받혔다.

두 사람이 비틀비틀 성으로 걸어가자, 수비대장 대런 경이 투구를 벗고 회색 머리칼을 긁적거렸다.

「정말 기이한 일이군요. 쁘와띠에에서 교전을 벌일 당시, 영주님은 등에 무수히 많은 화살이 꽂혀 있었음에도 불구하고 아무렇지도 않게 해자에서 나오시지 않으셨습니까?」

「더구나 영주님은 적들에게 죽도록 고문을 당하시고도 혼자서 깔레의 지하감옥에서 탈출하신 분이 아닙니까?」

옆에서 다른 병사가 거들었다.

대런이 고개를 흔들었다.

「우리들에게조차 축 늘어진 모습을 보이시면 안 될 텐데.」

「그 점은 걱정하지 말게나. 아씨가 옆에 계시는 한, 영주님이 '축 늘어지는' 일은 없을 테니.」

홀리스가 목에 힘을 주고 의미심장하게 말했다.

윌로우는 배너의 허리에 팔을 단단히 두르고 통로를 지나면서 우왕좌왕하는 하녀들과 시동들에게 붕대와 뜨거운 물, 그리고 약초들을 가져오라고 목청껏 소리를 질렀다.

계단을 오르면서 그녀는 문득 배너가 자신을 곁눈질하고 있다는 사실을 깨달았다.

「왜 그러세요?」

「목소리가 그리도 걸걸한 것으로 보아 하니, 혹시 당신이야말로 생선장수가 아니었소?」

배너가 갑자기 자신의 어깨를 부여잡고 괴로운 신음 소리를 흘리는 바람에 윌로우는 실없는 소리를 하지 말라고 잔소리를 할 기회를 놓치고 말았다. 배너를 침대에 눕히고 난 뒤에야 불안한 마음이 조금 가신 윌로우는 문 밖에 하인들이 놓아둔 물건들을 가지러 갔다.

배너는 두 겹으로 겹쳐놓은 베개 위에 편안히 몸을 싣고 윌로우가 붕대, 뜨거운 물이 담긴 대야, 신선한 약초들이 담긴 그릇을 긴 의자 위에 가지런히 놓아두는 모습을 지켜보았다.

「당신도 아시겠지만, 데즈먼드는 마음에도 없는 말을 한 거예요.」

배너를 쳐다보지도 않고 윌로우가 입을 열었다.

그 말을 듣고 배너는 코웃음을 쳤다.

「그럴 리가 있나. 녀석은 날 죽도록 미워하는 것을.」

마요나라(Marjoram, 약용, 식용으로 쓰이는 박하류의 풀)를 조금 집어서 가루로 만든 다음, 물 속에 떨어뜨리면서 윌로우는 고개를 흔들었다.

「당신을 미워한다면 무관심하지, 무슨 이유로 화를 내겠어요?」

배너는 고개를 들고 윌로우의 안색을 살폈다.

「고집 센 내 아들 녀석에 대해서 어찌 그리 잘 아시오?」

윌로우는 붕대를 가늘고 길게 접은 다음, 그 중의 반을 뜨거운 물에 담갔다.

「내게도 데즈먼드처럼 아버지의 시선을 끌 수만 있다면 무슨 짓이라도 하려고 했던 시절이 있었으니까요. 아버지한테 '차라리 죽어버려요'라는 불효 막심한 말까지 한 걸요. 생전 보지도 못한 남자와 혼인을 하라고 고집을 하시는 바람에, 그런 말을 했었지요.」

일순, 배너의 얼굴에 그림자가 드리워졌다.

「그때 아버지에게 반란을 일으킨 것을 후회하고 있겠지? 여기 온 이래 그런 마음이 안 들었다면 그게 오히려 이상할 거야.」

윌로우는 대답을 회피하고 대신 경쾌하게 말했다.

「상처를 좀 봐야겠어요. 괜찮겠지요?」

어깨를 감싸고 있던 손을 윌로우가 부드럽게 들어올리자 배너는 움찔했다. 어리둥절해진 윌로우는 이마를 찡그리면서 손끝으로 깨끗한 셔츠를 쓰다듬었다. 그리고 반대편 어깨에 눈길을 돌렸더니, 가늘게 찢어진 자국이 있었다.

배너는 재빨리 그쪽 어깨에 손을 올려놓았다.

「통증이 심해지면 무감각해진다는 얘기가 있잖소」

「그런가요?」

윌로우가 눈을 가늘게 뜨고 차근차근 배너를 훑어보았다. 청동색으로 그을린 피부는 창백해지기는커녕, 제 색깔을 그대로 유지하고 있었다.

셔츠를 벗기는 윌로우의 손길이 전보다 덜 조심스러웠다. 하지만 매끈한 피부에 남은 흉측한 상처자국이 눈에 들어오자, 동정심과 후회가 다시 한 번 물밀듯이 밀려들었다.

「내가 정신을 바짝 차리고 있었어야 하는 건데…….」

윌로우는 물에 적신 붕대를 힘껏 쥐어짠 다음, 어깨에 흐르는 피를 부드럽게 닦아냈다.

「영원히 용서하지 않겠다고 해도, 난 할말이 없어요.」

배너는 한숨을 크게 내쉬었다.

「난 뒤끝이 없는 편이니까 안심해도 될 거요」

윌로우는 배너의 셔츠를 어깨 아래로 끌어내리려고 했지만, 최고급 리넨 천이 말을 듣지 않았다.

「옷을 벗으면 상처를 닦아내기 쉬울 것 같아요」

배너의 말을 들어볼 생각도 없이 윌로우는 힘껏 셔츠를 머리 위로 잡아당겼다.

「별로 좋은 생각은 아닌 것 같은데…….」

배너의 목소리가 셔츠에 파묻혀서 자그마하게 들렸다.

하지만 셔츠는 이미 윌로우의 손으로 넘어간 뒤였다. 한편 윌로우는 놀란 얼굴을 숨기려고 하지도 않고 배너의 가슴을 뚫어져라 응시했다. 힘이 넘치는 근육과 곱슬곱슬한 털로 예술품을 빚어낸 것은 조물주였으며, 그것을 파괴하려고 갖은 수단을 동원한 것은 인간이었다.

구멍 틈으로 훔쳐보았을 때는 꺼져 가는 촛불이 배너가 간직한 비밀을 숨겨주었기에, 윌로우는 지금까지 아무것도 모르고 있었다. 그녀는 떨리는 손을 뻗어서 가슴뼈 상단에서 흉곽으로 이어지는 흉터자국을 쓰다듬었다.

「그건 내가 처음 마상 시합에 참가했을 때 생긴 상처요.」

윌로우의 얼굴에 눈길을 고정시킨 채, 배너가 부드럽게 말했다.

「창이 피부를 살짝 스치기만 했으니, 운이 좋은 편이었지.」

윌로우는 왼쪽 젖꼭지를 가로지른 가느다란 흉터자국과 심장 주위를 쓰다듬은 다음, 어떻게 된 일인지 궁금하다는 듯이 배너의 얼굴을 바라보았다.

「단검으로 찔린 상처요. 프랑스의 필립 왕이 고용한 자객의 소행이었지. 놈은 한밤중에 막사 안에 기어 들어와서 나를 찌르고 도망쳤소.」

배너의 입가에 위협적인 미소가 떠올랐다.

「다음 날 내가 검을 돌려주려고 막사를 찾아갔더니, 놈이 대경실색을 하더군.」

윌로우는 오른쪽 가슴에 원형으로 남은 상처자국과 그와 동일한 자국이 좌우로 남아 있는 심장을 쓰다듬었다.

「화살. 다른 화살. 또 다른 화살.」

배너가 한숨을 내쉬면서 털어놓았다.

윌로우의 손이 하복부에서 시작해서 바지 속으로 사라져버린 매끈매끈하고 주름진 피부를 스치자, 배너는 떨리는 숨결을 들이마셨다.

「끓는 기름.」

배너가 무심하게 어깨를 으쓱했다.

「실수로 생긴 상처는 그거 하나요. 내가 벽을 신속하게 타넘었으면 부상을 입지 않았겠지.」

윌로우가 상체를 앞으로 당기자 배너는 몸이 굳어졌지만, 저항은 하지 않았다. 배너의 등이 눈에 들어오는 순간, 목구멍에서 신음 소리가 나오다가 말았다.

배너의 등에는 화살로 인한 상처가 헤아릴 수 없이 많았다. 윌로우의 눈이 시큰시큰해진 것은 바로 그 전장이 남긴 상흔 때문이 아니라, 어깨에서 등으로 이어지는 십자 형태의 가느다란 채찍자국들 때문이었다.

윌로우의 손가락이 그 중 하나를 죽 따라가면서 훑자, 배너의 몸이 굳어졌다.

「그래봐야 스무 번 맞은 것뿐이오 당시 존경해마지 않던 프랑스의 교도관들은 내가 그 채찍으로, 날 때린 보초를 목 졸라 죽였기 때문에 아주 불쾌하게 생각했었지.」

감정이 복받쳐서, 윌로우는 배너의 허리를 껴안고 등에 뺨을 댔다. 눈물로 상처를 치유할 수만 있다면 얼마나 좋을까.

배너의 폐부에서 떨리는 숨결이 흘러나왔다. 비인간적인 고문이나 육체적인 고통을 몸의 일부분처럼 달고 살았지만, 윌로우의 눈물처럼 견디기 힘든 괴로움은 없었다.

그는 씁쓸한 웃음으로 상처받은 마음을 가리려고 애썼다.

「당신이 얼굴을 보이지 않으려고 하는 것도 당연하지. 내 몸이 얼마나 보기 흉한지 나도 잘 알고 있소 죽은 아내들과 밝은 곳에서 동침을 하지 않았던 것도 바로 그래서요」

윌로우의 입술이 꽃송이처럼 벌어지면서 배너를 '고통'과 '쾌락'의 중간 지점에 올려놓았다.

「당신의 몸에 남은 흉터들은 당신이 얼마나 명예로운 사람인지 증명해주는 징표일 뿐이에요 내 눈에는 아름답게만 보이는 걸요」

윌로우가 흉터에 차례로 입을 맞추자 배너의 몸이 긴장했다.

「나한테 이런 고백까지 하게 할 만큼 당신이 잔인할 줄은 몰랐소」

배너가 떨리는 목소리로 말했다.

「좋소, 솔직히 고백하리다. 당신이 내 몸에 남긴 상처는 생채기에 불과할 뿐이오 아프다는 건 자식들에게서 벗어나려고, 자정이 되기 전에 당신을 침대로 유혹하고 싶어서 꾸며낸 변명에 불과하지. 애초에 어지럼증 같은 것은 생기지도 않았소」

윌로우가 목덜미를 살짝 살짝 깨물기 시작하자, 배너의 눈이 스르륵 감겼다.

　그녀는 배너와 처음 대면했던 순간을 아직도 기억하고 있었다. 배너가 살아 있는 사람이라는 것을 확인하기 위해서, 그가 지닌 불완전한 면들을 얼마나 탐험해보고 싶었던지. 수염이 거뭇거뭇한 턱을 코로 문지르고 향긋한 살 냄새를 들이마시면서 '상상 속의 왕자'의 얼굴은 너무 창백하다는 생각을 했다. 배너의 눈이 감기면서 짙은 속눈썹이 뺨에 드리워졌다. 윌로우가 입술이 겹치는 순간, 배너의 목구멍 깊은 곳에서 신음 소리가 흘러나왔다.

　'상상 속의 왕자'는 흠잡을 곳 없이 고른 치아를 지니고 있었지만, 보일 듯 말 듯 끄트머리가 살짝 깨진 배너의 앞니가 더욱 더 매력적이었다. 윌로우는 앞니의 들쭉날쭉한 가장자리를 혀로 더듬어서 배너를 극도의 흥분상태로 몰고 갔다. 하지만 배너가 입 속에서 잡힐 듯 말 듯 하는 '전리품'을 차지하기도 전에, 윌로우는 아래로 움직였다.

　'상상 속의 왕자'의 가슴은 소년처럼 매끄럽고 털이 없었다. 윌로우는 손톱을 세우고 배너의 가슴에 소용돌이치는 검은 털 숲을 죽 훑으면서 곱슬곱슬한 촉감을 음미하다가, 가슴뼈에서 시작해서 흉곽에 이르는 흉터에 입을 맞췄다.

　고통만 있었던 자리에 쾌감을 주고 싶다는 열망 하나로, 윌로우의 촉촉한 입술과 혀가 흉터자국을 헤맸다. 윌로우는 자객의 검이 새긴 참혹한 상처자국을 어루만졌다. 누군가 자신의 손바닥 아래에서 힘차게 뛰고 있는 심장을 멈추려고 했다는 사실을 생각만 해도 몸서리가 쳐졌다. 윌로우의 혀가 단단해진 돌기 주위를 핑글핑글 회전하자, 배너는 그녀의 머리를 감싸쥐고 욕설이라고 하기보다는 기도처럼 들리는 욕지거리를 나지막하게 내뱉었다.

　윌로우의 주름진 입술이 화살을 맞아 생긴 흉터들의 주변에 잡힌 주름을 애무하면서 천천히 아래로, 아래로, 아래로 내려가서 복부에 남은 화상자국에 도달했다.

　10년이 넘는 세월 동안 그 자리에서는 아무 감각도 느끼지 못했다고 맹세할 수 있었지만, 윌로우의 도톰한 입술이 죽은 살만 남은 피부를 훑는 모습을 지켜보고 있노라니 현기증이 일어날 정도로 뜨거운 욕구가 치솟았다.

윌로우가 달콤한 입술로 흉터자국이 이어지는 바지 윗부분을 애무하자, 미쳐 날뛰는 기대감으로 인해 근육이 일시에 수축했다. 배너는 윌로우의 어깨를 붙들고 눈과 눈이 마주칠 때까지 들어올렸다.

「당신에게 경고하는데, 지금 내겐 1실링짜리 동전이 없소.」

배너가 으르렁거렸다.

윌로우의 입가에 대담하면서도, 실크처럼 부드러운 미소가 떠올랐다.

「무릎 사이에 끼워놓고 있을 요량이 아니라면, 동전 같은 건 없어도 된답니다.」

윌로우가 고개를 숙이고 이빨로 바지 끈을 잡아당기는 순간, 배너의 경계심은 충격으로 모습을 바꾸었다. 바지가 살짝 흘러내리자, 윌로우는 햇살의 입맞춤을 거의 받지 못하는 아랫배에도 키스를 할 수 있었다. 윌로우의 혀가 불러일으킨 불꽃은 배너로 하여금 '천국'과 '지옥'을 오가게 했다.

배너는 털썩 베개에 쓰러져서 한 팔로 얼굴을 가렸다.

윌로우의 입술에서 경탄의 한숨소리가 흘러나왔다. 지금까지 윌로우가 보고 느꼈던 불완전했던 면모들이 지금 눈앞에 있는 완벽한 것을 더욱 더 압도적으로 보이게 했다.

윌로우의 입술이 부드럽게 남성을 감싸자, 배너의 허리가 위로 솟구쳤다. 메리나 마거릿은 한번도 배너에게 이런 기쁨을 주려고 하지 않았고, 자존심 때문에 부탁을 할 수도 없었다. 두 사람을 가려줄 어둠이나 이불도 없었으며, 유리창으로 쏟아져 들어오는 찬란한 햇살이 윌로우의 머리카락을 은빛으로 물들였다.

윌로우가 악녀인지 천사인지 마음을 정하지 못한 배너는 매끄러운 고수머리를 움켜쥐었다. 사실 어느 편이든 상관이 없었다. 윌로우로 인해 달콤한 죽음을 맛보면서 절정에 도달한 배너는 머리를 젖히고 짐승처럼 소리를 질렀다.

그는 강렬한 절정의 여파에 휩싸인 채 윌로우를 위로 끌어올렸다. 두 사람의 혀가 얽히면서 오랫동안 뜨거운 키스가 계속되었다.

격렬하게 문을 두드리면서 메리 마거릿이 '언니, 아빠가 하늘 나라에 갔어요?'라고 다급하게 외치는 소리가 들리자, 두 사람은 동시에 튈 듯이 놀랐다.

배너는 윌로우의 머리카락에 웃음을 실었다.

「그래, 천국에 갔지.」

그가 나지막하게 속삭였다.

「당신이 날 거기까지 데려다준 거야.」

성당의 종소리가 열 두 번 울렸을 때, 윌로우는 나무 쟁반을 한 팔로 끌어안고 배너의 방안으로 슬며시 들어갔다. 그녀는 탁자 위에 치즈와 빵, 그리고 와인잔을 그림 속의 정경처럼 보기 좋게 배열해놓았다.

횃불을 빼들고 그날 저녁 미리 준비해둔 불쏘시개에 불을 붙였다. 땔감으로 쓰인 소나무의 상쾌한 향내와 함께, 기분 좋게 불이 타오르는 소리가 방안에 가득 찼다.

윌로우는 만족스럽게 노력의 성과를 둘러보았다. 하지만 아늑한 분위기와 음식, 그리고 포도주는 앞으로 있을 즐거움에 비하면 아무것도 아니었다. 배너가 했던 말을 떠올리는 윌로우의 숨결이 거칠어졌다. 그는 윌로우의 귓가에 보복을 하겠노라 속삭이고 마지못해서 그녀를 놓아준 다음 '아빠는 아직 하늘 나라에 가지 않았다'는 것을 눈으로 확인시켜주려고 메리 마거릿에게 갔다.

침대 덮개들은 구겨져 있었고, 요에는 아직도 배너가 누웠던 자국이 남아 있었다. 윌로우는 신발을 벗어 던지고 침상에 기어올랐다. 그리고 배너가 남긴 커다란 자국 속에 몸을 웅크리고 누웠다.

윌로우가 눈을 떴을 때, 성당의 종소리가 다시 울렸다. 한 번, 두 번, 세 번.

그녀는 어리둥절하고 머리가 혼란스러운 상태로 침대에 일어나 앉아서 눈을 비볐다. 치즈와 빵은 그대로 있었고, 벽난로 불빛이 희미하게 타오르고 있었다.

「배너?」

윌로우가 조심스럽게 속삭였지만, 침묵만이 돌아왔다.

신발을 신지도 않고 윌로우는 침실에서 나와 소리 없이 계단을 내려갔다. 그녀는 처음 눈에 들어오는 방을 골라 문을 열고 머리를 디밀었다. 각자 침대가 있는데도 불구하고 거의 매일 데즈먼드, 에니스, 켈, 에드워드는 거대한 사주식 침대에 한데 엉켜서 잠이 들었다. 하지만 그날 밤엔 데즈먼드 혼자서 그 커다란 침대를 독차지하고 있었다. 침대 속에 폭 파묻힌 자그마한 몸뚱이, 벌어진 입, 주근깨가 난 뺨에 드리워진 속눈썹. 열 세 살이라고 하기보다는 다섯 살에 가깝게 보인다. 윌로우는 부드럽게 담요를 덮어주었다. 잠자리를 봐주던 어머니가 있었다는 사실을 소년이 기억하고 있을지 궁금하게 여기면서.

그녀는 홀과 연결되는 넓은 석조 계단을 내려갔다. 평상시에도 지친 나그네나 취객들이 늦게까지 남아 있다가 추위를 피해 찾아드는 벽난로였기에, 그 주변에 몸뚱이들이 잔뜩 엉켜 있는 것을 보고도 윌로우는 놀라지 않았다.

놀라운 것은 몸뚱이들의 주인이 바로 성의 군주와 그의 자식들이라는 사실이었다. 윌로우는 미소가 나오는 것을 꾹 참았다. 아무래도 아이들은 자정까지 잠들면 안 되는 전투에서 패배한 모양이다. 그건 배너도 마찬가지였다.

그는 잠의 요정이 눈꺼풀에 뿌린 마법의 가루에 취해서 쓰러진 거인처럼 아이들의 중앙에 누워 있었다. 멕, 마저리, 그리고 컬럼은 배너의 허벅지를 베고 있었다. 양쪽 측면에 놓인 긴 의자 위에는 에니스와 메리가 대자로 뻗어서 잠들었으며, 해미쉬와 에드워드, 켈은 배너의 옆에 찰싹 달라붙어 있었다. 잠꼬대를 하는 에드워드. 켈의 귀에 입술을 들이댄 채 잠이든 해미쉬. 제발 해미쉬가 야들야들하고 연한 고기를 씹어 먹는 꿈은 꾸지 말아야 할 텐데. 윌로우는 켈을 위해서 기도했다.

메리 마거릿은 배너의 한쪽 팔에 안겨 있었다. 배너가 하늘 나라 혹은 프랑스에 간대도 아무 상관이 없다고 선언하긴 했지만, 소녀는 고사리 같은 손으로 배너의 더블릿 앞자락을 움켜쥐고 있었다. 절대 아무 데도 보내줄 수 없다는 듯이. 잠결에 훌쩍거리는 소녀의 몸에 배너는 강건해 보이는 팔을 방패처럼 둘렀다. 어둠이 가져올 어떤 공포나 두려움도 모두 막아주겠다는 듯이.

자정을 알리는 성당 종소리가 세 시간 전에 울렸다면, 자신이 꿈꿔왔던 모든 것들을 손에 넣었으리라. 소리 없이 눈물을 흘리면서 아버지와 딸의 까맣고 노란 머리를 가만히 바라보고 있던 윌로우는 자신이 탐욕스러운 어린애나 다름없다는 사실을 깨달았다. 언제나 가진 것보다 더 많은 것을 원하는 어린아이.

이제는 배너가 자신에게 욕망을 느끼는 것만으로는 부족했다. 그녀는 배너가 자신을 사랑해주기를 바랐다.

자신이 그를 사랑하듯이.

상상 속의 왕자에게 품었던 그 어떤 감정보다 더 강렬하고, 날카롭고, 씁쓸하면서도 달콤한 열망 때문에 가슴이 찢어질 것 같았다. 그 순간이 오기 전까지 윌로우는 배너가 사랑을 '가시밭길'이라고 묘사한 이유를 알지 못했다. 하지만 조용히 홀을 빠져 나가는 윌로우의 몸은 이미 치유할 수 없는 열병 때문에 떨리고 있었다.

21

다음 날 아침, 윌로우는 한기를 느끼면서 깨어났다. 밤사이에 기온이 뚝 떨어져서 다이아몬드처럼 투명한 서리 알맹이들이 유리창에 붙어 있었다. 윌로우의 속마음을 어찌 알았는지 잔뜩 찌푸린 하늘이 성을 음울하게 내려다보고 있었다.

베들링튼에서 보낸 세월을 돌이켜봐도 여동생이 정오가 되기 전에 잠자리에서 일어나는 일은 거의 없었지만, 윌로우는 의무감 때문에 잠에 취한 소녀를 깨우려고 시도를 했다. 비어트릭스는 '그냥 자게 놔두라고' 웅얼대면서 깃털 요 속에 한층 더 깊숙하게 몸을 파묻고 이불을 뒤집어 썼다. 비어트릭스의 처지를 부러워하면서, 윌로우는 한숨을 내쉬었다.

그녀는 모피를 안감으로 대고 진홍색 울을 마름질해서 만든 가운을 입은 다음, 홀 안의 따스한 온기와 흥거운 분위기를 마음속에 그리면서 황급히 계단을 내려갔다. 거대한 벽난로 안에서 두껍게 쪼갠 주목(朱木, 흔히 묘지에 심는 상록수)이 타오르고 있었다. 배너와 홀리스 경, 그리고 아이들은 식탁에서, 기사들과 종자, 병사들은 홀 곳곳에 흩어져 있는 기다란 가대식 탁자(2~3개의 버팀 다리가 있는 탁자) 앞에 앉아서 아침을 들고 있었다.

윌로우가 다가오는 것을 보고, 홀리스 경과 대화를 나누고 있던 배너가 인사를 했다.

「밤새 편히 주무셨소?」

그는 눈을 가늘게 뜨고 윌로우의 안색을 살폈다.

「네, 아주 달게 잤어요」

윌로우가 흔쾌히 대답했다. 침실에 돌아와서 빈 침대만 덩그러니 남은 것을 보고 배너가 실망을 했을지 궁금하게 여기면서.

배너의 옆자리가 비어 있었음에도 불구하고, 윌로우는 일부러 해미쉬 옆에 앉았다. 속마음을 들킬 바에는 지난밤의 약속을 지키지 않아서 토라졌다는 인상을 주는 편이 낫다.

갈색 바지와 선명한 초록색 더블릿을 입은 배너는 차가운 돌바닥에서 밤을 새우다시피 한 사람이라고는 생각할 수 없을 정도로 활력이 넘쳐 보였다. 깨끗하게 수염을 밀어낸 턱. 평소처럼 반짝이는 눈동자. 하지만 아이들은 그리 기운이 넘치는 것 같지는 않았다. 끈끈한 석류 열매를 손가락으로 톡톡 건드리는 메리. 무화과 푸딩을 스푼으로 천천히 휘젓고 있는 에니스. 식탁에 구부정하게 앉아서 한 손으로 턱을 받치고 서로 반쯤 마주보는 자세로 앉아 있던 켈과 에드워드의 눈꺼풀이 점점 아래로 처졌다. 꾸벅꾸벅 졸고 있는 메리 마거릿의 얼굴이 수프 그릇 속으로 낙하하기 일보 직전이었다. 해미쉬조차 마지못해서 접시를 깨끗이 핥고 있는 것처럼 보였다. 그에 비해 데즈먼드는 꿀을 바른 석류 열매와 무화과 푸딩에 평생 한이 맺힌 사람처럼 허겁지겁 사나운 기세로 입 속에 주워 넣고 있었다.

먹음직스러운 고기들을 보기 좋게 담은 은쟁반의 무게를 감당하지 못하고 종자가 비틀비틀 부엌에서 걸어나옴과 동시에 아이들의 눈이 번쩍 뜨였다. 졸다가 퍼뜩 정신을 차린 메리 마거릿의 버릇없는 코가 토끼처럼 씰룩거렸다.

종자가 식탁에 쟁반을 내려놓는 것을 보고 배너는 기대감으로 양손을 문질렀다. 윌로우는 미심쩍은 눈길을 그에게 보냈다. 그도 그럴 것이 배너가 갈색 빵과 맥주 몇 모금 이상의 아침식사를 드는 광경은 처음이었던 것이다.

배너가 나이프로 두툼하게 썬 고깃덩어리를 입 안에 넣고 음미하듯이 씹기 시작하자, 아이들의 눈길이 일제히 배너의 손과 입을 따라서 움직였다.

「한 입 들어…….」

아이들의 얼굴이 확 밝아졌다가, 배너가 정중하게 덧붙인 말을 듣고 침울해졌다.

「……보시겠소? 부인?」

「아뇨, 괜찮아요.」

윌로우가 미소를 숨기면서 대답했다.

「아이들과 같은 음식을 들겠어요.」

「이거 드실래요?」

에니스가 무화과 푸딩 그릇과 스푼을 떠밀면서 말했다.

「무화과 푸딩은 이제 신물이 난다구요. 영원히, 아니 죽은 다음에도 이것만은 절대 안 먹을 테야.」

윌로우는 에니스 못지않게 시큰둥한 모습으로 스푼을 휘저었다. '가시밭길'을 걷고 있어서 그런지 식욕이 없어진 것 같다.

「저는 꿩고기를 들어보고 싶군요.」

손에 나이프를 들고 홀리스 경이 경쾌하게 말했다.

배너는 몸을 아래로 쭉 뻗어서 홀리스에게 쟁반을 건네주었다. 쟁반이 바로 코앞을 스쳐 지나가자 아이들은 입맛을 다셨고, 자두 소스가 뚝뚝 떨어지는 꿩고기 한 조각이 집사의 입 속으로 들어가는 광경을 멍한 눈으로 넋을 놓고 지켜보았다. 하지만 데즈먼드만은 무화과 푸딩을 한 입 가득 털어놓고, 일부러 들으라는 듯이 꿀꺽 삼켰다.

고기가 입에서 살살 녹는다는 둥, 오늘은 유난히 고기가 야들야들하고 연하다는 둥 침이 튈 정도로 요리사와 그 조수들을 칭찬할 때만 잠시 입을 쉬었을 뿐, 배너와 홀리스는 연신 쩝쩝, 꿀꺽 소리를 내면서 요리를 음미했다.

「목욕해도 돼요? 가려워서 죽겠어요.」

갑자기 에드워드가 가슴을 긁어대기 시작했다.

켈은 얼굴을 찡그리면서 몸을 뒤로 피했다.

「냄새도 고약해.」

배너는 돼지고기를 한 입 크게 베어 물었다.

「그건 안 될 것 같구나. 우리가 체결한 협정에 의하면, 넌 2주 후에나 목욕을 할 수 있거든.」

켈은 코를 콱 틀어막고 '욱' 소리를 냈다.

에드워드는 팔꿈치로 동생의 옆구리를 쿡 찔렀다.

「너도 내 꼴이 되지 말란 법이 있냐. 이 멍청아! 네 몸에서 나는 냄새도 만만치 않아.」

소년이 낄낄거렸다.

골육상쟁(骨肉相爭)을 막아보겠다는 생각으로 배너는 리넨 냅킨으로 입을 찍은 다음 몸을 위로 일으켰다. 아이들의 희망이 덩달아 위로 상승할 틈을 안 주고, 배너는 구석에 서 있던 종자에게 쟁반을 치우라는 시늉을 했다.

배너는 명랑한 표정으로 시무룩한 얼굴들을 한번 빙 둘러보았다.

「오늘은 무얼 하면서 놀까? 굴렁쇠 놀이를 할까? 아니면 장님 놀이를 해볼까?」

데즈먼드는 접시를 무섭게 노려보았고, 다른 아이들은 반쯤 감긴 눈을 계속 깜빡거렸다. 메리 마거릿은 입으로 손을 막고 하품을 했다.

배너는 어깨를 한번 으쓱하고, 각고의 노력 끝에 해미쉬처럼 풀이 죽은 표정을 얼굴에 떠올리면서 땅이 꺼져라 한숨을 내쉬었다.

「오늘 아침은 아무도 놀고 싶어하는 사람이 없는 것 같으니, 훈련터에나 나가봐야겠구나.」

배너가 윌로우에게 슬쩍 윙크를 던지자, 그녀의 심장이 몇 번이고 재주를 넘었다.

「윈저에나 가지 그래요. 국왕의 똥 묻은 엉덩이를 닦아줄 사람이 필요할지도 모르잖아요」

고개를 숙이고 말했지만, 데즈먼드의 목소리를 못 들은 사람은 아무도 없었다. 음식을 입에 넣고, 씹고, 삼키는 소리가 일제히 멈췄다. 입을 떡 벌린 병사들이 있는가 하면, 갑작스럽게 서까래에 매달린 깃발에 지대한 관심을 보이는 병사들도 있었다.

배너는 천천히 발뒤꿈치를 중심으로 몸을 한 바퀴 돌렸다.

「방금 무어라고 했지?」

윌로우는 숨을 죽이고 데즈먼드가 '그런 적이 없다'고 투덜대는 순간을 기다렸지만, 정작 소년은 벌떡 몸을 일으켜서 모두를 충격의 도가니로 몰고 갔다. 그제야 윌로우는 소년의 목덜미에 스며든 붉은 기운은 수치심이 아니라 분노가 남긴 자국이라는 것을 깨달았다.

소년은 주먹을 꼭 쥐고 아버지를 정면에서 공격했다.

「저 때문에 지체하실 필요는 없어요, 아버지. 훈련터에 가서 검이나 열심히 휘두르지 그러세요. 프랑스에서 다시 전쟁을 걸어올지도 모르잖아요. 솔직하게 말해볼까요? 그렇게만 되면, 나도 소원이 없겠어요! 그럼, 아버지는 다시 국왕 옆으로 달려가겠지요. 안 그래요? 아버지가 두 번 다시 돌아오지 않았으면 좋겠어요. 아니면 말 등에 축 늘어진 시체만 돌아오면 좋겠어요!」

무덤에 새긴 죽은 이의 조각상처럼 고요하면서도 무시무시한 얼굴로 배너는 아들을 내려다보았다. 윌로우는 덜덜 떨리는 해미쉬의 손을 식탁 밑에서 꼭 붙잡고 배너가 손등으로 큰아들의 얼굴을 후려치진 않을까, 마음을 졸였다.

배너가 마침내 입을 열었을 때, 목소리가 너무 위협적이었기 때문에 모두들 초긴장 상태로 귀를 기울였다.

「폐하께서 부르신다면, 나는 언제든 기꺼이 그분 곁에서 싸울 거다.

하지만 프랑스인의 검에 죽을 생각은 없다. 설혹 그리해야 네가 행복해진다고 해도.」

배너는 몸을 돌리고 멍한 얼굴로 서 있는 종자들을 밀어젖히면서 밖으로 걸어나갔다.

「배너!」

얼굴을 따갑게 찌르고 있는 차가운 눈보다도 더 매서운 누군가의 떨리는 음성이 그의 뒤를 따라왔다.

배너는 걷는 속도를 두 배로 올리고, 얼어붙은 풀잎을 짓밟으면서 앞으로 나아갔다.

「기다려요!」

이번엔 더욱 더 숨가쁘고 절박한 목소리였다.

「날 그냥 내버려둬, 윌로우.」

배너는 속도를 늦추지도 않고 고개만 돌리면서 외쳤다.

「오늘은 당신이 치료해줄 상처도 없으니까.」

「당신 아들에게 받은 상처는 어쩌구요?」

배너는 나지막하게 욕설을 내뱉으면서 강가에 멈춰 섰다.

등뒤에서 숨을 헐떡이는 소리가 들렸지만 배너는 돌아보지 않았다. 그의 눈가에 비틀대는 윌로우의 모습이 비쳤다. 눈가루가 묻은 머리카락. 따라오다가 중간에 몇 번 넘어지기라도 했는지 진흙 투성이가 된 치마. 배너가 신속하게 옆으로 뻗은 팔에 걸리지 않으면, 속도를 늦추지 못하고 곧바로 강에 굴러 떨어졌을지도 모른다.

윌로우가 균형을 찾을 때까지 기다렸다가, 배너는 손을 떼고 천천히 강둑 아래로 내려가기 시작했다.

「따라오고 싶으면 따라와도 좋아. 그래도 내 아들 녀석 얘기는 안 했으면 좋겠어.」

「그럼, 저더러 무슨 얘기를 하라는 거예요? 그 아이 얼굴을 못 보셨어요? 데즈먼드는 일부러 당신을 자극하려고 그런 말을 한 거라구요.」

「당신이 그랬던 것처럼?」

윌로우는 배너의 말을 못 들은 척하고 계속 말을 이었다.

「그 아이는 그저 당신이 멱살을 잡고 마구 흔들어주기를 애원했던 것뿐이에요. 당신이 등을 돌리고 나가버렸을 때, 그 아이는 울음을 억지로 참고 있었어요. 다들 보는 앞에서 눈물을 터트렸다면, 아마 당신을 영원히 용서하지 않으려고 했겠지요.」

배너는 계속 걷기만 했다.

「병사들처럼 훈련을 받아야 할 아이를 왜 그냥 방치만 해두는지 이해를 못하겠어요.」

윌로우의 목소리가 점점 높아졌다.

「그리고 '영국의 자랑이자, 프랑스의 공포'라고 불리는 용맹한 기사, 배너 경이 어떻게 고작 열 세 살에 불과한 어린아이를 무서워하는지 도무지 이해가 안 가요!」

몸을 휙 돌린 배너는 분노로 이글거리는 눈으로 고함을 쳤다.

「그 아이가 무서운 게 아니라, 내 자신이 무서운 거야!」

윌로우는 비틀대다가 발을 멈췄다.

「다른 사람들은 화가 나면 소리를 지르고 발을 굴러. 하지만 내가 이성을 잃으면 잘린 머리가 바닥에 굴러다니고 주위에 피가 튀지.」

그는 양손을 들어올렸다.

「내 손을 한번 봐. 크기를 보란 말이야.」

그는 힘이 넘치는 주먹을 내보였다.

「내가 화가 나서 데즈먼드에게 손을 댄다고 생각해봐! 메리 마거릿은 어떻고! 살짝 힘만 줘도 뼈가 부러지고 자그마한 머리통이 부서질지도 모르는데, 내가 어떻게 손을 대겠나!」

윌로우는 배너에게 다가가서 단단한 주먹을 부드럽게 감쌌다.

「이 손은 강하지만, 그 만큼 부드러워요. 고통보다는 기쁨을 더 많이 주는 손이지요.」

배너는 여전히 무서운 표정을 짓고 있었다.

「이 손으로 나는 당신이 상상도 못할 만큼 많은 사람들을 죽였어.」

윌로우는 엄지손가락으로 흉터가 남은 손가락의 마디, 마디를 쓰다듬었다.

「그럼, 지금까지 이성을 잃고 아이들을 때리는 일이 생길까봐 버릇을 고칠 생각도 안 하고 가만히 방치하고 있었다는 얘긴가요? 전장에서처럼 극도로 흥분한 상태가 되면, 당신의 기분을 거스른 아이의 머리가 홀 바닥에 굴러다니게 될 거란 말이에요?」

배너가 지친 얼굴로 윌로우를 바라보았다.

「그럴지도 모르지.」

「지금 나 때문에 화가 났지요?」

「죽이고 싶을 만큼 화가 났어.」

배너가 솔직하게 말했다.

윌로우가 부드럽게 손가락 마디를 쓰다듬자, 배너의 주먹이 천천히 펼쳐졌다. 그녀는 고개를 숙이고 못이 박힌 손바닥에 입술을 맞추면서 슬며시 배너를 올려다보았다.

「지금 난 위험한 지경에 빠진 건가요?」

「당신이 상상하는 것 이상으로.」

다른 손으로 윌로우의 머리카락에 붙은 눈송이를 떨어내면서 배너가 말했다.

「난 하나도 무섭지 않아요.」

윌로우는 두려움을 미소로 무마하려고 애쓰면서 거짓말을 했다.

「당신은 마음이 넓고 사려 깊은 사람이에요, 배너. 자신보다 약한 사람에게는 절대 상처를 주지 않는 사람이지요.」

「하지만 당신은 약하지 않아.」

배너는 엄지손가락으로 윌로우의 아랫입술을 쓰다듬었다.

「당신처럼 날 두렵게 만든 사람은 없었으니까.」

윌로우를 뒤에 대동하고 훈련터로 들어오는 배너의 얼굴에는 전장에서나 찾아볼 수 있었던 결의가 깊이 새겨져 있었다. 병사들은 의아한 시선을 주고받으면서 데즈먼드의 예언대로, 프랑스가 조약을 깨뜨리고 전쟁을 선포한 것은 아닐까, 의혹을 품었다. 기사들과 병사들 몇몇이 무기를 갖추고 평소에 하던 습관대로 배너의 뒤를 따랐다. 물론 호기심이라는 강력한 동기도 배제할 수 없었지만. 배너와 그의 수행원들의 발길은 안뜰로 이어졌다. 승자가 언제나 정해져 있는 주사위 놀이에 앞서 어린 시동들을 호령하느라 정신이 없는 데즈먼드를 찾아서.

「내가 엘서노르의 영주가 되면…….」

손바닥을 오므리고 묵직한 주사위를 흔들면서 데즈먼드가 말했다.

「사제들에게 읽고 쓰는 법을 배우느라 시간을 낭비하지 않아도 된다. 그리고 너희들을 부려먹는 종자들에게도 직접 부츠를 닦으라는 명령을 하달할 생각이다. 너희들 중 누구 하나라도 내 명령에 불복종하면 지하 감옥에 가둬서 죽도록 고문을 할 테니, 그리 알아.」

데즈먼드는 연설에 열중하느라 시동들의 눈이 점점 더 커다래지고 있다는 사실을 눈치채지도 못하고 있었다. 무시무시한 그림자가 덮쳐오기 전까지는. 흠칫 놀라서 몸을 돌려보니, 아버지가 험악한 얼굴의 전사들을 거느리고 바로 앞에 서 있었다. 시동들은 주위로 흩어졌고, 주사위가 힘없이 데즈먼드의 손에서 떨어졌다. 주사위에 새겨진 점들은 항상 그렇듯이 자신이 승자임을 선언하고 있었지만, 데즈먼드도 실상은 그렇지 않다는 것을 너무나도 잘 알고 있었다.

배너는 데즈먼드의 멱살을 잡고 번쩍 들어올렸다. 화강암처럼 딱딱해 보이던 표정이 산산조각 나면서 배너의 얼굴에 미소가 떠올랐다. 자식에 대한 애정이 넘치는 자애로운 미소. 데즈먼드의 이가 딱딱 부딪히기 시작했다.

「네가 애써 세운 계획들을 망치고 싶진 않다만, 이 성의 군주는 아직 네가 아니란다, 꼬마. 바로 나지.」

배너는 버둥대는 데즈먼드를 어깨에 짊어지고 훈련터로 발길을 돌렸다. 소년은 필사적으로 고개를 이쪽 저쪽으로 비틀면서 구경꾼들 틈에서 자신의 편이 되어줄 사람을 찾았다.

「누나!」

소년은 월로우를 다급하게 불렀다. 데즈먼드의 부츠가 허공에서 마구 가위질을 하고 있었다.

「나 좀 살려줘, 누나! 아버지가 내 머리를 잡아뜯을지도 몰라! 제발, 나 좀 도와줘!」

월로우는 비웃음이 떠오르는 것을 참지 못하고 큰소리로 외쳤다.

「얼마 전에도 지금과 비슷한 상황이 벌어지지 않았었니? 그 동안에 깨달은 바가 별로 없는 모양이구나.」

교수대가 점점 가까워지자 데즈먼드의 흐느끼는 소리가 통곡소리로 변했다.

「손가락 형틀은 싫어! 다시는 욕하지 않을게요, 아버지. 맹세해요! 다시는 안 해요!」

배너는 아이를 데리고 안뜰을 지나서 훈련터를 거쳐 마구간으로 들어갔다. 두 사람이 안으로 사라지자, 종자들과 마부들이 볶은 콩들처럼 후다닥 튀어나왔다.

쾅, 문이 닫히는 소리를 듣고 근방에 있던 사람들이 모두 움찔했다.

켈은 월로우에게 달려와서 치맛자락을 확 잡아당겼다.

「누나도 봤어요? 이제 형은 죽는 거죠? 그렇죠?」

월로우는 불안감을 느끼면서 켈의 어깨를 꼭 끌어안았다.

「글쎄다. 나도 그럴까봐 걱정이 되는구나.」

22

배너는 버둥대는 아들을 건초더미 위에 내던졌다. 아이가 겁을 먹고 울지는 않을까 염려를 했건만, 데즈먼드는 튀듯이 일어나서 비록 턱을 덜덜 떨고 있을망정, 반항적인 얼굴로 아버지를 올려다보았다.

「맘대로 해요.」

데즈먼드가 사자처럼 으르렁거렸다.

「날 때리고 싶으면 때려요!」

「때가 되면 그럴 작정이다.」

건초더미 위에 풀썩 쓰러져 누운 소년의 입가에 비웃음이 떠올라 있었다.

「그게 언제인데요? 병사들을 훈련시키고 나서요? 아니면 메리 마거릿의 인형에 머리통을 다시 꿰매고 난 다음에요? 아니면 누나의 치마 속에 손을……」

배너는 계속 해보라는 식으로 한쪽 눈썹을 치켜 올렸다.

아이는 삐죽 튀어나온 입술 사이에 건초를 물고 정면을 응시했다.

「네가 그렇게 맞고 싶어서 안달을 할 줄은 몰랐구나.」

배너가 팔짱을 끼면서 말했다.

데즈먼드는 무심하게 어깨를 으쓱했다.

「어떻게든 일을 빨리 마무리짓고 싶은 건 아버지잖아요. 아주 중대한 임무들을 수행해야 되니까. 지금 궁정에선…….」

소년은 목청을 죽이고 음침한 목소리를 냈다.

「국왕의 요강단지를 부실 사람이 필요할지도 모르잖아요.」

꺼져가던 분노가 다시 타올랐다.

「폐하에 대한 내 충성심을 조롱하고 싶거들랑, 이 점 하나만 기억해라. 그분이 아니었으면 네 아비는 지금 엘서노르의 영주가 아니라 제일 높은 값을 부르는 군주에게 검을 팔아야 하는 가난한 용병 신세를 전전하고 있었을 거라는 사실. 내가 가진 모든 것, 그리고 네가 가진 이 모든 것들이 바로 그분을 옆에서 모신 대가로 얻은 거다. 내 작위와 이성, 네 뱃속을 채워주는 음식 그리고 네가 밟고 있는 땅. 네 생모조차 그분이 내게 주신 선물이었다! 폐하의 축복이 없었으면, 나 같은 사생아가 감히 메리의 치맛자락에 손가락 하나 댈 수 있었을 것 같으냐? 네가 아무리 진저리를 쳐도, 나는 폐하의 신하로서 지켜야 할 의무를 수행해야 한다. 내가 전장에서 그분의 옆자리를 지켰던 것도 그래서였지.」

「그렇게 엄청난 희생을 한 것처럼 말하지 않아도 돼요! 아버지는 전장에 돌아갈 때가 되면 언제나 눈을 빛내곤 했어요. 엄마랑 레이디 마거릿은 아버지가 떠나면 몇 날 몇 일을 계속 울었어요. 아버진 전장에 돌아가면 우리들이나 두 분 생각을 조금도 안 했겠지만.」

아들의 비난이 부정할 수 없는 진실이었기에 배너는 가슴이 쓰라렸다. 적이 내려친 채찍보다 더 매서운 말이었기에, 어떻게든 방어를 하고 싶었다. 그는 마구간의 칸들을 따라 죽 걷다가 갑자기 몸을 돌렸다.

「전쟁 말고는 아는 게 없었다. 재주라고는 그게 전부였지. 수년 동안 나는 엘서노르의 이름을 드높이고, 너희들에게 자랑스러운 아비가 되기 위해서 폐하 곁에서 싸웠다.」

냉소적인 눈길을 던지는 소년의 얼굴이 평소보다 훨씬 나이가 들어 보였다.

「우리들의 자존심을 세워주기 위해서 전장에 계속 나갔단 말인가요? 혹 아버지의 자존심을 세우려고 했던 것은 아니구요?」

배너의 오장육부가 고통스럽게 뒤틀렸다. 전장에서 세운 공헌과 승리가 아비 없이 자란 아들에게는 아무 의미가 없었던 것이다. 부하들을 저버릴 바에는 차라리 검으로 자결을, 그것도 무의식적으로 감행했으리라. 배너가 지금까지 가지고 있던 명예와 의무 그리고 군주에게 바치는 충성에 관한 관념들이 아들의 눈빛처럼 공허하게 마음속에 울려 퍼졌다.

난생 처음 패배가 무엇을 의미하는지 깨닫게 된 배너는 아들의 눈을 피했다.

「네게 공정하지 못했던 것 같구나. 넌 아버지를 원했는데, 내가 준 건 전쟁 영웅이 전부였지. 결국 네 눈에는 내가 이것도 저것도 아닌 존재가 되어버렸지만.」

다시 말문을 연 소년의 목소리는 잡히지 않는 먼 곳으로 떠난 것처럼 느껴졌다.

「엄마가 돌아가신 다음에 아버지의 검을 가지고 성을 몰래 빠져 나간 적이 있어요. 내 몸보다 두 배는 큰 검이었지만 그래도 여차여차해서 우리 영지의 경계선까지 간신히 끌고 갔어요. 시간이 아주 많이 걸렸기 때문에 프랑스에 도착한 거라고 믿었지요. 아버지의 농노와 마주쳤을 때도 검을 들어올리려고 끙끙대면서 '난 용맹한 기사, 배너 경의 아들이며 아버지와 함께 전투에 참여하러 가는 중이니까 비키는 게 신상에 좋을 거라고' 위협했어요.」

배너는 천천히 고개를 돌리고 아들을 바라보았다.

「그자가 어떻게 하더냐?」

데즈먼드는 쑥스러운지 어깨를 들썩거렸다.

「검을 뺏은 다음에 날 어깨에 짊어지고 피오나 할멈에게 데리고 갔어요. 난 집에 도착할 때까지 끊임없이 발로 차고 목이 터져라 소리를 질렸었지요.」

「어련했을라구.」

아들의 눈에 고인 눈물을 보면서 씁쓸한 웃음을 넘겼다.

「아버지는 제 영웅이었어요.」

데즈먼드가 속삭였다.

「난 더도 말고 덜도 말고 꼭 아버지처럼 되고 싶었어요.」

배너는 성큼성큼 두 발자국을 가서 아들을 품에 끌어당겼다.

「언젠가는 네가 나보다 훨씬 뛰어난 전사가 될 게다. 그리고 이 성의 군주도 되겠지. 하지만 지금은 아니야. 지금 너는 내 아들일 뿐이다.」

그는 소년의 갈색머리를 쓰다듬었다.

「네 엄마가 너를 처음 내 품에 안겨주었던 날이 아직도 눈에 선하구나. 메리는 아들을 낳은 것을 아주 자랑스럽게 여겼지.」

「하지만 지금 제 모습을 보시면 엄마가 날 자랑스럽게 생각하지 않으시겠지요.」

데즈먼드가 자신의 코를 치면서 중얼거렸다.

배너는 소년의 얼굴을 들어올리고 눈을 똑바로 쳐다보았다.

「그 반대야. 넌 내가 자리를 비운 동안 네 동생들에게 어머니와 아버지 노릇을 훌륭하게 잘 해냈다. 너희 어머니도 나처럼 널 아주 자랑스러워 할 게야.」

미소가 떠오른 소년의 입술이 희열감으로 덜덜 떨렸다.

「정말 그렇게 생각해요?」

「그래.」

배너가 확신에 찬 목소리로 말했다.

「목숨을 걸고 맹세한다.」

「목숨을 걸고…….」

데즈먼드가 멍한 얼굴로 되뇌었다. 소년은 무엇인가를 기억해내려고 애쓰는 것처럼 머리를 긁적이다가 손가락을 퉁겼다. 재빨리 아버지의 포옹을 풀면서 아이는 마구간 문을 향해 질주했다.

「시동 녀석들이 주사위 놀이에 걸었던 돈을 갖고 튀기 전에 후딱 가봐야 돼요」

「그리 서둘 것 없다, 애야.」

어깨를 치는 아버지의 손길에 소년의 몸은 그 자리에서 굳어졌다. 조심스럽게 고개를 돌리고 바라본 아버지는 씩 웃고 있었다.

「그다지 중요한 일은 아니다만, 우리가 함께 수행해야 할 임무를 잊진 않았겠지? 이젠 때리고 맞아야 할 일만 남았구나.」

아침이 정오를 향해서 달리고 검은 하늘에서 눈송이가 펑펑 날리기 시작하자, 윌로우는 끔찍한 짓을 저지른 것은 아닐까, 불안감을 느끼면서 훈련터를 배회했다. 배너가 데즈먼드의 축 늘어진 몸을 끌어안고 마구간에서 나오는 광경이 머릿속에 달라붙어서 떨어지지 않았다. 아들을 살해하게 만든 여자에 대한 증오심으로 번들거리는 공허한 눈빛. 윌로우는 손가락 마디를 자근자근 깨물었다.

배너의 병사들과 기사들은 하나 둘 이런저런 변명을 늘어놓으면서 훈련터를 빠져 나갔다. 윌로우의 넋 나간 얼굴과 살려달라고 울부짖는 비명 소리보다도 무섭고 불길한 침묵을 더 이상 견딜 수가 없었던 것이다.

어느새 곁에 모인 아이들의 침울한 얼굴이 그녀를 소리 없이 비난하고 있었다. 수다쟁이 에드워드조차 입을 다물고 있었다. 11시가 조금 지났을 때, 황송하게도 비어트릭스 공주님이 나타나서 그 자리를 빛내주었다.

「데즈먼드가 배너 경에게 무슨 말을 지껄였는지 들었어.」

비어트릭스가 윌로우에게 속삭였다.

「맞아죽어도 자업자득이지 뭐야.」

평소에 손톱에 드높은 자부심을 가지고 있는 비어트릭스 그런 여동생이 한꺼번에 손톱을 잘근잘근 씹는 광경을 목격하지 못했다면, 따끔하게 한마디했을지도 모른다.

정오를 알리는 성당의 종소리가 들려오자, 윌로우는 무릎을 꿇고 앉아서 얼굴을 양손에 파묻었다. 해미쉬의 토실토실한 손이 부드럽게 윌로우의 머리카락을 쓰다듬었다.

끼익 소리를 내면서 마구간의 문이 열림과 동시에 윌로우는 머리를 획 쳐들었다. 그녀는 최악의 사태를 상상하면서 속눈썹에 묻은 눈가루를 떨어냈다. 하지만 눈동자 속에 떠오른 정경은 이성을 잃고 날뛰는 짐승이 아니라, 입가에 미소를 머금고 아들의 어깨에 억센 팔을 두른 남자였다.

데즈먼드는 전보다 한층 더 늠름하고 나이가 들어 보였다. 소년의 의복은 벗어 던지고, 그 대신 아버지의 팔과 어른의 외투를 어깨에 두르기라도 한 것처럼. 소년의 초록색 눈동자와 갈색 머리카락을 볼 때마다 윌로우는 언제나 어머니를 쏙 빼 닮았을 거라고 상상을 했지만, 난생 처음 윌로우는 소년에게서 아버지의 향기를 느꼈다. 오만하게 기울인 머리, 고집스럽게 내민 턱, 그리고 음울하면서도 달콤한 미소.

쭈그리고 있던 아이들과 비어트릭스가 벌떡 일어났다. 강아지들처럼 깽깽 짖어대면서 아이들은 영웅을 맞으러 달려갔다.

「데쓰먼드!」

쌍둥이들이 동시에 꽥꽥거렸다.

토실토실한 팔로 오빠의 다리를 끌어안은 멕. 메리 마거릿은 데즈먼드의 손을 붙들고 줄넘기 줄처럼 흔들어댔다. 아슬아슬하게 비어트릭스는 품위 없이 굴어서는 안 된다는 사실을 깨닫고 재빨리 뒤로 물러났다.

「아빠가 오빠를 죽일까봐 무서웠어.」

메리 마거릿이 말했다.

「아버지한테 맞았어.」

데즈먼드가 아버지를 올려다보고 밝게 웃으면서 고백했다.

「죽기 일보 직전까지.」

소년의 주장에도 불구하고, 윌로우가 심혈을 기울여서 관찰할 결과 맞은 흔적은 발견되지 않았다.

배너는 애써 엄숙한 표정을 지으려고 노력했다.

「아주 오랫동안 맞았지.」

「많이 아팠어?」

해미쉬가 갈색 눈을 커다랗게 뜨고 물었다.

「끔찍하게 아팠어.」

데즈먼드가 거듭 강조했다.

비어트릭스는 귀족처럼 오만한 코를 위로 쳐들면서 소년을 내려다보았다.

「난 네가 계집애처럼 '꺅꺅'거릴 줄 알았어.」

「난 한번도 그런 소릴 낸 적 없어. 단 한번도_

배너가 한쪽 눈썹을 치켜 올렸다.

데즈먼드는 고개를 숙였다.

「한 번 정도 그랬을지도 모르지.」

열 살인 메리가 새삼 다시 봤다는 듯이 존경심이 깃든 눈망울로 오빠를 훑어보았다.

「내가 오빠였으면 울었을지도 몰라.」

「난 아니야.」

어른들처럼 엉덩이를 씰룩대고 걸으면서 에드워드가 주장했다.

「이 몸은 남자니까. 남자들은 원래 안 울어.」

켈이 소년을 확 떠밀었다.

「웃기시네. 네 몸에서 나는 냄새가 하도 구려서 내가 눈물 흘리는 게 안 보이냐!」

주먹다짐이 벌어지기 일보 직전, 배너는 아이들 틈에 들어가서 양 손바닥을 이마에 대고 바깥으로 밀었다.

「너희들의 형과 나는 우리가 체결했던 협정의 세부 항목들을 조금 수정하기로 했다.」

극비 사항을 아버지와 단 둘이서만 알고 있다는 사실에 자부심을 느끼면서 데즈먼드가 고개를 끄덕였다.

「그래. 우린 이제 꿀 바른 석류 열매랑 무화과 푸딩만 먹지 않을 거야. 고기랑 신선한 빵도 먹어야 돼.」

「야채도?」

해미쉬가 새된 목소리로 물었다.

「괴상한 맛이 나는 야채들도 먹어야 돼?」

「그럼, 하루에 세 번.」

배너는 에드워드를 손가락으로 가리켰다.

「넌 일주일에 한번씩 목욕을 해야 한다. 그리고 며칠 동안 자정에 취침을 하느라 모두들 지쳤으니, 오늘부터 낮잠을 자도록 해라.」

에드워드와 켈은 겁에 질린 눈길을 교환했다.

「낮잠이요?」

「지금요?」

「밤도 아닌데요?」

배너는 켈의 황금색 머리카락을 헝클어뜨렸다.

「그렇게 실망할 것 없다. 부드럽고 따스한 침대에 웅크리고 누워서 잠을 자면 얼마나 좋을지 생각해보렴. 창 밖에서는 눈이 펑펑 쏟아지고, 벽난로에선 불이 활활 타오르고…….」

배너가 슬쩍 윌로우를 곁눈질했다. 부드럽고 따스한 침대와 벽난로 불빛이 두 사람이 누릴 즐거움의 전부는 아니라는 것을 약속하면서.

「서둘러라, 애들아.」

양치기처럼 양팔을 활짝 펴고 아이들을 성으로 몰면서, 윌로우가 불쑥 말했다.

「저녁식사 시간에 고기랑 야채를 잔뜩 먹고 싶으면, 어서 가서 한잠들 자렴.」

아이들이 몇 발자국 갔을까, 윌로우는 양 한 마리가 사라지고 없다는 사실을 깨달았다.

숙녀답지 못하게 눈 위에 철퍼덕 주저앉은 메리 마거릿은 팔짱을 끼었다. 소녀는 아랫입술을 쑥 내밀면서 고집스럽게 정면을 응시했다.

「난 낮잠 안 잘 거야. 낮잠 자기 싫어. 죽어도 못해.」

배너는 길게 한숨을 내쉬면서 윌로우에게 애석해하는 눈빛을 보냈다.

데즈먼드는 배너를 향해 눈썹을 치켜 올렸다. 아이들은 모두 새로 체결된 조약이 저런 '반란 행위'를 인정할지 궁금하게 여기면서 아버지를 뚫어져라 지켜보았다.

「저 아이가 저렇게 버티면, 나도 낮잠을 포기해야 할 것 같군.」

그는 땅이 꺼져라 한숨을 내쉰 다음, 딸아이를 어깨에 짊어지고 마구간으로 갔다.

오빠와는 달리, 메리 마거릿은 묵묵히 고통을 감수하려고 하지 않았다. 윌로우가 다른 아이들을 침대에 눕혀주고 난 뒤에도 한참 동안 소녀의 날카로운 비명 소리가 악마의 노랫소리처럼 성 전체에 울려 퍼졌기에, 모두들 성호를 그으면서 양손으로 귀를 틀어막았다. 울부짖는 소리가 그치고 난 다음에야 간신히 용기를 낸 험프리스 신부는 슬며시 마구간의 문을 열고 안으로 들어갔다. 최악의 사태를 예상했건만, 아버지의 품속에서 골아 떨어진 작은 악마의 모습이 눈에 들어왔다.

배너는 고개를 들고 마구간으로 조심스럽게 들어오는 사제를 올려다보았다.

「쉿!」

그는 손가락을 입술에 대고 속삭였다.

「방금 전에 간신히 재웠습니다.」

눈물자국이 채 마르지 않은 뺨에 달라붙은 고수머리를 떼어내면서 배너는 한없이 부드럽고, 자랑스러운 미소를 지었다.

「이렇게 있으니까 천사처럼 보이지 않습니까?」

험프리스 신부는 소녀를 내려다보면서 환하게 미소지었다. 준비해온 십자가와 성수를 배너가 보기라도 할까봐, 다급하게 소매 속으로 밀어넣으면서.

「네, 영주님. 제 눈에도 천사처럼 보입니다.」

23

🌿

   그날 저녁, 식탁에 둘러앉은 배너 경의 아이들을 본 사람들이 있다면 험프리스 신부가 성수와 십자가로 몸에 깃든 악마들을 모두 몰아냈다고 믿었으리라. 아이들의 손에 의해 식탁에서 쫓겨난 기사들은 계속 못 마땅해서 투덜거리면서도 이렇게 '천사'처럼 보이는 아이들은 처음이라고 내심 생각하고 있었다.

   낮잠 끝에 투명하게 반짝거리는 눈. 묵은 때를 깨끗이 문지르고, 최고급 벨벳과 다마스크(능직으로 만든 모, 면 혹은 리넨 직물)로 만든 의복을 입은 아이들은 날개와 후광만 없다 뿐이지, 천상에서 하강한 신성한 존재와 다를 것이 없었다. 피오나 할멈은 벽난로 앞에 깔개를 깔아서 까르르 웃는 펙과 즐겁게 옹알대는 매그즈도 한몫 낄 수 있게 해주었다.

   아이들은 설탕에 절인 과일과 사탕 접시들이 코밑으로 지나가는 데도 싹 무시를 하고, 양고기 몇 조각과, 사프란(Saffron, 노란 꽃. 식품의 맛과 색을 내는 데 쓰임)으로 맛을 낸 양파를 접시에 수북하게 쌓아놓았다. 모두들 깍듯하게 예의를 갖춰서 '부탁해요', '고맙습니다', '조금만 더 먹어도 될까요?'와 같은 말을 나지막하게 중얼거렸기 때문에, 시중을 들고 있던 종자들은 대경실색한 나머지 끊임없이 서로 충돌하면서 리넨 천이 깔린 식탁 위에 연신 소스를 쏟아 부었다.

탁자의 상석에 기대앉은 배너는 은잔에 담긴 보르도 산 포도주를 음미했다. 버릇없는 아이들을 훔쳐가고, 그 대신 심성이 고운 아이들로 바꿔치기 한 요정들의 착한 심성에 감복하면서.

사실 감사를 받아야 할 대상은 요정들이 아니라 윌로우라는 이름의 가냘픈 정령이었다. 배너의 눈길이 계단에 머물렀다. 메리 마거릿이 짜증을 부리는 바람에 낮잠은 물론, 신부의 품속에서 몇 시간 동안 즐거움을 누릴 기회를 빼앗기고 말았다. 장난스러운 미소가 떠오르면서 입가가 살짝 뒤틀렸다.

층계참에 서 있는 윌로우의 모습이 눈에 들어오자 피로감이 싹 가셨다. 윌로우는 이마에 가느다란 금띠를 두르고 바다처럼 푸른 가운을 입고 있었다.

배너는 식탁으로 다가오는 윌로우에게 미소를 지으면서 노고를 치하하는 의미로 술잔을 들어올렸다.

「이번 전투에서 훌륭하게 임무를 수행한 당신에게 경의를 표하고 싶군.」

배너는 아이들을 보면서 고개를 끄덕거렸다.

「장담컨대, 당신은 앞으로 '목욕의 여왕'이라그 불리게 될 거야.」

「하마터면 폐하께 지원군을 보내달라고 요청을 할 뻔했답니다.」

배너의 옆자리에 앉으면서 윌로우가 말을 이었다.

「메리 마거릿은 화롯가에 너무 가까이 기대는 바람에 고수머리 한 가닥을 홀딱 태워먹었어요. 에드워드가 퀼을 자꾸 물 속에 빠뜨려서, 홧김에 나도 그 아이의 머리를 세 번이나 물 속에 집어넣었어요. 해미쉬는 비누를 하나 통째로 먹어치웠구요.」

배너가 흘낏 곁눈질을 해보니, 해미쉬는 트림을 하면서 비누 거품들을 입 밖으로 날려보내고 있었다.

「진작에 입이 걸은 데즈먼드 녀석에게도 비누를 먹여보는 건데 그랬지.」

「아, 그건 걱정하지 않아도 돼요. 비어트릭스가 귀를 씻어주는 틈을 타서 가슴을 몰래 훔쳐보다가 비누투성이 수건에 입을 틀어 막히는 신세가 됐거든요.」

배너가 한숨을 내쉬었다.

「어찌 보면 당연한 일이야. 오늘 아침에 그 아이를 손봐주고 나서 어떻게 하면 당신의 하녀의 마음을 움직여서 데즈먼드의 몸 위에 올라타게 만들 수 있을지, 방법을 강구하느라 심층적인 토론을 했거든. 전에 당신 하녀가 성깔을 부리느라 데즈먼드의 몸을 깔아뭉갠 적이 있다면서? 그 아이는 당신 하녀를 두고 '성미가 고약해서 그렇지, 몸은 되게 부드러워요'라는 말을 하더군.」

화가 난 윌로우는 눈동자를 데굴데굴 굴렸다.

「세상에. 그 아버지에, 그 아들이라더니…… 잘하면 머지않아 손자까지 같이 키우는 신세로 전락할지도 모르겠군요.」

배너가 코웃음을 쳤다.

「그게 말이나 되는 소린가? 데즈먼드는 아직 너무 어려.」

윌로우는 짐짓 아무것도 모르는 척을 하면서 속눈썹을 팔랑거렸다.

「예쁘장한 하녀가 당신에게 처음 눈독을 들인 게 언제 적 일이었지요?」

배너는 창백해진 얼굴로 술잔을 깨끗이 비웠다.

「오늘밤부터 녀석의 방을 자물쇠로 채워둬야겠어.」

「당신 방에는 자물쇠를 안 채우실 건가요?」

배너가 몸을 숙이면서 윌로우의 뺨을 숨결로 간지럽혔다.

「당신이 열쇠를 갖고 있기만 하다면.」

눈길이 마주치면서, 사향내가 섞인 자스민 연기 속에 두 사람만 남고 주위에 있던 사람들이 모두 사라진 것처럼 느껴졌다.

아이들의 환호성소리가 두 사람의 백일몽을 깨뜨렸다. 눈부시게 화려한 공작새 요리가 담긴 쟁반을 들고 종자가 홀에 등장한 것이다. 고기를 굽기 전에 뽑아냈던 무지개 빛깔의 깃털들은 하나하나 원래의 모습대로 공을 들여 장식을 해놓은 상태였다.

아이들이 좋아서 방방 뛰는 모습을 보고 배너가 속삭였다.

「낮잠을 재우지 말 걸 그랬지. 아무래도 밤에 한 잠도 안 자려고 할 것 같단 말씀이야.」

「어쩌면 당신도 밤새도록 눈 한번 붙이지 못할지도 모르지요.」

윌로우의 대담한 눈길을 받으면서 배너는 아이들에게서 도망칠 방법을 강구해야겠다는 결심을 단단히 굳혔다. 흡사 하녀를 유혹해서 욕심을 채우려고 안간힘을 쓰는 종자가 된 기분이었다. 경계가 삼엄한 지하 감옥에서 사슬을 끊고 도망칠 재간은 있었지만, 열 두 아이들의 눈만은 도무지 피할 재간이 없는 듯했다.

매서운 바람과 눈을 피해 하룻밤 묵을 요량으로 성을 찾은 곡마단의 악사들과 곡예사들이 밥값을 벌기로 한 모양이었다. 한쌍의 곡예사가 홀의 이쪽에서 저쪽 끝으로 공중제비를 해 보이고 동전과 박수 세례를 받았다. 윌로우는 훈련받은 개가 자신의 손바닥에 놓인 공작새 고기를 날름 잡아채고 껑충대면서 의기양양하게 홀 주위를 도는 광경을 보고 웃음을 터트렸다.

배너는 넋을 잃고 윌로우의 옆모습을 가만히 지켜보았다. 눈을 빛내면서 음악에 맞춰 경쾌하고 박수를 치고 있는 모습을 보고 있노라니, 메리 마거릿과 엇비슷한 나이처럼 보인다.

그는 윌로우의 어깨에 팔을 두르고 턱으로 재주를 부리고 있는 개를 가리켰다.

「아주 재간이 많은 녀석이지? 안 그런가, 공주님?」

윌로우의 몸이 갑자기 굳어졌다. 그는 기묘한 표정을 짓고 자신을 올려다보는 윌로우의 눈동자를 내려다보았다. 물기가 어린 회색 눈동자.

「배너. 당신에게 고백할 게 있어요.」

윌로우는 고개를 숙이고 무릎 위에 올려놓은 손을 신경질적으로 쥐어뜯었다.

「난…… 난…….」

고막이 찢어질 정도로 소리를 질러대는 쌍둥이들 때문에 윌로우의 말이 잘 들리지 않았다. 그래서 배녀가 고개를 숙이려고 하는데 갑자기 문을 쾅쾅 두드리는 소리가 들렸다. 윌로우는 놀라서 펄쩍 뛰었다.

「하룻밤 묵었으면 해서 찾아든 나그네겠지.」

배녀는 윌로우의 떨리는 손을 자신의 손에 겹치면서 말을 이었다.

「고백할 게 있다면서? 무슨 고약한 짓을 했기에?」

배녀가 목소리를 낮추고 윌로우의 귓가에 속삭였다.

「둘이서 여길 빠져 나가면, 나도 공범이 되어줄 수 있을 것 같은데.」

갑자기 병사들이 홀 안으로 들어왔기 때문에 배녀는 마지못해서 윌로우의 손을 놓고 일어났다. 의외로 보초는 배녀에게 보고를 하는 대신, 벽난로에 가서 피오나 할멈의 귓가에 무슨 말인가를 속삭였다.

피오나 할멈은 우거지상을 하는 비이에게 매그즈와 펙을 맡기고 병사를 따라 나섰다. 불길한 예감이 배녀를 엄습했다. 활짝 열린 문 틈 사이로 들어오는 매서운 바람과는 하등 관계가 없이, 배녀의 등골에 한기가 스쳤다.

조금 뒤에 피오나 할멈이 가슴에 꾸러미를 안고 들어오면서 배녀의 예감은 적중했다. 노파가 발을 질질 끌면서 배녀에게 다가가자, 홀 안이 쥐 죽은 듯 고요해졌다. 슬며시 제자리로 돌아간 곡예사들. 아이들 사이에 감도는 어색한 침묵. 모두 자신이 아니라, 윌로우의 시선을 피하고 있다는 사실을 눈치챈 배녀는 기분이 저조해졌다.

차마 윌로우를 바라볼 용기가 나지 않았다. 그녀가 떨리는 숨결을 들이마시고, 한참만에 힘겹게 내뱉고 있다는 것은 느낄 수 있었지만.

피오나 할멈이 배녀에게 꾸러미를 내밀었다.

「보초가 성 밖에서 발견했습지요. 어린것이 불쌍하게 꽁꽁 얼어붙었지 뭡니까요.」

배녀는 넝마나 다름없이 너덜너덜한 강보를 들추었다. 몸집이 너무 자그마해서 사람처럼 보이지 않는다. 너무 연약해서 새끼 고양이처럼 희미하게 우는 것 말고는 아무 짓도 못했지만, 초점 없는 흐릿한 눈동자를 보아하니 태어난 지 얼마 안 된 아기가 분명했다. 어쩌면 그날 밤에 태어났는지도 모른다.

「쪽지가 있었습니다요」

피오나 할멈은 구겨진 양피지를 홀리스 경에게 건네주었다. 집사는 실눈을 뜨고 알아보기 힘든 글자를 열심히 들여다보았다. 헛기침을 두 번 한 연유에야 간신히 귀에 거슬리는 소리로 글자를 입 밖에 낼 수 있었다.

「아이를 돌봐주세요, 영주님. 영주님의 핏줄입니다.」

배너는 비탄에 잠긴 얼굴로 윌로우를 쳐다보았다. 이집트 산 리넨처럼 창백해진 얼굴로 정면을 응시하고 있는 윌로우.

그는 팔에 안겨 있는 아이에게 눈길을 돌렸다. 부서질 듯이 약한 아이는 자그마한 손바닥을 쓰다듬는 배너의 손가락을 붙잡지도 못했다.

「당연히 이 아이는 내 자식이야.」

피오나 할멈의 팔에 아기를 떠밀면서 배너가 단호하게 말했다.

「벽난로 앞에 데리고 가서 몸을 녹여주게. 그리고 비이를 시켜서 메그즈의 유모를 불러오게나. 젖을 먹일 아이가 하나 늘었다고 달라질 건 없겠지.」

배너는 날카로운 눈빛으로 주위를 둘러보았다.

「갑자기 왜 다들 조용해진 건가?」

그는 와인을 주르륵 술잔에 따르고 높이 쳐들었다.

「내게 아들이 하나 더 생겼는데, 다들 가만히 있을 게야!」

배너의 말을 신호로 병사들은 잔을 들어올리고 환호성을 올렸다. 악사들은 경쾌한 무곡을 연주하기 시작했고, 아이들은 새로 생긴 남동생을 훔쳐보고 싶어서 앞다투어 피오나 할멈의 주위로 몰려들었다.

「전쟁은 끝났건만 '영주님의 창'은 언제나 백발백중인 것 같아서 저희들은 즐겁습니다.」

의미심장한 미소를 지으면서 기사 하나가 한마디했다.

「저 친구의 말은 무시해버리십시오, 영주님.」

수비대장인 대런 경이 장난스럽게 씩 웃으면서 말했다.

「소문을 듣자 하니 '창'을 제대로 찔러 넣는 기술을 익히려고 노심초사하고 있다고 합니다. '조준'을 제대로 못해서 망신당한 게 한두 번이 아니라지요」

배너의 기사들이 '와' 하고 웃음을 터트렸다. 모두들 곁에 와서 한마디씩 노골적인 농담을 던지려고 했기 때문에, 그는 한참 만에야 그 틈에서 빠져 나올 기회를 얻었다. 제일 먼저 텅 빈 의자가 눈에 들어왔다.

윌로우의 의자였다.

침대에 누워 깃털 같은 눈송이가 떨어지는 광경을 지켜보고 있던 윌로우는 자정을 알리는 성당의 종소리에 귀를 기울였다. 투명한 종소리가 한번씩 울려 퍼질 때마다 몸을 움찔하면서.

윌로우는 비어트릭스에게 등을 대고 누워서 얼음처럼 차가운 손을 턱 밑에 밀어 넣었다. 여동생이 침대에 기어 올라왔을 때도, 일부러 그녀는 자는 척하고 있었다. 배너의 사생아에 대해서 비어트릭스가 끊임없이 조잘대는 말을 듣고 싶지 않아서였다.

어쩌면 구제 받지 못할 정도로 수치스러운 짓을 하기 직전에 때맞춰서 아이가 등장한 것을 다행이라고 여겨야 할지도 모른다. 배너에게 속내를 털어놓았다면 아무 방어도 못하고 그저 상처만 입었으리라.

배너의 목소리가 귓가에 들리는 것 같아서 윌로우는 눈을 꼭 감았다.

'아주 재간이 많은 녀석이지? 안 그런가, 공주님?'

배너의 넉넉한 품과 올망졸망한 아이들의 맑은 눈망울, 난생 처음 가족을 얻은 듯한 느낌. 어쩌면 이 모든 것들의 유혹을 뿌리칠 수 있었을지도 모른다. 하지만 배너가 무심결에 입 밖에 낸 '공주님'이라는 애칭이 윌로우가 마음속에 쌓았던 경계심을 와르르 무너뜨렸다. 일순, 세상에서 자신을 사랑하지 않을 사람은 없다고 자신하던 철없는 소녀로 돌아간 윌로우는 금실과 은실로 미래라는 태피스트리를 짜기로 마음먹었다. 엘서노르에서 가정을 일구는 미래를.

하지만 피오나 할멈이 젖먹이를 안고 홀에 들어왔을 때, 그 태피스트리가 조금씩 풀리기 시작했다. '이제야 자신이 있어야 할 곳을 찾았다'는 생각은 부질없는 꿈에 불과하다는 것을 알리면서.

윌로우는 젖은 베개에 얼굴을 파묻고 자기 혐오감에 몸을 떨었다. 그녀는 오랫동안 그 자세로 누워 있었다. 성당의 종이 운명을 선고하듯 단 한번 음울하면서도 단호하게 울렸을 때도

종소리의 여운이 사라지기도 전에, 침실 문이 벌컥 열리면서 윌로우의 남편이 모습을 나타냈다.

24

우아하게 코를 골면서 자고 있던 비어트릭스는 침대에 벌떡 일어나서 날카롭게 비명을 질렀다. 난생 처음 윌로우는 과거에 배너를 상대했던 자들에게 진심으로 동정심을 느꼈다. 배너의 음울하면서도 달콤한 입술은 일자로 꾹 다물려 있었고, 눈동자는 밤하늘처럼 새까맸다.

배너가 비어트릭스에게 눈길을 돌리는 순간, 윌로우는 하마터면 안도의 한숨을 내쉴 뻔했다.

「나가 있어.」

그 말 한마디가 고함소리보다 더 위협적으로 들렸다.

「하…… 하…… 하지만, 영주님…….」

평상시처럼 교태를 부리는 기색도 전혀 없이, 비어트릭스는 침대 시트를 턱까지 끌어올리면서 말을 더듬거렸다.

「저는 옷을 벗고 자는 습관이 있어서…….」

배너는 손수 침대에서 끌어낼 의도가 있는 것처럼 한 발자국 앞으로 다가섰다. 깔개를 잡아챈 비어트릭스는 배너의 옆을 지나쳐서 날아갈듯 문가로 달음박질쳤다. 맨발로 바닥을 달리는 소리가 사라지자, 배너는 문을 '쾅' 닫았다.

어떤 이유에서인지 감정을 발산하는 모습이 윌로우에게 용기를 주었다. 자신이 비어트릭스처럼 말을 더듬거나 겁이 나서 침대 밑으로 기어들어갈 거라고 생각한다면, 배너는 실망감을 맛보게 되리라.

윌로우는 침대보를 젖히고 엘서노르에 도착한 바로 그날 밤에 벽장에서 발견했던 잠옷을 입은 채 침대 옆에 섰다. 남편이 발정한 사티로스처럼 자신을 욕정의 노예로 삼을지도 모른다고 두려워하던 바로 그날 밤. 몸을 구석구석 위아래로 훑어보는 배너의 눈길에 소름이 돋는 것을 느끼면서, 윌로우는 남편이 사티로스와 많이 닮았다는 생각을 했다.

셔츠는 느슨하게 풀어헤쳐 있었고, 머리카락은 헝클어져서 몇 번이고 갈퀴질하듯 손으로 빗어 넘긴 것처럼 보였다. 얇은 옷감 사이로 훤히 비치는 장밋빛 젖꼭지와 옷감이 밀려들어간 허벅지 사이가 뚜렷이 의식되었지만, 가릴 방법이 없다는 것을 알기에 윌로우는 시도조차 안 하고 가만히 있었다.

윌로우가 예상했던 대로 배너는 단도직입적으로 나왔다.

「당신은 내가 어떤 식으로 나오길 바랐어? 아이를 눈 밖으로 내몰았으면 만족했겠어?」

「말도 안 돼요! 내가 그 정도밖에 안 되는 여자로 보여요?」

「나도 당신을 그리 봤으면 좋겠어.」

배너는 유리창 쪽으로 갔다가, 머리를 헝클어뜨리면서 다시 돌아왔다.

「그럼, 모든 일이 훨씬 수월해지련만. 그리만 된다면 나도 가슴속에서 얼음 덩어리가 고동칠 테고, 당신의 살결은 어찌하여 그토록 따스하고 부드럽기만 한지 기이하게 생각할 수 있을 것 아닌가? 당신이 저지른 잘못을 비난하면서, 내가 저지른 죄를 정당화할 수도 있을 테고.」

그는 몸을 휙 돌리고 윌로우를 바라보면서 말했다. 하지만 목소리에 담긴 감정은 입에서 흘러나오는 '말'과 전혀 다른 이야기를 전해주고 있었다.

「어쩌면 당신을 미워할 수 있을지도 모르지.」

「실망시켜 드리고 싶지는 않지만, 아무 죄도 없는 아이를 동정하는 당신 모습에 마음이 상한 건 아니었어요. 동정하는 눈빛으로 날 바라보는 피오나 할멈, 홀리스 경, 기사들…….」

북받치는 감정으로 목이 메인 윌로우의 목소리가 속삭임으로 변했다.

「……당신 아이들마저 내게 동정 어린 눈길을 보냈어요.」

배너는 고개를 가로저었다.

「당신을 조롱거리로 만들 의도는 추호도 없었어. 할 수만 있었다면, 그런 일이 생기지 않게 막았을 거야.」

「어떻게요? 아이가 당신의 자식이 아니라고 부정이라도 할 생각이었어요? 내게 아이를 줄 생각이 없다고 괴로워하면서 분명히 입장을 밝힌 당신이, 다른 여자의 배를 빌어서 낳은 아이를 말이에요?」

배너에게 속내를 드러내고 싶지 않았건만, 이미 그녀의 말은 결투를 신청하는 기사의 장갑처럼 두 사람 사이에 떨어져 있었다.

배너는 성큼성큼 두 사람 사이의 거리를 좁히면서 윌로우의 보이지 않는 도전을 짓밟았다.

「그 점에 있어서는 우리가 합의를 했다고 생각했는데, 내가 오해를 했군. 나는 남편으로서의 의무를 기꺼이 수행할 마음이 있어. 당신이 원하는 게 아이라면, 아이를 주지. 그것도 넘칠 정도로 많은 아이를.」

배너의 손이 허리춤에 느슨하게 걸려 있는 사슬모양의 은제 허리띠에 놓았다.

겁에 질린 윌로우는 배너의 손에 자신의 손을 겹쳤다. 그저 허리띠를 끄르지 못하게 막아보려는 의도였는데, 실수로 손등이 허벅지 사이를 스치면서 윌로우는 배너가 아이를 줄 마음만 있는 게 아니라, 그럴 만한 능력이 충분히 있다는 사실을 깨달았다.

배너는 전혀 부끄러워하는 기색도 없이 윌로우를 똑바로 응시했다. 오히려 얼굴을 붉히면서 손을 확 뒤로 뺀 것은 윌로우였다.

그녀는 떨리는 손을 보여주기 싫어서 침대 기둥을 꽉 움켜쥐었다.

「나를 '당신의 창'의 크기나 기술에 감탄하는 기사들과 똑같이 취급하지 말아요. 당신의 정부들은 분위기가 무르익지 않아도 당신이 요구하면 아무렇지도 않게 동침을 하고, 매년 꼬박 아홉 달 동안 뱃속에 아이가 들어앉아 있어도 만족할지는 몰라도, 난 안 그래요.」

「오늘밤 성에 버려진 아이는 내가 혼인을 결심하기 전에 생긴 거야. 그 정도는 당신도 알고 있을 텐데.」

배너는 윌로우의 뺨을 손으로 부드럽게 쓰다듬으면서 속삭였다.

「당신의 얼굴을 보기 전에 벌어진 일이야.」

배너의 손길 아래 자존심이 산산조각 날까봐 두려워서, 윌로우는 딱딱한 자세를 취했다.

「다시는 이런 일이 없을 거라고 약조할 수 있겠어요? 우리가 혼인 한 날로부터 아홉 달을 채운 후에도 성 앞에 버려진 아이가 없을 거라고 맹세할 수 있어요? 1년, 아니 5년 뒤에도요?」

배너는 고뇌에 찬 얼굴로 가만히 윌로우를 응시했다. 얼마나 지났을까, 그는 그녀의 뺨에서 손을 떼고 고개를 숙였다.

「지키지 못할 약속은 할 수 없어.」

윌로우는 얼굴을 기둥에 바짝 붙였지만, 더 이상 뺨을 타고 흐르는 눈물을 숨길 수가 없었다.

「그렇다면 당신이 주기로 한 자유를 선택해야겠군요」

배너는 고개를 획 쳐들었다.

「여길 나가면 어디로 갈 건가? 설마하니 친정으로 돌아갈 생각은 아니겠지?」

그는 윌로우의 손을 잡고 억지로 펼쳤다. 그리고 엄지손가락으로 손바닥에 박힌 굳은살과 못을 부드럽게 쓰다듬었다. 십 수년간의 노동이 남긴 흔적을 없애려면 아무래도 시간이 필요할 것 같다.

「당신은 하녀처럼 대접받으면서 살아가는 게 내 아내로서 살아가는 것보다 낫다고 생각해?」

윌로우는 손을 비틀어서 빼내려고 애썼지만, 배너가 붙잡고 놓아주지 않았다.

「베들링튼에 돌아가지 않을 거예요. 수녀원에서 여생을 보내면 된다고 당신 입으로 말하지 않았던가요?」

배너가 메마르게 웃었다.

「그래서 당신은 마른 우물처럼 생기 없는 늙은 처녀로 생을 마감하고 싶지는 않다고 했었지.」

그는 윌로우의 얼굴을 감싸고, 열정적인 눈빛으로 안색을 살폈다.

「그게 당신이 원하는 건가, 윌로우? 매일 밤 딱딱하고 좁은 침상에 누워 내 모습을, 이런 걸 꿈꾸고 싶어?」

배너가 거칠게 키스했다면, 어쩌면 저항할 수 있었을지도 모른다. 하지만 배너의 입술이 말로 표현하기 힘들 정도로 부드러웠기 때문에, 윌로우는 이미 꿈을 꾸는 듯한 기분이었다. 촉촉한 입술을 애무하는 배너의 혀를 느끼면서 자신은 결코 마른 우물처럼 생기 없는 처녀로 죽진 않으리라는 생각이 언뜻 뇌리를 스쳤다. 딱딱하고 좁은 침상에 누워서 이 순간을 꿈꾸고 있을 때, 자신의 몸은 지금처럼 젖어 있으리라.

배너는 윌로우를 끌어안고 거뭇거뭇한 뺨을 부드러운 고수머리에 파묻었다.

「여기 있어 줘, 윌로우.」

배너가 쉰 목소리로 말했다.

「당신이 내 아내가 되어주면 결코 대접을 소홀히 하는 일은 없을 거야. 맹세해.」

다시는 놓아주지 않을 것처럼 배너의 허리를 힘껏 끌어안고 있었지만, 윌로우는 마음속으로 이별을 생각하고 있었다. 그의 곁에 머물면, 살아가는 데 있어서 없어서는 안 될 무엇인가를 포기해야 하기 때문에.

자긍심.

그녀는 눈물로 흐릿해진 눈동자로 배너를 올려다보았다.

「당신이 내 마음을 알아주지 않는다면, 신에게 의탁할 수밖에 없어요. 제게 자유를 주실 건가요, 아니면 제 뜻과는 하등 상관없이 당신의 아내로 묶어두실 생각인가요?」

배너가 팔을 내리고 뒤로 물러서는 순간, 난생 처음 느껴보는 차가운 한기가 윌로우의 몸을 휩쓸었다.

「분명히 지키지 않을 약속은 처음부터 하지 않는다고 하질 않았나. 내일 아침에 홀리스가 당신을 웨이본 수녀원까지 데려다줄 거야. 아직 한 번도 동침하지 않았으니, 혼인을 무효로 만드는 절차도 아주 간단하겠지.」

문가로 가다 말고 몸을 돌린 배너는 더 이상 목소리에서 씁쓸한 어조를 숨기지 못하고 말했다.

「아이들이 깨기 전에 여길 떠나줬으면 좋겠어. 아이들에게 다시 또 엄마와 이별하는 고통은 겪게 하고 싶지 않으니까.」

배너가 사라지자, 윌로우는 비틀거리며 창가로 걸어가서 차가운 유리 창에 이마를 댔다. 눈물이 다시 뜨겁게 눈을 달구었다. 그녀는 배너를 미워하고 싶었지만 마음속을 가득 채운 경멸감은 오직 자신에게만 향해 있었다. 애처로운 꼬마 계집애의 환영에서 벗어나고 싶은 마음에 베들링튼을 등졌건만, 유리창에서 눈물 범벅이 된 얼굴로 자신을 바라보고 있는 것은 바로 그 계집아이였다.

블랜치와 싸워보지도 않고 아버지를 내준 어린 계집아이는, 곁에 두기 위해서라면 전장에 나가도 아깝지 않을 남자를 찾아냈는데도 불구하고 무기 한 번 들어보지 않고 패배를 인정하고 있었다.

윌로우는 뺨에 흐르는 눈물을 손등으로 힘껏 문지르고 계집아이의 환영이 사라지는 광경을 지켜보았다. 어느새 계집아이 대신 성인 여자가 결의에 찬 눈동자로 자신을 바라보고 있었다.

적의 얼굴을 알 만한 사람을 찾기로 마음먹은 윌로우는 커틀과 신발을 걸치고 외투를 잡아챈 다음, 침실을 나왔다.

「어떤 여자예요?」

엘서노르의 안주인이 눈송이를 떨어뜨리면서 복수의 천사처럼 문을 벌컥 열고 들어오자, 네타는 눈을 커다랗게 떴다. 그녀는 다리 사이에서 움직이고 있는 술 취한 기사의 어깨 너머로 윌로우의 침착한 모습을 보면서 내심 혀를 휘둘렀다. 지체 높은 영주의 마나님은 격렬하게 진격과 후퇴를 반복하는 젊은 사내의 엉덩이를 보면서도 얼굴을 붉히지도, 말을 더듬지도 않았다.

「어떤 여자예요?」

집안에 두 사람만 있는 것처럼 윌로우가 다시 물었다.

네타는 기사의 팔을 한 대 쳤다.

「눈치 없기는. 빨리 비켜. 손님이 오셨잖아.」

「아직…… 안 돼.」

기사는 여전히 눈을 꼭 감고 흐느끼는 소리를 냈다.

「본전은 뽑아야 될 것 아니야. 다음 손님더러 차례를 지키라고 해.」

「손님은 남자가 아니야. 이 멍청아!」

네타가 기사의 귀에 대고 쉿소리를 냈다.

신음을 하면서, 기사는 옆으로 몸을 굴렸다. 네타는 엉덩이보다 보기 흉한 물건을 윌로우가 보지 못하도록 황급히 시트를 끌어올려서 사내의 하복부를 가렸다. 그녀는 치마만 내리기만 하면 끝이었는데, 그 이유는 애송이와 상대하면서까지 옷을 벗는 수고를 감수하고 싶지 않아서였다.

실눈을 뜨고 침입자의 늘씬한 몸매를 위아래로 훑어보는 기사의 얼굴에 음흉스러운 미소가 떠올랐다.

「이건 또 누구신가? 양치기를 찾아온 길 잃은 양인가?」

「여기서 나가요.」

굴뚝을 통해서 들어오는 겨울 바람보다도 더 차가운 목소리로 윌로우가 명령했다.

그는 깍지낀 손을 머리 밑에 받치고 자신만만한 미소를 지었다.

「서두를 것 없어, 귀여운 아가씨. 내 물건은 워낙 힘이 넘쳐서 한번에 두 여자에게 기쁨을 선사할 수 있거든.」

네타가 코웃음을 쳤다.

「둘은커녕 하나도 만족을 못 시키는 물건을 달고 다니면서, 무슨 헛소리야?」

월로우는 상대가 '찌르기에 능한 배너의 창'을 칭찬하던 젊은 기사임을 알아보았다. 그녀는 기사가 밉살스러워서 일부러 두건을 벗었다.

기사의 눈이 공포심으로 쟁반만 해졌다. 그는 담요를 턱까지 끌어올리고 어찌나 몸을 덜덜 떨었는지 침대가 덩달아서 덜커덕거렸다.

「아…… 아…… 아씨. 무례함을 용서해주십시오. 아씨인 줄 모르고 저지른 잘못입니다.」

월로우는 손으로 문을 가리켰다.

「나가요.」

그는 시트로 은밀한 부위를 가리면서 침대 밖으로 기어 나왔다. 기사는 한 손으로 시트를 붙들고 연신 절을 하면서 아부를 하느라 정신이 없었기 때문에, 한동안 바지가 제대로 입혀지지 않아서 한발로 껑중껑중 뛰었다.

「설마 하니 영주님께 말씀드리진 않으시겠죠? 영주님이 아시면 제 목이 성치 않을 겁니다.」

기사가 애걸을 했다.

월로우는 달콤하게 미소지었다.

「점잖지 않은 말을 입 밖에 냈으니, 아무래도 머리가 무사하길 바라긴 힘들겠지요?」

기사는 나지막하게 욕설을 내뱉으면서 검과 박차를 집어들고 눈이 내리는 밤길로 허겁지겁 달려나갔다.

월로우는 몸을 돌리고 네타에게 마음속에 품고 있던 말을 여과 없이 내뱉었다.

「이런 일은 어떻게 참아요? 사랑하지도 않는 남자가 아니면 도저히 저런 식으로 내 몸에 손을 대게 할 수 있을 것 같지 않아요.」

「그렇게 이것저것 따질 수 있는 위치에 있는 사람은 얼마 되지 않지요.」

네타는 풍만한 가슴을 조끼 안으로 밀어 넣고 끈을 차례로 꽉 조였다.

「더구나 일단 열 명의 사내와 관계를 맺게 되면, 한 놈이 더 늘어난다고 해도 달라질 건 없어요. 설혹 백 명이 넘는다고 한들 무슨 차이겠어요? 사내에게 처음으로 내 몸을 팔고 돈을 챙기면서 죽은 제 어미가 위로 삼아 해준 말이랍니다. 어미는 국왕의 보초들을 혼자 상대하지 않아도 된다는 사실에 어찌나 안도를 했는지 내가 벌어들인 돈 중에서 1실링짜리 동전은 꼭 챙겨줬어요.」

어떻게든 네타의 고집스러운 눈빛을 피해볼 요량으로, 윌로우는 외투를 신경질적으로 벗어서 벽난로 앞에 놓인 의자 위에 던져놓았다.

「엘서노르에서 오늘 무슨 일이 있었는지 알고 있을 텐데요.」

네타는 문을 향해 손을 흔들었다.

「방금 나간 인간이 무슨 일이 있었는지 떠벌리면서 집안으로 뛰어 들어왔기 때문에, 귀를 막지 않는 이상 안 들을 수가 없었지요. 영주님의 사생아가 하나 더 늘어난 것을 가지고 다들 왜 그렇게 소란을 피우는지 이해를 못하겠지만. 전부터 자주 있는 일이 아니었던가요?」

윌로우는 움찔했다. 네타는 일부러 자극적인 말을 골라 하는 듯했다.

「아이의 생모가 누구인지 알아야겠어요. 아니, 아이들의 생모가 모두 누군지 알고 싶어요.」

헝클어진 머리칼을 흔들면서 네타는 눈 꼬리를 치켜 올렸다.

「누군지 알고 나면 어떻게 하실 작정이시우? 옷을 홀딱 벗겨놓고 타르를 뿌린 다음 깃털을 꽂을 건가요? 아니면 마을에서 내치실 생각인가요? 돌팔매질을 당하는 신세가 되는 건 아니랍니까?」

윌로우는 턱을 치켜 올렸다.

「그런 마음이 들지도 모르지요.」

「말하지 않겠다면 어떻게 하실 생각이지요? 나도 똑같은 처벌을 받게 되는 건가요?」

「아뇨.」

네타의 얼굴에 비웃음이 떠오를 사이도 없이 윌로우는 담담하게 덧붙였다.

「그 혀로 병사들을 즐겁게 해줄 생각만 하지 말고 좀더 유용한 곳에 사용하는 게 어떻겠어요? 끝끝내 말을 안 하겠다면 입을 열 때까지 엘서노르의 지하감옥에 가둘 거예요.」

네타는 고개를 삐딱하게 기울이면서 윌로우를 찬찬히 살폈다. 방금 전에 아무것도 모르는 순진한 고양이의 공격을 받고 코에 할퀸 자국이 남은 덩치가 커다란 개처럼. 네타가 침대에서 몸을 일으켰을 때 그녀의 입가에 어린 미소는 비웃음이라고 하기보다는 사색적이라고 해야 적당할 것 같았다.

「앉으세요」

이가 빠진 컵에 맥주를 따라 윌로우의 손에 떠밀면서, 네타가 말했다.

「영주님의 마음을 사로잡은 여자에 대해서 이야기를 해드리지요」

네타의 말에 심장이 두근거리는 것을 느끼면서 윌로우는 의자에 털썩 주저앉았다. 평소에 꿀술보다 독한 음료는 거의 입에 대지 않던 그녀는 맥주를 벌컥벌컥 들이켰다.

네타는 침대 가에 앉아서 아예 병째 술을 마셨다.

「지금처럼 눈오는 밤에 그 여자는 엘서노르 성에 처음 발을 들였어요. 산바람이 어찌나 매서운지 침을 뱉으면 땅이 떨어지기도 전에 얼어붙을 정도였지요. 마침 주의 공현 대축일(Twelfth Day, 성탄 12일째 되는 날로 축제가 벌어졌음) 전야제였기 때문에, 음악소리와 왁자지껄 떠드는 소리가 성에서 떨어진 곳까지 들렸다지요. 어린 소년의 손을 붙들고 있었던 여자는 겁에 질려 있었지만 성안으로 들어갈 용기를 내지 않으면 아이가 죽는다는 것을 알고 있었어요. 여자는 몸뚱이를 팔아서 간신히 끼니거리를 장만했지만, 언제나 음식을 모두 아이에게 주다시피 했기 때문에 몸이 극도로 쇠약한 상태였지요.」

네타의 눈이 허공을 헤맸다.

「홀 안에 들어오는 모자(母子)를 보고 모두들 입을 다물었어요. 성의 영주는 아름다운 아내와 잘생긴 자식들에게 둘러싸여서 상석에 앉아 있었지요. 여자는 아들을 앞에 세우고 마지막 남은 자존심을 삼키면서 작게 말했어요 '이 아이는 영주님의 아들입니다. 부디 이 아이를 받아주시기를 간곡히 빌겠습니다.' 영주는 소년을 위아래로 훑어보았지요 기껏해야 여섯 살 정도 되어 보였지만, 작은 다리로 버티고 서서 아버지라고 하는 남자의 눈을 똑바로 마주볼 정도로 배짱이 두둑한 아이었어요」

네타가 잠시 말을 끊었다가 다시 이었다.

「영주는 소년의 머리카락을 헝클어놓으면서 홀이 떠나가라 웃음을 터트렸어요 그는 홀 주위를 둘러보면서 '이렇게 잘난 자식들이 있는데, 내가 왜 일개 매춘부의 사생아를 아들로 받아들이겠느냐'라고 큰소리로 말했지요」

윌로우는 도저히 술이 목구멍으로 넘어갈 것 같지 않아서 잔을 옆으로 치웠다.

「영주의 신호가 떨어짐과 동시에 병사들은 여자를 홀에서 끌어냈어요 그들은 여자를 조롱하고 비웃으면서 아이와 함께 성문 밖으로 몰아냈지요 너무 수치스러워서 근처에 있는 마을에 들를 엄두도 내지 못한 여자는 아들의 손을 와락 붙들고 터벅터벅 눈이 쌓인 길을 걸어갔어요 자신이 사는 마을까지 돌아갈 생각이었지만 바람에 날리는 눈가루 때문에 앞을 보기가 힘들어서 계속 같은 자리를 몇 번이고 돌았어요 잠깐 앉아서 지친 다리를 쉬면, 앞으로 나갈 수 있을 거라고 여자는 믿었지요 아들을 가슴에 끌어안고 여자는 눈 위에 무릎을 꿇었어요」

네타의 음울한 눈동자가 윌로우를 똑바로 응시했다.

「소년은 몸이 튼튼했지만 여자는 그렇지 못했어요 다음 날 아침에 두 사람이 발견되었을 때, 소년은 여자에게 달라붙어서 미친 듯이 울고 있었어요 뻣뻣해진 여자의 몸을 눈물로 녹이려고 하는 것처럼. 장정 세 사람이 힘을 합쳐서 간신히 아이를 여자에게서 떼어냈지요」

윌로우는 몸을 일으켰다. 눈물이 끊임없이 뺨을 타고 흘러내렸다.

「거짓말 말아요! 배너는 절대 그런 사람이 아니에요 여자와 아이를 한겨울에 내몰 정도로 잔인하고 몰인정한 사람이 아니란 말이에요!」

네타의 눈동자에서 불길이 확 일어났다.

「바보 같은 사람. 영주님이 그런 짓을 할 사람으로 보여요? 그분의 아버지라면 모를까.」

윌로우는 의자에 털썩 주저앉았다.

'당신은 내가 어떤 식으로 나오길 바랐어? 아이를 눈 밖으로 내몰았으면 만족했겠어?'

분노를 모두 태우고 재만 남은 눈으로 배너는 윌로우를 바라보았다.

어머니가 죽는 모습을 지켜봐야 했던 바로 그 눈. 차가운 시체를 붙들고 눈물을 쏟았던…… 꽁꽁 얼은 어린애의 자그마한 손바닥을 쓰다듬으면서 동정심으로 빛나던…….

감정이 격해진 윌로우는 눈물이 범벅이 된 얼굴을 들어올렸다.

「그 아기들?」

그녀는 작게 네타에게 속삭였다.

「배너의 아이가 아니지요?」

「그래요」

네타가 담담하게 말했다.

「내 아이들이에요.」

25

네타가 몸을 일으켰을 때, 그녀의 눈은 자부심으로 빛나고 있었다.

「제일 어린아이들 둘은 내가 낳지 않았지만, 멕과 쌍둥이들, 그리고 그날 아침 아씨가 데리고 온 젖먹이는 내 핏줄이에요」

네타가 부드러운 눈길로 품에 안긴 펙을 내려다보던 모습을 떠올리고, 윌로우는 망연자실했다. 그 눈길이 딸아이를 바라보는 어머니의 눈길이라고는 꿈에도 상상하지 못했던 것이다.

「그럼, 매그즈와 오늘 성 밖에 버려진 젖먹이는 누구 소생이지요?」

「매그즈는 군식구가 열 둘이나 되는 여자가 낳은 아이예요. 그리고 성 밖에 버려진 아이의 생모는 열 두 살짜리 계집애인데, 아홉 달 전에 마을을 잠깐 지나친 음유시인의 달콤한 거짓말에 넘어간 죄로 오늘밤에 몸을 풀었답니다.」

윌로우는 고개를 가로저었다.

「어떻게 자기 자식들을 버릴 수가 있는지 이해가 안 돼요」

「버리다니요?」

네타가 발끈해서 말을 내뱉었다.

「애니의 아버지란 작자는 애니가 아기를 직접 없애지 않으면 물통에 빠뜨려서 죽이겠다고 위협했어요. 출산 직후라 산모가 너무 기운이 없어서 제가 대신 영주님에게 데려다주겠다고 약속을 했지요. 제가 도와주지 않았다면, 그 아이는 성문까지 기어서라도 갔을 거예요」

벽난로로 걸어간 네타는 치마를 날리면서 무서운 기세로 돌아섰다.

「아씨에게 딸아이가 생기면 어떻게 하시겠어요? 저처럼 매춘부의 딸로 자라게 하시겠어요?」

네타는 손가락으로 구겨진 침대시트를 가리켰다.

「제가 늙고 성병에 걸려서 추한 몰골이 되면 마을에 사는 사내놈들은 너나할 것 없이 딸년이 제 뒤를 잇기를 바라겠지요」

네타의 목소리가 부드러워졌다.

「그게 아니면 어머니의 사랑을 제외하고는 모자랄 것 없는 영주의 자식으로 자라게 하던가요. 아씨라면 둘 중 어느 쪽을 택하겠어요?」

윌로우는 부끄러워서 고개를 푹 숙였다.

「배너는 왜 아무 말도 하지 않았을까요? 왜 내게 제일 안 좋은 면만 보여주려고 했을까요?」

「아이들이 그분의 핏줄이 아니라는 사실을 누설하지 않겠다고 제게 맹세를 하셨으니까요. 제 자식들이 일생 동안 매춘부의 사생아라고 해서 손가락질을 당하는 일이 없게 해달라고, 그리 약조를 해달라고 제가 부탁을 드렸어요」

윌로우는 웃어야 할지 울어야 할지 갈피를 잡지 못했다. 배너는 자신의 손에 맡겨진 아이들을 보호하기 위해서 윌로우로 하여금 자신이 지나가는 암말만 보면 무조건 덮치는 발정한 종마나 다름없는 존재라고 믿게 만들었다. 배너는 기꺼이 윌로우를 떠나보낼 생각이었다. 두 번 다시 돌아오지 못하는 곳으로.

윌로우는 부드럽게 웃었지만, 그 안에 씁쓸한 감정이 담겨 있었다.

「그 사람은 제게 지키지 못할 약속은 하지 않는다고 했었지요」

「그래요」

네타가 벽난로 끄트머리에 앉아서 고개를 끄덕였다.

「약속은 천금처럼 잘 지키는 분이에요. 11월 어느 저녁에 딸아이를 처음 성문 밖에 놔뒀을 때만 해도 영주님이 그 아이를 받아주시리라고는 꿈도 못 꿨어요. 전 그저 하인들 중 하나가 아이를 발견하고 거두어주면 좋겠다고 빌었지요」

네타가 몸을 떨었다.

「다음 날 병사 둘이 찾아와서 절 영주님에게 끌고 갔어요. 영주님이 날 지하감옥에 가두진 않을까, 손발에 차꼬를 채우고 감금을 시키진 않을까, 얼마나 무서웠는지 몰라요」

아들의 볼기짝을 내리치는 일조차 꺼려했던 배너를 떠올리고, 윌로우는 미소를 지었다.

「병사들이 그분 앞에 데리고 갔을 때, 몸을 사시나무처럼 떨었어요」

도저히 불가능한 일이라고 생각했건만, 고개를 숙인 네타의 뺨이 붉어졌다.

「그분이 보초들을 내보내고 꿀술을 잔에 따르시는 동안, 저는 옷을 벗었어요. 제게 대가를 바라실 거라고 생각했으니까요」

윌로우는 흥미롭다는 듯이 한쪽 눈썹을 치켜 올렸다.

「필시 그 사람에게는 충격적인 일이었겠군요」

「그랬지요. 처음에는 그분이 방에서 뛰쳐나가려고 하는 줄 알았어요. 하지만 제가 겁에 질려서 다리를 못 가누는 광경을 보시고, 벽에 걸린 태피스트리를 제 몸에 둘러주셨어요. 그리고는 벽난로 옆에 있는 의자에 앉으라고 권하셨지요. 영주님은 그때 생모의 얘기를 들려주시면서 제게 어떤 아이도 엘서노르의 성에서 내치는 일은 없을 거라고 약조해 주셨어요」

윌로우는 네타의 눈동자 속에서 뜨거운 열정을 읽었다. 침실의 유리창에 비친 자신의 눈동자도 저렇게 빛나고 있었다.

「배너를 사랑하는군요」

윌로우는 말이 입에서 떨어지기가 무섭게 후회를 했다. 어떤 말이라도 그 이상 네타에게 상처주지 못하리라는 것을 깨달았기에.

눈가에 눈물이 가득 고인 네타의 얼굴에 슬픈 미소가 떠올랐다.

「제가 어찌 그분을 사랑하지 않을 수 있겠어요, 아씨?」

「그래요」

네타의 앙상한 손을 꼭 붙들면서 윌로우가 속삭였다.

「어떻게 그 사람을 사랑하지 않을 수 있겠어요?」

윌로우는 엘서노르의 어두운 통로를 미끄러지듯이 나아갔다. 아직 새벽이 오기 전이라 윌로우의 외투가 사각사각 바닥에 스치는 소리만 유난히 크게 들렸을 뿐, 성안은 쥐 죽은 듯이 조용했다.

2층을 지나치는 데 반쯤 열린 문이 윌로우를 향해 손짓했다. 배너의 아이들이 전처럼 커다란 침대에 모여서 한꺼번에 잠들어 있는 모습을 보고 있으려니, 가슴이 조여드는 것처럼 아팠다. 벽난로의 불빛이 꺼져가고 있었기에, 윌로우의 입에서 흘러나온 한숨이 싸늘한 방안에 새하얗게 퍼졌다. 데즈먼드의 까마귀는 고개를 가슴에 파묻고 창가 곁에 있는 횃대에서 잠들어 있었다. 노란 수코양이는 촛대 발치에 웅크리고 있었다. 윌로우가 침대로 다가가자 고양이가 외눈을 뜨고 깜빡거렸다.

데즈먼드의 갈색머리 옆에 아마 빛깔의 헝클어진 머리가 놓여 있었다. 침실에서 내쫓기고 나서 비어트릭스는 데즈먼드의 옆자리를 피난처로 택한 듯했다. 잠에서 깨어났을 때 반나체의 소녀가 등에 찰싹 달라붙어 있는 것을 알게 되면 데즈먼드가 어떤 반응을 보일까? 윌로우의 입가에 미소가 떠올랐다.

엘서노르에 막 도착했을 당시에 아이들은 그저 얼굴 없는 어린 망나니들에 불과했다. 하지만 아이들의 잠든 얼굴을 하나하나 훑어보면서 자신의 형제자매들이 타인과 다름없었던 것에 비해 한 아이, 한 아이가 자신에게 의미 있는 존재가 되었음을 깨달았다.

언제나 이성의 소리에 귀를 기울이려고 애쓰는 에니스 사물의 어두운 면을 보는 재주를 타고난 메리. 마음이 넓고 심성이 고운 해미쉬. 수다쟁이 에드워드. 신랄한 말을 곧잘 하는 켈. 고집불통 메리 마거릿. 토실토실한 팔다리와 보조개 때문에 아기천사처럼 보이는 멕과 쌍둥이들.

그리고 데즈먼드…… 성년기를 목전에 둔 소년은 스스로 깨닫지 못할 만큼 아버지를 많이 닮아 있었다. 동생들에 대한 책임감, 아무도 원치 않는 짐승들에게 애정을 베푸는 고운 마음씨.

피오나 할멈의 코고는 소리가 윌로우를 아기 방으로 인도했다. 노파는 나무요람의 발치에 놓인 침상에서 몸을 웅크리고 있었다. 펙과 매그즈는 오동통하고 털이 많은 새끼 양들처럼 따뜻한 강보에 쌓여서 나란히 잠들어 있었다. 윌로우는 솜털이 보송보송한 두 아이의 뺨을 손끝으로 쓰다듬었다.

방을 나서려는 찰나에 울음소리, 그렇다고 옹알대는 소리도 아닌 정체불명의 소리가 작게 들렸다. 윌로우는 천천히 몸을 돌렸다. 벽난로 앞에 놓아둔 바구니.

그녀는 무릎을 꿇고 바구니 안에 누워 있는 아기를 내려다보았다. 이 아이가 자라면 활기 넘치는 소년이 되겠지. 배를 주리거나, 눈밭에 주저앉아서 어머니가 죽어가는 모습을 지켜보지 않아도 되는 소년이.

기묘할 정도로 마음이 다급해진 윌로우는 갓난아기의 몸을 담요로 덮어주고 방을 빠져 나왔다. 이 정도면 발자국 소리를 듣고 아이들이 깨지 않겠다 싶었을 때 윌로우는 달리기 시작했다. 그녀는 계단을 쏜살같이 올라가서 노크도 하지 않고 배너의 침실 문을 벌컥 열었다. 침실은 비어 있었고, 벽난로의 불은 꺼진 채였다. 깃털 요 위에도 배너가 누웠던 흔적이 전혀 없었다. 누군가 화가 나서 집어던진 것처럼 술잔이 뒤집혀서 바닥에 떨어져 있었다.

윌로우는 홀을 염두에 두고 계단을 달려 내려갔다. 빵 굽는 냄새가 부엌에서 흘러나오고 있는데도 불구하고 눈보라를 피해 성을 찾아든 사람들의 대다수가, 배너 경이 만인 앞에서 아들을 기꺼이 받아들인 이후에 하인들을 시켜 날라 오게 한 맥주를 거나하게 마신 여파로, 아직까지 잠에서 깨어나지 못하고 있었다.

아무도 없는 안뜰에 나간 윌로우는 당혹감을 느끼면서 주위를 한 바퀴 돌았다. 지평선 위로 떠오른 태양이 눈 덮인 세상을 눈부실 정도로 찬연하게 비추었다. 손으로 빛을 가렸더니, 문득 바람에 검은 머리칼을 날리면서 성벽 위에 쓸쓸하게 서 있는 남자가 눈에 들어왔다.

성벽에 도착한 윌로우는 간신히 호흡은 가다듬었지만, 심장의 박동소리는 어쩌지 못했다. 배너는 성벽에 손을 얹고 눈밭을 내려다보고 있었다. 얇게 얼어붙은 눈이 슬리퍼에 눌려서 '파삭' 소리를 내는데도 배너는 뒤를 돌아보지 않았다.

「내가 세 번째 아내와 이별하는 고통을 겪고 싶지 않을 거라는 생각은 안 해봤소?」

나뭇가지에 달라붙은 투명한 얼음 덩어리처럼 차가운 목소리로 배너가 말했다.

냉정한 말이었지만 윌로우는 마음이 따뜻해졌다. 그도 그럴 것이 배너는 한번도 윌로우를 아내라고 부른 일이 없었다.

「제가 그런 고통을 주지 않으려고 할지도 모른다는 생각은 안 해보셨나요?」

「솔직히 그런 생각은 안 들더군.」

「방금 전에 아기 방에 들렀어요.」

윌로우는 배너의 반응이 시원치 않음에도 불구하고 가까이 다가갔다.

「당신 아들의 얼굴을 들여다봤더니 혈색이 많이 좋아졌더군요. 당신의 관대한 처분 덕에 아이는 분명히 오늘 내로 유모의 젖꼭지를 사이에 두고 매그즈와 쟁탈전을 벌이겠지요.」

「녀석이 명은 보존했다니 기쁘지만, 관대한 처사라고 치켜세우는 말은 듣고 싶지 않아. 너무 큰 대가를 치러야 했으니까.」

윌로우는 슬리퍼 끝으로 눈을 차면서 일부러 목소리를 밝게 했다.

「난 당신의 따뜻한 마음씨를 칭찬하러 온 게 아니라, 지나친 자존심을 비난하러 왔어요.」

배너가 코웃음을 쳤다.

「하룻밤 사이에 똑같은 얘기를 두 번이나 듣다니…… 혹여 데즈먼드와 얘기를 나눈 거요?」

「아뇨. 친구와 얘기를 하고 왔어요. 당신을 진심으로 위하는 사람이에요」

「필시 나를 진심으로 위하는 마음에서 내가 오만한 바보라고 떠들어 댔겠지.」

「오만할지는 몰라도 바보는 아니에요」

윌로우는 한숨을 내쉬면서 배너의 뒤를 왔다갔다했다.

「내가 힘있는 전사라면, 그래서 내 이름만 들어도 모두 벌벌 떤다면, 다른 이들로 하여금 아이를 생산하는 능력이 검을 다루는 능력만큼 뛰어나다는 사실을 믿게 하고 싶을지도 모르지요. 마음이 너무 부드러워서 아이를 내치지 못한다는 소문이 돌면 당신이 간직하고 있는 흉포한 이미지가 손상될지도 모르니까요.」

윌로우는 까치발을 하고 배너의 귓가에 속삭였다.

「설령 당신의 씨를 받지 않은 아이라고 해도」

관절이 하얗게 되도록 돌을 꽉 붙들고 있던 배너는 손을 놓고 천천히 몸을 돌렸다.

「그건 친구가 아니라 적의 거짓된 입에서 흘러나온 근거 없는 소문에 불과해.」

배너의 강렬한 눈길을 윌로우는 피하지 않고 똑바로 받았다.

「여기서 얼마 되지 않는 곳에서 어떤 여자가 죽었다는 얘기도 근거 없는 소문인가요? 당신의 아버지가 '매춘부'라고 낙인을 찍고 아무것도 모르는 순진한 아이와 함께 눈보라치는 들판으로 내쳐버린 바람에 결국 얼어죽고 말았다는 여자 말이에요」

턱 근육이 계속 경련을 일으키지 않으면, 배너가 얼음 조각상처럼 보였을지도 모른다.

「그 아이는 결코 순진하지 않았어. 어미가 낯선 사내들을 침대로 들일 때마다 문밖에서 웅크리고 앉아서 수없이 많은 밤을 보냈으니까. 구역질이 났지만, 어미가 주는 빵을 꾸역꾸역 삼킬 줄도 알았지. 그걸 얻기 위해서 어미가 얼마나 희생을 치렀는지 알고 있었으니까.」

배너는 몸을 돌렸다.

「어미가 죽었을 때, 언젠가는 이 모든 것들을 손에 넣겠다고 맹세했지. 아비가 그때까지 두 눈을 부릅뜨고 살아 있어주길 바라면서.」

윌로우는 배너의 긴장한 팔을 쓰다듬었다.

「아버지가 살아 있었다면, 지금까지 계속 그분을 상대로 전투를 벌이진 않았겠지요. 적의 얼굴에 아버지의 얼굴이 겹쳐 보이지 않던가요? 당신이 죽인 적들은 모두 아버지의 얼굴을 하고 있었을지도 모르죠.」

배너가 씁쓸하게 웃었다.

「내 머릿속에 달라붙어 있는 환영은 아비의 얼굴이 아니라 어미의 얼굴이오. 내가 용서할 수 없는 사람도 아비가 아니라 어미지.」

네타가 제일 끔찍한 이야기는 들려주지 않았다는 것을 윌로우는 그제야 알았다.

「어머니는 당신 아버지를 사랑했군요. 그렇지요?」

「어미는 아비를 신처럼 숭배했지. 겨우 열 다섯이었을 때 아비의 꼬임에 넘어간 어미는 아비가 언젠가 데리러올 거라는 믿음을 버리지 않았지. 엘서노르의 주위로 300킬로미터 안팎에 있는 마을에는 모두 어미 같은 처녀가 최소한 하나씩 있다는 사실을 결코 받아들이지 않았어.」

배너의 목소리가 한층 더 씁쓸해졌다.

「어미는 나를 붙들고 아비가 얼마나 좋은 사람인지 침이 마르게 칭찬을 하곤 했지. 얼마나 친절하고 상냥한지! 얼마나 품위가 넘치는지! 얼마나 사내답고 씩씩한지! 매춘부 노릇을 하면서도 빵 한 조각을 위해서 몸과 영혼을 팔아야 하는 자신의 운명을 저주하며 눈물을 흘린 적은 없었어. 언제나 아버지를 볼 면목이 없다고 울었지.」

배너의 눈빛은 윌로우에게 애원과 경고를 동시에 하는 듯했다.

「어미가 아비에게 품고 있던 사랑은 치유할 수 없는 마음의 병이었어. 결국 그 사랑이 어미를 죽인 거지.」

윌로우는 뱃속에서 무언가 가라앉는 느낌을 받으면서, 배너가 수년 동안 공을 들여 수집해놓은 무기들은, 침실 벽에 걸려 있는 방패들은 모두 어머니를 쓰러뜨린 보이지 않는 화살을 막기 위한 도구에 불과하다는 사실을 깨달았다. 어머니가 죽은 뒤로 그 누구에게도 마음을 빼앗기지 않으려고 주위에 벽을 쌓은 것이다.

아내인 윌로우를 포함해서.

눈이 소복소복 쌓인 들판은 아름답기만 한데, 눈이 따끔거렸다. 고수머리를 헝클어뜨리는 바람이 너무 매서워서 눈물이 나올 것만 같다.

「당신이 아이를 바라지 않는 이유를 알 것 같아요」

윌로우가 나직하게 말했다.

「엘서노르의 영주가 성 밖에 버려진 아이를 모두 받아준다는 소문이 계속 퍼지면 우리 두 사람이 감당하기 힘들 정도로 많은 애들이 성을 메울지도 몰라요」

「우리?」

윌로우의 말을 잘못 들었을까봐 두려운 듯이 배너가 나지막하게 되물었다.

그녀는 뒤에 서 있는 배너를 온몸으로 느끼고 있었다. 배너의 따스한 온기가 애무처럼 윌로우를 휘감았다. 그 순간에야 비로소 그녀는 자신이 얼마나 한기를 느꼈는지 깨달았다. 한때는 오만하게도, 남편의 사랑이 없는 불완전한 관계에 만족하면서 살았다는 배너의 죽은 아내들을 동정했었다. 하지만 지금은 그들에게 기묘한 친밀감이 느껴질 뿐이다.

윌로우는 몸을 돌리고 배너를 마주보았다.

「당신은 성실한 사람이에요 그리고 과음을 하거나 화를 주체하지 못하거나 불경스러운 말을 입에 담지도 않지요 여자가 지아비 될 사람에게 그것 외에 무엇을 더 바라겠어요? 당신이 내게 바닥에 떨어진 빵 부스러기만큼 애정을 품고 있을지언정, 지금까지 그랬던 것처럼 만족하면서 살 수 있을 거예요」

「내가 당신에게 그 정도밖에 못해줄 것 같은가? 바닥에 떨어진 빵 부스러기?」

배너는 월로우의 뺨에 손을 대고, 뜨거운 갈망으로 인해 잉크처럼 까맣게 된 눈동자로 그녀를 응시했다.

「당신이 내 식탁에 앉아주기만 한다면, 지상에서 제일 달콤하고 맛있는 진수성찬들만 골라서 대접하겠다고 약속하지.」

월로우는 배너의 입술이 아래로 내려오자 눈을 감았다. 따스하고 거친 혀가 월로우의 입을 파고들면서 천상의 술은 물론, 천상 그 자체의 맛을 전해주었다. 배너가 부드럽게 안아들었을 때도 월로우는 그의 목덜미를 한 손으로 끌어안고 가만히 몸을 내맡겼다.

배너의 입술은 월로우의 입술을 떠나지 않았다. 그녀의 침실과 이어지는 좁은 계단을 내려가면서도 침실 문을 돌아보지도 않고 발로 차서 닫았을 때도 그녀를 바닥에 내려놓고 외투를 벗겼을 때도 커틀을 그녀의 머리 위로 끌어올려야 하는 순간이 왔을 때 비로소 배너는 마지못해서 월로우의 입술을 놓아주었다. 안타까운 신음 소리를 내면서.

벽난로 불이 꺼진 방에서 얇은 속옷 하나만 걸치고 있으면 몸이 떨려야 정상이겠지만, 두 사람은 한기를 느끼지 못하고 있었다. 배너는 주위의 모든 것을 집어삼킬 듯이 타오르는 열정 때문에 몸을 떨면서 월로우를 침대 기둥에 밀었다.

「당신 얼굴이 눈물에 젖는 건 보고 싶지 않아.」

배너는 월로우의 뺨에 남은 눈물자국에 입을 맞추면서 중얼거렸다.

「당신의 손길 때문에 젖는 것도 싫어요?」

월로우가 배너의 귓가에 속삭였다.

가장 노골적이고 대담한 공상 속에서도 배너가 무릎을 꿇고, 속옷을 걷어올리고, 진주의 눈물을 혀로 음미하는 모습은 한번도 등장하지 않았다. 그녀는 배너가 엄지손가락으로 부드럽게 은밀한 곳을 건드리자 숨을 급격하게 들이마셨다.

본능적으로 다리를 모은 월로우. 배너는 거뭇거뭇한 뺨을 크림색 허벅지에 파묻고 쉰 목소리로 애원했다.

「제발, 윌로우……」

윌로우는 배너가 자존심을 숙이고 남에게 애원하는 사람이 아니라는 것을 너무 잘 알았다. 국왕을 제외한 그 누구 앞에서도 무릎을 꿇지 않는 남자. 그런데도 그는 윌로우를 높여주기 위해서 자신을 낮추고 있었다. 윌로우는 배너의 머리를 쓰다듬으면서 천천히 다리에 힘을 빼고 눈을 감았다. 배너의 검은머리가 허벅지 사이를 파고드는 모습을 부끄러움 때문에 차마 지켜볼 수가 없었기에.

배너가 향기로운 꿀술이 넘치는 잔을 입술로 음미했을 때, 윌로우는 너무 강렬한 쾌락에 휩싸여서 정신을 잃을지도 모른다는 두려움마저 들었다. 그녀는 배너의 머리칼을 움켜쥐고 숨을 쉴 때마다 그의 이름을 흐느꼈다. 배너는 윌로우의 엉덩이를 움켜쥐고 아무리 몸부림을 치고 애원을 해도 소용이 없다는 뜻을 확고하게 보여주었다. 등에는 단단한 침대 기둥이, 앞에는 배너가 버티고 있었기 때문에 도망칠 곳은 어디에도 없었다.

아주 진귀한 보석을 찾으려는 것처럼 배너는 보드라운 조가비를 혀로 살짝살짝 건드렸다. 윌로우의 머리가 격렬하게 좌우로 흔들리고 다리가 기운 없이 꺾였다. 윌로우가 절정에 휩쓸려서 경련을 일으키는 동안, 배너의 손바닥이 부드러운 엉덩이에 깊숙하게 파묻혔다. 깊이를 알 수 없는 바다에서 익사하지 않으려고 버둥대는 사람처럼 그녀는 배너의 어깨 위에 쓰러져서 힘껏 매달렸다.

「아직 멀었어.」

배너는 그녀의 떨리는 복부에 입을 맞추면서 속삭였다.

「이번엔 중간에서 멈추지 않을 거야.」

몸을 일으킨 배너는 윌로우의 속옷을 벗기고 깃털 요에 눕힌 다음 자신의 셔츠를 머리 위로 끌어올렸다. 윌로우는 유혹을 뿌리치지 못하고 남성적인 힘이 넘치는 배너의 가슴에 손을 뻗었다. 부츠를 벗어 던지면서 배너는 굶주린 사람처럼 윌로우의 입술, 목덜미 그리고 젖꼭지를 탐했다.

월로우가 한참만에 눈을 떴을 때, 배너는 한 팔을 이마에 올려놓고 옆자리에 누워 있었다.

「배너?」

월로우가 속삭였다.

배너는 신음 소리로 대답을 대신했지만, 팔은 내리지 않았다.

월로우는 몸을 돌리고 배너의 가슴을 쓰다듬었다. 어찌된 일인지 셔츠만 벗은 배너 앞에서 나체로 있는데도 불구하고, 전혀 부끄럽게 느껴지지 않는다.

「당신이 이런 노골적인 대화를 얼마나 싫어하는지 잘 알지만 꾹 참고 들어주세요. 우리 두 사람 모두 이 이상 아이들이 더 늘어나길 바라지 않는다면, 잠자리를 같이 하면서도 아이가 생기지 않는 법을 알아둬야 할 것 같아요. 어떤 방법을 써서 아내 외에 잠자리를 같이 한 여자들의 자궁에 아이가 들어서지 않게 했는지 저한테도 일러줘요.」

「그런 일에 대해서는 도통 관심이 없었어. 나 같은 사생아들이 영국 전역에 흩어져 있다고 생각하면, 도저히 그런 위험 부담이 큰 일은 감수할 수가 없었지. 나는 얼굴도 모르는 자식들이 나를 경멸하면서 살아가게 하긴 싫어.」

가슴을 쓰다듬고 있던 월로우의 손이 갑자기 굳어졌다.

「그럼, 첫번째 부인인 메리와 혼인했을 때 당신은…….」

배너는 팔을 내리고 월로우를 노려보았다.

「비웃으면 목을 조를 줄 알아.」

월로우의 미소에는 경이감이 깃들여 있었다.

「마거릿이 죽은 뒤로 당신은 한번도…….」

「한번도 없었어. 그 동안 내가 얼마나 인내를 했는지 신만은 아시겠지. 그 중에서도 당신을 처음 만났을 때가 제일 힘들었어.」

월로우는 마음이 따스해지는 것을 느끼면서 배너의 복부에 손을 미끄러뜨렸다.

「네타가 다른 방법을 일러줬어요.」

배너는 한쪽 눈썹을 치켜 올렸다.

「자식을 넷이나 둔 여자의 충고를 받아들일 생각인가?」

월로우는 몸을 숙이고 배너의 귓가에 무슨 말을 속삭였다. 한동안 가만히 누워 있던 배너는 벌떡 일어나서 바지 끈을 풀기 시작했다.

월로우는 배너의 갑작스러운 정열의 격발에 일말의 불안감을 느꼈다.

「네타 말로는 그것보다 더 확실한 방법이 있다고 했어요.」

「그게 뭐지?」

한동안 주인의 속을 썩이던 바지 끈은 격렬하게 잡아당기는 배너의 손에서 명을 다하고 뚝 끊어지고 말았다.

바지가 허리 아래로 흘러내리자 월로우는 얼굴을 붉히면서 고개를 돌렸다. 수치심이 모두 사라졌다고 생각했는데, 그게 아닌 듯하다.

「일생 동안 금욕하겠다고 맹세를 하는 방법도 있대요.」

배너는 바지를 바닥에 내던지고 월로우의 얼굴을 양손으로 감쌌다.

「당신에게 선택권을 주지. 금욕이야?」

배너는 몸을 낮추고 월로우의 허벅지 사이에 자리를 잡았다.

「아니면 나야?」

「당신.」

장난스럽게 반짝이는 눈동자에 넋을 잃으면서, 월로우가 속삭였다.

배너가 깊숙하게 밀고 들어왔을 때도 월로우는 그의 눈동자를 들여다보고 있었다. 그는 지상에서 제일 달콤하고 맛있는 진수성찬들만 골라서 대접하겠다는 말만 했지, 몸 속에 퍼지는 충만감에 대해서는 아무 언급을 안 했다. 월로우의 몸이 배너를 받아들이려고 애쓰면서, 목구멍에서 쾌감과 고통이 뒤섞인 신음 소리가 터져 나왔다. 날카로운 고통이 사라지면서 끊임없이 이어지는 강렬한 쾌감이 대신 자리잡았다.

눈물을 키스로 닦아주면서 배너는 월로우의 몸 속에서 부드럽게 움직였다. 자신이 월로우보다 몸집이 훨씬 크고 훨씬 더 강하다는 사실을 의식해서일까? 어린 자식들에게 해를 입히지 않으려고 분노를 삼켰던 것처럼 배너가 자신의 욕망을 최대한 억누르고 있는 것이 느껴졌다.

월로우는 배너의 어깨를 붙들고 숨을 몰아쉬면서 고개를 좌우로 흔들었다.

「배너, 제발…… 아…… 제발…….」

배너도 침대에 누워서 극도의 고통에 시달리는 사람처럼 신음했다.

자신의 몸 속 어느 곳에 이런 정열과 힘이 숨어 있었는지. 월로우는 경이감을 느끼면서 눈앞에 흘러내린 머리칼을 떨어내려고 고개를 흔들었다. 엉덩이가 오르락내리락 할 때마다 배너의 얼굴에서 쾌감의 빛이 너울대는 모습을 지켜보면서 월로우는 쾌감이 배가되는 느낌을 받았다. 그는 월로우의 허리를 감싸고 자신을 더 깊숙하게 받아들이라는 듯이 힘껏 허리를 젖혔다.

26

홀리스 경이 포도주 한 통의 값을 두고 장사치와 옥신각신 입씨름을 벌이고 있는데, 갑자기 영주의 고함소리가 성안에 울려 퍼졌다. 배너가 외친 이름이 바로 '홀리스'였기 때문에, 그는 발작적으로 놀랐다. 다리가 바깥쪽으로 굽은 땅딸한 장사치에게 양해를 구하고 홀리스는 뒷걸음질을 쳐서 포도주 저장실을 나왔다. 구석을 도는 순간, 홀리스는 자신의 직분에 어울리는 품위를 버리고 최악의 상황을 상상하면서 날아갈 듯 계단을 달려 올라갔다. 가장 최근에 저렇게 목이 터져라 자신을 불렀을 때 배너는, 방문 앞을 각종 가구로 막아놓고 자식들에게 포로로 잡혀 있는 자신의 신세를 탄식했었다.

하지만 이번엔 침실 문이 활짝 열려져 있었다. 홀리스가 방안으로 들어가자, 창문에 서 있던 배너는 고개를 돌리고 멍한 표정을 지었다.

「부르셨습니까?」

홀리스가 숨을 몰아쉬면서 물었다.

「천천히 오지 그랬나? 침실에 불이 난 것도 아니고, 내 수염도 멀쩡

하지 않은가?」

바보가 된 느낌을 받으면서 홀리스는 더블릿을 고쳐 입고 창가로 걸어갔다.

「한번 들인 습관은 바꾸기 힘든 것이지요. 영주님의 목에 프랑스 첩자가 단검을 들이대고 있을지, 아니면 메리 마거릿이 영주님의 몸 위에서 쿵쿵 뛰고 있을지, 제가 어찌 알겠습니까?」

배너가 껄껄 웃었다.

「전 같았으면 검에 찔리는 편이 나을 거라고 생각했겠지만, 지금은 잘 모르겠군.」

안뜰에서 즐거워서 내지르는 비명 소리가 들렸을 때 배너는 주춤하는 대신 씩 웃었다. 날씨가 싸늘하긴 했지만 햇살이 밝았기 때문에 아이들은 성 밖으로 쏟아져 나와서 모처럼 야외에서 즐거운 시간을 보내고 있었다.

'술래를 할 사람은 손을 들라'는 에니스의 말에 해미쉬가 위아래로 방방 뛰면서 '술래를 시켜달라고' 애걸을 했다. 소년이 리넨 천으로 눈을 가리자, 아이들은 돌아가며 머리를 때리면서 누구의 소행인지 알아맞춰보라고 재촉했다. 아이들이 모두 마지못해서 때리는 것을 알고 소년은 정신없이 낄낄대고 웃기만 했기 때문에, 모두 금세 흥미를 잃고 말았다.

결국 데즈먼드의 제안에 따라 장님 놀이를 한판 하기로 했다. 제일 먼저 술래를 맡은 사람은 비이였는데, 눈에 리넨 천을 두르고 도망치는 아이들을 잡으려고 손을 허공에 내저었다.

배너는 고개를 흔들었다.

「윌로우가 왜 저 아이를 편애하는지 이해를 못하겠네. 말만 하려지, 도무지 일을 제대로 하는 꼴은 본 적이 없으니 하는 얘기야.」

두 사람이 지켜보는 가운데, 데즈먼드는 비어트릭스의 땋은 머리를 힘껏 잡아당겼다.

비이는 눈가리개를 잡아떼고 몸을 휙 돌리면서 소년을 사납게 노려보았다. 소년이 어깨 너머로 비웃음을 한번 흘리고 달음박질치자, 소녀도 치마를 걷어올리고 소년을 붙잡으러 달려갔다.

「저렇게 달려봐야 데즈먼드는 절대 못 붙잡지.」

홀리스가 중얼거렸다.

「아니. 내가 단언컨대 녀석을 붙잡을 게야. 녀석이 알아서 속도를 조절할 테니까.」

배너가 씩 웃으면서 말했다.

아이들이 훈련터를 지나서 마구간으로 들어가는 모습을 배너가 지켜보는 동안, 홀리스의 눈길은 안뜰 한 귀퉁이에 머물렀다. 어떤 여자가 토실토실한 펙을 업고 모습을 나타냈다. 아이가 단단하게 틀어 올린 머리를 잡아당기는 바람에, 숱이 많은 황갈색 머리가 어깨 위로 흩어졌다. 여자는 아이의 장미색 뺨에 입을 맞추고 미소를 지었다.

배너가 홀리스의 눈길이 머문 곳에 시선을 두었다.

「자네가 보기에도 매력적이지?」

「고집도 여간내기가 아닙니다.」

배너가 뭔가 의심쩍어하는 눈길로 바라보자, 홀리스는 애써 담담하게 말했다.

「나도 모르는 바가 아니네. 성에 들어와서 피오나 할멈과 같이 아이들을 돌봐달라고 윌로우가 부탁했건만, 일언지하에 거절하지 않았나. 받아들이겠다는 남자가 있으면 곧바로 혼인시켜버리겠다고 위협을 했더니 그제야 마음을 바꾸더군.」

홀리스는 얼굴이 붉어지지 않기를 속으로 기원했다.

「피오나 할멈도 처음엔 자식들을 빼앗긴 어미 꽹이처럼 심술을 내지 않았습니까?」

「몇 일 동안 부루퉁해서 입을 삐쭉거리고 다녔지. 그래도 지금은 네타를 집 없는 아이인 양 보살펴주려고 하질 않나.」

지난 두 달 동안 배너의 보호를 받게 된 '집 없는 아이'는 네타가 전부는 아니었다. 윌로우의 잔소리 덕분에, 새로 태어난 아기를 물통에 빠뜨려 죽이겠다고 아버지에게 위협을 받은 애니도 신성한 하녀의 직분을 수행하게 되었다. 애니의 아버지도 영주의 부름을 받았는데, 후일담에 의하면 자신의 오줌이 가득 담긴 통에 남보다 유달리 큰 머리가 박혀서 대장장이가 그걸 빼내느라고 장장 여섯 시간을 소요했다고 한다.

홀리스는 네타에게서 눈길을 거두었다.

「아이들이나 새로 들어온 하녀를 칭송하려고 절 부르신 것은 아니라고 믿습니다만.」

배너는 어깨를 손으로 꽉 붙들면서 탁자로 걸어갔다.

「그래, 자네의 조언을 듣고 싶어서 불렀네. 내 인생에서 제일 중요한 전투를 앞두고 전술을 짜려고 하네만.」

배너의 말을 듣고 좋아서 펄쩍 뛰어야 정상이련만, 홀리스는 당혹스럽기만 했다. 전처럼 병사로서의 고독한 삶이 대력적으로 비치지 않았다.

「국왕 폐하께 전갈을 받으신 겁니까? 프랑스와의 조약이 파기됐는지요? 폐하께서 영주님을 부르셨다면, 저는 엘서노르에 남아 있는 편이 좋을 듯합니다만. 성에 남아서 잡무를 처리해야 할 사람이 하나는 있어야 하질 않겠습니까?」

집사의 열렬한 연설에도 담담한 태도를 유지하면서, 배너는 그를 의자로 밀었다.

「난 전투에 참가할 생각이 아니네. 혼인을 할 작정이야.」

「혼인이라니요?」

홀리스가 당황해서 되물었다.

「혼인예식을 준비할 수 있게 도와줬으면 해. 엘서노르의 역사상 가장 기억에 남을 만한 혼인예식 말일세.」

배너의 입술에 부드러운 미소가 어렸다.

「윌로우와 혼인하고 싶어.」

홀리스는 잘못 들었나 싶어서 고개를 흔들었다.

「하지만 두 분은 벌써 혼인하시지 않았습니까?」

「그래. 하지만 내 대신 자네가 혼인예식에 참여하지 않았나. 이번에는 사제 앞에 서서 내 입으로 맹세를 하고 싶어. 윌로우에게 내가 가진 것은 모두 주고 싶네.」

윌로우와 함께 침대를 사용한 이래, 자주 구겨지는 시트를 보는 배너의 눈길과 목소리가 부드러워졌다.

「윌로우를 내 몸으로 숭배하겠다는 맹세를 하고 싶어.」

「이미 그에 관해서는 각별한 관심을 기울이고 계신 줄로 압니다만.」

홀리스의 능글맞은 웃음을 무시하고 배너는 빳빳한 양피지를 떠밀었다.

「제일 먼저 윌로우의 친가에 서신을 보내게.」

장난기가 어려 있던 홀리스의 얼굴에 의혹이 떠올랐다.

「혹여 실성하신 것은 아닙니까? 그 치들에게 있어서 아씨는 그저 돈을 받고 파는 재산에 불과할 뿐입니다.」

배너의 얼굴이 험악해졌다.

「일부러 그자들에게 윌로우의 화려한 모습을 보여주려는 걸세. 윌로우의 격에 맞는 예를 갖춰서 혼인예식을 함으로써, 그자들이 그녀의 발 앞에 무릎을 꿇게 하려는 게야. 가족들이 경의를 표하기 위해서 도착했다는 걸 알면 윌로우가 깜짝 놀라겠지?」

홀리스가 침을 꿀꺽 삼켰다.

「아씨에게 아무 말도 안 하셨다는 말씀입니까?」

「당연하지. 깜짝 놀라게 해주고 싶거든. 혼인예식도 그렇지만.」

홀리스는 크게 신음 소리를 냈다.

「신부의 허락도 없이 혼인예식을 준비하셔도 되는 건지, 저는 잘 모르겠습니다.」

「윌로우가 반대할 이유가 무어 있겠나? 이미 석 달 전부터 부부로 지냈는데.」

「아씨가 혼인예식 자체를 반대할 거라는 생각은 안 합니다. 하지만 제 경험상, 여자들은 그런 일에 관한 한 자신들도 참견할 권리가 있다고 생각하는 경향이 있더군요」

배너는 손을 내저었다.

「서른 두 해를 사는 동안 여자에 대해서 얻은 지식은, 윌로우를 통해서 알게 된 것에 비하면 아무것도 아니야. 물론 여자를 '몸으로' 즐겁게 해주는 법은 이미 꿰고 있었지만, 마음을 기쁘게 해주는 방법에 대해서는 모르고 있었네. 육체적으로 약하다는 것만 알았지, 마음이 그리 여린 줄은 몰랐으니까.」

배너의 얼굴에 후회하는 기색이 스쳤다.

「그런 걸 미리 알았으면 메리와 마거릿에게 지아비노릇을 좀더 잘 했으련만.」

「제가 지켜본 바에 의하면, 두 분은 살아 생전에 영주님께 별다른 불만을 품고 계시지 않았습니다.」

배너가 담뿍 미소를 지었다.

「얘기가 나와서 하는 말인데, 윌로우에게는 아무 불만도 품지 않게 해줄 생각이야.」

홀리스가 싱글싱글 웃었다.

「영주님께서 사랑에 빠진 청년처럼 행동하시는 모습을 뵈니, 저도 덩달아 기분이 좋습니다.」

배너의 얼굴에서 미소가 사라졌다.

「실없는 소리는 하지 말게. 사랑에 빠진 청년이라니, 그게 가당키나 한 말인가? 난 그저 아내의 가치를 알아볼 줄 아는 사람일 뿐이야.」

「검의 가치, 안장의 가치, 말의 가치를 알아보는 것처럼 말입니까?」

배너가 홀리스를 노려보았다.

「그뿐 아니라, 평소에 주인 앞에서 입 조심을 하는 집사의 가치도 알아볼 줄 알지.」

주인의 경고를 순순히 받아들이면서 홀리스는 깃펜을 잉크에 담그고 서신을 받아 적을 준비를 했다.

「이렇게 초대하는 서신을 드리게 되어 감개무량……」

말을 하다 말고 멈춘 배너의 눈동자에 장난기가 떠올랐다.

「아니야. 고쳐 쓰게. 일주 후에 있을 따님과의 혼인식에 참석하라는 명령을 내릴 수 있어서 얼마나 감개무량한지 모릅니다……」

「데즈먼드?」

아무도 없는 마구간에 들어가서 비어트릭스가 속삭였다.

소년은 비어트릭스만 남기고 어디론가 사라진 것처럼 보였다. 벽의 구멍 틈새로 쏟아져 들어오는 빛줄기 속에서 먼지가 뱅글뱅글 맴을 돌았다. 높다란 서까래와 가파르게 경사진 천장 때문에, 마구간은 흡사 성당처럼 엄숙한 분위기를 자아냈다. 비어트릭스는 몸을 떨었다.

전부터 교회라면 질색이었다. 자그마한 머릿속에 사악한 생각을 너무 많이 품고 있었을 뿐더러, 영원히 속죄할 수 있을 것 같지 않아서 이미 자포자기한 상태였다.

「데즈먼드?」

애처로운 목소리로 소년을 다시 불러봤지만, 말 우는소리와 발굽 소리만 미약하게 들렸다. 말들은 거의 모두 마구간지기들과 함께 햇볕을 쐬러 나가고 없었다. 짚 냄새가 코를 간질인다.

재채기가 나오려는 것을 간신히 참은 소녀는 몸이 굳어졌다. 머리 위에서 무엇인가 바스락거리는 소리를 분명히 들은 것 같았다. '분명히 쥐가 낸 소릴 거야' 비어트릭스가 마음을 다져 먹고 속으로 중얼거렸다.

「아니면 박쥐거나.」

문을 향해 뒷걸음질치면서 소녀가 속삭였다. 문득 날카로운 이빨의 생쥐가 자신을 향해 내리 덮치다가 땋은 머리채에 발톱이 엉켜서 버둥대는 광경이 머리를 스쳤다.

겁에 질린 비어트릭스는 도망치려고 몸을 획 돌렸다. 거대한 그림자가 아래로 하강하는 모습이 언뜻 눈가를 스친다. 그 끔찍한 생물이 날개로 비어트릭스를 감싸면서 짚더미 위에 쓰러뜨렸다.

끔찍한 생물의 정체가 거대한 박쥐가 아니라 데즈먼드라는 것을 깨달고 나서도 여전히 비어트릭스는 고막이 터져라 소리를 지르고 있었다.

「어서 비키지 못해! 이 징그러운 놈아.」

소년의 품에서 빠져 나오려고 버둥대면서 소녀가 소리를 질렀다.

하지만 아무리 몸부림을 쳐도 효과가 없었다. 전 같았으면 힘 안 들이고 밀어냈겠지만, 두 달 새에 소년은 어깨가 두 배는 넓어지고 키도 훌쩍 커졌다.

이끼처럼 푸른 소년의 눈동자가 장난기로 반짝거렸다.

「차라리 네가 길 잃은 양처럼 징징대면서 마구간을 돌아다니게 놔둘 걸 그랬어.」

「날 놓아주지 않으면 '피'를 보게 될 줄 알아.」

비어트릭스는 소년의 귓불을 힘껏 꼬집었다.

소년은 아파서 이를 악물었을 뿐, 여전히 꿈쩍도 안 했다.

「망할 계집애 같으니. 그 손, 놓지 않으면 널…… 널…….」

소년의 눈길이 소녀의 떨리는 입술에 머물렀다.

「너한테 키스할 줄 알아.」

비어트릭스는 갑자기 잠잠해졌다.

「그러기만 해봐!」

데즈먼드는 한쪽 눈썹을 치켜 올렸다.

「그러면 어떻게 할 건데?」

소녀는 저도 모르게 뺨을 붉게 물들였다.

소년도 얼굴을 붉히면서 입을 쩍 벌렸다가, 이가 부딪히는 소리를 내면서 다물었다.

「너…… 아직 한번도 키스해본 일이 없구나?」

비어트릭스는 소년을 옆으로 힘껏 밀쳐내고 몸을 일으켰다.

「웃기지 마. 내게 구혼한 남자들이 얼마나 많았는데 그래. 게다가 난 청혼을 열 두 번도 넘게 받았어.」

「그런데도 키스를 받은 일이 없단 말이지.」

비어트릭스는 소년의 따귀를 올려 부치고 싶어졌다.

「키스해봤다니까.」

소녀가 톡 쏘았다.

「안 해봤어.」

소년은 한쪽 무릎을 팔로 감싸면서 야유하듯 '우우' 소리를 냈다.

「의외인 걸. 가슴 계곡이 훤히 들여다보이는 옷만 입고, 궁둥이를 씰룩대면서 종자 녀석들을 유혹하시느라 몸이 달은 비이가 아직 한번도 키스를 해본 경험이 없다니!」

소녀의 입에서 날카로운 소리가 흘러나왔다.

「그래. 한번도 키스, 안 해봤어! 비웃고 싶으면 비웃어. 다른 사람, 특히 윌로…… 아씨가 알면 창피해서 콱 죽어버릴 테야. 정말 강에 뛰어들어서 죽어버릴 거야! 너도 남자라면 절대 아무한테도 말하지 않겠다고 맹세해.」

데즈먼드가 한동안 소녀를 뚫어져라 쳐다보았다.

「네가 날 남자라고 부른 건 이번이 처음이야. 네 입에서 그런 소리가 나오니까 듣기 좋다.」

고개를 숙이면서 데즈먼드가 말했다. 붉은 기운이 위아래로 움직이는 결후(結喉. Adam's apple)에서 시작해서 턱으로 번졌다.

「다른 사람들에게 그런 얘기를 안 해도 될 것 같은데.」

데즈먼드는 눈을 가린 머리칼 사이로 소녀의 얼굴을 뜯어보았다.

「네가 키스를 하면.」

데즈먼드의 눈동자에 장난기가 조금이라도 스며 있었다면, 따귀를 때렸을지도 모른다. 하지만 수정처럼 맑은 눈동자는 기이할 정도로 진지하기만 했다. 소년이 땋은 머리채를 손에 휘감고 천천히 끌어당겼을 때도 소녀는 넋을 잃은 나머지 저항하지 않고 가만히 있었다.

눈꺼풀이 흔들리면서 소녀의 눈이 감겼다. 이미 출가한 언니들에게 들은 이야기가 있었기 때문에 소년이 입 안으로 혀를 밀어 넣었어도 놀라지 않았으리라. 하지만 소년의 입술은 부드럽게 소녀의 입술을 스쳤을 뿐이다. 소년과 소녀는 한동안 그렇게 입술만 닿은 채로 가만히 그 순간을 음미하고 있었다. 소녀는 소년의 몸에서 나는 좋은 냄새를 한껏 들이마셨다.

소년이 뒤로 물러났지만 용기가 나지 않아서 한참 만에야 눈을 살포시 떴다. 소년이 웃고 있으면, 벽에 기대놓은 갈퀴로 심장을 찌르겠다고 결심하면서.

데즈먼드는 미소짓고 있었다. 하지만 두려워했던 것처럼 비웃음이 아니라 가슴이 따뜻해지는 미소였다.

「키스를 겨우 한 번 했다는 사실도 다른 사람들에게 알리고 싶진 않겠지?」

소년이 쉰 목소리로 속삭였다.

「기사도를 발휘해서 네게 다시 키스를 해야 할 것 같다.」

「기사도가 넘치는 분이로군요.」

비어트릭스는 유혹적으로 입술을 내밀었다.

「그러려면 날 먼저 붙잡아야 될 걸.」

데즈먼드의 입술이 닿을락 말락 하는 순간, 소녀가 속삭였다.

웃음을 터트리면서 소녀는 벌떡 일어나서 마구간 문으로 달려갔다.

「못된 계집애. 가만히 안 둘 거야!」

뛰듯이 일어나면서 소년이 외쳤다. 하지만 비어트릭스를 뒤쫓아 짚더미 위를 날렵하게 뛰어넘는 소년은 마음껏 웃고 있었다.

윌로우는 창가에 서서 눈을 연신 깜빡거리면서 아래를 내려다보았다. 꽤 오랜 시간 동안 데즈먼드는 깔깔대고 웃는 비어트릭스를 쫓아 석조 의자 주위를 빙글빙글 돌면서 항복하라고 소리를 지르고 있었다. 평소에도 늘 보던 광경이었기에 윌로우는 그다지 신경 쓰지 않았다.

하지만 데즈먼드가 의자를 훌쩍 뛰어넘고 소녀를 품에 안았을 때, 비어트릭스는 수줍어하는 눈길로 소년을 올려다보았다.

데즈먼드가 서투른 손길로 비어트릭스의 얼굴을 들어올리는 광경을 보고 윌로우는 입을 떡 벌렸다. 너무나도 순수한 입맞춤이었기에, 윌로우는 고개를 돌리고 말았다.

그녀는 그런 친밀한 광경을 훔쳐본 자신을 나무라면서 조용히 창문을 닫았다. 소년에게 사랑을 받는다고 해서 비어트릭스를 질투하는 마음은 추호도 없었다. 자신은 이 세상 누구보다도 행복한 사람이 아니었던가.

그녀에게는 집이 있었다. 가족도 있었다. 더 이상 새벽부터 황혼까지 까다롭기 그지없는 새어머니를 만족시키기 위해서 등이 휘도록 노동을 할 필요도 없었다.

그리고 그녀에게는 배너가 있었다.

창가에 등을 기대는 윌로우의 입가에 부드러운 미소가 어렸다. 배너는 한 입으로 두 말을 하는 사람이 아니었다. 지상에서 제일 달콤하고 맛있는 만찬을 약속했던 배너는 밤마다 그녀를 위해서 화려한 연회를 베풀어주었다. 아이가 생기지 않게 노력하면서도 어떻게든 윌로우를 즐겁게 해줄 만한 방법을 찾아내려고 애썼기 때문에, 그녀는 매번 전보다 더 큰 쾌락을 맛보았다.

지난밤에 배너는 말을 빼앗길 때마다 옷을 하나씩 벗기로 하고 체스 게임을 제의했다. 윌로우는 기권 패로 승리를 거두었는데, 그 이유는 벽난로 불빛의 뜨거운 혀가 봉긋한 가슴을 핥는 광경을 보고 배너가 집중력을 잃었기 때문이었다. 나지막하게 으르렁대면서 배너는 체스판을 바닥에 밀어버리고 윌로우를 향해 덤벼들었다. 배너가 벽난로 앞의 늑대 가죽 깔개에 자신을 눕혔을 때 윌로우는 유혹을 이기지 못하고 그의 귓가에 '체크메이트'라고 속삭였다.

배너의 아늑한 품에 안겨서 깊이 잠든 그의 얼굴을 바라보고 있노라니, 음울함이 윌로우의 가슴을 파고들었다. 배너는 왕자일지 몰라도 윌로우를 공주로 변하게 하는 '주문'을 입 밖에 내지 않았다.

세상 물정 모르는 바보가 아닌 만큼, 윌로우도 대부분의 혼인이 사랑을 기반으로 이루어진다는 생각은 하지 않았다. 대부분의 신랑신부는 '혼인'이라는 말의 의미를 이해하지 못하는 어린 나이에 정혼을 하기 마련이었다. 아버지도, 사랑이 아니라 넉넉한 지참금을 염두에 두고 새엄마를 아내로 맞아들이질 않았던가.

하지만 '엄마만큼 사랑할 여자는 없다'고 고백하면서 아버지가 어떤 표정을 지었는지 아직도 생생하게 기억하고 있었다. 부질없는 생각에 빠진 자신을 나무라면서 윌로우는 창가에서 몸을 돌렸다. 배녀가 자신을 아무리 소중하게 보듬어준다고 한들, 마음 깊은 곳에서는 손을 뿌리친 아비에게 상처받은 꼴사나운 계집아이가 남아 있으리라는 사실을 자각하면서.

27

루퍼스 경은 떨리는 손으로 마개를 열고 술병을 입술에 가져다댔다. 마차가 덜컹거리는 바람에 와인이 뺨으로 흘렀다. 한층 더 늙어버린 기분을 느끼면서, 그는 손등으로 뺨을 문지르고 술을 다시 꿀꺽 삼켰다.

달콤하면서도 자극적인 와인이 뱃속을 두둑하게 채웠건만, 술의 온기로도 아내의 날카로운 웃음소리와 의붓아들의 능글능글한 미소를 어찌해볼 도리가 없다. 두 사람은 모자지간이 아니라 연인처럼 상대방의 귓가에 속삭이고 낄낄대면서 대부분의 시간을 보냈다.

키가 크고 건장한 의붓아들은 여느 때보다도 자신감이 넘쳐 보였다. 스티븐은 블랜치와 나란히 등받이 의자에 기대앉아 있었는데, 좁은 마차가 감당하기에는 그의 근육질의 다리가 너무 길었다. 마차가 다시 덜컹거리자 스티븐의 무릎이 관절염에 시달리는 루퍼스의 약한 무릎을 사정없이 쳤다.

「죄송해요.」

스티븐은 하얀 이를 드러내고 늑대처럼 웃더니, 허리띠에 달린 새틴 주머니에서 양피지를 꺼내들고 읽기 시작했다.

펼치고, 읽고 그리고 예쁘게 접기를 수도 없이 반복한 것처럼 양피지는 빛이 바랬고 구겨져 있었으며, 봉인이 뜯긴 자리에 진홍색 왁스 한 방울이 아직도 달라붙어 있었다. 루퍼스는 고개를 학처럼 위로 쑥 뽑아봤지만, 흐릿한 잉크로 휘갈겨 쓴 글자를 해독할 수가 없었다.

「쿠션을 드릴까요, 여보?」

가냘프고 우아한 손으로 직접 자수를 놓은 푹신한 쿠션으로 남편의 시야를 가리면서, 블랜치가 물었다.

루퍼스는 눈길을 아내에게 돌렸다. 아내는 언제가 너무 상냥했다. 언제나 자신을 편하게 해주기 위해서 수고를 아끼지 않았다. 그런데도 아내가 쿠션으로 자신의 얼굴을 짓누르고 있다는 느낌을 지울 수가 없다.

「아니, 괜찮소.」

그는 벨벳 휘장을 젖히고, 음울한 얼굴로 울퉁불퉁한 바위산을 내려다보고 있는 구름을 올려다보았다.

「우리 때는 혼인예식은 한 번으로 족하다고 생각했건만…… 무슨 이유로 배너 경이 윌로우와 다시 혼인을 하려는 것인지, 알다가도 모르겠소.」

입에서 살살 녹는 카나리아를 몰래 훔쳐먹은 한쌍의 괭이처럼 스티븐과 블랜치는 동시에 눈을 깜빡거렸다.

「윌로우의 분수에 맞는 혼인식을 치러주고 싶은 걸지도 모르지요.」

블랜치가 넌지시 말했다.

「그게 우리 모두의 바람이 아닙니까?」

양피지를 주머니에 집어넣으면서 스티븐이 나지막하게 대꾸했다.

「윌로우가 분수에 맞는 대접을 받는 것 말입니다.」

의붓아들의 탐욕스러운 눈빛에 불안감을 느끼면서 루퍼스는 블랜치에게 고개를 끄덕였다.

「최소한 불손하게 집을 뛰쳐나간 딸아이를 데리고 돌아갈 수는 있겠구면.」

스티븐은 다시금 어머니와 눈길을 주고받았다.

「비어트릭스는 엘서노르에 남게 될지도 몰라요. 서신을 보아하니 배너 경이 자길 맘에 들어 하는 눈치라고 적혀 있던 걸요.」

「집에 다른 아이들을 두고 온 게 다행이로군.」

루퍼스가 중얼거렸다.

「그 아이들도 배너 경의 마음에 들면 엘서노르에 발이 묶일지도 모르니까.」

휘장을 놓는 루퍼스의 손이 떨리고 있었다. 딸아이와 대면할 것을 생각하면 기대감도 기대감이었지만, 이유 없이 불길한 예감이 들었다.

베들링튼의 성당에서 창백하지만 침착한 얼굴로 사제 앞에 서 있던 월로우. 그것이 그가 보았던 딸아이의 마지막 모습이었다. 타인에게 자신의 손을 넘겨줄, 또 다른 타인과 혼인서약을 하면서도 딸아이의 목소리는 조금도 떨리는 기색이 없었다.

'그만 하시오, 부인! 내가 딸아이를 팔아치울 것 같소!'

'새삼스럽게 안 될 게 무어 있겠어요, 아버지? 처음 있는 일도 아니잖아요.'

딸아이의 원망스러운 눈길이 머릿속에 떠오르는 순간, 루퍼스의 심장이 자책감과 분노로 인해 뒤틀렸다. 그 아이에게는 날 원망할 자격이 없어! 난 아비로서 최선을 다하려고 노력한 것뿐이니까. 세상 사람들이 모두 인정하듯, 어린애에겐 곁에서 돌봐줄 엄마가 꼭 필요하질 않은가? 더구나 베들링튼 주위의 숲을 정령처럼 거침없이 뛰어다니는 계집아이를 마냥 방치하고만 있을 순 없는 노릇이었다.

이미 여섯 아이의 어미였던 블랜치는 고집이 센 계집아이를 다루는 법은 잘 알고 있노라고 강조하면서 지나치게 혈기가 넘치는 월로우의 성품을 좀더 온화하고 부드럽게 바꿔놓겠다고 약속을 하질 않았던가? 가끔씩 아이에게 너무 가혹하게 구는 것이 아니냐고 물으면 블랜치는 달콤한 입술과 부드러운 말로 안심을 시키지 않았던가?

월로우의 웃음소리와 햇살처럼 반짝이던 눈빛이 아득히 먼 옛날의 추억처럼 되고 말았을 때도, 블랜치는 여인으로 성숙하기 위해서 겪어야 할 통과의례라고 말했다.

루퍼스는 와인을 꿀꺽 삼키면서 얼굴을 찡그렸다. 술맛이 너무 쓰다.

마차가 가파른 언덕을 오르면서 루퍼스의 몸이 깊숙하게 외투 안에 파묻혔다. 와인으로 인해 불길한 마음이 사라지거나 손의 떨림이 멈춘 것은 아니지만, 눈꺼풀이 점점 무거워졌다. 그는 눈을 감고 마차가 엘서노르에 도착하는 순간을 상상했다. 모든 면에서 자신만만했던 젊은 시절처럼 마차에서 활기 있게 내리는 자신. 고수머리를 휘날리고 회색 눈동자를 사랑스럽게 빛내면서 안뜰에서 달려나오는 어린 계집아이. 딸아이가 몸을 던지고 수염에 입을 맞추면, 아마도 그는 고수머리에 얼굴을 파묻고 남몰래 눈물을 삼키리라.

메리 마거릿이 도끼 날을 휘두르는 도살업자의 손아귀에서 구해준 돼지를 잡느라, 윌로우는 정신없이 안뜰을 뛰어다녔다.

「에니스!」

윌로우가 소리를 질렀다.

「녀석이 그쪽으로 간다!」

에니스의 앙상한 다리 사이를 통과한 돼지가 보복이라도 하듯 되돌아와서 마저리와 컬럼을 차례로 쓰러뜨리자, 윌토우의 목구멍에서 웃음소리가 흘러나왔다. 격노한 돼지를 피하려고 '꺅' 소리를 지르면서 양팔을 쳐들고 달리던 메리는 윌로우의 몸이 나무라드 되는 것처럼 양다리를 찰싹 감고 기어오르려고 했다.

에드워드와 켈이 양쪽에서 간격을 좁혀오자 돼지는 성질을 못 이겨서 꽥꽥거렸다. 두 소년은 동시에 다이빙을 했지만, 고약한 짐승이 날렵하게 피하는 바람에 서로 머리를 '꽝' 부딪히고 말았다.

하지만 해미쉬가 나타나자 돼지가 속도를 죽였다. 소년은 천천히 걸어가서 주먹 쥔 손을 펼쳤다.

「자, 이거 먹어봐, 꿀꿀아. 너한테 주는 거야.」

소년의 높낮이가 없는 목소리에 넋을 잃은 돼지는 허공에 대고 냄새를 맡다가, 도토리를 발견하고 신이 나서 해미쉬의 손바닥에 코를 파묻었다.

「우리 꿀꿀이, 정말 착하구나.」

털이 빳빳하게 선 돼지의 귀 뒤를 긁어주면서 해미쉬가 노래하듯이 말했다.

「예쁜 우리 꿀꿀이.」

「맛 좋은 꿀꿀이.」

에니스가 바지를 털면서 심드렁하게 대꾸했다.

「멍청한 돼지 같으니. 해미쉬가 속으로 군침을 삼키고 있다는 것도 모르나봐.」

윌로우의 어깨에 매달려 있던 메리가 고개를 쑥 내밀고 말했다.

「소랑 돼지를 때려잡는 아저씨도 형한테 잡아먹힐지도 몰라. 안 그래?」

에드워드가 비틀비틀 일어나면서 말했다.

「분명히 배가 고프면 아저씨도 잡아먹을 걸.」

켈이 머리를 문지르면서 대꾸했다.

때맞춰서 메리 마거릿이 난쟁이 나라의 공주님처럼 우아하게 안뜰에 납시었다.

「야! 이 못된 꿀꿀아! 어디 가 있었던 거야? 엄마가 널 찾느라고 얼마나 고생한 줄 아니?」

돼지의 목에 자주색 리본을 묶어준 다음, 메리 마거릿은 뽐내듯이 안뜰을 한 바퀴 행진했다.

윌로우는 귀 뒤에 박힌 메리의 슬리퍼를 빼고 소녀를 바닥에 내려놓았다.

「자, 이젠 안전하니까 내려놔도 되겠지?」

소녀가 온순해진 돼지를 보러 달려가는 동안, 윌로우는 커틀을 샅샅이 훑어보았다. 자줏빛 울치마에 손바닥과 발바닥 모양으로 찍힌 진흙

자국. 다마스크 천으로 만든 조끼도 나을 것이 없었는데, 발이 보일 사이도 없이 달리는 돼지를 붙잡으려고 몸을 날리다가 정통으로 바닥에 나가떨어지는 바람에 뜯어진 보석 단추들이 흙바닥에 뒹굴고 있었다. 치맛단을 들어보니 스타킹이 여러 군데 찢어져 있었고, 신발 한 짝이 어디론가 사라지고 없었다.

깔깔대고 웃으면서 윌로우는 자수가 놓인 허리띠로 헝클어진 머리를 묶었다. 기왕 돼지치기처럼 굴 바엔, 행색도 비슷하게 보이는 편이 나을지도 모른다.

신을 찾아서 상인이 세워둔 마차 밑으로 기어 들어갔지만, 아무 소득도 없이 콧잔등에 진흙만 묻었다. 몸을 일으키는데 배너와 홀리스가 성큼성큼 걸어오는 모습이 보였다.

상아색 바지와 청색 울로 만든 더블릿을 말끔하게 차려입은 배너는 '왕자' 그 자체였다. 장난기가 발동한 윌로우는 치마를 쳐들고 갈가리 찢어진 스타킹을 내보이면서, 신발을 신지 않은 지저분한 발가락들을 흔들어 보였다.

「제가 특별히 새로 갖춰 입은 옷이 마음에 드실지 모르겠어요.」

배너는 정신을 딴 데 두고 온 사람처럼 멍한 얼굴로 윌로우의 이마에 입을 맞추면서 중얼거렸다.

「정말 아름다워.」

그 말 한마디를 남기고 그는 망루로 걸어가버렸다.

당황한 윌로우는 치마를 떨어뜨리고 배너의 뒷모습을 눈으로 쫓았다. 배너는 하루 종일 이해할 수 없는 이상한 행동들을 하고 있었다. 홀을 왔다갔다하다가 갑자기 의자에 털썩 주저앉아서 의자 걸이를 손으로 톡톡 치질 않나, 지금도 불안한 눈길로 산허리에 걸린 구름과 성으로 이어지는 구불구불한 길을 번갈아 가면서 살피고 있다. 딸아이가 목에 리본을 묶어서 돼지를 끌고 안뜰을 일주하고 있는 것도 눈치채지 못하는 듯했다.

하지만 홀리스의 음울한 모습은 이해하고도 남았다. 매번 네타에게 퇴짜만 맞으니, 기분이 좋을 리가 없다. 집사가 아무리 따뜻하게 대해도 네타의 차가운 태도는 변함이 없었다.

「그만 따라다녀, 이 못된 놈아. 자꾸 귀찮게 굴면 따귀를 올려 부칠 테야.」

윌로우는 몸을 획 돌리고 비어트릭스가 약초 밭에서 나오면서 출입문을 쾅 닫는 모습을 지켜보았다. 데즈먼드는 훌쩍 출입문을 뛰어넘고 우아하게 바닥에 착지했다.

「너처럼 잘난 척하는 계집애보다는 내가 백배 낫다, 이 계집애야.」

두 아이는 서로를 경멸하는 척하려고 우스울 정도로 안간힘을 쓰고 있었다. 끊임없이 싸우면서도 가끔씩 몰래몰래 연모의 눈길을 주고받는 아이들을 보면, 윌로우는 웃음이 터질 것만 같았다. 데즈먼드가 짐짓 기분이 상한 척을 하면서 동생들에게 어슬렁어슬렁 걸어가자, 윌로우는 쩔뚝대면서 여동생에게 다가갔다.

갑자기 울려 퍼지는 나팔소리에 놀라서 윌로우는 가다 말고 멈칫 섰다. 이런 한겨울에 손님이 찾아오는 경우는 극히 드물었기 때문에 안뜰은 흥분에 휩싸였다.

성으로 들어오는 마차는 화려한 모습의 기사들 대신, 구부정하게 말 안장에 앉아 있는 꾀죄죄한 병사 셋의 수행을 받고 있었다.

비록 거리는 있었지만 윌로우의 눈에도 금박이 벗겨진 마차의 크림색 바퀴가 들어왔다. 여섯 마리의 백마 대신 종자를 알 수 없는 다양한 짐수레용 말들이 끌고 있는 마차, 고삐에 달린 방울들이 유난히 신경을 건드리는 이유가 뭘까?

음정도 맞지 않는 방울소리가 끊임없이 이어지면서, 다른 소리는 모두 뇌리에서 사라져버렸다. 뒤편에 서 있던 비어트릭스가 내뱉은 말이 날카로운 비수처럼 심장에 내리꽂혔다.

「엄마?」

마차바퀴가 구를 때마다, 시간이 과거로 돌아가는 듯했다. 마차의 크기가 커지면 커질수록, 정작 윌로우 자신은 작아지는 기분이었다. 차라리 몸이 계속 작아져서 어디론가 사라져버리면 얼마나 좋을까.

월로우는 반쯤 넋 나간 얼굴로 머리에 묶인 지저분한 허리띠와 조끼를 고쳐 입었다. 쐐기풀을 닮은 장미넝쿨 자수를 찾아 목둘레 주위를 더듬거리면서.

그녀는 배너가 기대감으로 얼굴을 빛내면서 망루에서 내려오는 모습을 보지 못했다. 홀리스를 슬쩍 찌르면서 배너가 '거봐, 월로우의 얼굴을 좀 보게. 식구들을 보고 놀란 눈치야'라고 중얼거리는 모습이나, 홀리스가 '제가 보기에는 당장이라도 실신하실 것처럼 보이는데요'라고 대꾸하는 광경도.

그저 눈에 익숙한 마차가 덜컹거리면서 얼마 떨어지지 않은 곳에 멈춰서는 모습을 보았을 뿐. 배너의 종자가 황급하게 달려가서 문을 활짝 열었다.

은색 누에고치 안에서 팔꿈치까지 오는 흰 장갑을 낀 우아한 손이 모습을 나타내자, 안뜰에 있는 모든 사람들이 숨을 멈췄다. 세월이 흘러 블랜치의 머리는 희끗희끗해졌지만, 입가에 흐르는 신비스러운 미소는 아직도 변함이 없었다. 엄마의 유품인 진주 허리띠가 블랜치의 늘씬한 허리를 강조해주고 있었다.

안뜰을 훑어보던 블랜치의 눈동자가 월로우를 발견하고 번쩍 빛났다.

「오, 우리 사랑스러운 딸. 그 동안 얼마나 보고 싶었는지!」

양팔을 활짝 벌리고 월로우에게 다가가는 블랜치를 보고 배너가 얼굴을 찌푸렸다.

「저 여자에 대해서 내가 오해를 한 건 아닐까?」

하지만 그와 동시에 블랜치는 월로우를 아는 척도 안 하고 쓰윽 지나쳐서 입을 쩍 벌리고 있는 비이를 끌어안았다.

28

어색하게 어머니의 품에 안겨 있던 비어트릭스는 덫에 걸린 여우처럼 애처롭고 혼란스러운 표정을 짓고 있었다. 블랜치는 나지막하게 노랫가락을 읊조렸고, 배너는 무섭게 두 모녀를 노려보았으며, 데즈먼드는 배신당한 사내의 얼굴을 하고 비어트릭스를 쳐다보았다. 충격을 받은 윌로우는 멍한 얼굴로 이 모든 광경을 지켜보고 있었다.

구부정하게 어깨를 구부린 채 마차에서 내리는 아버지를 보는 순간, 윌로우는 현실로 돌아왔다.

「아빠?」

저도 모르게 앞으로 나서면서 윌로우가 속삭였다.

기쁨으로 떨리는 아버지의 입술에 미소가 어려 있었다. 윌로우가 다시 한 발자국 나설 기회도 없이 아버지의 뒤를 이어 의붓오빠가 마차에서 내렸다. 스티븐이 아버지 옆을 지나쳐서 윌로우의 어깨를 움켜쥐고 입술에 키스를 하자 부녀(父女)의 몸이 동시에 굳어졌다. 의붓오빠는 윌로우를 품에서 살짝 밀어내고 짐짓 걱정하는 척하면서 안색을 살폈다.

「저 양심도 없는 놈이 널 버렸다고 한들, 슬퍼하지 마라. 내가 베들링
튼의 주인으로 있는 한…….」

격분한 나머지 숨을 거칠게 몰아쉬는 루퍼스 경을 무시하고 스티븐이
말을 이었다.

「네게는 언제나 돌아올 집이 있으니까.」

그는 윌로우의 이마를 입술로 쓸면서 그녀만 들을 수 있게 나지막한
목소리로 속삭였다.

「그리고 침대가.」

스티븐의 손을 뿌리칠 틈도 없이 '양심도 없는 놈'이 눈에 살기를 띠
고 검집에 손을 댄 채 뚜벅뚜벅 걸어왔다. 눈치 빠른 블랜치가 신속하게
두 남자의 사이에 섰다. 비어트릭스는 어머니의 품에서 빠져 나와서 붙
잡히지 않으려고 잽싸게 몸을 숙이고 뒤로 피했으며, 스티븐은 능글맞
게 웃으면서 옆으로 비켜섰다.

「이게 대체 어찌 된 일입니까?」

눈으로는 스티븐을 노려보면서 배너가 블랜치에게 고함쳤다.

「어찌 된 일인지 설명해보시지요.」

블랜치는 모피로 가장자리를 장식한 치마를 우아하게 펼쳤다.

「배너 경께 베들링튼의 레이디 블랜치가 인사를 드립니다.」

「내가 언제 부인이 누군지 궁금하다고 했습니까?」

배너는 창백한 얼굴의 비어트릭스를 손가락으로 가리켰다.

「저 아이가 대체 누군지 말해보시지요.」

블랜치는 잠시 허를 찔린 듯했지만, 금세 차분한 모습을 되찾고 배너
에게 속눈썹을 팔랑거렸다.

「수수께끼 놀음이 하고 싶어지신 건가요? 이 아이는 제 딸이자, 영주
님의 정혼녀가 아닙니까?」

흥분한 루퍼스 경은 사방에 침을 튀면서 열변을 토했지만, 배너는 너
무 어이가 없어서 할말을 잃고 말았다.

블랜치는 윌로우에게 동정의 눈길을 보냈다.

「솔직히 고백하자면, 우리 윌로우가 영주님의 맘에 찰 거라는 생각은 그다지 하지 않고 있었답니다. 엉뚱한 아이를 보내셨다고 나무라지 말아주세요. 영주님의 집사가 고집을 부리지 않았으면 절대 윌로우 같은 아이를 보내지 않았을 겁니다.」

블랜치는 장갑을 낀 손으로 비어트릭스의 팔을 힘껏 움켜쥐고 바로 앞에 세웠다.

「그에 비해 우리 딸처럼 더없이 훌륭한 신부감은 찾아보기 힘들지요.」

「지금 제정신으로 하는 소리요?」

루퍼스 경이 고함을 쳤다.

「배너 경은 이미 내 딸아이와 혼인을 하질 않았소!」

「나야말로 부인께서 무슨 말씀을 하시는 건지 이해를 못하겠습니다. 수수께끼 놀음을 하는 것도 아니고…… 이거 하나만 알아두시지요. 부인의 희망사항과는 달리, 난 이…… 이 젖비린내 나는 어린애와 혼인할 생각이 추호도 없습니다!」

그제야 목소리를 되찾은 배너가 블랜치를 보면서 격하게 말했다.

스티븐의 능글맞은 미소가 사라짐과 동시에 블랜치의 얼굴에 얼음처럼 차가운 미소가 떠올랐다.

「도무지 이해를 못하겠군요. 혼인예식에 참석하라는 서신을 보내지 않으셨던가요?」

「당신 짓이에요?」

작은 목소리였지만 너무 또렷하게 들렸기 때문에, 주위에 있는 사람들의 눈길이 모두 윌로우에게 쏠렸다.

지금까지 배너는 후퇴를 모르는 사람이었지만, 아내의 눈길 앞에서는 쥐구멍에라도 숨고 싶은 심정이었다.

「당신이 이런 짓을 벌인 거예요? 내게 한마디 상의도 없이 저 사람들을 초대했어요? 저 사람들이 오늘 올 거라는 얘기 정도는 미리 해주는 게 예의 아닌가요? 어떻게 날 이렇게 조롱거리로 만들 수가 있어요!」

배너는 절박한 눈길로 홀리스를 쳐다보았다. 차라리 화살이 비오듯이 쏟아지는 전장의 한복판에 서 있거나, 혹은 사슬에 묶여 쥐와 해골만 들끓는 지하감옥에 갇혀 있는 편이 낫다고 생각하면서. 하지만 홀리스는 '알아서 해결하라는 듯이' 무심하게 어깨만 으쓱해 보였다.

「모두 당신에게 경의를 표하러 여기까지 온 거야, 윌로우. 특별히 당신을 위해서 화려한 혼인예식을 준비했거든.」

배너가 부드러운 목소리로 윌로우에게 말했다.

「경의? 지금 경의라고 했어요? 당신도 눈이 있으면 한번 봐요.」

진흙 범벅이 된 치마를 흔들어대면서 윌로우가 목소리를 높였다.

「이 꼴로 저 사람들을 만나면 내가 얼씨구나 할 것 같았어요?」

어젯밤 만해도 배너의 품에 안겨서 만족스럽게 그르렁대던 새끼 고양이는 온데간데없이 사라지고 날카롭게 발톱을 세운 암코양이로 돌변해 버렸다. 배너는 윌로우의 광채가 도는 회색 눈동자와 붉은 뺨 그리고 찢어진 스타킹 사이로 쏙 내민 분홍색 발가락들을 차례로 훑어보았다.

그는 당황한 얼굴로 고개를 흔들었다.

「이렇게 매력적인 모습은 처음이야.」

배너의 고백을 듣고 윌로우는 신음 소리만 냈을 뿐이다.

「난 그저 당신을 놀라게 해주고 싶었을 뿐이야.」

「말 한번 잘 하셨어요. 정말이지 눈물이 나올 만큼 즐거운 충격이었어요! 국왕이 보낸 세리나 돌림병 환자들이 와도 이만큼 기쁘지는 않겠지요.」

「손님을 이렇게 푸대접해서야 쓰겠니?」

이번에는 블랜치가 흥분한 목소리로 따졌다.

윌로우는 기묘할 정도로 차분해진 얼굴을 블랜치에게 돌렸다. 자신은 더 이상 어린애가 아니었을 뿐더러, 새엄마가 끅구멍으로 떠넘기는 독약을 억지로 삼켜야 할 까닭이 없었다.

「당신이 내게 그런 말을 할 자격이 있다고 생각해요? 지난 13년 동안 나는 당신 때문에 내 집에서 푸대접만 받고 살았어요.」

블랜치는 발을 동동 굴렀다.

「당신! 당신이라니! 감히 뉘 앞에서 그런 건방진 말을 하는 게야?」

「그래서 절 어떻게 하실 생각인데요?」

윌로우는 허리띠를 잡아당겨서 들쭉날쭉 자란 고수머리를 내보였다.

「내 머리카락을 자르실 건가요? 아니면 아버지를 꼬드겨서 저녁식사를 굶길 작정인가요?」

윌로우의 말에 영감을 얻은 듯, 블랜치는 루퍼스에게 몸을 돌렸다.

「저 아이는 당신의 핏줄이 아닙니까? 저렇게 건방진 아이는 단단히 버릇을 고쳐놓아야 해요, 루퍼스」

「난…… 난…….」

루퍼스 경은 손수건을 꺼내서 이마를 닦았다.

「두 사람이 조금 더 노력을 한다면…….」

한때 맹목적으로 우러러보던 남자가 딸과 아내 사이에서 어찌할 바를 모르고 서 있는 모습을 지켜보면서, 윌로우는 동정심과 경멸감 외의 다른 감정을 느꼈으면 하고 간절히 바랐다.

윌로우는 아버지의 굽은 어깨를 가볍게 토닥거렸다.

「마음쓰지 마세요, 아버지. 어머니와 전 의견을 절충하고 있는 것뿐이에요.」

몸을 돌린 윌로우는 여전히 반항심이 가득한 눈길로 새어머니를 바라보았다.

「제 불찰을 용서해주세요. 깊이 생각해보지 않고 무턱대고 말을 한 점, 사과 드리지요.」

블랜치의 얼굴을 보아하니, 윌로우의 사과를 눈곱만치도 받아들이지 않은 기색이 역력하다. 굽히지 않는 윌로우의 모습을 지켜보면서 배너는 강렬한 자부심을 느꼈다. 그는 돌아선 윌로우의 어깨에 손을 얹고 블랜치와 비어트릭스 그리고 기타 불청객들에게 매서운 눈길을 보냈다.

「딸과 작당해서 무슨 일을 꾸몄는지 모르겠지만, 윌로우 외에 다른 여자는 내 아내가 될 수 없소. 지금도 그렇고 앞으로도. 윌로우는 내가…… 내가…….」

 가슴에 소중하게 간직했던 감정이 갑자기 배너의 목구멍을 졸랐다.

 윌로우는 회색 눈을 동그랗게 뜨고 고개를 돌렸다. 사랑을 나누면서 무아지경에 허덕이는 순간조차 깊은 속내를 드러낸 일이 없는 남편이 아니었던가.

 「윌로우는…… 윌로우는 내가 오늘밤에 다시 혼인하는 여자요.」

 구석에 몰린 짐승이 절박하게 내뱉은 한마디.

 홀리스는 신음을 하면서 얼굴을 손바닥에 파묻었다. 스티븐의 입술에는 비웃음이 넘치다 못해 줄줄 흐르고 있었다.

 윌로우는 배너의 손을 차갑게 뿌리쳤다.

 「그거야 당신의 희망사항이겠지요.」

 그녀의 목소리가 채찍처럼 배너를 내리쳤다.

 「당신이 이렇게 미련하고 야비한 인사인 줄 알았으면, 애초에 혼인하지도 않았어요.」

 윌로우는 블랜치에게 붙들려 있던 비어트릭스를 힘껏 잡아끌어서 배너에게 떠밀었다.

 「둘이서 잘 먹고 잘 살아봐요!」

 윌로우가 고개를 높이 쳐들고 성으로 걸어가자, 비어트릭스는 울음을 터트리면서 어디론가 달려갔다.

 배너는 '허전하기 짝이 없는 양 손'을 내리고 윌로우의 뒷모습을 지켜보았다.

 「영주님이 여인네들에 관해 통달하신 분이었기에 망정이지, 아니었으면 이 정도에서 끝나지 않았겠지요?」

 홀리스가 가만가만 뒤로 다가와서 나지막하게 말했다.

 데즈먼드는 두 사람이 처음 키스를 나누었던 짚더미 위에 웅크리고 앉아 있는 비어트릭스를 발견했다. 소년이 다가가자 비어트릭스는 무릎을 꼭 끌어안고 눈물이 젖은 속눈썹 밑으로 음울한 눈길을 던졌다.

「난 지금 네 짜증을 받아줄 기분이 아니야.」

「내가 화를 낸다고 한들, 나무랄 자격이 있어? 하녀인 것처럼 연극을 한 주제에, 사실은…….」

소년은 얼굴을 잔뜩 찌푸렸다.

「제후의 딸이었잖아!」

「나한테 하녀의 역할을 떠맡긴 건 윌로우 언니야. 배너 경이 알면 날 집으로 돌려보낼지도 모른다고 생각했거든.」

비어트릭스는 손등으로 코를 훔쳤다.

「언니는 이제 날 미워할 거야. 배너 경은 당장 날 집으로 돌려보낼 테고.」

데즈먼드는 몸을 획 돌리고 비어트릭스를 응시했다.

「아니, 그런 일은 없을 거야.」

장차 성의 주인이 되면 어울릴 법한 자신감을 내보이면서 데즈먼드가 말했다.

「내가 가만히 있지 않을 테니까.」

「네가 무슨 상관이야? 날 미워하면서.」

듬성듬성하게 난 수염을 '숱이 많은 턱수염'이라도 되듯이 문지르면서 데즈먼드는 반대편으로 걸어갔다.

「네가 하녀라고 생각했을 때는 널 마음껏 희롱할 수 있었지. 마음 내키는 대로 키스를 훔치고, 네 뒤를 쫓아다닐 수도 있었어.」

데즈먼드는 몸을 획 돌리고 소녀를 노려보았다.

「하지만 이젠 널 건초 더미에 눕히고 유혹하지도 못하게 됐잖아! 내가 너랑 혼인을 안 하면 성을 갈겠다!」

비어트릭스는 눈물이 그렁그렁한 눈으로 데즈먼드를 올려다보았다.

「지금까지 받아본 청혼 중에서 제일 멋진 청혼이었어.」

데즈먼드는 한없이 부드럽고 결의에 찬 눈빛으로 비어트릭스를 응시했다.

「베들링튼의 레이디 비어트릭스, 단언컨대, 이게 네 인생에서 마지막으로 받은 청혼이 될 거야.」

해질녘에 계단을 오르던 배너는 아이들이 모두 윌로우의 침실 밖에 웅크리고 앉아 있는 모습을 발견했다. 손을 꼭 붙잡고 층계 꼭대기를 차지하고 있었던 비어트릭스와 데즈먼드는 배너를 보는 순간, 튈 듯이 놀라서 상대방에게서 떨어지더니 급기야 얼굴을 붉히고 만다.

이젠 어찌 되든 내가 상관할 바가 아니지. 두 사람 사이를 파고들면서 배너가 심술궂게 생각했다. 혼사를 치르기 전에 소녀의 욕심 많은 어미와 '돈 문제'로 협상을 해야 한다고 생각하면 기분이 과히 유쾌하지 않았지만, 최소한 엘서노르의 장래를 책임져야 하는 맏아들이 영국 전역에서 제일 게으른 하녀와 혼인을 하겠다고 나서지는 않을까 걱정할 일은 없어진 셈이다.

그는 얼굴을 찡그리면서 하늘을 쳐다보았다. 지금처럼 눈이 계속 쏟아진다면, 소녀의 어미와 협상을 할 시간이 넘치도록 많아질지도 모른다. 윌로우가 가족이라고 부르는 독사 같은 족속들과 함께 성에 갇혀서 겨울을 나야 할지도 모른다고 생각하면, 온몸에 소름이 끼쳤다. 엘서노르에 도착한 이래 윌로우의 아버지는 인사불성이 될 때까지 술만 마셔댔고, 스티븐의 능글맞은 얼굴을 볼 때마다 주먹으로 후려갈기고 싶은 충동이 솟구쳤다.

구슬픈 바람소리만 유난히도 크게 들렸다. 흐느낌, 격분해서 내지른 소리 혹은 그릇이 깨지는 소리라도 새어나오면 좋으련만, 침실 안에서는 애처로울 정도로 정적만 흐르고 있었다. 배너는 눈을 감고 미련하기 짝이 없는 자신과 아둔한 머리를 물려준 아버지 쪽의 조상들에게 욕설을 퍼부었다. 홀리스의 충고를 진작에 받아들였다면, 거지처럼 침실 밖에서 서성대는 대신 윌로우와 사랑을 나누고 있었을지도 모른다.

아이들은 연민과 짜증이 섞인 눈길로 방문을 두드리려고 하는 아버지의 모습을 지켜보았다.

「절대 안 들여보내줄 걸요.」

평소보다 더 음울해 보이는 얼굴로 메리가 예언했다.

「왜 그렇게 생각하지?」

「아빠가 세상에서 제일 꼴 보기 싫은 사람이야?」

메리 마거릿이 아버지의 바짓가랑이를 붙들고 다그쳤다.

「그렇지 않을 거다.」

배너가 과감하게 말했다.

한동안 생각에 잠겨 있던 어린 소녀는 무심하게 어깨를 으쓱했다.

「아니야. 세상에서 제일 꼴 보기 싫은 사람이 아빠라서, 문을 안 열어 줄 거야.」

「아버지와 계속 부부로 살지 않을 거예요.」

에니스가 투덜거렸다.

「아빠가 우물에 풍덩 빠져도 밧줄 같은 건 안 던져요.」

에드워드가 경쾌하게 덧붙였다.

「너희들이 그걸 어찌 알지?」

배너가 물었다.

해미쉬는 아버지에 대한 동정심 때문에 몸을 움츠렸다.

「피오나 할멈이 누나한테 들은 얘길 해줬거든요.」

배너는 한숨을 내쉬었다. 생각보다 윌로우의 마음을 풀어주기가 쉽지 않을 것 같다.

불안감을 삼키면서 배너는 손가락 관절로 문을 똑똑 두드렸다.

「윌로우? 잠깐 얘기 좀 할 수 있을까?」

대답 대신 어깨를 가누기 힘들 정도의 무거운 침묵이 돌아왔다. 답답해서 방문에 귀를 들이대고 있던 배너는 희미하게 옷이 스치는 소리를 듣고 용기를 얻었다. 문이 끼익 열리자, 마음속에서 희망이 솟구쳤다.

하지만 문틈으로 주름이 자글자글한 피오나 할멈의 얼굴이 보이는 순간, 희망이 곤두박질쳤다.

「그냥 가시는 게 좋겠습니다요. 아씨께서 지금은 영주님을 보고 싶지 않답니다.」

피오나 할멈이 문을 닫으려는 찰나, 배너는 부츠를 문틈으로 밀어 넣었다.

「기다려, 피오나 할멈! 윌로우에게 전할 말이 있네. 내가…….」

무슨 말을 전하고 싶었을까? 윌로우가 품에 없을 때면 언제나 괴로울 정도로 팔이 허전하게 느껴진다고? 자신은 쓸데없이 자존심만 센 바보라고?

기대에 부푼 피오나 할멈의 얼굴을 쳐다보면서 배너가 작게 말했다.

「미안해한다고, 그렇게 전해주게.」

피오나 할멈은 고개를 끄덕이고 문을 부드럽게 닫았다.

윌로우는 울음을 멈출 수가 없었다. 여섯 살 후 참고 또 참았던 눈물이 폭포수처럼 한꺼번에 쏟아져 내리는 것 같았다. 메리 마거릿처럼 목이 터져라 울부짖으면서 마구 발길질을 하고 싶었지만, 10년 넘게 몸에 배인 버릇대로 베개에 얼굴을 파묻고 소리를 죽이면서 울었다.

눈물이 잦아들 때마다 윌로우는 안뜰에서 벌어졌던 광경을 다시 떠올렸다. 자신과 블랜치 사이에서 힘겨워하던 아버지. 경멸 어린 시선으로 자신을 내려다보던 블랜치. 노골적으로 비웃음을 흘리던 스티븐.

무엇보다 끔찍했던 것은, 가족들 앞에서 윌로우의 자존심을 영원히 세워줄 수 있는 말 한마디가 목구멍에서 나오지 않아 공포에 사로잡혔던 배너의 얼굴이었다. 딸꾹질이 훌쩍거림으로, 훌쩍거림이 흐느낌으로 변했다. 피오나 할멈은 윌로우의 등을 쓰다듬으면서 이해하지 못할 말을 부드럽게 중얼거렸다.

「피오나 할멈, 그 사람이 너무 미워요!」

윌로우가 흐느끼면서 말했다.

「그게 당연하지요. 남자들은 원래 모두 혐오스러운 족속이라우.」

그녀는 고개를 돌리고 눈물이 가득 고인 눈으로 피오나 할멈을 쳐다보았다.

「그 사람은 안 그래요. 마음이 따뜻하고, 강하고, 부드러운 사람이라구요.」

윌로우는 깃털 베개에 얼굴을 파묻었다.

「그래서 그 사람이 더 미워요! 메리와 마거릿은 이런 괴로움을 어떻게 견뎌냈지요? 지금쯤 두 여자 모두 저 세상에서 일찍 죽은 걸 다행으로 여기고 있을지도 몰라요. 나도 당장 죽어버렸으면 좋겠어요!」

그녀는 잔인한 만족감을 느끼면서 한마디 한마디 내뱉었다.

「내가 죽어버리면, 그 사람도 날 사랑하지 않았던 것을 후회할지도 모르지요.」

피오나 할멈은 부드럽게 윌로우의 머리를 쓰다듬었다.

「그렇게 흥분하면 몸에 해롭습니다요. 지금으로서는 마음이 약해지신 것도 당연합지요. 쉰네도 아이를 처음 가졌을 때 걸핏하면 울고 징징대서 불쌍한 우리 영감을 꽤나 괴롭혔답니다.」

29

윌로우는 울음을 그쳤다. 그녀는 몸을 굴려서 일어나 앉은 다음, 피오나 할멈을 머리에 뿔이 달리고 엉덩이에 꼬리가 붙은 마귀라도 되는 양 쳐다보았다.

「아이라니요?」

피오나 할멈은 윌로우의 아랫배를 부드럽게 토닥거렸다.

「영주님과 두 달 동안 잠자리를 같이 하셨으니, 당연한 일이 아니겠는지요?」

「그…… 그런 소리, 하지 말아요. 아이가 들어섰을 리가 없어요. 배너는 더 이상 아이를 원하지 않아요. 그래서 얼마나 조심했는데요. 네타가 일러준 대로…….」

윌로우는 얼굴을 붉히면서 노파의 귓가에 무슨 말인가를 속삭였다.

피오나 할멈은 배를 잡고 웃다가 하마터면 침대에서 떨어질 뻔했다.

「정력이 약한 사람에게나 그런 방법이 먹히겠지요. 해자(垓字)를 사이에 두고 두 분이 반대편에 서 있다고 한들, 영주님은 아씨의 뱃속에 아이가 들어설 방법을 찾아내고도 남을 분입니다요.」

윌로우는 침대에서 몸을 일으키고 불안한 마음을 억누를 길이 없어서 방안을 왔다갔다했다.

「어지럽지도 않고 속이 메슥거린 일도 없는 걸요. 오히려 입맛이 너무 좋아서 돼지처럼 먹어댔잖아요! 어젯밤에도 고기 파이를 세 개나 먹어치우고 푸딩 한 그릇이랑 굴 한 접시, 그리고 엄청나게 많은……」

윌로우는 말꼬리를 흐렸다.

「이런.」

그녀는 뒤에 놓여 있던 의자를 붙들면서 속삭였다.

「아무래도 앉아야겠어요. 말이 씨가 됐는지, 어지럼증이 생겼어요.」

「울고 싶었다, 웃고 싶었다…… 하루에도 기분이 몇 번씩 바뀔 겁니다요. 그래도 조금 있으면 익숙해질 터이니 마음 쓰지 마시우.」

윌로우는 떨리는 손을 복부에 갖다대고 피오나 할멈을 바라보았다.

「어떻게 알았지요?」

「쇤네도 처음으로 쌍둥이가 뱃속에 들어섰을 때 굴 한 접시랑 푸딩을 한 자리에서 뚝딱 해치웠으니까요.」

윌로우는 보이지 않는 생명이 자라고 있다는 사실에 경외감을 느끼면서 아랫배를 내려다보았다.

「아이가 갖고 싶어질 줄은 몰랐어요.」

윌로우가 부드럽게 말했다.

「하지만 아이는 나와 별개가 아니라 내 일부예요. 그렇지요?」

피오나 할멈이 고개를 끄덕였다.

「영주님의 일부이기도 하지요.」

윌로우는 목놓아서 울어야 할 상황이라는 건 알고 있었지만, 희열감이 핏줄을 타고 온몸으로 퍼지기 시작했다.

「어떻게 이 아이를 사랑하지 않을 수 있겠어요?」

윌로우는 자부심을 느끼면서 턱을 똑바로 쳐들었다.

「배너에게 받지 못한 사랑을 이 아이가 대신 채워줄지도 모르지요.」

피오나 할멈은 윌로우에게 동정의 눈길을 던졌다.

「아씨는 사랑이 무어라고 생각하시우? 쉰네와 리암은 47년 동안 부부로 살았지만, 그 고집쟁이 영감은 그 말을 한번도, 단 한번도 입 밖에 낸 일이 없었답니다. 그래도 우리 영감은 하루도 빠지지 않고 쉰네의 손을 잡거나 살금살금 등뒤로 다가와서 꽉 껴안아주곤 했습지요. 쉰네가 아는 사랑은 창공에 일제히 울려 퍼지는 나팔소리나, 천상에서 하강하는 하얀 비둘기떼처럼 화려하고 달콤하기만 한 것이 아닙니다요. 추운 겨울밤 벽난로 앞에 마주앉아서 따뜻한 차 한 잔 나눠 마시는 것, 첫 아이를 품에 안겨줄 때 남편의 눈 속에 떠오른 마음이 바로 사랑입지요.」

노파의 얼굴에 슬픔이 드리워졌다.

「남편의 눈빛이 꺼져 들어가는 것을 보면서, 너 일부가 그와 함께 사라지고 있다는 것을 깨달았을 때 느끼는 마음의 고통이 바로 사랑이랍니다.」

윌로우는 차가운 눈물이 손등에 떨어진 연후에야 자신이 눈물을 흘리고 있다는 사실을 깨달았다.

피오나 할멈이 그녀의 손을 붙잡았다.

「돌아가신 두 분 아씨께서 영주님과 혼인한 것을 한번도 후회하지 않은 이유가 뭔지 아시우? 두 분 모두 마음속으로는 영주님에게 사랑 받고 있다는 것을 알고 있었기 때문입지요. 비록 영주님 스스로 깨닫지는 못하고 있었지만.」

노파는 윌로우의 손을 한번 꽉 쥐어준 다음, 발을 질질 끌면서 문가로 갔다.

윌로우는 몸을 일으키고 눈물로 얼룩진 뺨을 쓱쓱 문질렀다. 최대한 '품위 있게' 코를 훌쩍이면서 그녀는 피오나 할멈의 뒤통수에 대고 말했다.

「지금 제가 만나고 싶어한다고 남편에게 전해줘요.」

주름이 자글자글한 피오나 할멈의 얼굴에 개구쟁이 같은 미소가 떠올랐다.

「그렇게 하지요, 아씨.」

배너를 기다리는 동안에 윌로우는 정신없이 벽장을 뒤지면서 커틀과 장갑, 스타킹, 속옷들을 휙휙 어깨 뒤로 던졌다. 얼마 안 있으면 태어날 아기. 끊임없이 칭얼대고 보채며 끈적거리는 손을 문질러대는 귀찮고 성가신 존재. 어깨에 올려놓고 있으면 귀에 트림을 하면서 우유를 등에 쏟아버릴 아이. 일생 동안 아이가 변기에 빠지진 않을까, 머리가 격자 창 틈에 껴서 빠지지 않으면 어쩌나, 교양 없이 쩝쩝 소리를 내면서 음식을 먹어치우는 농가집 처녀 혹은 총각과 사랑에 빠지진 않을까, 등등 걱정을 달고 사느라 한시도 마음의 평화를 느끼지 못하게 되리라.

하지만 이렇게 행복해본 적이 언제 있었던가?

결국 낙낙한 소매 끝에 하얀 모피가 달린 가운을 입기로 마음을 정했다. 그녀는 의자에 앉아서 스타킹을 신고, 배너가 혼인 선물로 내주었던 암사슴 가죽 슬리퍼에 발을 쏘옥 밀어 넣었다.

전 같았으면 겁이 나서 배너에게 아이를 가졌다는 얘기를 수월하게 털어놓지 못했으리라. 전 같았으면 배너의 마음이 차가워지지 않을까, 두려워했으리라. 베들링튼에서 남몰래 베갯잇을 적시던 계집아이라면, 솔직하게 털어놓지도 않고 도망쳤을지도 모른다.

하지만 윌로우는 더 이상 그 계집아이가 아니었다. 이제는 당당한 성인 여자였다. 사랑하는 남자의 아이를 낳을 여자. 사랑하는 남자에게 사랑은 물론 믿음까지 내주어야 할 순간이 다가 온 듯하다.

윌로우는 침착한 태도로 거울 속에 비친 자신의 얼굴을 차근차근 살폈다. 얼굴은 깨끗이 씻었고, 어깨까지 오는 고수머리가 반짝반짝 빛날 때까지 빗질을 한 상태였다.

마침 문을 두드리는 소리가 들렸다. 윌로우는 탁자에 거울을 던져놓고 옷매무새를 정리한 다음, 뻗친 고수머리를 귀 뒤로 넘기면서 심호흡을 한번 했다. 사뿐사뿐, 품위 있게 걷다말고 정신없이 달리기 시작한 윌로우는 담뿍 미소를 지으면서 문을 확 열어 젖혔다.

배너는 한 번에 두 계단씩 올라갔다. 윌로우의 가족들을 피해 망루에 있던 와중에 피오나가 보낸 전갈을 받았다. 후안무치한 자들의 낯짝을 보지 않을 수만 있다면 봄이 올 때까지 기꺼이 망루에서 세월을 보낼 수 있을 것 같다. 망루로 피신하기 전에 살금살금 홀에 들어가 봤더니 능글맞은 스티븐의 낯짝은 어디에도 보이지 않았고, 레이디 블랜치는 잠자코 술을 마시고 있는 남편에게 윌로우가 불손하게 구는 데도 따귀를 때리지 않았다며 성깔을 부리고 있었다.

배너의 입술에 잔혹한 미소가 떠올랐다. 혹여 윌로우에게 손가락 하나라도 까딱한다면, 루퍼스 경은 여생을 불구로 살아야 하는 신세가 되리라.

층계참에 도달한 배너는 일부러 걸음의 속도를 늦춘 다음, 더블릿을 고쳐 입고 머리를 정리하면서 심호흡을 했다.

노크를 하려던 배너는 문이 이미 열려 있다는 것을 깨달았다. 손을 살짝 댔더니 끼익 소리를 내면서 열린다.

「윌로우?」

유리창 밖에 내리는 눈이 침실에 기묘한 빛을 던져주고 있었다. 참혹한 전장의 희생자들처럼 아무렇게나 흩어져 있는 커튼과 스타킹들도 그랬지만, 유독 침대가 눈에 부각되었다. 본능적으로 배너는 발소리를 죽였다.

버려진 침실에 떠도는 공허한 정적이 마음 한구석에 숨어 있던 공포심을 불러일으켰다. 전에도 이런 느낌을 받았던 것 같다. 언제였을까? 한동안 생각에 잠겨 있던 배너는 메리와 마거릿이 세상을 떠난 다음에도 침실에 그런 정적이 흘렀다는 사실을 깨달았다. 다시는 돌아오지 못할 곳으로 떠난 자의 한숨소리가 귓가에서 사라지지 않는 끔찍한 느낌. 윌로우의 웃음소리, 부드러운 미소, 사랑스러운 손길이 방안에 떠돌아다니던 죽은 자의 흔적을 모두 몰아냈기 때문에 그런 느낌에 대해서는 까맣게 잊고 말았다.

배너는 몸을 획 돌리고 침실을 샅샅이 뒤졌다 암사슴 가죽 슬리퍼가 문 옆에 떨어져 있었다. 지금까지 그가 한번도 본 일이 없는 슬리퍼였다. 불길한 예감이 등골을 스치고 지나간다.

나머지 한 짝을 찾겠다는 일념으로 배너는 산더미처럼 쌓인 가운들을 미친 듯이 뒤지기 시작했다. 침대 밑을 들여다보고 침대보, 베개, 시트를 모두 갈기갈기 찢었지만 슬리퍼는 여전히 안 보였다. 그는 벽장 속에 있던 물건을 거칠게 손으로 밀어낸 다음, 벽장을 뒤엎을 기세로 슬리퍼를 찾아서 구석구석, 틈새 하나 놓치지 않고 뒤졌다.

시간이 얼마나 흘렀을까, 배너는 슬리퍼 하나만 손에 든 채, 숨을 괴롭게 몰아쉬면서 침실 한가운데에 서 있었다. 더할 나위 없이 섬세하게 만들어진지라, 한 손으로 구겨버리면 가루가 되어서 바닥에 우수수 떨어질 슬리퍼 한 짝.

슬리퍼를 움켜쥐고 침실 밖으로 달려나가는 배너에게 경고라도 하듯 바람이 거세게 몰아쳤다.

「피오나!」

배너의 고함소리가 성안에 벼락처럼 울려 퍼지면서 서까래란 서까래는 모두 흔들렸고, 멀찌감치 떨어진 홀에 있던 시동과 종자와 병사들이 두려움에 몸을 떨었다. 고함소리는 가벼운 꾸지람의 전조일 뿐, 한 차례의 경미한 폭풍이 지나가면 주인이 늘 계면쩍은 얼굴로 사과를 했기 때문에 피오나 할멈에게는 그저 '갓난아이의 울음소리'와 다름없었다.

노파는 애니에게 갓난아이를 넘겨주고 다리를 질질 끌면서 층계참으로 다가갔다.

「무슨 일이신지요? 혹여 유령이라도 보신 겝니까?」

「지금 실없는 얘기를 들어줄 기분이 아니야.」

배너가 눈을 광포하게 빛내면서 말했다.

「무슨 말씀이신지…….」

그는 슬리퍼를 할멈에게 내밀었다.

「이걸 한번 보게. 혹시 내게 보복하려고 윌로우가 어디론가 숨은 거라면, 주저하지 말고 지금 어디 있는지 털어놓게.」

「아씨는 침실에서 영주님을 기다리고 계십니다만…….」

「거기 없었으니까 하는 말이야. 성을 구석구석 뒤지고 다녔지만 흔적조차 찾을 수가 없었어. 아이들도 못 봤다고 하고…….」

피 냄새를 맡은 육식동물처럼 레이디 블랜치가 코를 벌름대면서 사뿐사뿐 다가왔다.

「마음 쓰실 것 없습니다, 영주님. 필시 삘쭉해서 어딘가에 틀어박혀 있을 테니까요. 윌로우는 가끔씩 그런 교양 없는 행동을 하는 경향이 있답니다. 당신도 그렇게 생각하지요, 루퍼스? 그 아이는 언제나 자기가 해달라는 대로 안 해주면 징징대거나 입을 삐죽댄다든가 짜증을 내곤 했답니다.」

뜻 모를 말을 웅얼댔을 뿐, 루퍼스 경은 그저 술만 찔끔찔끔 마셨기 때문에 블랜치가 입가에 경련을 일으켰다.

「그에 비해 우리 비어트릭스는 양처럼 심성이 곱고 순한 아이랍니다. 그 아이의 고운 입술에서 교양 없는 말이나 불평하는 말은 단 한번도 나온 일이 없지요.」

배너는 '완전히 미친 여자 아니야?'라는 눈빛으로 블랜치를 쏘아본 다음, 피오나 할멈에게 고개를 돌렸다.

「기억을 더듬어보게, 피오나. 윌로우가 어디로 가겠다는 암시를 남기진 않았나? 혹시 단서가 될만한 말은 없었는지 잘 생각해보게.」

피오나 할멈은 고개를 흔들면서 나지막하게 웅얼거렸다.

「아기 얘기를 하지 않는 건데 그랬습니다요. 하지만 쇤네는 아씨가 아시는 줄 알고…… 그리 마음쓰실 줄은 꿈에도 몰랐습니다요.」

「애들이 어디가 잘못 되기라도 한 건가?」

배너의 절박한 눈길이 홀을 훑었다.

「펙? 매그즈? 아니면 이 아이?」

그는 애니의 품에 안긴 아이를 손가락으로 가리켰다. 마음이 급하다 보니 아이의 이름도 생각나지 않는다.

배너를 올려다보는 피오나 할멈의 초록색 눈동자에 눈물이 맺히기 시작했다.

「아씨의 뱃속에 들어선 아이 말입니다, 영주님.」

블랜치는 평소와는 다르게 품위 없이 욕설을 내뱉었다.

「어서 짐을 싸서 돌아가요, 루퍼스. 사태가 이리 되었으니 교회에서 '혼인무효'를 인가해줄 리가 없어요.」

「윌로우가 내 아이를 가졌다고?」

충격을 받은 배너가 속삭였다.

피오나 할멈이 고개를 끄덕였다.

「아씨도 많이 놀라셨지요. 갑자기 울음을 멈추시고 눈을 동그랗게 뜨면서 하신다는 말씀이…….」

노파는 입술을 꾹 깨물면서 말꼬리를 흐렸다.

배너는 노파의 팔을 붙들었다.

「무슨 말? 윌로우가 무슨 말을 했지?」

피오나 할멈은 고개를 푹 수그렸다.

「아씨는 '그런 소리 하지 말아요. 배너는 더 이상 아이를 원하지 않아요'라고 하셨습니다요.」

배너는 나지막하게 신음 소리를 냈다.

「설마 내가 화를 낼까봐 겁을 먹은 건 아니겠지? 혹시 도망치겠다고 하던가? 밖에 저렇게 눈보라가 치고 있는데, 바보같이 날 피하겠다는 생각으로 성을 빠져 나가진 않았겠지?」

배너의 말이 '눈의 여왕'의 분노를 부채질이라도 한 것처럼 갑자기 출입문이 벌컥 열리고 날카롭게 울부짖는 바람소리와 회오리 같은 눈보라가 한꺼번에 밀려 들어왔다. 배너는 희망과 절망 사이를 오고가면서 성큼성큼 출입구로 다가갔다. 하지만 문가에서 비틀대고 있는 형체는 윌로우가 아니라 비어트릭스였다.

소녀는 한 팔을 데즈먼드의 허리에 두르고 있었다. 눈처럼 창백한 소녀의 얼굴과 데즈먼드의 이마에서 흐르고 있는 새빨간 피가 극명하게 대조를 이루었다.

　배너는 두 사람이 쓰러지지 않게 붙들었다. 배너의 더블릿을 움켜쥐면서 비어트릭스는 공포에 질린 눈으로 그를 올려다보았다.

「언니를 찾아야 돼요.」

　소녀가 속삭였다.

「언니가 끌려갔어요.」

30

종자가 셋이나 달라붙어서 휘몰아치는 바람의 기세를 간신히 꺾고 출입문을 닫았다. 정신을 잃었을 뿐 아들의 부상이 심각하지 않다는 사실을 깨닫고 배너는 피오나 할멈에게 소년을 맡겼다. 노파가 소년을 의자에 앉히고 손수건으로 피를 닦아주는 동안, 배너는 벽에서 태피스트리를 잡아떼서 비어트릭스의 어깨에 걸쳐주었다. 이가 딱딱 부딪히는 통에, 소녀는 말을 제대로 하지 못했다.

「누가 윌로우를 데려갔지?」

배너는 점점 커지는 공포심을 억누르고 부드럽게 물었다.

「스…… 스…… 스…… 스티븐 오빠가요. 데즈먼드랑 마구간의 다락에 수…… 숨어 있었는데 오빠가 말을 가지러 들어왔어요. 오빠는 언니의 목에 다…… 단……검을 들이대면서 억지로 말에 오르게 했어요. 데즈먼드가 바닥으로 뛰어내려서 오빠에게 항복하라고 했지만, 오빠가 듣는 척도 안 하고 말을 몰아대는 바람에 하마터면 말발굽에 짓밟힐 뻔했어요.」

배너는 정신을 차린 아들에게 사나운 눈길을 던졌다.

「녀석, 아주 미련한 짓을 했구나. 사내다운 기개는 칭찬해주고 싶다만…….」

데즈먼드는 반쯤 넋 나간 얼굴로 아버지에게 답례하듯 손을 들어 보였다.

블랜치는 길고 우아한 손가락을 쭉 뻗더니, 비어트릭스를 향해 흔들었다.

「대체 마구간에서 저…… 저…… 사내녀석과 단 둘이서 무슨 짓을 했던 게냐? 영주님께도 분명히 말씀드리지요. 혹여 아드님이 우리 딸아이의 평판에 흠집이 될만한 일을 했다면, 최소한 혼인을 하겠다는 약조는 해주셔야겠습니다.」

블랜치의 입술에 위선적인 미소가 떠올랐다.

「딸아이의 순결에 대한 대가로 넉넉하게 돈을 내어주신다면, 간장이 모두 타고 재만 남은 어미의 심정에 약소하나마 위로가 될지도 모르겠지요.」

블랜치의 헛소리와 비어트릭스의 붉어진 얼굴을 무시하려고 애쓰면서, 배너는 소녀의 어깨를 붙들었다.

「도대체 스티븐이 무슨 생각으로 윌로우를 납치한 거지?」

괴로운 심정을 반영하듯 비어트릭스의 목소리가 나지막한 속삭임으로 변했다.

「모두 제 잘못이에요. 스티븐 오빠는 언니를 차지하겠다는 욕심으로 절 여기 보낸 거예요. 영주님을…… 제가 유혹하면 오빠가 언니를 데려갈 계획이었지요. 언젠가 영주님과 다투고 난 다음에 언니는 제게 '영주님을 유혹해도 된다'고 그랬어요. 그래서 오빠에게 계획대로 잘 되었으니, 부를 때까지 기다리고 있으라는 내용의 서신을 보냈지요. 저는 그때 그 서신에 대해서 까맣게 잊고 있었지만, 오빠는 분명히 이번에 영주님의 서신을 받고 우리 계획이 성공했다고 단정을 내렸을 거예요. 혼인식에 참석하러 온 게 아니라…….」

「월로우를 납치해 갈 생각으로 엘서노르에 발을 들인 거군.」

배너가 험악한 얼굴로 대신 마무리를 지었다. 블랜치는 배너가 몸을 획 돌리자 움찔하면서 뒤로 물러났다.

「아들이 무슨 일을 꾸미고 있었는지 알고 있었습니까?」

블랜치는 창백한 손으로 목덜미를 감쌌다.

「그렇지 않습니다. 우리 아이는 고집이 여간내기가 아니라, 자기 뜻대로 하지 못하면 불쾌해하는 경향이 있지요.」

배너가 위협적으로 다가설 때마다, 블랜치도 한 걸음 한 걸음 뒤로 물러났다.

「나 역시 내 뜻대로 하지 못하면 아주아주 불쾌해하는 사람입니다. 스티븐이 안사람의 머리카락 하나라도 건드렸다가는 최소한 부인의 머리를 은쟁반에 올려놓고 감상할 기회를 주셔야 할 겁니다.」

블랜치는 비틀대면서 뒤로 물러나다가 남편의 무릎에 주저앉고 말았다.

「저를 이렇게 위협하는데도 가만히 보고만 계실 건가요?」

루퍼스 경이 비틀비틀 일어나는 바람에 블랜치는 치마를 펄럭 날리면서 바닥에 나동그라졌다.

「가만히 보고 있지 않으면 나더러 어쩌란 말이오? 내가 그 동안 비겁하게 굴지 않았으면, 쓰레기 같은 당신의 아들이 소중한 내 딸을 납치하는 일도 없었을 거요.」

배너는 두 사람을 외면한 채, 비어트릭스의 어깨를 아플 정도로 힘껏 붙들었다.

「두 사람이 어느 쪽으로 갔는지 말해봐. 한 시간이면 충분히 따라잡을 수 있을 게야.」

「북쪽이에요.」

비틀비틀 일어나면서 데즈먼드가 웅얼거렸다.

「북쪽으로 갔어요.」

어떤 육체적인 고통을 가해도 눈 하나 깜짝하지 않고 견디는 배너였지만, 아들의 말 한마디에 무릎을 꿇고 말았다. 그는 바닥에 털썩 주저앉아서 양손으로 머리칼을 움켜쥐었다.

성 밖 어딘가에 윌로우가 있었다. 뼛속까지 덜어붙을 것처럼 춥고 땅 위의 모든 것을 덮어버릴 듯 눈이 오는데. 배너도 없이 혼자서, 신발도 신지 않고 비어트릭스가 데즈먼드를 부축하고 성으로 들어오는 사이에, 스티븐이 남긴 흔적을 매몰찬 바람이 깨끗하게 쓸어갔을지도 모른다.

윌로우의 모습이 눈에 떠오를 것 같았다. 진주처럼 고른 이가 위아래로 딱딱 부딪히고, 분홍빛을 띠던 부드러운 살결이 뻣뻣해진 모습. 몸이 떨려서 뼈마저 서로 부딪혀 달그락 소리를 내고, 얼음처럼 차가운 고통의 단검이 손가락과 발가락을 난자하는 모습.

어느새 몸은 더 이상 떨리지 않고 고통도 사라지리라. 푸른 기가 눈꺼풀과 손가락 그리고 입술에 스며들게 되리라. 진주 같은 서리가 수의처럼 몸을 휘감아서 이 세상의 눈물을 모두 모아서 그 위에 떨어뜨린다고 한들, 영원히 녹지 않으리라. 아이를 끌어안고 죽었던 어미와는 달리, 뱃속에 아이를 품은 채 그렇게 죽어가리라.

배너가 얼마나 자신을 사랑하는지 모르는 채 그렇게 죽어가리라.

그는 얼굴을 양손에 파묻었다. 영혼의 제일 어두운 구석에서 들려오는 속삭임에 이끌려 '윌로우를 사랑하면 그녀를 잃을지도 모른다고, 사랑하지 않으면 윌로우는 안전하다고' 믿었었다. 사랑한다는 말을 입 밖에 내지 않으면, 어미처럼 자신을 절대 떠나지 않을 거라고 믿었었다.

부드러운 손이 배너의 머리를 쓰다듬었다. 한순간 윌로우일지도 모른다고 생각한 배너는 얼굴을 들었지만, 비어트릭스가 무릎을 꿇은 채 눈물을 하염없이 흘리고 있었다.

「제 잘못이에요. 하지만 언니가 잘못 되길 바란 건 아니었어요. 제가 엄마라고 부를 수 있는 사람은 언니 외엔 없으니까요.」

블랜치가 격분해서 내지르는 소리를 무시하고, 배너는 흐느끼는 소녀를 품에 안았다.

「울지 말아라, 애야. 윌로우는 내가 찾아낼 터이니. 신 앞에 맹세컨대,

무슨 수를 써서라도 찾아내서 데려오겠다.」

배너는 눈을 꼭 감고 '신께서 맹세를 지킬 수 있게 도와주실 생각이 없었다면, 내 입을 통해서 그런 말이 나오게 하지 않았을 거'라고 되뇌었다.

「들어보세요!」

데즈먼드가 벌떡 일어나서 소리를 질렀다.

배너는 고개를 들었지만, 들리는 소리라고는 비이의 딸꾹질 소리가 전부였다. 그는 일어나서 소녀를 피오나 할멈의 품에 넘겨주었지만 한동안 아들이 무슨 뜻으로 한 말인지 이해를 못하고 있었다.

정적.

바람은 어느새 울음소리를 멈추고, 성당의 종소리처럼 투명하고 맑은 정적만 남겼다. 배너는 출입구로 달려가서 문을 벌컥 열었다. 거세게 휘몰아치던 눈보라는 사라지고 깃털처럼 부드러운 눈송이가 뺨을 어루만졌다. 구름 사이로 얼굴을 내민 진주 같은 달이 눈밭을 은색으로 물들이면서, 배너에게 미소를 지었다.

그 순간, 신이 내려주신 은혜를 최대한 이용하겠다고 단단히 마음을 다잡지 않았다면 다리에 힘이 빠져서 무릎을 꿇었을지도 모른다.

31

데즈먼드, 에니스, 메리, 해미쉬, 에드워드, 켈 그리고 메리 마거릿은 모두 말에 올라서 엘서노르에 도착하는 새엄마를 맞으러 나왔을 때처럼 한치의 흐트러짐 없이 안뜰에 정렬하고 있었다. 배너의 입장에서는 메리 마거릿이 '돼지' 대신 '망아지'를 타고 있어서 그나마 다행이라는 생각을 해야 할지도 모른다. 꼬마 숙녀는 자그마한 활과 화살통을 어깨에 짊어지고 있었다.

아이들이 입은 갑주(甲冑, 갑옷과 투구)는 부엌에서 들고 온 냄비와 지저분한 털가죽이 전부였다. 에드워드는 곰 가죽을 뒤집어 쓴 것처럼 보였으며, 해미쉬는 냄비를 투구처럼 머리에 쓰고 있었다. 아이들의 손에는 배너가 쓰는 침실의 벽을 때려부셨던 밤에 그랬듯이 갈퀴와 낫, 그리고 송곳과 곤봉이 하나씩 들려 있었다. 아이들은 입을 굳게 다물고 엄숙하게 아버지의 명령을 기다리고 있었다.

「다들 비키지 않으면 병사들을 시켜서 지하감옥에 가둘 줄 알아.」

배너가 소리를 높였다.

데즈먼드는 얼룩무늬의 회색 말을 앞으로 몰았다. 아들에게서 한층 성숙한 분위기를 이끌어낸 존재가 이마에 두른 새하얀 붕대인지 아니면 뒤에 태운 은발의 미녀인지 배너는 확신할 수가 없었다.

「우리들도 따라가겠어요, 아버지. 새엄마는 우리들에게도 소중한 존재니까요.」

「그 심정을 이해하지 못하는 바는 아니지만, 너희들마저 위험에 빠뜨릴 순 없다. 윌로우가 미친놈의 손에 붙들린 것만으로도 충분히 마음이 심란하니, 그만하고 어서들 물러가라.」

「그 미친놈이 제 오라비라는 사실을 생각해보세요. 제가 얘기를 하면 오라비도 정신을 차릴지도 몰라요.」

비어트릭스가 배너에게 한마디했다.

배너가 한쪽 눈썹을 치켜 올렸다.

「말을 해도 통하지 않는다면?」

소녀는 배너의 검에 의미심장한 눈길을 보냈다.

「그 검을 사용하셔도 반대하지 않겠어요.」

「부탁이에요, 아버지.」

데즈먼드의 초록색 눈동자에 절박한 심정이 배어 있었다.

「또 우리만 두고 가지 마세요. 우린 아버지를 도와서 새엄마를 납치해간 '개자식'에게 적당한 벌을 내리려는 것뿐이에요.」

배너의 얼굴에 뻐딱한 미소가 떠올랐다.

「갑자기 녀석이 불쌍하게 느껴지는구나.」

아버지의 말에 화답하듯 데즈먼드도 씩 웃었다. 배너는 말을 앞으로 몰아서 선두에 섰다. 메리 마거릿의 '진격' 소리를 필두로, 일행을 태운 말들은 하얀 눈가루를 사방에 흩날리면서 성문과 도개교를 차례로 지나쳤다.

홀리스는 제대 앞에 무릎을 꿇고 있는 네타를 발견했다. 촛불 아래 눈을 감고 기도하는 네타의 모습은 성모상처럼 순결하고 아름답게 보였다. 그는 슬픈 얼굴로 십자가상을 바라보면서 하느님이 자신의 말을 불경스럽게 받아들이시지 않기를 간구했다.

　인기척 소리에 흠칫 놀란 네타는 제대를 모욕하고 있었던 것처럼 얼굴을 붉혔다. 몸을 일으키고 상대가 홀리스임을 알아보는 순간, 네타의 얼굴에 경계심이 엿보였다.

　「아씨를 위해서 기도하고 있었습니다. 물론 집사님은 일개 매춘부의 기도를 하느님이 들어주실 리가 없다고 생각하시겠지만요.」

　「그 반대요. 성경에도 부활하신 예수께서 부정한 여인이라고 일컬어졌던 막달라 마리아에게 제일 처음 모습을 보이셨다고 나와 있잖소.」

　「하지만 예수님의 제자들은 자신의 부족함을 탓하기보다는 그 여자를 의심하고 비난했지요.」

　「그래도 아씨는 그런 제자들과 다르다고 생각하는 게 아니오? 그러니까 여기서 이렇게 아씨를 위해서 기도를 드리고 있는 거겠지.」

　네타는 무심하게 어깨를 으쓱했지만, 아래로 향한 눈길에 괴로운 심정이 고스란히 담겨져 있었다.

　「저한테 잘해주셨으니까요. 영주님도 그렇지만. 두 분에게 안 좋은 일이 생기는 게 싫을 뿐이에요. 집사님께서 양심을 성찰하실 수 있도록, 저는 이만 물러가지요.」

　「가지 말아요.」

　홀리스가 지친 목소리로 말했다.

　네타는 홀리스의 곁을 스쳐 지나갔다.

　「쾌락을 원하면 1실링을 내세요.」

　홀리스가 손목을 움켜쥔 충격으로 네타는 비틀거렸다. 그가 자신의 몸에 손을 댄 것은 이번이 처음이었다.

　「자신이 고작 동전 몇 닢의 가치밖에 안 되는 여자라고 생각하는 거요? 당신 옆에 앉아서 이야기를 나누고 싶어하는 남자가 있을 거라는 생각은 안 해봤소?」

　네타는 냉정하게 고개를 뒤로 젖혔다.

「그런 순수한 동기 때문에 내게 관심을 갖고 있는 척하지 말아요. 당신의 눈을 보면 안 그렇다는 걸 알 수 있으니까.」

홀리스는 네타의 팔을 놓으면서 뒤로 물러났다.

「당신을 안고 싶어하는 마음은 숨기지 않겠소. 당신에 대한 욕망 때문에 잠을 못 이루는 것도 숨길 생각이 없소.」

홀리스의 목소리가 한결 부드러워졌다.

「그래도 일평생, 먼발치에서 당신을 지켜봐야만 한다 해도 난 만족할 거요. 그에 대한 대가를 얼마나 지불해야겠소? 이 정도면 당신의 마음에 찰지 모르겠군.」

홀리스는 벨벳 지갑을 허리띠에서 거칠게 잡아 뺀 다음, 바닥으로 던졌다.

「집사님?」

등을 돌리고 걸어가는 홀리스를 네타가 불러 세웠다.

「홀리스?」

네타의 애원은 속삭임에 불과했지만, 홀리스의 발을 묶어두기엔 충분했다.

그는 천천히 몸을 돌렸다. 바닥에 떨어진 지갑을 버려둔 채, 네타는 그를 향해 손을 뻗고 있었다.

네타의 떨리는 손과 눈가에 맺힌 눈물이 홀리스의 마음을 따스하게 감쌌다.

「저와 함께 기도해주시지 않겠어요? 두 사람이 기도를 하면 하느님의 귀에도 더 쉽게 들어갈 것 같은데…….」

홀리스는 두 사람 사이의 거리를 좁히고, 네타의 손에 자신의 손을 포갰다. 네타와 나란히 제대 앞에 무릎을 꿇은 홀리스는 배너와 윌로우를 위해 기도하면서 내내 그 손을 놓지 않았다.

윌로우는 눈밭을 헤쳐나가는 데에만 온 정신을 집중하면서 힘겹게 한 발자국 한 발자국 발을 떼었다. 당장 눈밭에 쓰러져서 잠을 자고 싶은 마음뿐이었지만.

그런 유혹에 굴복하면 다시는 깨어나지 못하리라는 것을 알고 있었기 때문이었다. 사이렌의 노랫소리가 크게 들릴 때마다 배너의 어머니가 '어서 앞으로 가라고, 계속 움직이라고, 희망을 버리지 말라고' 속삭이는 것 같았다.

윌로우는 외투를 여몄지만, 팔에 힘이 빠져서 기운이 하나도 없었다. 배너가 너무 보고 싶었다. 따스한 품과 달콤한 키스 그리고 그의 뜨거운 육체.

한기가 뼛속으로 스며들면서 이가 딱딱 부딪혔다. 스타킹은 얼어붙었고 쿡쿡 쑤시던 발에 감각이 없어진 지 오래였다.

윌로우는 잠깐 쉬어갈 요량으로 언덕 기슭에서 비틀비틀 발을 멈췄다. 무언가 등을 후려치면서 윌로우를 쓰러뜨렸다. 분노가 핏줄을 타고 흐르지 않았다면, 아마 그대로 누워 있었을지도 모른다. 윌로우는 비틀비틀 몸을 일으키고 몸을 휙 돌렸다.

「날 그리 노려볼 것 없어.」

스티븐이 파래진 입술로 침을 뱉었다.

「너 때문에 말이 놀라서 도망가는 바람에 이 지경이 됐잖아. 안 그랬으면 지금쯤 스코틀랜드에 거의 반은 갔을 거야」

「내가 말을 내몰지 않았으면…….」

윌로우는 이를 딱딱 부딪히면서 간신히 입 밖으로 말을 냈다.

「우리는 지금쯤 강바닥에 누워 있겠지. 너 때문에 말이 절벽 아래로 떨어질 뻔했잖아.」

「네가 손으로 내 눈을 가리는 바람에 그렇게 된 건 잊었냐?」

「미안, 입을 막으려고 했는데 내가 실수를 했네.」

윌로우가 지지 않고 맞받아쳤다.

능글맞은 미소가 스티븐의 입술에 떠올랐다.

「날 비웃고 싶으면 마음껏 비웃어보렴, 윌로우. 하지만 얼굴에 묻은 검댕을 닦아내고 비싼 가운을 걸친다고 한들, 네가 지체 높은 마나님이 될 수 있을 것 같으냐? 어림도 없지.」

스티븐은 엄지손가락으로 윌로우의 뺨을 쓰다듬었다.

「네 첫남자가 되고 싶다.」

얼어붙은 얼굴에 닿는 스티븐의 숨결이 뜨거운 불처럼 느껴졌다.

「네 몸에서 피가 흐르게 하고 싶어.」

윌로우는 혐오감에 몸을 떨면서 스티븐의 손을 치웠다.

「배너가 우릴 찾아내면, 피를 흘릴 사람은 너야.」

스티븐이 코웃음을 쳤다.

「필시 너 같은 계집애가 없어져서 다행이라고 여길 걸. 네가 없으면 그 인간도 비어트릭스와 혼인할 수 있으니, 누이 좋고 매부 좋은 게 아니더냐.」

스티븐이 해묵은 상처를 들쑤시는 걸 가만히 보고만 있을 순 없다.

「그 사람이 자기 아이의 엄마가 될 여자를 그리 쉽게 포기할 것 같아?」

스티븐의 눈길이 윌로우가 손으로 감싼 복부에 머물면서, 눈동자에 공포심과 혐오감이 동시에 떠올랐다.

「그 망할 놈의 애새끼를 뱄단 말이냐?」

윌로우는 턱을 치켜 올렸다.

「그래. 경고하는데, 이 아이에게 무슨 일이 생기면 배너가 널 절대 가만두지 않아.」

스티븐은 고개를 삐딱하게 기울이고 생각에 잠긴 얼굴로 윌로우를 살폈다.

「그럴지도 모르지.」

그가 천천히 허리띠에서 밧줄을 풀어내자 윌로우는 뒤로 물러났다.

「지금 뭘 하는 거야?」

스티븐은 무심하게 어깨를 으쓱했다.

「네 남편의 분노를 피하려면 어디론가 사라져야 할 것 같다.」

그는 윌로우에게 달려들었다.

「그건 너도 마찬가지야.」

스티븐은 재빨리 월로우의 양쪽 손목을 밧줄로 꽁꽁 묶고 다른 밧줄로 발목을 묶었다.

월로우는 결박된 손으로 스티븐을 힘껏 잡아당겼다.

「제발, 이러지 마, 스티븐. 계속 움직이지 않으면 얼어죽는단 말야.」

「걱정할 것 없잖아.」

밧줄을 마지막으로 힘껏 잡아당기고 월로우를 눈밭에 떠밀면서 스티븐이 이죽거렸다.

「사랑스러운 낭군님이 널 찾아낼 테니까. 봄이 와서 눈이 녹으면 말이다.」

「스티븐!」

성큼성큼 걸어가는 스티븐을 보면서 월로우는 목이 터져라 소리를 질렀다.

그녀는 목이 쉬어서 피가 나올 때까지 스티븐을 불렀다. 월로우는 몸이 뒤집힌 자라처럼 끊임없이 몸부림을 쳤다. 죽지 않으려면 계속 움직여야 돼.

몸에서 기운이 빠져 나가기 시작하자, 월로우는 무정한 달을 올려다보았다. 쓰러지지 않으려고, 발을 멈추지 않으려고, 무슨 일이 있어도 배너가 와줄 거라는 희망을 버리지 않으려고 계속 젖 먹던 힘까지 쥐어짰다. 하지만 아무 보람이 없었다. 자신이 얼마나 의연하게 행동하려고 애썼는지, 자신이 아이를 위해서 얼마나 열심히 싸웠는지 배너는 영원히 모르리라. 밧줄을 끊으려고 몸부림을 치는 동안 눈물이 뺨을 타고 하염없이 흘러내렸다. 눈밭에 떨어지기도 전에 얼어붙는 눈물.

월로우는 뱃속에 있는 아이를 감싸려는 듯 몸을 한껏 웅크렸다. 하늘에서 펑펑 쏟아지는 눈이 하얀 솜털 이불처럼 월로우의 몸을 감쌌다. 갑자기 달콤한 졸음이 밀려온다. 피곤했다. 너무 피곤했다. 진주 같은 서리가 속눈썹에 무겁게 달라붙어서 눈을 뜨고 있기가 점점 힘들어졌다. 잠깐만 눈을 감고 있으면 잠이 들지도 모른다. 꿈속에서 왕자님을 만나서 마법 같은 입맞춤을 나눌 수 있을지도 모른다.

윌로우는 입가에 미소를 띄운 채 눈을 감았다. 자신의 왕자를 기다리면서.

32

🌸

아이들과 함께 언덕을 오르기 시작한 배너는 갈의 옆구리를 차서 속력을 가했다. 눈밭 위에 남은 발자국들을 발견할 때마다, 희망과 더불어 조바심이 점점 커져만 갔다. 미련한 작자인 만큼, 스티븐이 말을 놓친 것도 어쩌면 당연한 일일지도 모른다. 지금쯤 말은 엘서노르에 돌아가서 마구간에 들어앉아 느긋하게 귀리를 씹어먹고 있진 않을까?

얼마나 갔을까, 누군가의 발자국이 여기저기 흩어져서 눈밭에 찍혀 있었다. 배너의 가슴에 희망이 솟구쳤다. 느릿느릿, 아주 힘겹게 걸었다는 증거. 아직 윌로우가 살아 있다는 증거였다!

점점 거세게 몰아치는 바람이 발자국을 지우기라도 하면 큰일이다. 배너는 필사적으로 말을 언덕 위로 몰았다. 배너가 언덕 위에 올랐을 때, 구름이 달빛을 가리면서 산골짜기는 삽시간에 암흑에 휩싸였다.

그는 고삐를 잡아당기고 나지막하게 욕설을 내뱉었다. 아이들도 배너를 따라서 고삐를 잡아당기고 말을 세웠다.

얼마 후, 달이 은색 베일을 떨쳐내면서 계곡 전체가 불가사의할 정도로 환한 빛에 휩싸였다. 두려움이 현실로 나타나는 순간이었다. 바람이 눈밭에 남아 있던 발자국들을 모두 쓸어가고, 처녀지와 같은 눈밭만 끝없이 펼쳐져 있었다.

「아빠! 저기 좀 봐!」

메리 마거릿이 언덕 기슭을 손가락으로 가리키면서 소리를 질렀다.

배너는 눈에 초점이 맞춰질 때까지 계속 눈을 깜빡거렸다. 무엇인가 바람에 나부끼는 광경이 눈에 들어왔다. 겨울 외투였다!

배너는 고삐를 꽉 움켜쥐었다. 외투가 윌로우의 어깨에서 미끄러졌거나 스티븐이 너무 멍청해서 혹은 너무 잔인해서 외투를 벗겼거나 둘 중 하나였다.

「여기서 기다리고 있어.」

말에서 미끄러지듯 내리면서 배너가 아이들에게 명령했다.

난생 처음으로 아이들은 군말 없이 배너의 말에 복종했다.

언덕을 내려와서 기슭에 발을 디디는 순간부터 배너의 걸음 속도가 점점 느려지기 시작했다. 외투가 저만치서 퍼덕이고 있었다. 무덤처럼 수북하게 쌓인 눈더미에서 외투를 잡아 빼려고 배너가 손을 힘껏 뻗는 순간, 달이 구름 뒤에 다시 숨었다. 짧지만 영원처럼 길게 느껴지는 시간 동안, 배너는 외투를 흔들면서 아이들에게 '괜히 걱정했다'고 소리치는 자신의 모습을 상상했다.

달이 다시 모습을 나타내면서 잔혹할 정도로 적나라하게 눈앞에 펼쳐진 광경을 내보였다. 눈에 얼어붙은 검은 고수머리. 빳빳하게 굳어진 자그마한 발. 배너가 가슴에 품고 있는 슬리퍼가 원래 있어야 할 자리는 바로 거기였다.

배너는 무릎을 꿇고 미친 듯이 눈을 파내기 시작했다. 마침내 윌로우를 품에 안았을 때, 언덕 위에서 비명 소리가 들려왔다. 데즈먼드가 발버둥치는 비어트릭스를 끌어안는 모습이 눈에 들어온다.

배너는 윌로우의 손목에서 밧줄을 풀어낸 다음, 얼굴과 머리카락에 달라붙은 눈을 털어냈다. 심장이 파열할 것 같은 극도의 고통이 눈과 얼굴, 팔다리, 가슴, 목구멍으로 터져나오면서 영혼 깊숙한 곳을 뒤흔들었다. 시간이 마법처럼 과거로 돌아가면서, 엘서노르의 영주인 배너는 사라지고 겁에 질린 여섯 살의 소년만 남았다. 그는 영원보다 깊은 잠에 빠진 윌로우의 얼굴을 내려다보면서 어미를 죽인 것은 사랑이 아니라 사랑의 결핍이라는 사실을 깨달았다.

「안 돼! 이렇게 보낼 순 없어. 어서 일어나! 더서 일어나란 말이야!」

배너는 윌로우를 가슴에 끌어안으면서 하늘을 향해 목이 터져라 외쳐댔다.

「제발 눈을 떠줘, 윌로우. 한 번만이라도 좋아.」

그는 윌로우의 얼어붙은 머리칼에 얼굴을 파묻고 아기처럼 좌우로 흔들었다.

「당신을 사랑해, 윌로우.」

쓰라린 눈물이 뺨을 타고 하염없이 흘러내렸다.

「당신을 처음 본 순간부터 사랑했어. 지금도 그렇고 영원히 내겐 당신 외엔 아무도 없어.」

배너는 윌로우의 차가운 입술에 입을 맞췄다. 뜨거운 눈물이 윌로우의 얼굴에 봄비처럼 쏟아졌다. 극심한 마음의 그통 때문에 배너는 한동안 윌로우가 키스를 되돌리고 있다는 사실을 깨닫지 못했다.

배너는 너무 놀란 나머지 뒤로 쓰러질 뻔했다.

「난 당신이……」

「죽은 줄 알았어요?」

윌로우는 손으로 입을 가리고 하품을 했다.

「바보 같은 소리, 하지 말아요. 여기서 잠깐 잔 것뿐이에요.」

그녀는 몸을 떨었다.

「추워서 죽을 것만 같았는데, 눈이 쌓이면서 따뜻해졌어요. 잠을 자고 있으면 당신이 날 찾아올 줄 알았어요.」

그녀는 바보처럼 순진한 미소를 지었다.

「당신은 언제나 꿈속에서 찾아왔어요. 내가 어린아이였을 때부터.」

배너는 떨리는 손으로 윌로우의 얼굴을 쓰다듬었다.

「당신 꿈속에서, 난 어떤 모습이었지?」

윌로우가 환하게 미소를 지었다.

「당신은 내 왕자님이에요. 내 남편이고, 내가 사랑하는 남자이기도 하지요.」

배너의 손을 복부에 올려놓으면서 윌로우는 부드럽게 미소지었다.

「그리고 내 아이의 아버지예요.」

감정에 복받친 배너가 윌로우를 끌어안고 얼굴에 키스를 퍼부었을 때 아이들이 외치는 환호성이 산골짜기에 울려 퍼졌다. 윌로우를 처음 만났을 때부터 이름에 잘 어울리는 여자라고 생각했다. 하지만 애초의 생각처럼 산들바람만 불어도 쓰러질 듯이 나약해서가 아니라, 거센 바람이 불어도 꺾이지 않고 휘는 버들가지처럼 넉넉하고 강해서였다.

윌로우를 잠에서 깨운 것이 자신의 말이었는지 눈물이었는지 아니면 키스였는지 정확하게 알 수가 없었다. 사랑은 자신을 파멸로 이끄는 재앙이 아니라 절망에서 구원해주는 희망이라는 사실은 분명히 알고 있었지만.

「사랑해.」

윌로우의 이마에 뜨겁게 입을 맞추면서 배너가 속삭였다.

그녀는 배너의 얼굴을 감싸면서 사랑이 충만한 눈동자로 그를 바라보았다.

「나도 알아요.」

에필로그

🌸

　배너의 떨리는 손이 성장(城將. Rook, 체스 말의 하나. Castle이라고도 불림)과 여왕 사이에서 머뭇거리는 사이, 여자의 날카로운 비명 소리가 성 안을 뒤흔들었다.
　「젠장!」
　배너가 주먹으로 탁자를 내리치자 체스판과 말들이 사방으로 튀었다.
　홀리스는 심드렁한 얼굴로 바닥에 떨어진 말들을 살폈다.
　「이번 판은 이길 수 있을 것 같았는데.」
　배너는 몸을 일으키고 헝클어진 머리를 양손으로 쥐어뜯었다.
　「윌로우가 저렇게 끔찍한 고통을 겪고 있는데, 이 따위 게임에 열중 할 수 있을 것 같은가?」
　홀리스가 어깨를 으쓱했다.
　「돌아가신 두 분 아씨께서 진통을 겪으실 때에는 그리도 담담하시더니…….」
　「이 미련한 인사야. 난 그때 프랑스에 있지 않았나. 게다가…….」

우리에 갇힌 야생동물처럼 침실을 배회하면서 배너는 말을 이었다.

「저 일이 이렇게까지 힘든 과정인지 전혀 모르고 있었네. 난 아이들이 그저…….」

배너는 손을 뒤로 젖혔다가 아래로 떨어뜨렸다.

「투석기로 날린 돌처럼 갑자기 밖으로 튀어나오는 줄 알았지.」

홀리스는 어이가 없어서 눈동자를 굴렸다.

「다른 얘기를 하면 어떨까요?」

그는 좀더 유쾌한 화제를 끄집어냈다.

「스티븐이라는 작자는 지금 어떻게 지내고 있습니까?」

이번엔 배너가 눈알을 굴릴 차례였다.

「아직도 지하감옥에서 나오기 싫다고 버티고 있네. 내가 또 애들한테 던져줄까봐 겁에 질려 있어.」

홀리스가 껄껄대고 웃었다.

「그날 밤의 기억은 아직도 생생하기만 합니다. 아이들에게 끌려서 들어오는 스티븐의 모습은 죽어도 잊지 못할 것 같습니다. 등에 작은 화살이 무수하게 꽂혀 있는 모습이라니.」

배너가 씩 웃었다.

「그자는 해미쉬의 코를 후려갈길 때만 해도, 그 아이가 비웃음을 흘리면서 배를 머리로 들이받을 줄은 꿈에도 몰랐겠지. 해미쉬가 머리에 양철냄비를 뒤집어쓰질 않았으면, 주먹이나 배가 아파서 고생하는 일은 없었을 게야.」

「결국 털가죽을 뒤집어쓴 에드워드를 보고 혼비백산해서 두 손, 두 발 들지 않았습니까? 그 미련한 작자는 에드워드가 진짜 곰인 줄 알았다지요!」

두 사람이 웃음을 터트림과 동시에 전보다 한층 더 괴롭게만 들리는 비명 소리가 유리창을 뚫고 들어왔다.

배너는 잠시 머뭇거리다가 마음을 정하고 문가로 달려갔다. 홀리스는 재빨리 배너를 가로막았다.

「영주님을 여기서 내보내면 피오나 할멈이 절 죽이겠노라고 위협했습니다. 할멈이 했던 얘기를 기억하시겠지요? 산실(産室)은 남자들이 있어야 할 곳이 아니라고 하지 않습니까.」

「자네는 비명 소리를 듣지도 못했나? 거긴 여자가 있어야 할 곳도 아니야!」

배너가 나지막하게 한마디 내뱉었다.

「영주님처럼 고통을 잘 견디시는 분이 그런 말씀을 하시니, 어울리지 않습니다.」

「지금 고통을 겪고 있는 사람은 내가 아니라 윌로우야.」

배너는 벽에 걸린 검을 잡아채서 홀리스의 목에 들이댔다.

「내가 전장에 있었으면 부하들만 전투에 내보내진 않았겠지. 안 그런가?」

홀리스는 한숨을 내쉬면서 패배를 시인하고 양손을 들어올렸다. 배너는 문 앞에 놓인 기다란 의자를 옆으로 내던지고 문을 벌컥 열었다.

「내가 이렇게 될 줄 알았어. 피오나 할멈에게 사슬에 묶어서 지하감옥에 가둬야 한다고 그랬건만…….」

배너의 뒤를 따라가면서 홀리스가 투덜거렸다.

「안 돼요. 안 됩니다!」

침실 앞을 양팔로 가로막으면서 네타가 외쳤다.

「절대 안 됩니다, 영주님. 체통없이 어딜 들어가시겠다는 말입니까?」

산달을 몇 개월 남기지 않은 여자에게 검을 휘두를 순 없었기에, 배너는 집사에게 도움을 요청하려고 몸을 획 돌렸다.

「자네의 안사람이 아닌가. 이성에 호소해보게.」

「네타는 여자가 아닙니까? 본시 여자들에게는 이성이란 찾아보기 힘든 법이지요.」

홀리스가 네타에게 윙크를 하면서 장난스럽게 말했다.

그는 배너가 분통을 터트리거나 못 마땅한 표정을 지을 거라고 생각했지, 설마하니 한쪽 무릎을 꿇고 네타의 손을 붙잡으리라고는 상상도 못했다.

홀리스는 배너의 어깨를 가볍게 두드렸다.

「그 손, 놓으시지요. 영주님께서도 말씀하셨듯이 네타는 제 안사람이 아니랍니까?」

「그래. 이렇게 마음이 상냥하고 동정심이 많은 아내를 둔 자네는 세상에 둘도 없는 행운아야.」

배너는 얼음 같은 심장도 녹인다는 부드러운 미소를 지었다.

「내가 아는 네타는, 진통하는 아내를 옆에서 위로해주겠다는 남편의 마음을 이해하지 못할 사람이 아니야.」

아내가 배너에게 약하다는 것을 너무나 잘 알고 있었기에, 홀리스는 이를 갈았다.

「잠깐 들여다보시는 것 정도는 괜찮겠지요.」

마음이 약해진 네타가 작게 말했다.

「그 대신 피오나 할멈에게 제가 들여 보내줬다는 말씀을 하시면 안 돼요.」

배너는 네타의 손등에 열정적으로 입을 맞췄다.

「맹세하지. 홀리스의 소행이라고 말하면 돼.」

홀리스가 저항할 사이도 없이 배너는 문을 벌컥 열어 젖혔다. 하지만 질그릇으로 만든 접시가 문틀에 정통으로 부딪혀서 산산조각이 나기 일보 직전에 잽싸게 뒤로 물러났다. 이어서 격분한 윌로우의 비명 소리와 함께 대야가 날아오자 모두 일제히 고개를 푹 숙였다.

배너는 윌로우의 갑작스러운 공격을 어떻게 해석해야 할지 알 수가 없었다.

「윌로우! 당신은 내가 나갔으면 좋겠어?」

문틈으로 얼굴만 내밀면서 배너가 큰소리로 물었다.

「아니요.」

윌로우는 양팔을 뻗으면서 울부짖었다.

「같이 있어줘요.」

배너의 입가에 안도의 미소가 어렸다. 배너가 안으로 들어가자, 네타는 조용히 방문을 닫았다.

지금까지 배너는 이렇게 유혈이 낭자하고, 심신이 고단한 전투는 한번도 겪은 일이 없었다. 하지만 피오나 할멈이 꿈틀거리는 보따리를 아내의 품에 안겨주었을 때 느꼈던 가슴 벅찬 승리감은 어떤 전장에서도 맛본 일이 없었다.

그는 성이 나서 얼굴이 붉어진 어린 딸아이를 애정이 듬뿍 담긴 눈으로 내려다보면서 윌로우의 땀에 젖은 머리칼을 쓸어주었다.

「당신을 만나기 전에는 신이 날 저버렸다고 생각했어. 하지만 이제는 신이 한량없는 축복을 내게 내려주셨다는 생각이 들어.」

그 말을 증명이라도 하듯, 네타가 문을 활짝 열고 아이들을 차례로 들여보냈다.

「우리들도 동생과 인사하고 싶은데요?」

비어트릭스의 손을 잡고 데즈먼드가 수줍게 물었다.

「난 쟤랑 놀고 싶어!」

목 없는 인형을 끌어안고 메리 마거릿이 외쳤다.

「형한테 안아보라고 하면 안 돼요.」

켈이 장난스럽게 해미쉬를 가리켰다.

「잡아먹을지도 모르니까.」

아이들이 웃음꽃을 피우는 동안, 머리가 하얗게 샌 남자가 방안으로 들어왔다. 베들링튼의 루퍼스 경은 아내의 격렬한 반대를 무릅쓰고 첫 손자의 탄생을 지켜보기 위해서 얼마 전부터 엘서노르에 머물고 있었다. 그는 고개를 숙이고 윌로우의 눈치를 살폈다.

배너는 경계심이 가득한 눈초리로 그를 쳐다봤지만 윌로우는 미소를 지으면서 손을 내밀었다.

「아빠가 옆에 계시니까 너무 좋아요.」

루퍼스 경은 딸의 손을 입술에 댔다.

「네가 이 늙은이에게 기회를 준다면, 아비노릇을 제대로 못한 대신 좋은 할아비가 되고 싶구나. 그럴만한 자격이 없다는 건 알지만 부디 기회를 다오.」

그는 몸을 숙이고 윌로우의 귓가에 무슨 말을 속삭였다. 윌로우가 고개를 끄덕이자 루퍼스 경의 얼굴이 환해졌다.

윌로우는 아버지의 손을 놓고 배너의 소매를 잡아당겼다.

「아버지는 우리 딸아이에게 돌아가신 어머니의 이름을 물려주고 싶어하세요. 그래도 괜찮겠어요?」

배너가 껄껄대고 웃었다.

「메리나 마거릿만 아니라면.」

「실없는 소리 하지 말아요. 우리 엄마는 프랑스인이었단 말이에요.」

윌로우는 눈동자를 빛내면서 배너를 향해 손가락을 까딱거렸다. 몸을 숙인 배너는 윌로우의 속삭임을 듣고 신음 소리를 크게 냈다.

그는 몸을 똑바로 편 다음 심호흡을 하고 양손을 내밀었다. 윌로우는 배너의 떨리는 손바닥 위에 부드럽게 아이를 내려놓고, 따스한 미소를 지었다.

「얘들아.」

배너는 아기를 안고 몸을 돌렸다.

「너희들에게 새로 태어난 여동생을 소개하마.」

그는 천장을 올려다보면서 눈을 굴렸다.

「마리 마르거리뜨란다(메리 마거릿의 불어 식 이름).」

아이들이 주위에 몰려들어서 '오, 아'와 같은 감탄사를 연발하는 동안, 배너는 딸에 대한 자부심과 사랑 때문에 현기증이 일어났다. 이렇게 자그맣고, 부서질 듯이 약하고, 꿈틀거리고, 혹은 피비린내가 나는 존재는 품에 안은 일이 없었다.

배너의 얼굴이 창백해지는 것을 본 피오나 할멈은 홀리스에게 아기를 빼앗으라는 눈짓을 보냈다. 피오나 할멈의 예상은 조금 뒤에 정확하게 맞아 떨어졌다.

홀리스가 배너의 다리 밑에 의자를 밀어 넣는 순간, 만인에게 '영국의 자존심이자 프랑스의 공포'라고 일컬어지는 용맹한 기사, 배너 경은 털썩 의자에 주저앉아서 기절하고 말았던 것이다.

- 끝 -

옮긴이의 말

이번에 새로 소개되는 테레사 메디로우즈는 줄리 가우드처럼 유머감
각이 뛰어난 작가로, 『순백의 신부』역시 가볍게 웃으면서 책장을 넘
길 수 있는 소설입니다. 개인적으로 이 책을 추천하고 싶은 사람들을
들자면 다음과 같습니다.

1. 아이들을 유달리 좋아하는 사람
2. 코믹한 로맨스 소설이라면 귀가 솔깃 하는 사람
3. 동화책 신데렐라를 흥미롭게 읽은 사람
4. 제인 오스틴 식의 삐딱하고 과장된 유머를 즐기는 사람

테레사 메디로우즈는 자기만의 색깔이 뚜렷한 작가로, 아직까지 비
슷한 성향의 로맨스 소설 작가는 국내에 소개되지 않은 것으로 압니다.
그렇다면 다른 작가와 구분되는 점을 살펴봐야겠지요?
이 작가 특유의 '유머감각'은 줄리 가우드의 유머감각과는 조금 다릅

니다. 제인 오스틴의 '오만과 편견'을 보셨다면, 이 작가와 많이 흡사하다는 느낌을 받으실지도 모릅니다. 테레사 메디로우즈는 '과장된 묘사', '엉뚱하고 속물처럼 보이는 인물들의 등장', '잦은 반어법의 사용'을 통해서 웃음을 전해주는 작가이니까요.

간단히 줄거리를 소개하자면,

'영국의 자존심'이자 '프랑스의 공포'라고 일컬어지는 배너 경은 말썽만 부리는 자식들 때문에 골치를 썩이다가 '볼기짝이 황소처럼 펑퍼짐하고, 힘이 센 아내'를 구하기로 마음을 먹습니다. 주인 대신 신부감을 구하러 다니던 집사, 홀리스 경은 모성애가 넘치는 시골 처녀를 발견하고 재빨리 구혼을 합니다. 하지만 알고 보니, 처녀는 자유민이 아니라 제후의 딸이었고 아이들이라면 몸서리를 쳤을 뿐 아니라, 버들가지처럼 가냘픈 인상을 주는 여자였습니다.

배너 경은 집사가 실수로 선택한 신부를 성에서 내보내려고 일부러 천덕꾸러기 같은 자식들과 함께 시간을 보내게 합니다. 아이들은 그런 기대에 부응해서 짓궂은 장난으로 윌로우를 괴롭히지요. 하지만 어린 시절부터 고약한 형제들의 장난에 단련이 된 윌로우는 아이들을 도리어 자신의 편으로 만들어버리고 배너에게 전쟁을 선포합니다.

새어머니의 버릇없는 아이들을 키우다시피 하면서 '아이에 대한 반감'을 가지고 있었던 윌로우가 자신과 처지가 비슷한 배너의 자식들을 통해 심경 변화를 일으키는 과정과, 자식들에 대한 애정을 표현할 줄 모르던 배너가 윌로우를 통해 변하는 과정이 흥미있습니다. 두 사람의 관계가 집중적으로 묘사되는 후반부도 '굴곡'이 있는 구성을 통해서 상당한 재미를 선사합니다. '신데렐라' 이야기와 어떻게 다른지 비교를 하면서 읽어도 재미있을 듯합니다.

청포도가 익어가는 계절에
장은영

JULIE GARWOOD

The Secret

<외사랑의 그리움>의 이언과 주디스가 엮어내는 이야기

잉글랜드와 스코틀랜드의 국경에서 열린 축제에서 만난 두 꼬마 여인 주디스 햄프턴과 프랜시스 캐서린. 두 사람의 끊이지 않는 우정이 시작되고, 서로 아기를 낳을 때 옆에 있어주기로 약속을 한다. 어느덧 숙녀로 성장한 캐서린은 출산을 앞두고 친구 주디스를 불러다달라고 남편에게 조른다. 하일랜드의 메이틀랜드 일족 족장이자, 캐서린의 남편의 형인 이언이 주디스를 데리러 잉글랜드로 떠난다.

잉글랜드인이라면 치를 가는 이언은 설마하니 잉글랜드인이 친구와의 약속을 지킬까 의심했지만, 미리 떠날 차비를 하고 나와 있는 주디스를 보고 눈이 동그래진다.

메이틀랜드 영지로 향하는 여정에서 펼쳐지는 에피소드와 사랑의 감정이 독자들에게 풍부한 웃음과 감동을 안겨준다. 메이틀랜드 일족은 영지에 도착한 잉글랜드인 숙녀를 곱지 않은 시선으로 맞이한다. 하지만 캐서린의 출산을 기다리는 동안 그녀는, 생전 경험이 없는 산파노릇을 떨리는 와중에도 훌륭하게 해내고, 사악한 산파의 못된 계략을 폭로하며, 일족에서 행해지는 불합리한 고정관념을 돌리기 위해 소신껏 나서기도 한다.

어느덧 일족의 사랑을 받게 된 주디스. 그러나 그녀에게는 연인에게조차 밝히지 않은 비밀이 하나 있는데……

그건 바로 스코틀랜드 땅 어딘가에 살아 있다는 아버지를 찾으려는 계획. 한참 뒤에야 비밀을 알게 된 이언은 사랑하는 그녀를 지키기 위해 혼인을 서두르고……

2000년 7월 초 출간예정입니다.

JOHANNA LINDSEY

Joining

사랑은 첫눈에 반한 사이가 아니라도 서서히 다가오는 것

십자군 전쟁 당시, 우정으로 뭉쳐진 전우 토페 경과 나이젤 경은 훗날 태어나는 자식들을 결혼시키기로 약속한 사이. 하늘의 보살핌으로 무사히 귀국하여 각각 토페가 아들 울프릭을 나이젤이 딸 밀리젠트를 얻었지만, 부모의 마음과는 다르게 결혼할 당사자들은 결혼할 나이가 되도록 서로에게 호감을 느끼지 못하고 부모의 속을 태운다.

게다가 재력을 지닌 두 집안이 결혼이라는 끈으로 결속하여, 강력한 영향력을 행사할까 두려운 존 왕과 야심만만한 귀족 로그톤이, 이 결혼을 방해하기로 결심한다.

23살이 된 울프릭은 핑계와 변명을 동원해 결혼을 미뤘으나, 아버지의 강압에 못 이겨 밀리젠트와 결혼하기 위해 그녀의 집으로 향하고, 도중 노상 강도를 만난 귀족 아가씨와 시종을 구해준다. 우연히 도움을 준 그녀가 나이젤의 딸이라는 사실이 밝혀지고, 울프릭은 어린 시절 볼품없던 약혼녀가 세월에 힘입어 아름답게 성장한 줄 알고 내심 좋아한다. 그러나 아름다운 그녀는 약혼녀가 아닌 처제임을 알고 실망한다. 처제 옆자리를 지키던, 허름한 차림새의 시종이 밀리젠트였던 것. 예나 지금이나 사내처럼 천방지축인 밀리젠트에 대한 기대를 접은 울프릭은 이리저리 피하기만 하던 이틀 만에 나타난 약혼녀가 아름다운 처제와 똑같은 얼굴임을 알고 아연실색한다. 두 사람은 일란성 쌍둥이였던 것이다.

결혼을 앞두고 서로의 장점을 깨달으며 울프릭과 밀리젠트는 서서히 서로에게 좋은 느낌을 갖게 되지만, 존 왕과 귀족 로그톤의 방해로 두 사람의 거리는 다시 멀어진다.

2000년 7월 중순 출간예정입니다.

아름다운 너에게
Only Mine

엘리자베스 로웰 지음 / 조지현 옮김 / 440쪽 /8,500원

아카시아 향을 전해주는 꼬마요정의 순수한 사랑이야기

상속자를 얻는 데에만 혈안이 되어 아내를 학대하고 임신시키는 아버지와 여섯 번의 유산 끝에 결국 세상을 뜨고 만 어머니를 지켜본 제시카는 결혼에 대한 두려움을 가지고 있다. 그런 제시카가 믿는 유일한 남자, 울프.

인디언 주술사와 영국 백작 사이에서 태어난 그는 귀족의 상속자이지만 13살에 영국으로 건너가 사생아가 받는 시련과 야만인이라는 냉대를 온몸으로 받으며 성장하게 된다. 결국 스캔들 때문에 다시 미국의 거친 서부로 돌아온 울프는 그곳이야말로 자신의 삶에 딱 어울린다고 자각한다.

결혼을 해야 할 나이가 된 제시카는 고어 경과의 결혼을 강요 당하자, 오직 울프에게 매달린다. 아직 자신의 감정이 사랑인지도 모르면서. 하지만 귀족사회에서 편안한 삶을 누린 제시카가 미국의 거친 서부에서 겪어야 할 어려움을 잘 알고 있는 울프는 그녀와의 결혼을 피하기만 한다. 어쩔 수 없이 결혼을 하게 된 울프는 제시카의 마음을 돌려 영국으로 보내려고 한다.

하지만 제시카는 무릎을 꿇고 마룻바닥을 비눗물로 문지르는 일과 할 줄 모르는 요리까지도 마다하지 않으면서 울프의 곁에 머물고자 한다.

2000년 5월 2일 출간된 작품입니다.

그들만의 축제
It Had To Be You

수잔 엘리자베스 필립스 지음/ 김윤경 옮김/448쪽/8,500원

잔잔하게 퍼지는 사랑의 향기, 은은하게 퍼지는 추억의 그림자

서른 세 살의 자유주의자 피비는 아버지의 장례식 때문에 15년만에 떠났던 집을 다시 찾는다. 하지만 살아서도 그녀를 지배하려 했던 아버지는 죽어서도 피비를 가만두지 않는데…… . 버트는 앞으로 3~4개월 남아 있는 미국 풋볼 리그에서 우승을 하면 피비가 스타즈 팀의 진짜 소유주가 되고, 그렇지 않으면 사촌인 리드가 팀을 인수하라는 유언을 남긴다.

그저 작은 갤러리 하나를 여는 게 꿈인 피비는, 그 기간에 지불되는 돈 때문에 유혹에 젖어들지만 절대아버지의 지배하에 있지 않겠다는 생각으로 면해튼으로 돌아간다. 한편 수석 코치 댄 케일보우는 시즌이 시작되어 가지만 아직 중요한 선수의 계약이 완성되지 않고 서류에 사인을 해야 할 구단주가 사라지자 화를 낸다. 그리고 피비를 찾아 맨해튼으로 가 그녀를 끌고 시카고로 돌아온다. 개막전을 무사히 치르고 댄과 피비는 서로에게 끌리고, 두 사람은 서로에 대한 과거와 미래를 털어놓으면서 사랑을 나누게 되는데…… .

레이 하디스티는 자신의 아들인 레이 주니어가 마약과 술 때문에 교통사고로 목숨을 잃자, 스타즈 팀에서 쫓겨난 레이가 상심해서 그리 됐다고 생각해, 댄 코치를 원망한다. 그리고 자신의 아들이 없는 스타즈는 미국 풋볼 리그에서 우승할 수 없을 거라며 댄을 스토킹하기 시작한다. 드디어 미국 풋볼 챔피언십 경기가 시작되고 경기는 순조롭게 스타즈 팀의 우승으로 향해 치다르자, 그로 인해 혼란과 공포에 빠져 있던 레이가 피비를 납치한다. 그리고 댄에게 만일 경기에 이기면 그녀를 죽일 거라고 협박하는데…… .

2000년 5월19일 출간된 작품입니다.

Catherine Anderson

Keegan's Lady

복수로 인한 상처 케이틀린 오샤네시(Caitlin O'Shannessy)는 알콜중독인 아버지 밑에서 수년간 모진 학대를 받으면 산다. 이제, 아버지는 이 강인하고 용감한 아가씨에게 콜로라도의 목장과 오빠에 대한 흔들림 없는 그녀의 헌신, 그리고 남자들에 대한 끊임없는 불신…… 그리고 적(敵)을 한 명 남겨준 채 세상을 뜬다.

사랑에 의한 치유 자신의 가족을 파멸시킨 남자에 대한 복수심에 사로잡힌 에이스 키건(Ace Keegan)은 죽은 원수의 딸을 모략할 음모를 꾸민다. 음모를 성공적으로 수행한 후 죄책감에 사로잡힌 에이스는 그녀와 정략결혼을 함으로써 그녀를 구출한다. 그리고는…… 치유의 능력을 발하는 깊은 사랑의 힘을 깨닫는다.

2000년 6월 중순 출간예정입니다.

현대문화센타의 새로운 작가를 소개합니다.

테레사 메디로우즈(Teresa Medeiros)

USA TODAY 베스트셀러 작가인 테레사 메디로우즈의 판매 부수는 350만 부를 넘어섰다. 최근에는 Affaire de Coeur가 선정한 인기 로맨스 작가 10명에 오르고, Romantic Times 비평가들이 선정한 '사랑과 웃음을 주는 역사로맨스' 상을 수여하기도 했다. 전직 육군 군인의 자녀이자 간호사였던 테레사는 21살에 처녀작을 쓴 후, 비평가들과 독자들의 마음을 공히 사로잡는 작품활동을 계속하고 있다. 현재, 남편인 마이클과 함께 켄터키에서 4마리의 고양이들을 키우며 살고 있다. 로맨스 작품활동을 통해 그녀는, 신뢰와 희망과 끝없는 사랑의 힘이 행복한 결말을 가져다준다는 나름대로의 믿음을 표출할 수 있다고 한다.

캐서린 앤더슨(Catherine Anderson)

캐서린 앤더슨은 그녀의 "멋진" 남편 시드와 함께, 키다란 전나무들에 둘러싸인 외딴 산꼭대기 별장에서 살고 있다. 오리건 중심의 움프꾸아(Umpqua) 골짜기가 내려다보이는 집 원편으로는 온통 초원이고, 저녁에는 황홀한 노을이 아련한 빛을 드리운다. 그녀의 말을 들어보면, 어느 쪽을 둘러봐도 영감이 솟게 하는 이곳이 바로, 역사로맨스 작가가 글을 쓰기에는 더할 나위 없이 좋은 장소라고 한다.

작품으로는 『Keegan's Lady』『Simply Love』『Baby Love』 등이 있다.

옮긴이 · 장 은 영

서울 출생.

덕성여대 영문학과 졸업.

번역서로는

『남자가 여자를 사랑할 때』『황금빛 해변』
『오월의 궁전』『천년의 약속』『천상의 선물』
『매들린의 기도』『외사랑의 그리움 ① ②』등이 있다.

순백의 신부

지은이/테레사 메디로우즈

옮긴이/장은영

펴낸이/양장목

펴낸곳/현대문화센타

주소/서울시 은평구 대조동 191-1(122-030)

전화/384-0690~1 팩스/384-0692

E-mail/HDbook@netsgo.com 천리안 ID/hdpub

출판등록일/1992년 11월 19일(제3-448호)

초판 1쇄 인쇄일/2000년 5월 31일

초판 1쇄 발행일/2000년 6월 7일

값/8,500원

ISBN 89 - 7428 - 142 - 2